EL PODER DE LAS CONJURAS

Luis Núñez Rojo

EL PODER DE LAS CONJURAS

Edición: triunfacontulibro.com
Diseño de portada: Gabi Gago – Luis Núñez

ISBN libro impreso: 9798514341320

A mi madre
In memoriam

*"Ni el pasado ha muerto, ni está el mañana
ni el ayer escrito"*

ANTONIO MACHADO

El Dios Ibero

Los personajes principales de esta obra, así como sus circunstancias personales, son imaginarios. Los hechos históricos, parajes y lugares que sirven para una detallada ambientación de las tramas son auténticos.

ÍNDICE

LA PRESENCIA

Palacio del Alcázar, Madrid. Nochebuena de 1734

Jean Ranc observaba desde la ventana de su aposento el lento discurrir del río Manzanares, una oscura expansión de agua que rielaba allí donde captaba el caprichoso claro de luna. La noche reposaba silenciosa sobre el Poniente de Madrid. Una brisa fría procedente de la Sierra del Guadarrama abaneaba suavemente los sauces del valle.

Se sentía alicaído, y a la vez deseoso de que aquella brisa pudiera insuflar en las velas de su ánimo algo de aliento reparador que le permitiera sobrellevar aquella etapa tan funesta de su vida.

No pudo por menos que cavilar en cual sería la razón por la que los monarcas, después de muchos años de tradición, habían decidido inesperadamente pasar las Navidades fuera del Alcázar, excusando con ello la ausencia de gran parte de la nobleza.

El silencio y la soledad que reinaban en las estancias esa noche preñaban de tristeza el palacio.

Ranc era consciente de que la coyuntura le provocaba una creciente desazón que a su vez generaba en su mente presentimientos calamitosos.

Dejó vagar la mirada hasta las montañas del horizonte. Consideró un acierto que el emir Muhammad ben Abd al-Raaman, a mediados del siglo IX, decidiera construir una alcazaba en aquella atalaya desde la que se dominaban las tierras del norte, oeste y sur de Madrid. Decisión que no habían puesto en duda ni los Reyes Católicos, ni la Casa de Trastámara, ni los Austrias Mayores, Carlos I y Felipe II. Todos, sin excepción, habían ido ampliando y decorando aquel edificio hasta convertirlo en residencia oficial de la Casa Real. Una amalgama de estilos que, al igual que la tosquedad y sobriedad del resto de la capital, no agradaba a su actual inquilino, el rey Felipe V, acostumbrado a la armónica simetría de la arquitectura borbónica versallesca.

Aquel veinticuatro de diciembre podía ser una buena fecha para comenzar a hacer balance de la última etapa de su vida. Con la mirada hipnotizada por las aguas del río, se dejó invadir por los recuerdos que fueron causa del cambio de su sentir a través de los once años transcurridos desde su salida de Francia, reclamado por el rey de España para nombrarlo pintor de cámara de la corte.

No fueron años fáciles. Desde su llegada a Madrid, en ningún momento se había encontrado con un camino alfombrado.

A pesar de que se hubiera puesto punto final a la guerra civil entre los partidarios de la Casa de Austria, encabezada por el archiduque Carlos, y los de la Casa de Borbón, representada por el actual rey, no le cabía duda de que la llama de los Habsburgo aún contaba con rescoldos de intrigas y confabulaciones, garantes de que su calor todavía templaba las frías sombras de la corte.

Con Felipe V se había trasladado a Madrid parte de la corte francesa, y los representantes de la nobleza de los Austrias se vieron sustituidos o relegados a un segundo plano junto con empleados y sirvientes.

Desde el momento en que pisó el Alcázar, Ranc percibió que, entre velados gestos y miradas, un aliento de celos, envidias y odio hacia su persona, navegaba por los pasillos a bordo de los claroscuros de palacio. Aunque nada más lejos de su intención que el fomentar comparaciones entre su obra y la del pintor de los últimos Austrias, don Diego de Silva Velázquez. Eran dos estilos diferentes en épocas diferentes.

La brisa del oeste se acentuó y Ranc echó mano al cuello de su camisa. El vivo aleteo de un ave que se alzó desde el alero del tejado le hizo desviar la mirada y perseguir su vuelo a través del astro de la noche, hasta perderlo entre la arboleda del río donde quedaron presos sus ojos.

Su vista estaba cansada. La depresión que lo invadía desde hacía tiempo se veía acentuada por problemas oculares; los quevedos apenas le eran de ayuda en los detalles pequeños. Sesenta años. Se preguntó si ahora, cuando el final estaba cerca, tenía derecho a quejarse de lo que la vida le había ofrecido.

—Maestro, la ventana.

La voz de Jacobo a su espalda lo rescató del ensimismamiento en que se había sumido. No había oído abrir la puerta. Volvió pesadamente la cabeza hacia su ayudante, quien se acercó presto a cerrar la ventana.

—Deberíais tener más cuidado en no mostraros de este modo al frío de la noche —dijo Jacobo a modo de reprimenda.

Ranc derramó una mirada complaciente en el ayudante al tiempo que se apartaba de la ventana. Fue hacia el espejo y se contempló. Vio a un hombre marcado por el tiempo. No recordaba cuando el cabello había empezado a batirse en retirada hasta marcar unas profundas entradas y situarse en la retaguardia de su cabeza. La barba, larga y canosa, caía desarraigada más abajo del cuello de la camisa, y unos profundos y paralelos pliegues surcaban su frente.

No le gustaba el retrato que le devolvía el espejo que otrora enmarcó mejor imagen. El que otras veces consideró su confidente se había transformado en un objeto cruel.

Observó con melancolía aquella espléndida pieza que había viajado con él desde Versalles. Destacaba entre el austero mobiliario con que se encontró a su llegada al Palacio del Alcázar.

Jacobo se agachó a los pies de Ranc para hacerle la lazada de los zapatos. El hombre le fue asignado como ayudante de cámara cuando llegó a Madrid, y a lo largo de los años habían fraguado un afecto mutuo.

Era de los pocos empleados de palacio que, proveniente de la servidumbre del anterior linaje, supo sortear con éxito la transición entre las dos monarquías y mantener su puesto. Prudente, discreto, y a veces hasta introvertido, no escapaba a su conocimiento ninguno de los incontables rincones de aquel edificio.

Jacobo le encajó la chaqueta y, sujetando con una mano la barba del maestro, sobrepuso el cuello blanco de la camisa en el terciopelo negro.

Ranc se echó una última mirada en el espejo antes de dirigirse hacia la puerta donde ya le esperaba su ayudante.

—Están todos esperando —lo apremió Jacobo con expresión paciente y risueña.

Caminaron pausadamente a través de las salas que componían el ala oeste de palacio, sector que le fue asignado a Ranc para su restauración y decoración, con el concurso de pintores, vidrieros, carpinteros, escultores y demás artesanos llegados de los Países Bajos, de Italia y de Francia.

En buena parte del ala ya estaban concluidas las obras. Se conservaron los ricos artesonados, y las ventanas fueron arropadas con cortinones de gruesas y ricas telas traídas de Francia. La luz de las velas de unas espléndidas lámparas iluminaban las paredes repletas de cuadros de los pintores más representativos de las distintas escuelas europeas. Repujadas consolas y mesas soportaban el peso de elegantes relojes y esculturas.

A la llegada del Duque de Anjou para coronarse rey de España con el nombre de Felipe V, el país se encontraba en un estado de decadencia moral y económica. El resultado de la guerra civil fue un revulsivo con indudables efectos beneficiosos. Miembros de la nobleza partidarios del archiduque Carlos y personajes relevantes de la Casa de Austria huyeron ante el empuje del ejército Borbón, dejando atrás bienes y riquezas que fueron embargados por la Corona.

El sonido de los pasos de los dos hombres reverberaba en medio del silencio de los salones. La mirada abstraída de Ranc le precedía, deslizándose por el encerado entarimado. Calculaba que aquel complejo edificio albergaba no menos de dos mil obras de pintura que, por su número y calidad, constituían la más importante colección del reino. Fue su subconsciente, o quizá la melancolía, lo que lo empujó a volver sobre sus pasos y condujo a ambos a través de la galería del Patio del Rey hasta el Salón de los Espejos, donde se concentraba una parte de las pinturas más emblemáticas de la colección.

Jacobo conocía muy bien a su señor y era consciente de los repentinos cambios en su estado de ánimo, así como de la terquedad de la que a veces hacía gala. Por ese motivo consideró inútil reiterar cualquier comentario sobre el retraso en el comienzo de la cena; se abstuvo de objetar y lo siguió como una sombra.

Una vez en el salón, Ranc se situó en el centro. Sin apenas mover la cabeza sus ojos fueron repasando de soslayo aquellas paredes repletas de cuadros. Allí estaban, ocupando los espacios entre ventanas, los cuatro temas mitológicos de Velázquez: *Apolo, Adonis y Venus, Psique y Cupido y Mercurio y Argos*. En la pared contigua descansó su mirada en el *Retrato ecuestre de Felipe IV* de Rubens. Se giró para contemplar el que estaba situado frente a éste: *El emperador Carlos V, a caballo, en Mühlberg* de Tiziano. Sonrió para sí pensando: «Bueno, al fin y al cabo yo también tengo mi *Felipe V a caballo*».

Reanudaron la marcha. Recorrieron en dirección norte una sucesión de salas, donde la luz de la luna creaba claroscuros a través de los estrechos y altos ventanales. Al pasar cerca de la sala del Príncipe Baltasar Carlos, Ranc no pudo evitar recordar que fuera en ella donde, de manera magistral, Velázquez había plasmado la luz de las cuatro de la tarde en el cuadro de *La familia del Señor Rey Phelipe Cuarto*[1]. Mirase por donde mirase todo rezumaba a Velázquez.

Jacobo se adelantó para abrir la puerta que les cerraba el paso. El gran alborozo de voces y risas que franqueó el umbral se difuminó ante la aparición de Ranc en la sala, hasta quedar

---

[1] En el catálogo redactado por Pedro Madrazo en el año 1834 para el Museo de Pintura y Escultura, hoy Museo del Prado, se llamó por primera vez Las Meninas.

reducido a alguna tos ronca. Allí, entre criados, empleados y ayudantes, estaban cerca de dos docenas de hombres sentados a una larga mesa. La mirada del pintor recorrió los rostros uno a uno. A la mayoría los conocía por su nombre. A una buena parte los había escogido él; el resto ya pertenecían a la antigua plantilla de palacio.

El crepitar de los troncos de leña en la gran chimenea que presidía la sala, quebraba el incómodo silencio. Ranc dirigió una fugaz mirada al hogar. Hacía años que aquella vieja chimenea estaba en desuso, más la noche era fría y la amplia estancia, largo tiempo deshabitada, resultaba poco acogedora para celebrar una festividad tan significativa.

Los rostros expectantes esperaban su reacción.

El pintor esgrimió una sonrisa benevolente a la vez que dejaba caer los párpados con un ligero asentimiento de cabeza en gesto de complicidad. Un estallido de risas hizo que el alborozo volviera a reinar en el improvisado comedor.

Se dio buena cuenta de una espléndida cena, y un vino tinto de notable cuerpo regó con generosidad las gargantas de los comensales.

La fiesta se prolongó durante horas. Ranc, poco acostumbrado al exceso, se acercó a una ventana para despabilar el sopor. La noche seguía estrellada. Llamó su atención el movimiento de la luz de hachas en el interior de una de las torre del lienzo de la Priora. Se estaba procediendo al relevo de la guardia y un soldado hacía el reconocimiento del exterior. Ya eran las doce.

Las risas descontroladas y el vocerío compartían atmósfera con un humo denso que denunciaba el deficiente tiro de la chimenea. Algunos comensales habían sucumbido en la lucha contra los vapores del alcohol y, vencidos, dormitaban sobre restos de comida. Ranc se volvió y con un ligero gesto de cabeza indicó a su ayudante que había llegado la hora de retirarse.

Jacobo advirtió a los encargados de las cuadrillas para que dieran por concluida la cena, y ambos salieron discretamente de la sala.

Recorrían los pasillos bajo la luz espectral que proyectaba sus sombras sobre las cuadros que cubrían las paredes. Algunas velas de los candelabros se habían consumido sin que nadie las hubiera reemplazado. «¿Los empleados obrarían de igual modo si estuviesen los monarcas en Palacio?», se preguntó Ranc.

Cerca de sus aposentos, les llegó un sonido impreciso y sordo, como un ahogado murmullo de conversación proveniente de la zona central del edificio donde estaba ubicada la Capilla Real. La festividad mantenía despiertos ciertos sectores del Alcázar y los asistentes a la misa del gallo, celebrada por los monjes de San Gil, iban de retirada.

Ranc observaba a Jacobo mientras este lo ayudaba a desvestirse. Su ayudante estaba tan sereno y lúcido como antes de la cena, sólo la desabrochada camisa denunciaba que por unas horas había trocado su habitual compostura por una comedida ración de asueto.

Ranc se sentó en una butaca y dejó los lentes sobre la cómoda. Los zapatos le apretaban y notó alivio cuando Jacobo, arrodillado a sus pies, comenzó a desabrochárselos. Al inclinarse, del cuello de la camisa del ayudante se deslizó una cadena de la que pendía una cruz peculiar. Ranc entrecerró los ojos y la contempló con interés. Se trataba de una cruz griega con brazos lobulados en sus extremos y un pequeño apéndice a modo de rabillo en el brazo inferior.

—Curiosa cruz —comentó.

Jacobo, sorprendido, se mostró turbado y, raudo, metió el colgante por dentro de la camisa esquivando toda respuesta.

—Debéis acostaros —señaló—. Este frío no conviene a vuestra salud.

Lo ayudó a ponerse el camisón, y Ranc, con un gesto de mano, le indicó que se sobraba él solo para acostarse. Una vez se hubo arropado, Jacobo apagó las velas del candelabro y la luz de la luna tomó el relevo.

Un silencio infinito se apoderó de la estancia y el cansancio se cobijó en los párpados de Ranc.

Apenas tuvo tiempo de gozar de un corto sueño. El repentino repicar de unas campanas lo despertó. Procedían del convento de San Gil. Pensó en los maitines.

Al trepidante repicar pronto se sumaron las campanas del convento de la Encarnación y las de otras comunidades religiosas.

Ranc se incorporó de golpe en la cama. Todavía bajo los efectos de la somnolencia dejó que su vista se perdiera por la ventana mientras esperaba que alguna señal lo sacara de su desconcierto. No se le ocurría un motivo por el cual se había roto la noche de aquella manera tan ruidosa. La inquietud ciñó su frente.

La puerta de la habitación se abrió bruscamente y Jacobo se presentó en el umbral con un candil en la mano y notorios signos de alarma en el rostro.

Ranc se giró hacia él con mirada inquisitiva recibiendo por respuesta la visión de unos ojos y unos labios paralizados por el pánico.

—¿Qué es lo que ocurre? —preguntó alterado.

El fuerte tono de voz sacó a Jacobo de su aturdimiento.

—¡Fuego! —alcanzó por fin a responder el ayudante—. ¡Las buhardillas de poniente están ardiendo!

Ranc saltó de la cama, se dirigió a la ventana y corrió el visillo. Olas volátiles de ardientes pavesas cruzaban veloces tras los cristales. Abrió los batientes y se asomó.

Lo que al anochecer era brisa suave soplaba ahora como fuerte viento impregnado de olor a madera quemada que batía en la cara de Ranc. Lenguas de fuego azotaban rabiosamente el tejado del lienzo de la Priora.

No esperó a que el aturdido Jacobo lo ayudase. Presto se puso las calzas por encima del camisón y se las ajustó mientras encajaba los pies en los zapatos.

Cuando salieron al pasillo ya la confusión se había adueñado del palacio. Hasta allí empezaron a llegar las voces de pavor. A la luz de velas y candiles figuras inquietas se confundían con las sombras. Religiosos de San Gil, seglares y soldados recorrían las estancias alertando a los que todavía dormían, tratando de poner a salvo en primer lugar a las familias de la nobleza.

Ranc, aunque con pocas esperanzas de que sus hombres estuvieran lo suficientemente sobrios, ordenó a Jacobo que reuniera a las cuadrillas, se dirigieran al ala oeste y trataran de liberar de aquella zona el mayor número posible de obras de arte. Él atravesó las salas en dirección este encaminándose hacia el Patio del Rey, para poder tener una mejor perspectiva del incendio.

Observó con estupor que el fuego tenía su origen en el sector del tejado situado sobre la zona en la que horas antes había tenido lugar la celebración de la cena con los empleados. Era manifiesto el cómo las llamas, alentadas por el recio viento de poniente, avanzaban consumiendo metro a metro la cubierta del edificio.

Los lamentos de la vieja madera, devorada por el fuego, se imponían por encima del alboroto reinante en el patio.

Al gentío que ya ocupaba el patio pronto se unió un grupo de miembros de la nobleza protegidos por soldados.

La principal preocupación de los frailes de San Gil era la de poner a salvo los objetos religiosos y el Relicario. Un monje con actitud despavorida se abrió paso hacia la Capilla seguido de Flores, el cerrajero real.

Azuzadas por el viento, las llamas adquirieron mayor ímpetu y embestían con arrebato por la techumbre hacia la torre de la fachada principal.

Entre las comunidades y la guardia se había organizado con presteza la evacuación de cofres, alhajas, objetos de plata y dinero. De vez en cuando un arcón era arrojado desde los balcones. Se ordenó descolgar puertas, ventanas y todo material que pudiera alimentar el fuego y lanzarlo al patio.

Cuando el cerrajero, venciendo el nerviosismo, consiguió abrir la Capilla, los monjes sacaron el Copón, candelabros y blandones. El Santísimo quedó bajo la custodia de los soldados.

A las cuatro de la mañana la casi totalidad del tejado del ala oeste se vino abajo.

Las puertas principales del Palacio, que se habían mantenido cerradas durante horas por temor al saqueo, tuvieron que ser abiertas para permitir el paso a las galeras de mulas con las que evacuar las obras de arte que pudieran ser salvadas.

Ranc contemplaba absorto como el fuego había puesto cerco a las plantas inferiores. Reaccionó y pensó en su gente. Raudo, se encaminó entre montañas de despojos al interior del edificio.

El derrumbe de la techumbre contribuyó a crear un tiro de corriente de aire que avivó todavía más el avance de las llamas a través de la salas, y un humo negro y denso se iba adueñando de cada rincón del Alcázar.

Jacobo dejó a un lado sus modales cortesanos para convertirse en un enérgico y eficiente director de maniobras. Con la colaboración de empleados, religiosos y soldados, había evacuado a duras penas parte de las obras de arte que estaban a su alcance. La falta de escaleras imposibilitaba el rescate de los cuadros situados en las zonas altas de las paredes.

La boca del infierno avanzaba de sala en sala devorando todo lo que encontraba a su paso. Los artesonados y yeserías, en su crepitar, dejaban oír sus lamentos cada vez más cerca. Las tapicerías se consumían creando una atmósfera irrespirable.

Un oficial de la guardia conminó a desalojar toda la galería de poniente ante el inminente derrumbe de los techos.

Jacobo ordenó a los miembros de su cuadrilla dirigirse al ala sur bordeando la Galería del Rey. Ayudarían al desalojo de aquella zona que sería, con toda seguridad, la próxima en ser pasto de aquella tragedia. Él se quedó contemplando impotente cómo se consumían los óleos al calor de las pequeñas llamaradas que comenzaban a hacer acto de presencia entre el artesonado. Con los puños apretados y los ojos anegados de lágrimas, era consciente de que estaba siendo testigo de excepción del fin de una etapa de la historia de España.

En un instante se vio rodeado de fuertes y secos crujidos; el desplome de los techos no se hizo esperar. Reaccionó ante la amenaza de quedar atrapado bajo la imponente estructura de madera, ladrillos y yeso. Se abalanzó al suelo en dirección a la puerta sur un instante antes de escuchar el estruendo provocado por los escombros al impactar contra el pavimento. Una nube de polvo negro se explayó en todas direcciones.

Jacobo se mantuvo expectante ante la posibilidad de otro derrumbe, sentado bajo el dintel que le había salvado la vida. Las corrientes de aire eliminaron gran parte del polvo en suspensión, y pudo observar que la mayor parte del ala de poniente se había quedado sin placas ni tejado, dejando ver un cielo que clareaba para dar paso al amanecer del sábado.

El viento arreciaba, el fuego implacable comenzaba a invadir la parte alta de la Torre Dorada de la fachada principal.

Jacobo contaba con que sus compañeros estarían en alguno de los patios ayudando al desalojo del Palacio. Se puso en pie y se dirigió hacia el Patio del Rey.

La salida a través de la Galería estaba obstaculizada por una montaña de escombros y maderos en brasa. No lo pensó dos veces y puso rumbo hacia el ala sur. El ruido de techos desplomándose lo perseguía. Nubes de polvo y humo irritaban sus ojos.

Tomó una determinación: «Bordearé la Torre Dorada y bajaré por las estancias del Rey. Allí la actividad será frenética y necesitarán ayuda».

No había abandonado la zona cuando a su espalda escuchó voces que se hacían oír sobre la confusión reinante. «Alguien ha quedado atrapado», dedujo. Se dejó guiar por las voces sin perder de vista los techos que empezaban a ser invadidos por el humo procedente de las buhardillas; la cubierta de la Torre agonizaba.

Jacobo vislumbró a tres hombres que, con algún apuro, transportaban un cuadro de gran formato. Discutían entre ellos e iban en dirección contraria a la que la lógica demandaba; las obras de arte se estaban concentrando en la Galería del Rey para bajarlas al patio y sacarlas a la Plazuela del Palacio.

—¡Por ahí no, hacia allá! —les gritó Jacobo señalando la

dirección con el brazo mientras se aproximaba a ellos.

Los hombres se detuvieron y lo miraron, sorprendidos ante su inesperada presencia. Llevaban el cuadro en posición vertical; dos lo agarraban por los extremos y el tercero por la parte inferior central.

Jacobo se percató de que por su aspecto desaliñado y desarrapado no podían ser empleados o sirvientes de Palacio. De seguido su atención recayó en la pintura. Reconoció sin dificultad *Los borrachos* de Don Diego de Silva Velázquez.

Los tres hombres apoyaron el cuadro en el suelo y fijaron en Jacobo miradas inexpresivas. El del centro se le acercó y sonrió con desdén dejando a la vista una maltrecha y sucia dentadura. Era alto, de complexión fuerte y el pelo del color de la paja seca. Jacobo, desconcertado, clavó su mirada en unos ojos azules y una rauda señal de prevención vibró en su cerebro; no cabía duda de que aquel sujeto era un extranjero desconocido.

No tuvo tiempo de reaccionar; el revés de una mano enguantada le descargó un golpe en la cara y su frágil cuerpo se tambaleó aturdido. El segundo golpe le llegó a través de un puñetazo en plena nariz. Sintió un dolor agudo, la vista se le nubló y se desplomó como un fardo.

Cuando comenzó a tomar consciencia de su estado estaba boca abajo. A ras de suelo todo era turbio salvo un pequeño charco que, ante sus ojos, desprendía un brillo titilante. Palpó el líquido viscoso que desprendía aquel brillo; era sangre. Se llevó la mano a la cara, seguramente tendría la nariz rota. No se sentía con fuerzas para levantarse. La sangre cuajada apenas le permitía respirar. Apoyó la mano derecha en el suelo y con un esfuerzo que le resultó sobrehumano se dio la vuelta quedando cara al techo. Con la boca abierta trató de hacer acopio de todo el aire que le fuera posible.

Una serie de secos estallidos invadió la sala, el techo se resquebrajó y Jacobo vio como una masa oscura se precipitaba sobre él. Fue todo muy rápido. En medio de cascotes, una viga llameante le cruzó el pecho. Sintió el crujido de los huesos en tanto que sus pulmones desprendieron una fuerte exhalación.

En el Patio del Rey era continuo el discurrir de carros de mulas. A algunos les habían quitado los toldos de la cubierta para que pudiesen caber cuadros de gran formato que, una vez en la Plazuela, eran descargados quedando bajo la custodia de los soldados.

Ranc reconoció a varios miembros de su cuadrilla entre el tumulto, pero no vio a Jacobo.

—Ha quedado arriba —le indicó uno de los empleados.

Ranc reparó en el ala oeste. A través de los balcones se veían los muros interiores sin techo. Un profundo temor lo invadió. Hizo que dos sirvientes lo acompañaran a la primera planta.

Una vez arriba atravesaron el Salón de los Espejos y el despacho del Rey, y fueron al encuentro con el fuego. Al llegar a las salas lindantes con la Torre el aire se tornó caliente y espeso. El viento seguía arreciando, pero ahora lo hacía en dirección sureste. La azotada Torre tomaba un respiro y se consumía lentamente en sus propias llamas.

Ranc propuso distribuirse en tres direcciones para abarcar así mayor superficie. La gran cantidad de escombro que cubría el suelo hacía dificultoso el avance.

Al cabo de unos minutos uno de los sirvientes dio la voz de alarma; había localizado a Jacobo. Ranc notó que su corazón le latía con más fuerza

Su ayudante estaba próximo a una de las escaleras, bajo una

viga en brasa que descansaba sobre su pecho y el suelo. Era imposible echar mano a la madera para librar a Jacobo. Ranc señaló un larguero que asomaba entre los escombros. Los dos sirvientes lo extrajeron sin dificultad y lo colocaron por debajo de la viga. Haciendo palanca con el suelo la apartaron del cuerpo de Jacobo.

Ranc se acuclilló a su lado con el rostro demacrado. Jacobo tenía los párpados caídos y la respiración forzada. Una herida profunda le cruzaba el pecho, la camisa humeaba y el olor a carne quemada era manifiesto.

—Dadme vuestra chaquetilla —pidió Ranc a uno de los sirvientes alargando el brazo.

Dobló la prenda de lana y la colocó bajo la cabeza de Jacobo. La rigidez de su cuello denotaba que el golpe le había dañado la columna. Los entrecerrados ojos del ayudante basculaban inquietos hasta que echaron anclas en la mirada brillante de Ranc.

—¡La cruz! —exclamó Jacobo en un susurro con timbre ronco—. ¡La cruz! —repitió crispando sus dedos en el brazo de su señor. Llevó con languidez la otra mano al cuello y agarró la cadena, tiró de ella pero no cedió.

Ranc rasgó la camisa ensangrentada de su ayudante. La cruz se hallaba incrustada en la carne quemada del pecho. Jacobo cerró los párpados en mudo gesto de suplica.

Lo que le estaba rogando su ayudante le producía desazón. Durante unos segundos mantuvieron la mirada fija el uno en el otro. Ranc no podía fallarle. Introdujo con sumo cuidado una uña debajo de uno de los brazos de la cruz y empujó hacia arriba con extrema lentitud y tiento.

De la garganta de Jacobo emanó un lacerado quejido de dolor

que hizo estremecer a Ranc. Las aspas de la cruz fueron emergiendo poco a poco de entre la carne, adheridas a jirones de piel quemada. Ranc observó durante un instante la extraña cruz, la misma que hacía unas horas Jacobo se había apresurado a ocultar. Mostraba una muesca que cruzaba dos de sus brazos, producida con toda seguridad por una arista de la viga ardiente. Ranc depositó la cruz en la palma de la mano de Jacobo. Éste la cerró con fuerza y hundió la mirada en la de su señor.

—Prometedme... —suplicó con voz apagada—, que la haréis llegar... al monasterio de... San Juan de la Peña.

Un rayo de incertidumbre invadió la mente de Ranc, pero el tiempo apremiaba.

—Descuidad —asintió con la voz enronquecida por una emoción que le sorprendió a él mismo.

Del pecho de Jacobo emanó una larga espiración y su mano se abrió, exánime. Ranc hubo de hacer un esfuerzo para sobreponerse a la repentina desolación que lo embargaba. Soltó suavemente la cadena del cuello de Jacobo y recogió la cruz en su puño, mientras que, sobre su cabeza, entre reavivadas llamas retornaron los lamentos de la cadente estructura de la Torre.

—Rápido. Tenemos que salir de aquí —ordenó a los sirvientes.

Uno de ellos cogió el cuerpo de Jacobo por las axilas y el otro por las piernas, lo alzaron y aceleraron el paso siguiendo a Ranc hacia las escaleras que desembocaban en las inmediaciones de la Plazuela.

El viento ululaba entre los restos de la techumbre.

En el exterior la gente no cesaba en su afán por evitar que las llamas se propagasen al resto del palacio, retirando toda materia que pudiese realimentarlas. El Patio del Rey se hallaba circundado por un fuego que se sustentaba en sus propias ruinas.

En el suelo de la Plazuela se mezclaban los despojos con arcones, espejos, cristaleras y obras de arte.

Ranc, consternado y fatigado, se sentó en uno de los arcones, acodado en las rodillas y los nudillos bajo el mentón. Las partículas de polvo depositadas en los lentes le impedían ver con claridad la escena. Absorto, recordó que iba a cumplir sesenta y un años. Pensó con ironía si el destino le habría guiado la vida hasta verla coronada en su ocaso con un acontecimiento tan atroz, para ser testigo de aquella tragedia en la que se consumía el corazón del imperio de los Austrias.

Unas voces altisonantes lo sacaron de su abstracción. Levantó la cabeza pero sólo pudo atisbar imágenes desvaídas. Quitó los lentes y los limpió al camisón. A pocos metros, unos soldados conminaban a dos hombres de aspecto desaliñado y atados de manos a subir a un carromato. No cabía duda de que se trataba de dos sujetos a los que habían pillado en acto de saqueo. El más alto, de pelo del color de la paja seca y actitud ruda, contestaba a los soldados de manera hosca.

Ranc desvió la vista hacia el cuadro que se hallaba apoyado en una de las ruedas del carromato. Entrecerró los ojos al toparse con el rostro risueño de Baco. Habían rescatado *Los borrachos,* una obra contemplada por él muchas veces. Sin embargo, en esta ocasión, aquel semblante le sugería otro matiz que no sabría describir; tal vez más radiante, más vivo o tal vez... más sarcástico. Pensó que posiblemente estaba sufriendo un desvarío debido al cansancio.

La amargura que lo embargaba y oprimía su corazón había relegado de su pensamiento el objeto que encerraba en el puño.

Lo abrió de modo inconsciente y se quedó ensimismado contemplando la cruz griega casi mutilada por la muesca.

Jean Ranc moría al año siguiente en medio del abatimiento y la tristeza, no sin antes haber cumplido con la promesa hecha a Jacobo de hacer llegar la cruz al monasterio de San Juan de la Peña.

EL LEGADO

Un frío seco acampaba bajo el cielo de Madrid mientras los rayos de sol se desperezaban sobre la parte alta de la calle de Alcalá. Una luz suficiente como para molestar mis ojos claros.

Solté una mano del volante para bajar la visera del parabrisas.

Aparqué el *Audi* y eché a andar en dirección a la Real Academia de Bellas Artes de San Fernando con el periódico del día en una mano y mi inseparable cartera de cuero cogida del asa en la otra.

Mi sombra me precedió en la entrada al vestíbulo, donde el frío no era menos intenso; me ceñí la bufanda en torno al cuello sobre la trenca de paño.

Hasta el pasado mes de diciembre le dedicaba tres horas de mi libranza semanal, como inspector de la Jefatura Superior de Policía, al oficio de copista en la Academia. Con el nuevo año pensé que, a punto de cumplir los cincuenta y tres, aún no era tarde para realizar un curso de Modelado y Vaciado basado en las técnicas tradicionales de tipo francés e italiano. Aunque desde joven mi vocación había sido Bellas Artes, al terminar el Bachillerato Superior el fiel de la balanza se inclinó hacia la imposición familiar de cursar la carrera de Derecho.

Doce eran las personas, en grupos de tres, que estaban al cargo de la conserjería de la Academia a lo largo de la jornada. Una de ellas se encargaba de la entrada principal y las otras dos controlaban el acceso de los visitantes en la primera planta. Hoy, tras el mostrador del vestíbulo, bajo la mirada vigilante de una escultura de Hércules, estaba Saturnino, un conserje veterano al que gustaba que los asiduos le llamaran Satur. De nariz prominente sobre una base de cuidado bigote y siempre dispuesto a largas peroratas. Amable y risueño, algunos decían que su humor madrugaba más que él.

Al verme entrar, Saturnino enarboló una sonrisa, cogió un paquete de debajo del mostrador y salió a mi encuentro.

—Buenos días, don Luis. Su amigo ha dejado esto para usted.

Miré sorprendido el paquete que me mostraba Satur.

—¿Quién? —pregunté extrañado.

—El anciano, bueno, el académico que nos visitaba con asiduidad, aquel tan educado —contestó Saturnino. Y prosiguió con tono confidencial—: Nunca antes se lo comenté por discreción, aunque lo sospechaba por su acento; ahora puedo decirle con seguridad que se trata de un Académico Correspondiente.

Las charlas con Satur solían tener lugar a media mañana. Temí que hoy el conserje se manifestase locuaz antes de lo acostumbrado.

—¿Ah, sí? —abrevié con tono indiferente en un intento de no prolongar el palique. Sabía que había varias categorías de académicos pero nunca presté mucha atención a esa faceta de la Academia.

—Pues sí, me lo confirmó en la breve conversación que mantuvimos este lunes —dijo Satur. Y aclaró al percatarse de mi desconocimiento—: Son de los miembros que, cuando se lo encomiendan, representan a la Academia en el extranjero, allá donde residan. Pueden acudir a las sesiones plenarias que se celebran los lunes por la tarde e incluso intervenir en ellas, pero no tienen voto.

—Gracias Satur, luego nos vemos —corté con una sonrisa complaciente. Y metiendo el periódico bajo el brazo cogí el paquete que me entregaba el conserje.

Con ágiles zancadas que resonaban en el embaldosado de granito, recorrí el paso de carruajes que unía la entrada por la calle de Alcalá con el patio principal. Abrí la puerta que conducía al Taller de Vaciados, situado en el sótano, y comencé a bajar lentamente la escalera de mármol.

Me paré en el descansillo y observé el paquete. Era del tamaño de una carpeta o archivador y por el grosor y peso bien podía tratarse del tomo de una enciclopedia. Estaba envuelto en papel corriente de estraza y atado con cordón de cáñamo.

Recordé como irrumpió aquel anciano en mi vida a comienzos del otoño. Después de deambular en varias ocasiones por las salas del museo, una mañana se acercó hasta mi caballete y sin más preámbulos me espetó—: «Pinceladas seguras y ágiles, muñeca suelta; como debe ser».

Y así, poco a poco, las rutinarias visitas nos llevaron a establecer un trato de confianza con la particularidad de que, durante un tiempo, nos hablamos de «usted». Compartimos charlas sobre historia y pintura que me parecieron interesantes. La relación se llegó a estrechar hasta tal punto que, cierto día, le cedí la paleta y los pinceles, y pude contemplar con asombro la maestría con la que aquel anciano mezclaba los óleos. Los tonos que adquirían sus pinceladas en el lienzo parecían haberse trasladado allí desde el siglo XVII.

—«Llámeme Mex. Es como se me conoce en los ambientes de por aquí —me confió sin más aquel día—. Al otro lado del charco me apodan *el republicano*».

Aunque las charlas no siempre versaban sobre el mundo del arte, había intuido que la religión y la política eran temas que Mex esquivaba. Sin embargo sí ponía interés en conocer mi trayectoria; de un modo velado me sometía a breves interrogatorios sobre mi vida.

Ahora caía en la cuenta de que yo apenas sabía nada sobre la vida de Mex. Dejó de frecuentar las salas a mediados de diciembre y no había tenido noticias suyas hasta hoy.

El eco de mis propios pasos en el pasillo del sótano me devolvió al presente.

No podía decirse que el taller reuniera las condiciones óptimas para desarrollar su cometido; tendría que contar con un espacio mayor, pero el edificio estaba aprovechado al máximo. Procuraba llegar siempre con antelación suficiente para que me diera tiempo de tomar la segunda parte del desayuno. Nada más levantarme me inyectaba un tazón de café para insuflar el ánimo, y ya en la Academia engullía un bocadillo antes de que llegara el resto de los alumnos.

Después de saludar al jefe del taller, Miguel Angel, que habitualmente en torno a las ocho era el primero en llegar, me dirigí hacia la última de una sucesión de salas donde se apiñaban copias en escayola de esculturas clásicas, algunas de ellas databan del siglo XVIII.

Deposité el paquete, la cartera y el periódico en una silla y, mientras con la mirada daba los buenos días a mis grandes e inmóviles acompañantes, me quité la bufanda y la trenca. Sentado en el basamento de la Venus de Milo con las manos entrelazadas sobre las piernas estaba indeciso entre abrir ya el paquete o esperar a saciar el apetito. Me decidí por lo primero. El nudo del cordón estaba atado con fuerza y busqué una espátula con la que cortarlo. Al retirar el papel me encontré con un legajo grueso toscamente encuadernado: dos tapas de cartón duro y las hojas cosidas a mano con un método similar a la costura «diente de perro». Hojas de desigual tamaño en tono sepia, que se acentuaba hacia los bordes denotando el paso del tiempo, crepitaron al abrir el legajo. El texto, escrito a plumilla, mostraba una letra ligeramente inclinada a la derecha, de rasgos agudos y firmes. Agarré un fajo del manuscrito e hice pasar rápidamente las hojas con la presión del dedo pulgar. En unas, la tinta utilizada era azul y en otras negra.

—«¿Qué diantres era aquello, y por qué me lo había dejado Mex?» —cavilé.

La curiosidad me podía. Miré el reloj. No me daría tiempo a ojearlo antes de que los demás llegaran a clase, aunque pensándolo bien el rostro del Cristo yacente que estaba modelando se encontraba bastante avanzado así que, «¿por qué no?». Cerré el manuscrito y lo coloqué a un lado. Abrí la cartera y saqué el envoltorio de papel de aluminio que contenía el bocadillo. Hoy lo había preparado de queso y anchoas. Un bocado potente para afrontar el día y que además era mi favorito.

Con el bocadillo en la mano volví a coger el manuscrito. Después de estirar las piernas y poner los pies sobre la silla, lo coloqué en el regazo y levanté la tapa. No había hoja en blanco ni prólogo. A continuación de una breve cita la narración comenzaba directamente.

EL MANUSCRITO

«El día será llegado en que el tiempo tenga su fin y con él acabe el infinito. Mientras, los ciclos de la maldad entre tinieblas nos parezcan eternos»

Sacerdote egipcio quemado por hereje.
Fragmento de un papiro del siglo III a.C., época de la dominación griega de Egipto.

Madrid, martes 18 de febrero de 1936

A primera hora de la mañana la presencia de transeúntes en el Paseo del Prado era escasa. La ciudad se desperezaba con galbana después de un lunes ajetreado. Las fachadas de algunos edificios lucían revestidas con coloristas carteles de las elecciones generales celebradas el pasado domingo. Los desgarros y pintadas que mostraban eran prueba de las tensas condiciones en las que se había celebrado la batalla electoral. Los resultados definitivos no se escrutarían en menos de tres o cuatro días, pero ya era innegable que el Frente Popular se alzaría con el triunfo.

El lunes se despertó un desaforado entusiasmo en amplios sectores de la población, sin llegar a alcanzar los niveles de desorden y confusión de la manifestación popular celebrada el 14 de abril de 1931, para aclamar la llegada de la República, y que acabó con el derribo de la estatua de Felipe III que se alzaba en el centro de la Plaza Mayor desde hacía cerca de cien años.

El día estaba desapacible. Rachas de viento serpentearon entre las piernas de Sebastián haciendo revolotear unas octavillas. Se detuvo frente al Museo del Prado al observar dos coches aparcados delante de la fachada principal. Con gesto de extrañeza pasó una mano por su enmarañado pelo y cruzó la avenida con largas y decididas zancadas. Según se acercaba pudo verificar que se trataba de un coche de policía y de una ambulancia.

Aparentemente reinaba la misma tranquilidad de cualquier día a aquella hora de la mañana. Sin embargo, la presencia de aquellos coches rompía la rutinaria apertura del día siguiente al cierre habitual de los lunes.

Sebastián acudía al Prado a ejercer de copista los martes, miércoles y viernes. Había elegido esos días en concreto por ser días en los que la visita costaba una peseta. Los jueves y domingos la entrada era gratuita, por lo que la afluencia de público aumentaba haciendo incomoda la labor de los copistas.

Bajó el cuello de su abrigo, acomodó al costado el zurrón que llevaba cruzado sobre el pecho, y se encaminó hacia la puerta de Velázquez, que aparecía entreabierta. Al pasar entre los dos coches tuvo la sensación de que una mirada se clavaba en su espalda. Miró de reojo hacía la ambulancia. El hombre que estaba sentado al volante, vestido con bata blanca, asomó por la ventanilla un rostro escrutador picado de viruela que acentuaba la dureza de su mirada.

En el vestíbulo lo recibió la cara triste y apesadumbrada de Cristóbal, el celador de la entrada quien, con los labios fruncidos, fue incapaz de ofrecer a Sebastián el saludo afable de cualquier otra mañana. Por el contrario, bajó la cabeza y se dio la vuelta con las manos en los bolsillos, lo que acrecentó la inquietud de Sebastián.

El trayecto hasta la primera planta, que durante años hacía con calma para acostumbrar sus oídos al silencio del museo, hoy se le hacía interminable. Acabó por acelerar el paso y subir con presteza.

Desembarcó acalorado en la Galería Central desplegando su mirada en ambas direcciones. A su derecha, sentadas en un banco, vio a dos mujeres ataviadas con uniformes de enfermeras y capas azul marino. La que aparentaba más joven estaba inclinada hacia delante con una mano en la boca tratando de evitar espasmos de llanto. La compañera, con un brazo sobre sus hombros, le susurraba al oído.

De la sala de Velázquez, situada enfrente de las dos mujeres, le llegó el sonido de varias voces en tono mesurado. Sebastián caminó lentamente hasta la embocadura de la sala. En su interior, varios hombres rodeaban un cuerpo tendido en el suelo, bajo el cuadro de *Los borrachos*. Alguien disparó el flash de una cámara fotográfica. En el centro de la sala se encontraba don Adolfo, el director del museo, hablando con un hombre de mediana edad, grueso y de poblado mostacho, que lo escuchaba atentamente con el mentón elevado y las manos en la espalda sosteniendo un sombrero.

El director se percató enseguida de la presencia de Sebastián y se acercó a su interlocutor para hablarle de modo confidencial. El hombre del mostacho volvió la cabeza para dirigir a Sebastián una mirada ceñuda y al mismo tiempo displicente. Con timbre autoritario y a la voz de «¡sargento!», llamó a uno de los que se encontraban junto al cuerpo tendido y, señalando a Sebastián, le indicó algo.

En tanto el sargento se aproximaba, Sebastián tuvo tiempo de examinarlo. Rondaba los cuarenta años, falto de pelo en el centro de la cabeza, vestía un abrigo con visible exceso de uso y corbata de color indefinido sobre una camisa cuyo ajado cuello denotaba que había pasado el proceso de lavado una y mil veces.

—Perdone, señor. No puede estar aquí —le dijo el sargento—. Esta planta está cerrada al público —añadió con timbre reposado.

La ansiedad impedía a Sebastián asimilar con claridad las palabras del policía.

—¿Qué ha pasado? —preguntó con voz apagada ignorando la petición que le hacían.

—Lo siento, pero tendrá que marcharse.

—Oiga, soy copista del Museo. Vengo casi todos los días. Dígame qué ha pasado.

Unos sollozos atrajeron la atención de Sebastián. Giró la cabeza y, durante un instante, cruzó la mirada con la de unos ojos húmedos que lo observaban.

Se volvió hacia la sala y, aunque superaba en estatura al inspector, basculó el cuerpo para sortear su figura, en un intento por tener mejor visión de la persona tendida en el suelo.

Uno de los hombres que estaba de espaldas disparó de nuevo el flash y se apartó.

—¡Ezequiel! —exclamó Sebastián espantado al tiempo que

hacía ademán de entrar en la sala—. Pero ¿qué le ha...?

La oposición del sargento lo hizo desistir de su intención.

—¿Lo conoce? —preguntó poniéndole una mano delante.

—Sí, claro; desde hace años —contestó Sebastián procurando sosegarse.

El policía lo miró fijamente hasta convencerse de que no intentaría acercarse.

—Espere un momento, hablaré con el comisario. —Más que a orden, las palabras del policía sonaron a ruego.

Se dirigió al centro de la sala y habló durante un minuto con su superior quién no dejaba de observar de soslayo a Sebastián.

El cuerpo de Ezequiel estaba de costado, cara a la pared, con el brazo derecho próximo al zócalo y la mano izquierda cerrada sobre las piernas. Cerca de su cabeza había un pequeño charco rojizo, y desde la posición de los pies partían arrastradas manchas de sangre hasta la entrada de la sala contigua.

El comisario y el director del Museo se despidieron con un apretón de manos. Don Adolfo se fue por un lateral de la sala mientras que el comisario, acompañado por el sargento, se acercó a Sebastián con pasos arrogantes.

—Me dice el inspector Mendoza que conocía usted a don Ezequiel, señor....

—Ríos, Sebastián Ríos.

—¿Cuándo fue la última vez que lo vio? —preguntó el comisario.

La pregunta mudó la ansiedad de Sebastián en confusión.

—Estuve con él aquí, en el museo, el viernes pasado —respondió mecánicamente—. ¿Qué...? ¿Qué le ha pasado?

—Mire señor Ríos —expuso el comisario con tono irónico —, al parecer, y aprovechando que ayer el museo estaba cerrado al público, alguien ha debido de «colarse» pensando que este lugar, circundado por una atmósfera monárquica, era idóneo para celebrar el triunfo del Frente Popular.

Sebastián estaba desconcertado, era evidente que el comisario, o no tenía la certidumbre de lo ocurrido, o trataba de eludir la verdad por medio de una alegoría.

—No comprendo... ¿Qué tiene eso que ver con Ezequiel? No...

—Tiene heridas superficiales —lo interrumpió el comisario con un gesto de cabeza hacia el interior de la sala—. Aunque la opinión del médico forense es que la muerte le sobrevino por fallo cardíaco.

Durante un instante Sebastián perdió toda capacidad de pensar con racionalidad.

Los sollozos provenientes de la Galería Central llamaron la atención del comisario.

—¿Conoce usted a su hija? —preguntó mirando a las dos mujeres.

Sebastián acompañó la mirada del comisario.

—No, no personalmente. Ezequiel me habló de ella en alguna ocasión —contestó con inequívocos síntomas de tensión.

Sebastián pensó en el modo con que Ezequiel le hablaba de Teresa. No era a menudo, pero cuando lo hacía, envolvía sus expresiones con aire de protección e inocencia dando la sensación de que se refería a una adolescente. Sin embargo ahora tenía delante a una mujer que frisaba la treintena, una mujer adulta que tendría que disponerse a convivir con el desamparo.

—Bien, señor Ríos —el comisario dejó traslucir un tono de querer zanjar la conversación—, déjele sus datos al inspector Mendoza. Es posible que tengamos que hablar con usted más tarde.

Y volviendo sobre sus pasos fue a reunirse con las personas que rodeaban el cuerpo de Ezequiel.

Sebastián sentía la crispación de sus mandíbulas; el dolor le llegaba a las sienes.

—Acompáñeme —le ordenó amablemente el inspector Mendoza señalando en dirección a las escaleras—. Ya ha oído al comisario Castrillejos.

Sebastián dudó entre acercarse a Teresa u obedecer al inspector. En su estado de confusión no se le ocurría qué podría decirle a la hija de Ezequiel sin caer en frases trilladas. Ni siquiera estaba seguro de si ella conocía su existencia.

Acompañado del inspector bajó al vestíbulo. Allí le dejó sus datos y salió a la calle.

La ciudad estaba recobrando el pulso. Sintió una ráfaga de aire frío en la cara que lo ayudó a despejar la mente. Volvió a recomponer con rabia el mechón de pelo. Levantó el cuello del abrigo y apresuró el paso. Una pequeña nube de humo escapaba por la ventanilla de la ambulancia cuando pasó a su altura. Una colilla encendida cayó a sus pies.

Sebastián atravesó el Paseo del Prado y subió por la calle Lope de Vega caminando bajo la influencia de una profunda consternación.

Ya en la calle del Príncipe entró en el Café del Gato Negro, se sentó a una mesa junto a la cristalera y pidió un expreso bien cargado.

Gustaba de refugiarse en este café modernista de techo bajo y poca iluminación que lindaba con el Teatro de la Comedia, donde solía organizar su tertulia literaria el escritor don Jacinto

Benavente. El local tenía al fondo una especie de pared postiza que por las noches se abría y comunicaba el café con el teatro. Sebastián pensó más de una vez, sentado a aquella mesa, en como la casualidad cohesiona los acontecimientos. Según se rumoreaba, el dueño del teatro era amigo de la familia del general dictador Miguel Primo de Rivera quien, mediante un golpe militar en el año1923, había tomado el Gobierno de España. En este mismo teatro se había celebrado, hacía poco más de dos años, un mitin político donde José Antonio, hijo del dictador, leyó un discurso de elevada retórica e intensamente poético en el que marcó las pautas para la fundación de la Falange Española.

Los pocos clientes que se encontraban en el establecimiento a esa hora temprana leían la prensa del día ávidos de información política. Sebastián daba por hecho que todos los diarios sin excepción destacarían en sus portadas el cambio de gobierno. Pero los giros y enredos de la vida política nunca despertaron en él especial interés, y más aún cuando la alternancia de supremacía ideológica se sucedía en España con demasiada frecuencia en los últimos tiempos. Sin embargo sentía necesidad de distraer su ofuscación, abstraerse de lo sucedido en el museo para no caer en elucubraciones sobre la muerte de Ezequiel.

A través de la cristalera le hizo una seña a *el Manías*, un muchacho desarrapado de unos catorce años que vendía periódicos en la zona. Tenía un tic nervioso que le hacía guiñar constantemente los ojos. *El Manías* vociferaba habitualmente el *Mundo Obrero*, periódico del Partido Comunista, pero como últimamente este diario sufría frecuentes incautaciones de la edición y el muchacho tenía que sacarse unos céntimos de algún modo, camuflaba por el medio algún ejemplar de *El Sol*, de tinte socialista. Le compró uno. En la portada destacaba una foto de la exultante manifestación de simpatizantes del Frente Popular. En un lateral de la noticia principal aparecía un artículo a media columna que hacía referencia a la negativa de la derecha a aceptar la legitimidad de la victoria.

Tras un rato repasando los titulares como quien mira las musarañas le echó un vistazo al reloj. Consideró que era una hora prudente para llamar a Felipe. Tenía que darle la noticia de lo sucedido a Ezequiel.

Felipe fue su compañero de estudios en la Real Academia de Bellas Artes de San Fernando, y desde hacía algún tiempo también ejercía de copista en el Prado. Actualmente no frecuentaba el museo con la misma asiduidad que Sebastián, ya que simultaneaba la actividad de copista con la de restaurador de pinturas y esta labor, «impulsada» por las influencias familiares, se había incrementado en los últimos meses. Felipe pertenecía a una familia burguesa con vivienda en la calle de Niceto Alcalá Zamora del barrio de San Jerónimo, frente al Parque del Retiro, aunque cuando Felipe la mencionaba lo hacía por su anterior nombre: calle Alfonso XII. Su amigo estaba en abierta oposición a la costumbre de algunos políticos de cambiar los nombres a las calles, arrimando el ascua a su sardina, cada vez que el gobierno cambiaba de color.

El padre de Felipe era ingeniero de una sociedad de madrileña relacionada con el sector siderúrgico.

Hacía años, Felipe había convertido un ático de la calle Fuencarral, propiedad de la familia, en un estudio de pintura que generosamente compartía con Sebastián.

Dio el último sorbo al café frío, metió el periódico bajo el brazo y fue hasta el teléfono, al fondo de la barra.

Lo habitual en casa de los Noguerol era que el teléfono lo

descolgara Virtudes, la criada, una mujer parca en palabras que soltaba a cuentagotas antes de poner a uno en contacto con la persona interesada.

La noticia, aunque impresionó a Felipe, no le causó la reacción emocional que había impactado a Sebastián. La relación de su amigo con Ezequiel no era tan estrecha como la suya. Se despidieron hasta la tarde del día siguiente en el estudio.

La mañana se le iba a hacer larga. Decidió regresar a su habitación de la pensión, y concentrarse en preparar la clase de Historia del Arte que tenía que impartir al día siguiente en la Institución Libre de Enseñanza, donde era docente.

En este centro, fundado en 1876 por un grupo de catedráticos separados de la Universidad por defender la libertad de cátedra, las enseñanzas que se impartían no se ajustaban obligatoriamente a los dogmas oficiales en materia política, religiosa o moral. Sebastián se sentía a gusto participando en aquel proyecto educativo.

Cruzó la plaza de Santa Ana a paso lento con las manos en los bolsillos del abrigo. «¿Qué *carajo* hacía Ezequiel en El Prado un lunes por la noche?», caviló. Era el bedel más veterano del Museo y consideraba aquel espacio como su casa; de hecho lo había sido durante un tiempo hasta finales del siglo pasado. Sebastián conocía por su boca la mayor parte de la historia y entresijos que encerraban aquellos muros.

Hasta dónde él sabía, las actividades en el edificio los lunes se limitaban a las ejercidas por el servicio de limpieza y los empleados de los departamentos de almacenes y restauración, para llevar a cabo, cuando se consideraba oportuno, cambios de emplazamientos o sustituciones de cuadros».

Al llegar a la altura de la calle Carretas giró la cabeza hacia la

Puerta del Sol. La gente bullía cuesta abajo. Al fondo, la plaza se asemejaba un hormiguero en el que predominaban las gorras proletarias junto a algún que otro sombrero de paja. La mañana se mostraba propicia para todos los que quisieran participar en aquella especie de bacanal de conjeturas en que se había convertido el centro neurálgico de la capital. En medio del fervor popular, ese día nadie escatimaría opiniones para juzgar la nueva situación a la que se encaminaba el país.

Aún con rescoldos de aturdimiento en el cerebro, Sebastián se dejó arrastrar hasta Sol. Hacia la mitad de la cuesta lo rebasó un coche que se detuvo ante el Café de Pombo. De él bajaron cuatro hombres de traje, corbata y sombreros de fieltro, que entraron en el café. La seriedad de sus semblantes apuntaba preocupación e inquietud.

Sebastián había estado un par de veces en aquel viejo y vetusto café, decorado con espejos de marcos anchos sobre paredes en madera de caoba. La última vez hacía tan sólo unos meses, invitado por Felipe para escuchar a un poeta hispanoamericano llamado Pablo Neruda. Era uno de los centros de tertulia más influyentes de Madrid, tertulia conocida también como la *Cripta de Pombo* por la complicada distribución del local y sus bajos techos. La animada y distendida tertulia de Pombo, que se celebraba los sábados hasta las tres de la madrugada, la había establecido el escritor Ramón Gómez de la Serna durante la Gran Guerra, y en ella recalaban casi todos los escritores hispanoamericanos que venían a Madrid. Era el refugio de aquellos que estaban hastiados de hablar de la guerra, y desde sus inicios estaba prohibido tocar ese tema. Era notorio que el replanteamiento político forzaba a los *pombianos* a saltarse el hábito de sus tertulias sabatinas.

Una vez en Sol, Sebastián se vio inmediatamente rodeado de lo que le pareció un ballet de siluetas. Se acercó a la entrada de la calle de Alcalá llevado por la curiosidad de ver si el ambiente del Café Colonial se había contagiado del resto.

El público del Colonial era muy variopinto, aunque en un tanto por ciento elevado estaba compuesto por pintores y poetas, algunos de ellos extranjeros, artistas veteranos que llegaron a España con la guerra.

Sebastián entró con la esperanza de encontrar allí a algún colega con el que poder matar el rato. La concurrencia era escasa, los tertulianos de vida bohemia no disponían de más capital que lo justo para un café y media tostada, y guardaban sus exiguos recursos para las tertulias de la noche.

Decepcionado, dio media vuelta y se adentró entre la muchedumbre. Sobre el murmullo ensordecedor de la plaza destacaba de vez en cuando algún manifiesto altisonante acompañado de un brazo que mantenía en alto un periódico. Embocó la calle Mayor y subió por Esparteros.

Consultó el reloj. Ya era mediodía.

La dueña de la pensión, doña Sofía, era muy estricta con el horario de las comidas. El almuerzo se servía a la una y media, así que Sebastián calculó que aún tenía tiempo para poner orden en su cabeza.

El vestíbulo estaba presidido por una planta de gran tamaño que en su tierra era conocida como *costilla de Adán*, nombre que a Sebastián siempre le había resultado curioso. Al fondo del vestíbulo se encontraba la sala comedor, y lo primero que uno veía al entrar era a don Wenceslao, militar de infantería retirado, arrellanado en un sillón, con un lápiz en la oreja engullendo cada palabra de el *ABC*, lo cual le ocupaba toda la mañana y parte de la tarde. Para llegar a la sala había que pasar por delante de la cocina. Allí, entre vapores cuyo olor anunciaba lentejas, se hallaban doña Sofía y Avelina, la criada. La dueña, peinada como era habitual en ella, con el pelo retirado hacia atrás rematado en un impecable moño a la altura de la nuca y un prominente y depilado lunar sobre el labio superior, recibió a Sebastián con un saludo no exento de retintín.

—Viene usted hoy muy temprano, don Sebastián.

—Sí —susurró Sebastián sin detenerse—. Buenos días —saludó a su vez a don Wenceslao con una forzada mueca.

—Según se miren —objetó éste sin levantar la vista del periódico.

Sebastián percibió un cierto aire, mezcla de ironía y sarcasmo, esa mañana en la pensión.

A continuación de la sala estaba el pasillo, con dos puertas a cada lado, que correspondían a las habitaciones de los huéspedes: el susodicho don Wenceslao, un representante de lencería del que sólo sabía que se llamaba Ernesto, y Vicente, empleado de la Compañía Telefónica, un cincuentón natural de Ciudad Real y destinado en Madrid. La habitación de Sebastián era la segunda de la izquierda. Al fondo del pasillo se encontraba el cuarto de baño, con una pileta y una bañera de hierro que reposaba sobre lo que parecían pezuñas de león. En un recodo que daba al patio estaba el retrete. «Todo un lujo el tener las dos piezas por separado», pensó Sebastián el primer día que llegó a la pensión. La dueña y la criada tenían sus habitaciones en la planta superior abuhardillada.

El piso, aunque estaba a un paso de entrar en el archivo de la decadencia, todavía conservaba la fragancia de épocas mejores en sus anchas cornisas, grandes rosetones de escayola y altas puertas de castaño con ribetes modernistas.

Doña Sofía era viuda de un oficial médico militar. A su fallecimiento convirtió la vivienda familiar en pensión. Así conseguía dos objetivos: por un lado mantener alejada la soledad y por otro completar su magro subsidio de viudedad.

Sebastián cerró la puerta con pesadumbre, dejó el zurrón sobre la única silla de la habitación y colgó el abrigo en el armario. El mobiliario lo completaba una cama de tubos metálicos pintados de blanco viejo procedente, según cotilleo de la criada, de una remodelación hecha en el hospital militar, una mesita de noche, un lavabo palanganero de tres patas y, bajo la ventana que daba al patio interior, una mesa pequeña con puerta lateral que le había solicitado a doña Sofía, y donde Sebastián guardaba un par de mancuernas para su ejercicio diario de media hora. Por las habitaciones que daban a la calle la patrona cobraba un extra. Las ocupaban el exmilitar y el empleado de Telefónica.

Se echó sobre la cama con las manos bajo la nuca y fijó la mirada en el techo. A falta de padre, en los últimos años había descargado sus confidencias y vacilaciones en el viejo Ezequiel, quién le correspondía con consejos acarreados desde su experiencia tanto de la vida en sí como de perro viejo del museo. Con la voz del veterano bedel en su cabeza se le fueron cerrando los párpados.

Lo despertó el tintineo de la campanilla que blandía Avelina anunciando la hora del almuerzo.

Cada uno de los huéspedes tenía un sitio fijo a la mesa. Al lado de Sebastián se sentaba Ernesto, el representante de lencería.

No se había equivocado, ese día tocaba lentejas y, tal como estaba sucediendo últimamente con frecuencia, la parte proporcional del chorizo que debiera corresponder a Sebastián, Avelina lo deslizó en el plato del representante, sobre el que la criada descargaba miradas veladas que no pasaban desapercibidas para Sebastián y que a su entender rayaban en lo licencioso. No pensaba que la criada le tuviera inquina, ya que apenas mantenían conversación en el poco tiempo que él pasaba en la pensión. Aunque un año atrás, antes de la llegada de su compañero de mesa, era a él a quién Avelina enviaba insinuaciones atrevidas a las que Sebastián no prestaba atención alguna.

En su apreciación de pintor, Sebastián describiría a Avelina como una joven lozana de unos veinticinco años, de cuerpo digno de encomio; exuberantes curvas y la cara de subido color de tierra. No era hermosa al modo convencional, tenía los labios demasiado fruncidos y los pómulos prominentes, más las partes imperfectas quedaban unificadas en un conjunto que no necesitaba afeites, gracias a sus grandes ojos de un gris profundo, que le añadían una pizca de inocencia y serena sensualidad.

Sebastián pasó la tarde en su habitación, entre la mesa, preparando la clase, y la cama, sumergido en pensamientos y recuerdos. Su mente volvía una y otra vez a lo ocurrido en el museo, intentando encontrar sentido a las pueriles y escuetas explicaciones del comisario. Decidió que al día siguiente trataría de obtener más información que pudiera aclarar la muerte de Ezequiel.

Madrid, miércoles 19 de febrero de 1936

A primera hora del miércoles Sebastián cogió el tranvía para dirigirse a la Institución Libre Enseñanza, en el Paseo General Martínez Campos. La mañana lucía un cielo despejado, temperatura fresca, y el ambiente en la calle era, en apariencia, el de un día cualquiera.

Después de tomar café en la sala de profesores, dónde cambió sucintas impresiones sobre los recientes cambios políticos con su compañero Ricardo, titular del departamento de Geografía e Historia, se refugió en su aula.

La clase discurría normalmente hasta que un grupo de alborotadores se concentró delante del edificio dando voces contra la República y el Frente Popular. Sebastián se acercó a la ventana. Por su vestimenta dedujo que los manifestantes pertenecían a la Falange. Hacía ya algún tiempo que la Institución estaba siendo vigilada por miembros de la derecha más radical y grupos afines. Apenas le dio tiempo de esquivar una piedra que acabó en el suelo del aula después de atravesar el cristal de la ventana.

A última hora de la mañana bajó caminando hasta el Museo del Prado. No tenía intención ni ánimo de ejercer de copista, su interés se centraba en averiguar algo más sobre el suceso del día anterior. Daba por supuesta la imposibilidad de hablar con el director, dado que apenas se dejaba ver últimamente y cuando lo hacía, uno no podía adivinar a primera vista el talante del que iba a hacer gala don Adolfo en ese momento. Tenía un carácter complejo y contradictorio; ora parco y misterioso, ora locuaz y simpático; aunque la mayor parte de las veces introvertido y huraño.

Ezequiel poseía una personalidad fuerte, y los teóricos galones que ostentaba por ser el bedel más veterano le otorgaban cierta ascendencia sobre sus compañeros, entre quienes era muy respetado. Supo por uno de ellos que el cuerpo de Ezequiel, después de serle practicada la autopsia en el tanatorio médico forense, sería llevado a Alcalá de Henares, donde residía una hermana, para darle sepultura. Por lo que respectaba a las circunstancias de su muerte, lo informó de que aquella mañana había estado en el museo un tal inspector Mendoza, interrogando al personal.

Sin embargo le fue imposible obtener de los bedeles información sobre la hija, lo cual no le extrañó, pues conocía el celo de Ezequiel por su vida privada.

Apretó el paso Carrera de San Jerónimo arriba para llegar a tiempo a la hora del almuerzo.

Nada más entrar en el vestíbulo le llegó el sonido musical procedente del gramófono de don Wenceslao. La ópera, los dramas líricos que entusiasmaban al exmilitar, a Sebastián le sonaban todos de un modo similar. Es más, había llegado a la conclusión de que sólo tenía aquel disco y lo escuchaba continuamente.

Los acordes cesaron en el preciso momento en que Avelina hizo sonar la campanilla.

El plato principal de ese día consistía en bacalao a la vizcaína. Sebastián revolvió las patatas entre el líquido elemento en busca de algún pedazo sustancioso de bacalao, pero sólo encontró pequeños rastros del pescado adheridos a una espina. De reojo observó como de nuevo su parte proporcional de tajada se deslizaba hacia el plato de su compañero de mesa. Intuía que Avelina estaba esperando una mirada de reproche suya, pero Sebastián no le concedió ese placer.

Era costumbre rematar el almuerzo con un café que servía personalmente doña Sofía en un rincón de la sala, donde había cuatro butacas y una mesita baja de centro. Sólo se ocupaban tres de las butacas, ya que el representante de lencería iba directamente de la mesa a la habitación para recoger su maletín y continuar con la jornada de visitas. Don Wenceslao se apantallaba con el *ABC*, y Sebastián encajaba con resignación y mecánicas sonrisas la retahíla de anécdotas y quejas que le «disparaba» el locuaz empleado de Telefónica relacionadas con su jornada laboral. Aguantaba estoicamente los quince minutos en aras del exquisito café que hacía la patrona.

Sin embargo aquella tarde, concentrado en los cristales de la puerta balconera, donde creyó ver reflejados los ojos llorosos de Teresa, sólo percibía un lejano ronroneo.

Sebastián llegó al estudio de Felipe en torno a las seis.

Desde hacía varios meses Felipe iba a primera hora de la tarde. Necesitaba disponer de tiempo suficiente para dar cuenta de la cantidad de trabajos de restauración de pinturas que últimamente se le habían acumulado. Recibía encargos tanto de particulares cercanos a su familia, como de amigos del Museo del Prado. Felipe no pasaba la llave a la cerradura mientras permanecía en el estudio. Un cordón atado al tirador del pestillo pasaba al exterior a través de un agujero en la puerta.

El estudio se componía de una única estancia rectangular amplia y diáfana, con una gran cristalera en pendiente que daba a la fachada de la calle. A la derecha había una chimenea empotrada en el muro medianero, con dos sillones orejeras y una mesita baja delante. La pared de la izquierda estaba cubierta por un mueble librería. La zona de trabajo, con caballetes, una mesa amplia, bastidores y demás útiles de pintura, ocupaba un área próxima a la cristalera.

Cuando Sebastián entró, Felipe se encontraba medio sentado en su taburete, pincel en la mano, concentrado en un lienzo.

Sebastián colgó la chaqueta en un perchero de árbol y, mientras descolgaba la bata de trabajo, se fijó en dos cuadros apoyados en el suelo junto a la estantería.

—Veo que la pila de encargos está creciendo —señaló con chanza.

—Hay que aprovechar las influencias familiares mientras se pueda —admitió Felipe en el mismo tono.

El tiempo había fraguado entre ambos la esencia de confianza y amistad. En ocasiones sus espíritus noctámbulos los arrastraban a prolongar los crepúsculos invernales hasta que el alba los sorprendía repantigados en las orejeras, en medio de la penumbra al calor de los rescoldos de la chimenea. Aquella estancia, donde en primavera el cielo alternaba los chaparrones con los rayos que el sol dejaba caer como aguijones sobre la cristalera, a Sebastián le parecía un lugar luminoso y acogedor.

Felipe tenía dispuesta habitualmente una cafetera sobre el hornillo eléctrico. Sebastián se sirvió café. Intuyó, por el pocillo usado que estaba sobre la mesa, que su amigo ya había tomado.

—¿Qué tal por la Institución? —preguntó Felipe.

Sebastián captó el trasfondo de la pregunta. A Felipe le constaba, por los comentarios de antiguos compañeros de la Residencia de Estudiantes con los que seguía relacionándose en las tertulias sabatinas, que la Institución Libre de Enseñanza estaba en el punto de mira de los conservadores. No podían soportar un centro de enseñanza donde sus principales ideas estaban cimentadas en el convencimiento de que había que rehacer al hombre español con el trabajo, la probidad y el ejercicio libre de la mente.

—No se resignan. En esta ocasión fue un grupo de jóvenes falangistas —contestó con indiferencia Sebastián mientras abría pausadamente tubos de óleo y descargaba parte de su contenido en una paleta. Eligió dos pinceles de entre los muchos que había en una vasija de barro y, con aire absorto, se situó ante su caballete.

Felipe lo observaba de reojo.

—Te veo afectado.

—¿Qué? —contestó Sebastián saliendo de su ensimismamiento. Se concedió unos segundos de reflexión—. No para de rondarme por la cabeza la muerte de Ezequiel.

—Aunque mi relación con él no era tan estrecha como la tuya, yo también le había cogido afecto.

Los minutos siguientes discurrieron silenciados por una aparente abstracción.

—¿Que edad tenías cuando murió tu padre? —le espetó Felipe.

Sebastián suspendió el pincel en el aire y ancló la vista en el lienzo que tenía delante.

—Quince —contestó después de un breve suspiro.

A la respuesta le siguió otro instante de embarazoso mutismo.

—Felipe —articuló Sebastián dejando vagar la mirada por el cielo a través de la cristalera—, ¿recuerdas el nombre del sanatorio donde había dicho Ezequiel que trabajaba su hija?

—Es un hospital —contestó Felipe.

—Ah, ya.

—Maudes —agregó Felipe.

—¿Cómo?

—Hospital de Maudes. Quizá te suene más como Hospital de Jornaleros.

—Ah, sí, sí.

Felipe dio un paso atrás para contemplar el resultado de su trabajo.

—¡Otra jornada más y liquidado! —exclamó con satisfacción atusándose la punta del bigote.

Sebastián se acercó al caballete de Felipe.

—Ya sólo te falta tener un estilo propio, o... ¿se te ha pasado la edad? —arguyó ladino.

—Envidia cochina —se pavoneó Felipe—. Creo que por mis venas corre más sangre de negociante que de artista. Por cierto, esta mañana mi padre me preguntó por ti antes de partir para Alemania.

—¿Como le van los negocios por allá?

—Bien —Felipe dio un pequeño toque de pincel en el lienzo—. Los alemanes necesitan materias primas y él hace lo posible por suministrárselas. Algún día tendrías que venir por casa a conocer a mi familia.

Don Faustino Noguerol, el padre de Felipe, viajaba con frecuencia a Bilbao y a Alemania. La actividad minera de España, sobre todo de Asturias y Vizcaya, permitía la exportación a

Europa Central de materias primas para la fabricación de hierros y aceros elaborados.

El viernes, al acabar la clase de la tarde, Sebastián subió al tranvía con dirección a Cuatro Caminos. Escrutó su reflejo en el cristal de la ventanilla. Ese día había acompañado una corbata a su habitual chaqueta de pana marrón. Una vez que se hubo apeado tuvo que caminar un trecho hasta la calle de Maudes. El hospital estaba situado en la parte alta de lo parecía una zona residencial con escaso tráfico. Se trataba de un gran edificio de granito, cuyas torres le recordaron el estilo del Palacio de Comunicaciones de la Plaza de Cibeles.

Sebastián esperó en la acera de enfrente, desde donde podía controlar las entradas y salidas por la puerta principal. Consultó el reloj; eran las siete menos diez. Le habían informado por teléfono de que el turno de día de las enfermeras terminaba a las siete.

Dio cortos paseos hasta que vio movimiento en la puerta. Salieron tres mujeres charlando entre ellas. No tuvo dificultad en reconocer a Teresa, quien se despidió de las otras dos y tomó la dirección opuesta. Sebastián atravesó la calle a su encuentro con paso decidido, aunque era consciente de su nerviosismo. No sabía cómo iba a presentarse ni lo que le diría a continuación. Ella lo vio acercarse y se paró sin dejar de mirarlo.

Sebastián notó que se le secaba la garganta. Tragó saliva para poder emitir en un ronco susurro:

—Hola, Teresa.

A lo que ella correspondió con un claro:

—Hola, Sebastián.

Le sorprendió la entereza que desprendía la voz de la mujer.

—Hasta ahora no me fue posible... —comenzó a decir, pero

la mirada de Teresa le impedía sustraerse de la emoción que lo embargaba. Hizo una inspiración antes de soltar—: No sabes cuánto siento...

—No hace falta que digas nada —le atajó ella.

A Sebastián se le hicieron eternos los segundos en busca de las palabras adecuadas.

—¿Caminamos? —inquirió Teresa con determinación.

Estaba obscureciendo y la noche se presentaba fresca pero agradable. Para romper el hielo hablaron de cuestiones banales acerca del hospital y de las clases en la Institución.

El transcurso de la conversación llevó a Sebastián al convencimiento de que Teresa estaba al corriente de su vida.

El barrio de Cuatro Caminos se encontraba casi en el extrarradio de Madrid, donde se respiraba un ambiente más obrero que burgués.

Al llegar a la confluencia con la calle del Doctor Federico Rubio y Galí entraron en el café Franco Español.

Se sentaron a una mesa y pidieron dos cafés.

—Y de Ribadeo me fui a La Coruña, a la Escuela de Artes y Oficios Artísticos —prosiguió Sebastián la conversación interrumpida al entrar en el café, más seguro y animado

—Y de allí a la Academia de Bellas Artes de Madrid —continuó Teresa—. Buen salto.

—No hubiera sido posible sin la ayuda de mi tío Manolo, el hermano de mi madre que está en América. Él me enviaba el dinero para pagar los estudios.

Las huellas del drama eran palpables en el rostro de Teresa. Unas obscuras ojeras enmarcaban el brillo de sus ojos. Un brillo que turbaba a Sebastián; levantó la taza y tomó un sorbo.

—Mi padre pasó toda su vida en ese edificio —dijo ella al

tiempo que retiraba con una mano la onda de melena que le cubría parte de la cara—. Antes de nacer yo mi familia ya vivía en los desvanes del Museo.

—Sí, lo sé. Él me contó lo del incendio —apostilló Sebastián.

El día veintiuno de julio de 1891 se produjo un conato de incendio en el entonces llamado Museo Nacional de Pintura y Escultura. Ezequiel era el celador de la Sala Isabel y quién dio la voz de alarma. El foco del fuego estaba situado en un brasero junto a la sala donde los copistas guardaban sus disolventes y pinturas. En este suceso ardieron algunos cuadros de menor importancia. El asunto no tuvo mayor trascendencia pero sirvió para que cuatro meses más tarde el periodista Mariano de Cavia publicase un artículo en el *ABC*, en el que alarmaba con la falsa noticia de un importante incendio en el Museo del Prado como consecuencia de las malas condiciones de conservación del edificio, debido sobre todo a los braseros utilizados por las cinco familias de empleados y dependientes que ocupaban los desvanes. Después de aquella publicación el ministro de Fomento, Linares Rivas, ordenó el desalojo de los desvanes.

El rostro de Sebastián se crispó.

—Pero lo del lunes... —soltó entre dientes al tiempo que, con un movimiento resuelto, echaba hacia atrás el flequillo.

—No dejaba pasar un día sin hacer el recorrido por «su museo» —dijo Teresa mientras removía de manera maquinal el café. Miró con ojos resplandecientes a Sebastián—. Me hablaba mucho de ti, de tu carácter rebelde e independiente.

—¡Vaya...! —dejó escapar él con aire de turbación. Y por unos instantes su mirada quedó presa en la calidez de la de ella.

Sintió que bajo su mano, el mármol de la mesa se tornaba más frío.

Quedaron en verse el domingo de la semana siguiente.

La primavera transcurrió sobre una alfombra de violencia. En la España latifundista, ante la desesperación de los hacendados, se generalizaron las huelgas y las ocupaciones de tierras por parte de obreros y braceros, irritados por el trato que recibían de aquellos; la situación se había encrespado en grado sumo.

Alguna prensa daba cuenta de los denodados esfuerzos del jefe de la Falange, José Antonio Primo de Rivera, por crear un clima de entendimiento y moderación, incluso de un posible acercamiento a las tesis del dirigente socialista Indalecio Prieto, cuyo partido se había negado a formar parte del Gobierno. Pero la ira crecía en proporción geométrica y todo intento de poner freno al caos existente estaba condenado al fracaso. En el mes de abril, la Falange se vio abocada a girar inevitablemente a la derecha, recibiendo una importante ayuda económica de los conservadores. La polarización de las fuerzas políticas en dos bandos se tradujo en un incremento de las peleas callejeras en Madrid, y la ruleta infernal empezó a girar rápidamente. Cada muerto falangista tenía su correspondiente en el seno de las izquierdas. El Gobierno, al ver que la situación se le escapaba a todo control, quiso tomar las riendas disolviendo la Falange, a la que consideraba una de las principales causas del desorden. Los miembros de su Junta Política con José Antonio a la cabeza fueron detenidos, la mayoría durante una redada realizada en el café La Ballena Alegre, y encerrados en la cárcel Modelo de Madrid.

Teresa y Sebastián siguieron viéndose cada domingo en el café Franco Español.

Durante ese tiempo Teresa no recibió ninguna notificación que le aclarase la muerte de su padre, por lo que era de suponer que las pesquisas policiales no habían dado resultado alguno, o que el comisario encargado del caso consideraba la investigación como un asunto de segundo orden. Ella también evitaba en lo posible mencionar el doloroso suceso, y Sebastián desistió de recordar aquel día.

Madrid, 7 de junio de 1936

Felipe era Géminis. El domingo 7 de junio celebraba en su casa una comida de su treinta y un cumpleaños a la que fue invitado Sebastián. Ambos eran de la misma edad. Por fin iba a conocer en persona a los miembros de su familia, de los que ya Felipe a lo largo de estos años le había hecho, con la ironía que lo caracterizaba, una detallada descripción: la abuela paterna, doña Asunción, afectada de una notable sordera, la madre, doña Mercedes, parlanchina donde las hubiere, que sólo aparcaba su locuacidad cuando tomaba la palabra su marido, del que estaba enamorada hasta el tuétano, y al que escuchaba con devota admiración observando como se movía su recortado bigote, Merceditas, su hermana, secretaria en un despacho de abogados, la «resabidilla» de la familia y a la que, según palabras de Felipe, "con cerca de treinta años se le está escapando el último vagón del sacramento del matrimonio". Pero sobre todos tenía interés en conocer al padre, don Faustino. Sebastián no sabría analizar la mezcla de sentimientos que ligaba el amor de hijo de Felipe y la veneración por el universo que rodeaba a su progenitor: su retórica, sus amistades, sus influencias, su vida cosmopolita culpable en parte de que no pasase más tiempo con él; Bilbao, Bremen, Essen...

La invitación le había sido cursada por Felipe con el explícito ruego de no hacer comentario alguno sobre las tertulias sabatinas de los cafés.

Sebastián estaba convencido de que la verdadera vocación de Felipe era la literatura, aunque éste nunca quisiera reconocerlo. Llegó a las artes plásticas por designio de tradición familiar. Siendo alumnos de la Academia de Bellas Artes, Felipe le pidió algún sábado que lo acompañara a las tertulias de El Nuevo Café de Levante, en la calle del Arenal, del que se decía era el centro de reunión de las tertulias literarias y artísticas más importantes de Madrid, y que parte de su fama era debida a uno de sus tertulianos: el consagrado escritor Ramón del Valle Inclán. Un tiempo después Sebastián, con el gusanillo sabatino dentro, derivó al Café Colonial y Felipe a la Cervecería de Correos, atraído por la presencia de antiguos compañeros de la Residencia de Estudiantes y, en particular, porque allí acudía con frecuencia un poeta y dramaturgo del que ya tenía referencias, por su estancia en dicho centro, llamado García Lorca y que, a juzgar por Felipe, era el autor más famoso en América.

Sebastián no mostró interés en saber por qué su amigo, espíritu de contradicción, quería evitar mencionar ese tema ante la familia.

El día se presentó soleado, acompañado de un calor que al mediodía resultaba molesto. Sebastián bajó por la calle de Alcalá hasta la Plaza de Cibeles y diez minutos más tarde estaba ante el portal de los Noguerol, donde el sol caía a pico.

Los padres de Felipe presidían la mesa, uno en cada cabecera. A un lado se sentaban la abuela Asunción y Sebastián, y enfrente de ellos Felipe y su hermana Merceditas.

Como no podía ser de otro modo, la primera parte de la comida transcurrió entre alabanzas a las excelencias de los manjares. Luego, la conversación derivó hacia los estudios y el oficio que dieron lugar a la relación entre los dos amigos.

—Felipe mostró desde muy niño grandes dotes para el dibujo y la pintura —comentó doña Mercedes mirando a su marido—. Le viene de familia —apostilló.

—Sí —confirmó don Faustino—. Mi padre pintaba muy bien, ¿verdad mamá?

—Sí, está muy rica —contestó doña Asunción sin levantar la vista de la tierna carne de solomillo que tenía en el plato, absorta en su masticación.

Don Faustino cerró los ojos con resignación.

Merceditas, poco agraciada físicamente, no quitaba ojo a Sebastián tratando de llamar su atención. Él, un tanto azorado, esquivaba su mirada.

—Usted no es de Madrid, ¿verdad? —«disparó» Merceditas.

—Sebastián es un vendaval que nos llegó del noroeste —se adelantó Felipe en tono burlón.

—Entonces se sentirá un poco solo —especuló Merceditas con jovial insolencia.

—Y, ¿cómo ven la situación actual del país desde la Institución, Sebastián? —recondujo don Faustino la conversación sutilmente.

—Esperábamos que después del claro triunfo del Frente Popular se calmase el ambiente político —respondió Sebastián con una mueca de contrariedad.

—¿De verdad creían eso? —ironizó don Faustino.

Sebastián miró confuso a los demás comensales que a su vez lo contemplaban con atención en espera de una respuesta, conscientes de la situación apurada que siempre creaba en los contertulios el estilo interrogativo del cabeza de familia.

—Bueno..., no lo sé. Sería lo más lógico —contestó al fin.

—El resultado de unas elecciones siempre deja descontentos — enunció don Faustino.

Mientras Virtudes servía los postres el anfitrión se levantó, abrió un cajón del aparador y sacó una caja de puros en cuya tapa aparecía grabada la cruz esvástica. Eligió un cigarro, lo hizo girar entre los dedos acercándolo a la oreja, y le dio una rápida pasada por debajo de la nariz aspirando su aroma con satisfacción antes de continuar:

—Se rumoreó en el casino que tras los comicios, algunos políticos conservadores, atemorizados, intentaron convencer al general Franco, a la sazón Jefe del Estado Mayor Central, y a otros generales, para que declarasen la ley marcial, pero que Franco se negó a hacerlo.

Don Faustino se sentó y discretamente hizo a un lado el platillo del postre. En su lugar encendió el cigarro puro.

—La mayoría de los miembros del cuerpo de oficiales son liberales moderados de origen pequeño burgués —exhaló con la primera bocanada de humo—, no les atraen ni la ideología fascista ni la nostalgia reaccionaria de la monarquía. Así y todo, durante los meses de marzo y abril se tramaron algunos complots de todo punto ineficaces que fueron descubiertos en Madrid, lo que conllevó la detención de varios oficiales.

Cuando hablaba don Faustino los demás miembros de la familia escuchaban con admiración. A Sebastián la política lo traía al pairo, ni siquiera había oído nombrar nunca al tal general Franco. Pero estaba claro que para don Faustino era un tema de preocupación, y dado que los demás se limitaban a escucharlo, ante la pausa del anfitrión, Sebastián se vio en la obligación de darle réplica.

—Y... —terció haciendo una pequeñísima pausa antes de preguntar — ¿Usted qué opina de todo ello?

El silencio que siguió no podía ser tan largo como le estaba pareciendo a Sebastián. La pregunta había sido hecha sin el menor asomo de ironía en la voz. La madre de Felipe lo miró con cierto recelo. Desconcertado, lanzó una mirada de reojo a su amigo en demanda de auxilio. Felipe arqueó ligeramente las cejas a la vez que esgrimía una mueca lacónica. Sebastián se dio cuenta de lo inapropiado de la pregunta y creyó que el anfitrión utilizaría alguna treta dialéctica para rehuir la respuesta.

—Ni el momento ni las circunstancias eran las más favorables para decretar una situación de ley marcial —dictaminó don Faustino contemplando como se consumía la punta del cigarro—. Pero por precaución, aunque no sé si con acierto o no, el Gobierno ha descentralizado, digámoslo así, a varios generales. A Franco lo han destinado a las islas Canarias. Está considerado como un hombre cauto y, si es inteligente como yo creo que es, no se involucrará en una conspiración contra la República. —Exhaló otra bocanada antes de puntualizar—: Al menos por ahora.

Sacudió la ceniza del puro en el cenicero, e imprimiendo a su voz un timbre profético continuó:

—Todo tiene su tiempo, y todo lo que se quiere debajo del cielo tiene su hora.

—Ah, ya... —dejó caer Sebastián desconcertado ante la duda de si lo que acababa de escuchar se trataba de un panegírico. Mudó la expresión y se centró en el postre.

—Los secretos del tiempo y de la vida están dentro de uno — proclamó sin más don Faustino.

—Por supuesto —apoyó Sebastián sin pararse a pensar en el significado de aquella expresión. Entendió que había llegado el momento casi obligado en que todo anfitrión, después del postre, se convertía en proveedor de retórica.

—De un tiempo a esta parte —continuó don Faustino—, las personas que frecuentamos determinados ambientes o realizamos nuestras gestiones en sectores estratégicos, hemos pasado a ser sospechosos en nuestro propio país.

Se había servido el café. Sebastián, sintiendo la continua observancia de doña Mercedes, levantó la taza hacia ella.

—Excelente —susurró para no interrumpir la locución.

—Se nos vigila mucho más que a los numerosos representantes de agencias extranjeras que están recalando en España, atraídos por las especiales circunstancias que atraviesa el país —subrayó don Faustino. Observó que el cigarro puro se había apagado, lo dejó en el cenicero y cogió la taza de café para proseguir—. Uno percibe en ciertos círculos una admiración y reconocimiento que nunca ha pretendido, pero a la vez se evidencia de modo notorio la falsedad de esos sentimientos; no deja de ser curioso. —Apuró el café y, mirando primero a Sebastián y luego a Felipe, sentenció con una frase que rezumaba advertencia—: Hoy, más que nunca, hay que ser cauto en palabras y hechos.

Felipe le dirigió una mirada de complicidad a su amigo.

—Creo que en ese punto estamos todos de acuerdo, ¿verdad Sebastián?

—¿Sabía usted —giró de nuevo don Faustino la conversación—, que el propio general Franco manifestó que las tropas marroquíes únicamente actuarían bajo la bandera de la República?

—No —respondió Sebastián incrédulo.

No, no lo sabía. Pero de lo que no cabía duda era de lo bien informado que estaba don Faustino de todo lo que se cocía entre bastidores. La importancia que Felipe aplicaba al círculo de amistades relacionadas con su padre tenía su peso específico.

Miércoles, 8 de julio de 1936

Habían transcurrido casi cinco meses desde la muerte de Ezequiel, y durante ese tiempo Sebastián no volvió a entrar en la sala de Velázquez. Se concedió un período para dejar desvanecer la intensidad de las emociones que aquel espacio le causaba, influenciando negativamente en su actividad diaria, y por otra parte poder forjar una idea más objetiva sobre lo ocurrido aquel martes de febrero.

A media tarde se vio de nuevo ante la entrada de la sala. Pasó revista a sus paredes lentamente, con el respeto de quién admira por primera vez un santuario. Inconscientemente cruzó las manos detrás de la espalda y se adentró unos pasos. Concentró la mirada en el pavimento y dejó que se deslizase por él hasta el lugar donde había aparecido el cuerpo de Ezequiel. Cerró los ojos y la escena de aquel día surgió nítida en su mente.

Levantó la cabeza encarándose con el cuadro de *Los borrachos,* la versión tan personal de Velázquez sobre el tema clásico de *La bacanal.* En ningún otro desplegó el maestro tanto vigor y tanta intensidad de expresión. Era, de entre todos sus lienzos, el más reproducido. La obra también figuraba en el catálogo de copista de Sebastián. Conocía en detalle todo lo que concernía a aquella pieza: el modo como concibió el pintor el tema mitológico, sus dimensiones, su tránsito por el Alcázar de Madrid y su posterior estadía en el Palacio del Buen Retiro.

Sintió la necesidad de escudriñarla palmo a palmo como si de una desconocida se tratase. Allí estaba Baco, representado por un bello joven adiposo de gesto apicarado, rodeado de pobres gentes, campesinos rudos y soldados de los Tercios que buscaban en la adoración al dios y en la alegría del vino remedio simple a sus preocupaciones y angustias. Coronas de pámpanos, diademas de parra, racimos y vasijas. Cual punto de fuga en mitad del cuadro, el tazón de vino que uno de los personajes sostenía en sus manos atrapó su mirada congelándola. Las palpitaciones de su cuello se alteraron buscando refugio en las sienes. Quedó atónito.

Dio un par de pasos hacia atrás y, girándose como un autómata, salió de la sala, atravesó la Galería Central con zancadas resueltas, y bajó las escaleras de manera precipitada llamando la atención de los escasos visitantes.

Ya en el exterior se paró para que sus pulmones pudieran recuperar una cadencia moderada; hizo dos inspiraciones profundas. El aire se había tornado húmedo y frío y el cielo amenazaba tormenta.

Cruzó el Paseo del Prado a paso de carga. Al llegar al otro lado dudó qué camino tomar para llegar cuanto antes a la pensión; su cerebro embotado no le dejaba pensar con claridad. Tiró por la calle de las Huertas arriba. No podía apurar más, el corazón bombeaba la sangre a la cabeza a ritmo acelerado.

El viento del oeste impulsó una flota de nubes negras que en un instante abordó el cielo de Madrid precipitando el atardecer.

Cerca de la plaza de Santa Ana comenzaron a caer las primeras gotas gruesas de lluvia acompañadas por un completo repertorio de agentes meteorológicos. El resplandor de un relámpago hizo un guiño, iluminando por un instante la grieta obscura de cielo que se abría entre los aleros de los edificios, y una bandada de palomas la atravesó con raudo aleteo para guarecerse en el tejado de la iglesia de San Sebastián. De manera repentina, las nubes descargaron un fuerte aguacero que despejó la calle de transeúntes. Él siguió a paso acelerado bajo una lluvia torrencial que le calaba hasta los huesos.

Ya faltaba poco.

Subió los peldaños de dos en dos. La pensión parecía dormitar o así le pareció a Sebastián que, sin reparar en nada ni en nadie, fue directamente a su habitación. Acompañó el cierre de la puerta con un brusco movimiento de mano, y arrojó la chaqueta empapada sobre la silla; tenía la camisa y la camiseta pegadas al cuerpo. Se despojó de ambas y un escalofrío le recorrió el torso. Pasó las manos por el pelo mojado a la vez que levantaba la cabeza hacia la parte alta del armario, por donde asomaban varios lienzos enrollados. Arrimó la silla, se subió a ella y comenzó a examinar con nerviosismo el contenido de cada rollo hasta dar con el que le interesaba. Lo bajó suavemente en las palmas de las manos. Se arrodilló en el suelo y lo desenrolló con más lentitud que su ansia demandaba. El primero en saludarlo fue el rostro «riberesco» con mirada de regocijo del personaje que sostenía el tazón de vino; Sebastián le mantuvo la mirada unos instantes. Un estornudo lo hizo reaccionar y se estremeció.

Resoluto, abrió el armario, se cambió de ropa, y cogiendo una pequeña agenda de encima de la mesita salió al pasillo. El piso seguía en silencio. Se dirigió a la sala donde estaba el teléfono de pared y lo descolgó; no había línea. Colgó de golpe. Fue a la escalera y subió raudo al piso superior. Repiqueteó en la puerta con el llamador. Tuvo que esperar un rato hasta que abrió doña

Sofía, en bata y con aspecto de haber estado dormitando. Su frente fruncida era señal inequívoca de que no era del gusto de la patrona el aporreamiento al que había sido sometida su puerta.

—¿Podría darme línea? —le espetó Sebastián sin más.

Las buenas maneras eran de las cosas que más cuidaba y exigía doña Sofía. Los morros que blandió haciendo destacar aún más el lunar evidenciaban que las formas de Sebastián, en aquella petición, escapaban a su código.

—Por favor, doña Sofía —rectificó cambiando el tono.

—Supongo que será para una llamada local.

—Sí, sí claro, doña Sofía.

—Se la apuntaré. Vaya bajando —y cerró la puerta.

En la habitación de doña Sofía había otro teléfono con una clavija en su parte superior para el desvío de la línea.

Sebastián sacó de un bolsillo la agenda con las letras del abecedario en el margen, abrió por la F y marcó el número de la casa de Felipe. A la tercera señal oyó la voz de la sirvienta:

—¿Diga?

—Buenas tardes, soy Sebastián Ríos. Quería hablar con Felipe.

—Un momento, por favor.

Los dedos de Sebastián tamborileaban nerviosos en la pared llenando una pausa que le parecía eterna.

El timbre forzadamente juvenil y candoroso de Merceditas sorprendió a Sebastián.

—Hola, Sebastián. ¿Qué tal estás? —el hilo telefónico facilitaba el tuteo.

El ánimo de Sebastián lo alejaba de formalidades. Como dio por sentado que Merceditas se encontraba bien, obvió el saludo y fue directamente al grano.

—Necesito hablar con Felipe.

—No está en casa —enunció la hermana sin añadir más.

Era evidente que Merceditas tenía la intención de proporcionar la información a cuenta gotas con el fin de alargar la conversación.

—¿Sabes a qué hora volverá?

—No, no lo sé.

—¿Hace mucho que se marchó?

—No, una hora aproximadamente.

A Sebastián le estaban carcomiendo los demonios por dentro. Era como sacar las palabras con un sacacorchos.

—¿Y sabes a dónde ha ido? —forzó la pregunta entre dientes intentando evitar que se desbocara su impaciencia.

—Le oí decir que iba a una conferencia o algo así.

Sebastián carraspeó para no gritar. Le dolían las puntas de los dedos de tanto teclear en la pared.

—¿Y sabrás por casualidad dónde tiene lugar esa conferencia? —masculló lentamente la pregunta para que se hincara bien en el cerebro de Merceditas.

—Creo que en ese sitio donde estudió mi hermano una temporada.

Ya no aguantaba más. Él mismo concentró la pregunta y la respuesta en un abrupto:

—¿En la Residencia de Estudiantes?

—Sí —contestó ella al fin con timbre tan alegre que envidiaría un canario flauta.

—Gracias, Merceditas —y colgó el auricular. Por un momento quedó abstraído mirando el negro aparato.

—Dicen aquí que estos días andan sueltos los nervios por Madrid.

Sonó la voz profética de don Wenceslao que con discreción se había acomodado en la butaca con el lápiz y el periódico.

Sebastián se volvió sorprendido; era evidente que don Wenceslao había escuchado parte de la conversación. Sin ánimo de réplica se despidió del exmilitar con dos palabras y salió a la calle.

La tormenta había cesado. Tendría que hacer un transbordo en Cibeles que lo llevase Castellana arriba.

Era la hora de la lucha por subirse al tranvía, las gentes del extrarradio tenían prisa por volver a su hogares. El anochecer se apoderaba lentamente de las calles de Madrid al ritmo acompasado de los chirridos y el traqueteo de las ruedas.

Sebastián iba de pie, casi apretujado contra el conductor, con la vista por delante queriendo ir más aprisa que el tranvía.

La Residencia de Estudiantes estaba situada en un lugar alto y despejado de la capital conocido anteriormente como *Cerro del Viento* y que una vez construida la Residencia, un poeta residente bautizó con el nombre de *Colina de los Chopos*, por la cantidad de estos árboles que poblaban la loma.

No fueron más de seis las veces que había acudido allí como oyente a tertulias y conferencias que impartían importantes figuras de la cultura, tanto españoles como extranjeros, siempre en compañía de Felipe. Recordó al invitado de su última visita, el pintor Salvador Dalí, un residente de la primera época de la Residencia.

Se apeó a la altura del Museo de Ciencias Naturales; el resto del trayecto lo haría a pie. A medida que ascendía por la calle Pinar se desvelaban las siluetas de los pabellones de estilo mudéjar del complejo. Los últimos metros de pendiente le resultaron fatigosos. Notó como una gota de sudor le bajaba por el pecho.

Un segundo escalofrío le hizo encogerse de hombros, y el destello de la luz de un farol tras una acacia lo sorprendió, precipitándole tres estornudos seguidos.

Se detuvo para tomar un respiro.

Había cuatro pabellones. Delante del llamado «*El Trasatlántico*», por su largo balcón de borda, se encontraban varios coches aparcados.

La escasa iluminación exterior del complejo sumada a la fatiga, hacía que los contornos de los edificios se presentaran difuminados a los ojos de Sebastián. La luz del crepúsculo apagaba el color rojo cadmio de las flores de adelfa y el severo verde de la hiedra, que descansaba en su trepar por los muros del sencillo revestimiento de ladrillo.

La Residencia se encontraba en plena época de los cursos de verano para extranjeros. El movimiento de personas en el tercer pabellón le indicó que la sala de conferencias seguía estando en el mismo lugar.

Fuera de la sala varios hombres charlaban en inglés mientras echaban un pitillo. Hasta el vestíbulo llegaba la voz del conferenciante. En un lateral vio un piano de cola. Se acercó secándose el sudor de la frente con la manga de la chaqueta y se apoyo en él. Felipe le dijo en una ocasión que el poeta García Lorca tocaba el piano habitualmente en las veladas musicales que se desarrollaban en la Residencia.

Dentro, alguien disertaba sobre la acusación de fascista de la que había sido objeto la dirección del centro por defender la libertad de todas las personas que estaban bajo su custodia, y por permanecer fiel a los amigos, independientemente de sus opiniones políticas.

Lo invadía la zozobra. Se preguntó cuanto duraría aquello y, sin pensárselo más, decidió echar un vistazo. Se aproximó a la entrada de la sala. La luz interior le resultó brillante en exceso y en medio de un repentino lagrimeo no pudo reprimir otro fuerte estornudo. Varios asistentes se volvieron ante tal disturbio, entre ellos un Felipe asombrado de ver allí a Sebastián.

Felipe se levantó susurrando disculpas y fue hacia el vestíbulo.

—Pero ¿qué haces aquí? —preguntó perplejo agarrando del brazo a su amigo y llevándolo fuera—. ¿Ocurre algo?

Los ojos de Sebastián ardían.

—Tenemos que ir al estudio. Necesito ver tu copia de *Los borrachos* —dijo bajo claros signos de excitación.

—¿A estas horas?

—Sí. Supongo que todavía la conservas.

—Sí, claro —respondió confuso Felipe—. Pero...

—¡Vamos! —le interrumpió Sebastián frotando la frente empapada de sudor—. Ya te lo explicaré.

Felipe lo miró contrariado; no conocía a su amigo bajo ese estado.

—De acuerdo —claudicó resignado ante la determinación de Sebastián—. No tengo las llaves. Espero que el sereno haya empezado la ronda.

Siempre que tenía lugar un evento en la Residencia algunos taxis se situaban a la entrada, en la calle Pinar.

Subieron al primero de la fila y Felipe indicó al conductor la dirección del estudio. Transcurrieron unos minutos en silencio. Sebastián iba como agazapado mientras que Felipe no cejaba en aguijonearlo con miradas de reojo.

—¿Cuánto tiempo tiene tu copia? —preguntó Sebastián cuando ya enfilaban la calle Almagro.

—Pues no sabría decirlo exactamente —respondió Felipe

pensativo—. Si después de Velázquez estuve casi dos años con Goya antes de pasarme a Murillo, y que llevo varios meses sin pegar pincelada en el asunto, calculo que unos cuatro años. —Miró a su amigo, le preocupaba su aspecto—. ¿Te encuentras bien?

—Sí, sí —contestó Sebastián pasándose la mano por la cara.

—¿A qué viene ese interés repentino por la obra?

—Si se confirman mis sospechas lo comprenderás al momento.

El taxi se detuvo ante el portal del estudio y Felipe pagó la carrera.

La tormenta había dejado secuelas de humedad en el aire. La calle se mostraba desierta. Cuando dejó de escucharse el motor del taxi Felipe dio dos palmadas al tiempo que proyectaba la voz:

—¡Sereno!

El posterior silencio acrecentó el nerviosismo de Sebastián que miraba constantemente a ambos lados de la calle.

Felipe observaba de soslayo a su amigo.

—¡Sereno! —repitió alzando más la voz.

Comenzaron a caer gruesas gotas de lluvia y ambos se arrimaron a la fachada del edificio.

—Espero al menos que la razón sea buena —dijo Felipe—. La noche no es muy agradable que digamos —agregó con condescendencia mirando hacia el cielo mientras el agua le resbalaba por la cara.

—No puedo asegurártelo. Tal vez sea una locura —farfulló Sebastián—. Oye, la llave del estudio... ¿el sereno...?

—Tranquilo —terció Felipe—. En una ocasión tuve que usar las influencias familiares ante el gobernador para evitarle a Armando un problema gordo y...

—¡Va! —La voz del sereno, que sonó como un estampido en la dirección de la Gran Vía, interrumpió la explicación de Felipe.

—Lo sorprendieron «durmiendo la mona» guarecido en un portal —continuó Felipe—. Le abrieron expediente de separación del servicio por abandono de la vigilancia. Si a eso le añadimos que por aquel entonces en esta demarcación se cometieron más de tres robos en un solo año, y que Armando no pudo probar que había perseguido a los ladrones, el hombre lo tenía crudo. Así que me está eternamente agradecido y para ocasiones como ésta me sirve de llavero.

El tintineo de unas llaves precedió a Armando. El agua de lluvia le resbalaba por la gorra de plato para caer en el empapado capote reglamentario.

—Buenas noches, don Felipe —saludó el sereno con amplia sonrisa y el gesto sumiso que gustaba de emplear—. Caballero —susurró por encima del hombro a Sebastián.

—Hola, Armando —le correspondió Felipe—. Menuda nochecita.

El sereno dejó escapar un leve gruñido de asentimiento en medio del ruido de las llaves. Separó dos de ellas y con una abrió la puerta del portal.

—Déjeme la del estudio, ya se la devolveré —le requirió Felipe.

A Sebastián le pareció que el número de peldaños se había triplicado. Los subió acelerado tirando del pasamanos seguido por Felipe. Al llegar al rellano de la cuarta planta se hizo a un lado para que éste abriese la puerta.

Sebastián se adelantó en la entrada y fue directo hacia el mueble archivador de bocetos y lienzos.

—No, ahí no —dijo Felipe, quién a renglón seguido agarró

una silla, la puso delante del mueble librería y subiéndose a ella indicó:

—Aquí.

El estante superior era corrido a lo largo de casi dos metros. Felipe comenzó a revolver entre varios rollos ante el rostro expectante de Sebastián.

—¡Aquí está! —exclamó al fin para satisfacción de su impaciente amigo.

Sebastián, raudo, hizo sitio sobre la mesa. Felipe depositó el lienzo en ella y comenzaron a desenrollarlo. Una vez extendido el rostro de Sebastián adquirió aire de sorpresa.

—Juraría que el tamaño, si no es el del original, se le aproxima mucho —observó entre aleteo de párpados.

Ambos eran conscientes de que el ejercicio de copista estaba sometido a la estricta prohibición de realizar toda copia con las mismas dimensiones que las del original.

Felipe carraspeó

—Verás. También en ese terreno disfruto de alguna… «licencia». —dijo con cara de circunstancias enarcando las cejas—. Sujeta por ese lado —añadió señalando un extremo del lienzo.

Tan pronto como Sebastián clavó los ojos en el tazón de vino su semblante se transfiguró.

Ante el aspecto alelado de su amigo, Felipe se sintió a su vez confuso.

—¿Me puedo enterar ya de algo?

—¡Dios santo…!

—¡Vamos Sebastián! ¿Que diablos está pasando? No me tengas en ascuas.

—Creo que alguien ha aceptado el brindis de *Los borrachos* y ha bebido de su tazón.

—Pero... ¿que estás diciendo? Habla claro de una jodida vez.

Sebastián miró aturdido a Felipe. En contadas ocasiones lo había visto tan enojado. Retrocedió lentamente hasta apoyarse en el respaldo de un sillón orejera.

—Esta tarde he estado en el Prado —enunció sombrío—. Han modificado el contenido del tazón de *Los borrachos*. Tanto en tu copia como en la mía el tazón está casi lleno.

Felipe se volvió para mirar el lienzo con los ojos entrecerrados.

—Al original le han quitado vino —puntualizó Sebastián—. Ahora muestra una franja en tono más pálido.

Felipe escrutó a su amigo por el rabillo del ojo.

—¿Estás seguro? Oye, tal vez un reflejo te hizo ver...

Sebastián se llevó la mano a la frente. Sus ojos relampagueaban, el rostro de Baco se difuminaba por momentos.

—Felipe, estoy seguro —cortó con hosquedad.

—¿Te encuentras bien? —preguntó afable Felipe.

—Sí, sí. Bueno, no sé... —susurró Sebastián apesadumbrado.

—Vamos, te acompañaré. Otro día trataremos de aclarar este asunto —convino Felipe a la vista del estado de desasosiego de su amigo.

La pensión estaba en penumbra. Sebastián no se atrevió a encender ninguna luz, se guió por la escasa claridad que llegaba de la calle a través de la puerta balconera de la sala. Alcanzó su habitación avanzando a tientas por el pasillo. Se sentó en la cama, y acodado en las rodillas se masajeó el cabello. Estaba bañado en sudor frío. Sentía la mente embotada. Tenía la sensación de que su lengua había aumentado de tamaño dentro de una oquedad pastosa. Fue al cuarto de baño, puso la boca bajo el grifo del lavabo y dejó correr el agua por la garganta hasta tener sensación de ahogo. El espejo reflejaba unos párpados a media altura que apenas dejaban vislumbrar los ojos inyectados en sangre. Mojó un pañuelo y se lo colocó en la frente.

Los pocos arrestos que le quedaban los empleó para dejar caer su ropa en la alfombra. Se echó sobre la cama escoltado por un vaivén marino que lo obligó a cerrar los ojos.

Estaba en su Ribadeo natal, respirando el aroma de los bosques de eucaliptos. De manera mágica, los árboles se desprendieron de sus ramas, los troncos desnudos se tumbaron y, en perfecta formación, avanzaron hacia él rodando con estruendo. Quedó aplastado y sin sentido.

La noche transcurrió en un torbellino de imágenes y concepciones acerbas que invadieron sus sueños.

Felipe era el protagonista de todas las escenas que poblaban sus pesadillas. Lo vio acompañado del comisario Castrillejos, lanzándole ambos miradas cargadas de sorna. Con el director del Museo, don Adolfo, enfrascados en carcajadas soeces de cuyas bocas salía un rótulo con la interrogación «¿verdad?». El rostro del padre platicando entre bocanadas de humo que exhalaba de un puro con la esvástica en la vitola. Felipe en medio de la tertulia de la Cervecería de Correos acompañado de su admirado García Lorca, rodeados de personajes antifascistas, y de nuevo la interrogación «¿verdad?».

Los ensueños, cargados de contenidos contrapuestos, revolotearon en su mente que ya de por sí hervía en un estado de febril agitación.

Jueves, 9 de julio

El primer claror de la mañana iluminó el cuerpo sudoroso de Sebastián entre sábanas revueltas.

Creía que nunca más podría levantar los párpados. «Alguien me ha anudado las pestañas entre sí». Su cuerpo estaba ausente; no respondía a las débiles órdenes de su fatigado cerebro. Convino que la mejor opción era dejar que la sabia naturaleza estableciera los tiempos. Permaneció inmóvil cerca de una hora, al cabo de la cual se volteó pesadamente deslizándose hasta que sus pies tomaron contacto con el suelo. Apoyándose en la cama consiguió ponerse el pantalón, los zapatos sin atar y la camisa, todavía húmeda, abierta ante la imposibilidad de abotonarla.

Sacó la agenda telefónica de un bolsillo de la chaqueta, que colgaba del respaldo de la silla y, con pasos inseguros, salió al pasillo. La pensión todavía parecía dormitar. Don Wenceslao se levantaba tarde, el funcionario de correos ya habría marchado, y el representante de lencería hacía una semana que partiera rumbo a Barcelona para hacer la campaña de verano por la costa catalana.

Al llegar a la cocina el fuerte olor de la mezcla de café y achicoria de doña Sofía traspasó las pituitarias de Sebastián.

—Buenos días, doña Sofía —balbució.

La patrona lo escrutó de arriba abajo con gesto severo; su aspecto desaliñado despertó su ironía.

—Mejor debió de ser la noche —farfullaron los labios de doña Sofía haciendo resaltar el lunar.

Sebastián no estaba para explicaciones. Levantó el brazo señalando en dirección del teléfono.

—Cójalo —asintió la patrona benevolente.

Agenda en mano Sebastián descolgó el teléfono y, con los ojos entrecerrados, fue marcando cansinamente el número del hospital.

Se sentó en una butaca y acercó el «pesado» auricular a la oreja. Esperó hasta que el «¿diga?» de una voz femenina actuó como un resorte que le hizo levantar los párpados.

—Buenos días. Quisiera hablar con Teresa Viana, por favor.

—Un momento.

En la mesa de centro, junto a un ejemplar del *ABC,* reposaba el lápiz de don Wenceslao. Sebastián lo cogió, y sobre el periódico esbozó una elipse que rellenó con rápidos trazos para a continuación rematar el boceto añadiéndole la base de un tazón.

—¿Dígame?

El tono jovial de Teresa inyectó un atisbo de excitación en el ánimo de Sebastián.

—Hola, Teresa. Soy yo.

La extrañeza apagó la voz de ella.

—Sebastián, ¿qué ocurre?

—Nada grave, he pasado una mala noche y quería... —hablaba con indecisión mientras se frotaba la sien.

—Pero..., ¿Estás bien?

—Sí, sí —afirmó él en un susurro—. Sólo quería hacerte una pregunta.

—¿Qué pregunta?

—¿Llegaste a ver el informe de la autopsia de tu padre?

—No. A mí nadie me ha dicho que exista dicho informe. Lo que sé me llegó a través del comisario que se encarga del caso.

Sebastián masajeaba las sienes con los dedos para intentar aliviar la pesadez de su cabeza.

—¿El comisario?

—Sí. Castrillejos creo que se llama. Al parecer el expediente está bajo secreto sumarial o algo parecido. ¿A qué viene esta pregunta?

—Ya te lo explicaré. Sería interesante saber lo que pone el informe. ¿Podrías hacerte con una copia?

—No lo sé —contestó Teresa confusa—. Es difícil después de tanto tiempo..., pero lo intentaré.

—Inténtalo. Te espero el domingo a media tarde en el estudio de Felipe.

—De acuerdo —convino Teresa—. Sebastián, ¿qué ocurre?

—Todavía no lo tengo claro.—Contestó Sebastián dejando vagar la vista desvanecida por el boceto del tazón y apostilló—: Hay algo que no encaja.

Un escalofrío estremeció su cuerpo e instintivamente solapó las dos partes de la camisa sobre el pecho.

—Sebastián, tienes que decirme que...

—Te veré el domingo —cortó él con un suspiro.

Teresa quedó aturdida. Un segundo antes de colgar escuchó un clic en la línea.

Sebastián permaneció con el auricular sobre el regazo y la mirada ausente.

Ella, apoyada con las palmas de las manos en el mostrador de recepción, se preguntó cuál sería el motivo por el que de pronto la reclamaba el pasado.

—Teresa, ¿te ocurre algo?

La voz a su espalda la devolvió al presente.

Giró la cabeza para encontrarse con el rostro inescrutable de Conrado, el enfermero y conductor de ambulancias. Las secuelas de la viruela le habían marcado la cara de tal forma que transformaba cualquier indicio de sonrisa en una mueca.

—Nada importante. Problemas de expedientes; lo de siempre —se sacudió Teresa la respuesta con gesto de falsa indiferencia.

—Deberías pedir unos días —le aconsejó Conrado—. Te vengo observando últimamente. Trabajas bajo un fuerte estrés.

Desde hacía algún tiempo Conrado se había convertido en su sombra. Siempre pendiente de ella, se deshacía en amabilidad.

—Gracias, Conrado. Lo llevo bastante bien, gracias —arropó Teresa el agradecimiento con gesto melancólico.

—Si puedo hacer algo por ti... —se ofreció Conrado perdiéndose por el pasillo.

—Hm, hm —musitó ella—. «¡Pues claro que podía!», pensó. Si había alguien en el medio hospitalario que supiera manejar con habilidad a sus facultativos ese era Conrado. Y los del Pabellón de Autopsias no serían una excepción.

Respondió con un ligerísimo parpadeo a la voz que lo llamaba desde el más allá.

—¡Sebastián, despierte! —lo acució doña Sofía zarandeándolo por los hombros—. ¡Despierte!

Sebastián no reaccionaba.

La patrona recogió el auricular del regazo de Sebastián, lo colgó y le puso el revés de la mano en la frente.

—¡Por el amor de Dios! si está usted ardiendo —exclamó con desazón doña Sofía.

La dueña se dirigió con diligencia al descansillo de la escalera.

—¡Avelina, Avelina! ¡Baja enseguida!

Llevaron con dificultad a Sebastián a su habitación, lo echaron sobre la cama y, con un apuro no exento de pudor, le quitaron la ropa.

Avelina quedó inmóvil durante unos segundos con la mirada sobre el cuerpo de Sebastián.

—¡Vamos, Avelina! ¡Espabila! ¿Es que no has visto nunca a un hombre desnudo?

La patrona la mandó a por una toalla escurrida en agua fría y entre las dos le refrescaron todo el cuerpo. Luego, mientras Avelina le alzaba la cabeza a Sebastián, doña Sofía le hizo tragar una aspirina.

Aunque el bochorno ya había tomado la ciudad el patio se mantenía en sombra. Doña Sofía abrió dos palmos la hoja de la ventana para renovar el aire de la habitación.

Lo dejaron destapado, con una toalla mojada sobre la frente que Avelina le cambiaba cada dos horas. Como telón de fondo lo acompañaban los acordes de la ópera de don Wenceslao.

Antes del anochecer, otra aspirina.

El día remató con un plato de caldo limpio de gallina que

Avelina le hizo tragar cucharada a cucharada.

La noche transcurrió en una huida por laberínticos callejones obscuros limitados por muros que pringaban un líquido viscoso. Lo perseguían virulentas sombras proyectando a su espalda la humedad de su aliento. El aire era sofocante. Se lanzó desesperado a la embocadura de un lecho en pendiente por el que discurría un río de sangre, hasta que una plácida luz envolvió y protegió su cuerpo en caída libre, para finalmente descender suavemente sobre la arena mullida de una playa. Se vio niño, corriendo por la orilla y adentrándose en el agua para dejarse mecer por las olas de su mar Cantábrico.

Viernes, 10 de julio

Con la primera luz del día la vista de Sebastián fue recobrando poco a poco la nitidez en el contorno de las cosas. La fiebre había remitido en buena parte pero la languidez lo retenía sellado al colchón.

A media mañana, la precavida doña Sofía apareció en la habitación acompañada de un galeno.

«Así era la patrona», se dijo Sebastián. La mujer quería asegurarse de que su estado no fuera a mayores y pudiera acarrear efectos perniciosos para su negocio. «A saber por dónde andaría éste», se preguntaría.

Sebastián no estaba en condiciones de objetar nada.

Soportó la proximidad de la cara mofletuda de aquel hombrecillo de cuya boca emanaban efluvios de nicotina.

La patrona mantuvo la distancia de brazos cruzados desde el quicio de la puerta.

El galeno le mandó abrir la boca y, presionando la lengua con el mango de una cuchara, examinó su garganta. A continuación acopló las dos olivas del fonendoscopio a los oídos y aplicó la campana del otro extremo al pecho de Sebastián.

—¿Se mojó? —preguntó al cabo de un rato.

—Sí, bastante —respondió Sebastián con voz cansina.

—En principio nada grave. Un resfriado considerable, eso sí, que le produjo una hipertermia. Vamos, una fiebre alta —dictaminó con indiferencia el hombre dirigiéndose a doña Sofía—. El pecho suena limpio, tal vez unas pequeñísimas sibilancias pero, como digo, nada que deba preocuparnos. El chico es fuerte y pronto estará recuperado.

Doña Sofía exhaló un suspiro de alivio. Las palabras del médico parecían haber calmado su inquietud.

De todos modos el galeno decidió aplicarle una dosis de arsfenamina. Una decisión a la que, Sebastián sospechaba, la patrona no era ajena. Al fin y al cabo el gasto se lo cargaría en la cuenta y listo. «La de historias de hospital que habrá escuchado la mujer de boca de su marido, en las que la sífilis, la gonorrea y otras enfermedades similares llamadas 'sociales' estarían relacionadas».

A la hora del almuerzo Avelina le llevó pechuga de pollo cocido con patatas. La criada se mostraba solícita haciendo gala de una sonrisa encantadora en exceso. Sebastián creyó normal que también ella se congratulase del diagnóstico de sus síntomas.

—Hoy es mi tarde libre —anunció Avelina—. Luego vuelvo y antes de marchar lo dejo listo —ofreció en tono sedoso.

Corrió la cortina de la ventana y la habitación quedó en penumbra.

El primer alimento sólido en dos días lo había saciado. Aprovechando la languidez aportada por la dosis del fármaco, Sebastián se abandonó en brazos de la somnolencia.

Lo despertó el ruido de la puerta. Se sentía sudoroso y sus ojos no lograban enfocar los objetos.

Reconoció la figura de Avelina a contraluz y el reverso de una mano sobre la frente.

—Le ha subido la fiebre un poquillo —dijo la criada mientras retiraba la sábana a los pies de la cama—. Esto lo arreglo yo enseguida.

La oyó salir.

Al rato volvió Avelina con una jofaina de agua y una toalla. Escurrió bien la toalla y empezó a pasársela suavemente por la frente, luego por los brazos y el pecho.

Sebastián notó como su extenuado cuerpo iba reaccionando. Le inundó un agradable alivio y dejó deslizar los párpados.

—Lo voy a dejar como nuevo —escuchó la voz susurrante de ella.

Avelina siguió aplicándole la toalla por las piernas, haciendo los movimientos más lentos a medida que se acercaba a las ingles.

Sebastián sintió que su miembro respondía a unos más que sugerentes masajes. La situación se le antojaba azarosa, pero se dejó llevar por la placidez que el doble juego de Avelina le proporcionaba.

De repente los masajes cesaron e imperó el silencio.

Sebastián esperó unos segundos antes de atreverse a entreabrir los párpados. Vislumbró a una Avelina risueña que lo miraba con ojos de lascivia mientras se subía la falda. En su cara había desaparecido todo rasgo de serena sensualidad.

Por la rapidez con que se puso de rodillas sobre la cama y lo montó a horcajadas, Sebastián verificó que Avelina había prescindido de ropa interior antes de entrar en la habitación y que aquel acto era premeditado.

Del tórrido cerebro de Sebastián huyó toda capacidad de respuesta. Su mente buscó de nuevo apagar el fuego que lo consumía en un mar que entró en súbita marejada agitando su cuerpo con bruscas embestidas.

Una ola enorme se le venía encima y en el alma de la ola, antes de que se estrellase contra él, vio el rostro de Teresa. Notó la humedad en sus muslos y lágrimas de sudor resbalando por el pecho.

Buscó donde asirse y sus manos se aferraron a dos protuberancias que se le escurrían resbaladizas de entre los dedos. Apretó con las pocas fuerzas que le restaban y casi al instante oyó una ronca y prolongada exclamación de deleite que dio paso a una sofocada calma.

Acogió con alivio la mitigación del peso que lo atenazaba.

En medio de una respiración entrecortada se aventuró a echar una mirada de soslayo a través de la penumbra. Avelina estaba recomponiendo sus ropas.

Una vez lista, humedeció la toalla y diligentemente le dio otro repaso al cuerpo de Sebastián. A continuación lo tapó con la sábana hasta la cintura.

—Ahora dormirá como un bebé. —Y se marchó sin más.

En el resto de la tarde Sebastián declinó cualquier intento de mover el más pequeño músculo de su extenuada constitución. Definitivamente quedó convencido de que Avelina era la reina de los eufemismos. «¿Que significaría para ella el dejar a uno 'como nuevo'?», se preguntó.

Aquel día, Felipe pensó que no estaría de más aprovechar la entrega del último encargo de restauración en el taller del Prado, para realizar una visita a las plantas superiores.

Aparcó el *Mercedes* a la altura de la puerta de Murillo y fue directamente al sótano. Después de entregarle el cuadro perfectamente embalado a Jerónimo, el jefe del taller, se encaminó a la primera planta..

Si ya de por sí el viernes era día de escasa concurrencia, el estado de confusión por el que atravesaba Madrid no era proclive al mantenimiento del número de visitantes al museo.

El trayecto hasta la sala de Velázquez se lo tomó con calma. Ya estaba allí, así que no iba a dejar que la curiosidad lo apremiara.

Se adentró unos pasos en la sala y, antes de girarse hacia *Los borrachos*, su rostro adoptó subconscientemente una actitud inquisidora.

Su mirada quedó imantada en el tazón de vino y mantuvo el gesto.

—Buenas tardes, señor Noguerol.

Felipe tardó unos segundos en reaccionar a la voz de don Adolfo. Se volvió con el rostro ya relajado.

—Buenas tardes, señor director —contestó acariciándose el mentón.

—Me han avisado del taller de que estaba usted por aquí —dijo el director desde la entrada de la sala—. Hacía semanas que no nos obsequiaba con su visita a las plantas superiores —añadió con ligero tono socarrón.

—En ocasiones, no queda más remedio que dedicar parte de nuestro tiempo libre a verificar trabajos y poder corregir así alguna interpretación equivocada —declaró Felipe adornando la frase con un halo de cierto arcano—. Interpretaciones que, ya sea por rutina o por «exceso de perfeccionismo», hacen que cometamos errores —aclaró con una mirada sesgada hacia el cuadro.

—En el realismo de Velázquez hay pocas cosas que se puedan corregir. ¿No está de acuerdo? —aseveró don Adolfo complaciente.

—Tal vez —respondió Felipe—. No. Tal vez, no. Seguro —

se corrigió—. Bueno, he de ir al estudio, el trabajo no se hace esperar.

—Por cierto, señor Noguerol.

—¿Sí, señor director?

—Tengo otro encargo de restauración para usted —le anunció don Adolfo esbozando una sonrisa cómplice.

—¡Oh, estupendo, gracias! —correspondió Felipe atusándose el extremo del bigote entre el índice y el pulgar.

—Bien, yo también tengo mis obligaciones —dijo don Adolfo con ademán de marchar—. Dele saludos a su padre de mi parte.

—Serán dados.

—Buenas tardes, señor Noguerol.

—Buenas tardes, don Adolfo.

Sábado, 11 de julio de 1936

Aquella noche no existió para Sebastián. A la mañana siguiente despertó temprano, boca abajo y con la almohada sobre la cabeza. Se sentía etéreo dentro de su laxitud. Resolvió quedarse inmóvil, estaba a gusto pero había que poner en orden las ideas. Lo primero que iba a hacer sería tomar un baño de agua tibia. Unas tostadas con aceite y el café de doña Sofía lo ayudarían a restaurar su maltrecha anatomía. Llamaría a Teresa y a Felipe para ponerlos al corriente de su situación y dedicaría el resto de la mañana a descansar y reflexionar. La semana próxima tenía que entregar los resultados de los exámenes finales, así que no le quedaba otra que pasar la tarde en la Institución.

—¿Cómo no me has dicho que estabas con fiebre? hubiera ido hasta ahí —le recriminó Teresa un tanto ofendida.

«Era lo que me faltaba», pensó Sebastián, «que se juntase el hambre con las ganas de comer para rematarme». Le contó sus planes para el resto de la jornada y le recordó la cita del día siguiente.

—Casi con toda seguridad esta tarde tendré el informe de la autopsia de papá —le anunció ella con tono resuelto y una pizca de excitación.

Sebastián esperó a las once para llamar a Felipe. A su amigo le sobraba toda explicación después de ver el estado en que lo dejó en la pensión la noche del miércoles. Sebastián se limitó a comunicarle el objeto de la cita con Teresa.

—No comprendo ese interés por el informe después de cinco meses —manifestó Felipe.

—No puedo anticiparte nada. Ah, y hoy no iré al estudio, pasaré la tarde en la Institución evaluando exámenes —indicó Sebastián antes de colgar.

La fachada de la pensión estaba orientada al sureste, por lo que a mediodía el sol bañaba la sala con derroche. Sebastián se arrellanó en una butaca cerca de la puerta balconera.

Don Wenceslao raras veces abandonaba su sillón, pero cuando Sebastián lo vio acomodarse en otra butaca a su lado, se preparó para recibir oleadas de elocuencia a las que con toda seguridad iba a ser sometido. Intuyó que el exmilitar no iba a perder la ocasión de encajarle el *ABC* de la primera a la última página con esquelas incluidas.

Aquellas dos horas de reposada distracción predispusieron el ánimo y el apetito de Sebastián para el momento de sentarse a la mesa.

Nunca antes había localizado más de dos pedazos de carne entre las patatas del guiso. Ese día Avelina le despachó en el plato cinco porciones generosas.

—Esto lo va a dejar como nuevo —aseveró la criada con animada sonrisa.

Sebastián reaccionó con un súbito e incontrolado movimiento; clavó el tenedor con profusión en una patata y ésta se partió.

Después del café se fue a su habitación y pasó la llave. Una pequeña siesta antes de salir a la calle le vendría bien.

Entre el sofocante calor y las ideas que hormigueaban en su cabeza no pudo conciliar un sueño. A los veinte minutos de dar vueltas resolvió levantarse. Se refrescó en la palangana y se cambió de ropa.

Ya en el pasillo, atisbó por el rabillo del ojo la figura de Avelina.

—No me diga que se va —proclamó la criada con fingida sorpresa.

—Pues... sí —contestó Sebastián sin levantar la vista de la cerradura. Quería evitar su mirada y no darle pie a que pudiera iniciar una conversación que desembocara en el recuerdo de la tarde anterior.

—Ahí fuera el sol todavía pica, y no lo veo yo a usted con trazas de estar recuperado del todo —arguyó Avelina.

Sebastián avanzó hacía ella dispuesto a aclarar la embarazosa situación. La miró fijamente y carraspeó.

—Mire, Avelina, les agradezco a doña Sofía y a usted las preocupaciones y... «atenciones» que han tenido conmigo. Ahora me encuentro bien y hay que retomar el curso normal de las relaciones. Puedo asegurarle que estoy «completamente nuevo» —declaró poniendo énfasis en las últimas palabras.

El gris profundo de los ojos de Avelina habían adquirido un suave brillo mientras escuchaba a Sebastián, quien estaba convencido de que ella había obviado el sentido de sus palabras; era de ideas fijas y muy tozuda.

—Según mi médico, el ruido de esta ciudad, para mí la más ruidosa del mundo, me produce lo que ellos llaman cefalalgia aguda, que es la manera fina de referirse a las migrañas. Y como bien comprenderá, de alguna manera tengo que descargar los nervios —rearguyó Avelina—. Pero allá usted. Lo del calor se lo decía por su bien.

Y torciendo el morro se metió desairada en la cocina.

Avelina llevaba razón. Aunque el sol ya declinaba, el aire tórrido no había abandonado las calles de Madrid.

Necesitaba poner en movimiento su debilitada «estructura». Calculó que, caminando, tardaría alrededor de una hora en llegar a la Institución. Echo a andar hacia el norte de la ciudad buscando siempre el lado de las calles donde la sombra se iba asentando. Ya cerca de su destino paró ante una tienda de comestibles que lucía en el escaparate unas brillantes y tentadoras manzanas rojas. Se acordó del dicho de que «una manzana al día aleja al médico». Compró una y se la fue comiendo.

Era natural que en la tarde de un sábado estival el silencio se hiciera dueño de la Institución. Se topó en el pasillo con su colega Ricardo, con quien compartía despacho. Ricardo le comunicó que ya no quedaba nadie, los demás compañeros hacía rato que habían acabado y él también marchaba. Sebastián contó con la benevolencia del conserje; lo esperaría hasta que terminase su tarea.

Eran las nueve cuando miró el reloj. Estaba cansado. Hizo a un lado el mazo de folios y apagó la lámpara de la mesa. El despacho quedó en penumbra; una luz desvirtuada llegaba del pasillo a través de la mampara de cristal del tabique. Se mantuvo acodado, masajeándose el cuero cabelludo, en espera de tener el suficiente cúmulo de arresto.

Al cabo de unos minutos se levantó y salió al pasillo. Avisaría al conserje para que se encargara de cerrar el despacho.

Nada más girarse para tirar de la puerta, un agudo zurriagazo le ciñó el cuello. Echó las manos a la garganta y sus dedos palparon una fina cuerda tensada desde su nuca por unas manos enguantadas. Contrajo los músculos de los brazos para zafarse de aquellas garras, pero el intento fue estéril. Le faltaba el aire y experimentó un calor abrasador en la cara. Apretó las mandíbulas y con el cuerpo empujó hacia atrás al atacante. Ambos fueron a estrellarse contra la mampara de cristal acabando en el suelo del despacho en medio de un gran estruendo. Aprovechó la caída sobre su agresor para propinarle un fuerte codazo en el estómago que le hizo soltar la cuerda.

Sebastián rodó por el suelo hasta dar con la librería, dónde apoyó la espalda. Todo el aire que pudiese aspirar por nariz y boca era poco. La piel del cuello le escocía.

Vio una figura enderezándose ante la puerta, pero la penumbra le impedía ver su rostro. Un fugaz destello plateado desvió rauda la mirada de Sebastián hacia una mano del atacante

—¡Eh! ¿Qué ocurre, quien anda ahí?

La voz enérgica del conserje sonó desde la distancia congelando por un instante la acción.

Apoyándose en la librería, Sebastián trató de ponerse en pie.

El brazo del atacante revoloteó con rapidez en el espacio sombrío. En un acto reflejo Sebastián se movió lo suficiente como para que la hoja de la navaja se incrustase con un golpe seco en el tomo de una enciclopedia.

No le dio tiempo a ver como la figura desaparecía de escena. Respirando con dificultad se dejó deslizar contra el mueble hasta quedar sentado en el suelo.

El conserje se presentó en el despacho en medio del rechinar de los cristales bajo sus pies.

—¿Se encuentra usted bien? —preguntó atemorizado.

—Sí, sí —respondió Sebastián levantándose—. ¿Lo ha visto?

—No. Sólo escuché un portazo en la entrada principal.

—Pero, ¿cómo ha podido entrar si la puerta ya estaba cerrada?

—Pues..., o estuvo agazapado desde antes o aprovecharía la salida de algún docente —especuló el conserje—. La verdad es que nunca hemos tenido la necesidad de cerrar la puerta principal hasta última hora.

—Pues habrá que cambiar las costumbres a partir de hoy —dijo Sebastián acariciándose el cuello.

El conserje meneó la cabeza con desazón.

—No hay nada que justifique una agresión así.

Convinieron en que sería del todo punto inútil dar parte a la policía. Dada la agitación que campaba en la ciudad, aquel hecho era como un grano de arena en el desierto. El lunes decidiría la dirección del centro.

Caminó un trecho hasta que pudo parar un taxi.

Nada más entrar en el vestíbulo de la pensión le llegó el sonsonete de una voz radiofónica, y vislumbró una claridad tenue en la sala. Como no se sentía con ganas de dar explicaciones, instintivamente se abrochó el botón superior de la camisa. Doña Sofía y don Wenceslao estaban repantigados, de palique, escuchando las últimas noticias de la jornada con la puerta del balcón abierta; todavía no se habían apagado los rescoldos del calor ardiente del día. A ninguno de los dos le extrañó su llegada temprana, conscientes del estado débil en que le había dejado la fiebre de los dos últimos días.

Agradeció a la patrona la taza de leche caliente que le preparó y, para evitar cualquier comentario, se excusó llevando la taza a la habitación. Discretamente, fue al cuarto de baño y se lavó el cuello con agua y jabón. El escozor era insoportable a lo largo del collarín amoratado que lucía bajo la nuez. Probablemente Avelina tendría alguna pomada para el caso que lo dejaría como nuevo, pero lo pensó mejor y prefirió aguantar la molestia.

Domingo, 12 de julio de 1936

Se levantó tarde. Desganado, dedicó media hora a ejercitarse con las mancuernas mientras, mentalmente, confeccionaba su agenda del día.

Anudó un pañuelo al cuello para ocultar la marca y pasó por la sala.

No se le escapó a don Wenceslao el acicalamiento de Sebastián.

—Buenos días, señor Ríos —saludó con tono irónico—. Predicen aquí que se presenta un domingo caluroso —se chanceó agitando el ejemplar del *ABC* entre las manos, sin quitar ojo del pañuelo de Sebastián.

—Buenos tenga usted –cumplimentó a su vez Sebastián con voz ronca—. Sí. Parece que este mes el mercurio está compitiendo al alza con el caldeado ambiente político.

Aún quedaba en la cocina algo de café que amablemente le sirvió Avelina, no sin dejar pasar la ocasión de soltarle un comentario lisonjero con una pizca de mordacidad a la vista del pañuelo.

—Sospecho que el día se le presenta benevolente al señorito.

Sebastián dejó aviso de que no se presentaría a la hora de comer. Quería estar solo para poder meditar sobre los últimos sucesos.

El parte meteorológico del periódico no mentía. Se echó la chaqueta al hombro, fue hacia la calle Bailén y bajó por la cuesta de San Vicente camino del Parque del Oeste.

Se tumbó al pie de un chopo con la chaqueta por almohada. Deslizó la vista a lo largo de la sombra del árbol y la dejó vagar por la colina del Príncipe Pío hasta dar con la mole del acuartelamiento que coronaba su cima.

Aquel parque siempre le pareció un lugar ideal para el paseo y el sosiego. La suave brisa que se había levantado ayudó a que el murmullo de las hojas lo arrullaran.

Revivió momentos con Ezequiel en imágenes entrecortadas. Su rostro delgado y astuto se le apareció nítido: nariz aguileña sobre fino bigote, y el poco pelo que conservaba, engominado con raya al lado. Se vio a sí mismo en la sala de Velázquez pintando en un caballete.

—«Lo pintó por puro compromiso —soltó Ezequiel señalando *Los borrachos*—. Velázquez solo quería conseguir los cien ducados que el rey Felipe IV le había ofrecido.

—¿Usted cree?

—Los necesitaba para financiarse el viaje a Italia —continuó el celador con gesto despectivo—. Estaba hechizado por Rubens. Es una obra sin personalidad. Sólo lo disculpan los veintinueve años que tenía cuando la realizó. Quieren hacernos creer que se trata de una obra mitológica.

—¿Y no lo es?

—Picaresca, diría yo. Fíjese bien, ¿qué ve? Un Baco de carnación grasienta falto de belleza solar y divina, cercado a su vez por innobles personajes en los que la embriaguez agudiza todos los rasgos plebeyos. Unos bufones de palacio a los que se hizo beber hasta emborracharlos. Enanos que influían a veces en las decisiones regias. Los reyes y los bufones de los Austrias cerraron así el círculo de la grandeza y de la miseria humana. Es un grosero canto al vino».

La brisa le trajo desde el cuartel un toque de corneta que lo devolvió al presente. Su estómago reclamó atención; llevaba veinticuatro horas con una manzana, una taza de leche y un café.

Cerca de la plaza de San Martín encontró una taberna donde se anunciaban arenques del Atlántico en una pizarra. Entró en el local y la boca se le hizo agua nada más ver una tina con botellas de gaseosa metidas en hielo. Zampó tres arenques con una ración de tortilla de patatas recién hecha.

Para hacer el tiempo pasó por El Colonial, y mientras tomaba un café repasó la prensa. Pocas novedades dignas de mención en las noticias del día: persistía la huelga de la construcción en Madrid además de otras menores en distintas capitales de provincias, y se anunciaba para el lunes la del transporte en Barcelona.

A las cinco se encaminó bajo un sol de justicia hacia la calle de Fuencarral.

La restauración de pinturas exige gran cuidado, esmero y delicadeza, y limpiar nada más que lo estrictamente necesario para no quitar ninguna de sus veladuras. Lo primero era innato en Felipe, lo segundo lo había aprendido en un curso de la Escuela de Restauración. Sebastián observaba como en unos trabajos aplicaba barnices a la almáciga, un cristalino de resinas blandas que «refrescaban» los pigmentos secos, en otros empleaba barniz de galería, una mezcla que incluía aceite de lino cocido para reavivar el aspecto de las pinturas.

En éstas estaba Felipe, acompañado de Tchaikovsky, cuando Sebastián llegó al estudio. Colgó la chaqueta en el perchero y se sacó el pañuelo del cuello. A la vista de la marca la cara de Felipe adquirió una expresión de estar in albis, muy característica en él, enarcando las cejas.

Sebastián se tomó su tiempo. Con semblante introspectivo cogió un pincel grueso del jarrón de barro, lo volteó en el aire y se sentó en una orejera frente a la chimenea con la mirada puesta en el hogar.

Le contó a su amigo el atentado sufrido la tarde anterior sin dejar de girar el pincel entre los dedos.

—¿Crees posible que fuera cosa de radicales? —preguntó Felipe al tiempo que retiraba del hornillo el cazo del aceite.

—Nunca llegaron a actuar dentro de la Institución —reflexionó Sebastián.

—Nadie puede profetizar dónde estará el límite de las consecuencias de los odios y las fobias —argumentó Felipe—. Pero si no fuera el caso, tendríamos que remitirnos al plano personal; no atacan la Institución y sí a uno de sus docentes —continuó razonando mientras ponía la cafetera en el hornillo.

La música terminó y el plato continuó girando con un ruido monótono que interrumpía la concentración. Felipe se acercó al gramófono y volvió a poner la aguja al principio del disco.

—Pero tú nunca te has significado políticamente, no te mueves en círculos molestos a los intereses de tendencia alguna —consideró—. Y por otra parte, aunque llevas bastantes años en Madrid, tus relaciones son tan limitadas que casi podríamos decir que eres un forastero.

—Está Ricardo —planteó Sebastián.

—¿Qué quieres decir?

—Que la agresión se produjo en el despacho que ambos compartimos.

Felipe se arrellanó en la otra orejera.

—Apenas hablas de tu colega, ¿cómo es?

—Políticamente, más inquieto que yo.

—Entonces pudo suceder que en la penumbra os confundieran.

—¿No crees que si hubieran ido a por Ricardo lo tendrían vigilado? Él salió unas dos horas antes del ataque; nos encontramos en el pasillo.

—Entonces las opciones quedan reducidas a...

—A mí —sentenció Sebastián con voz ronca.

—¿Quién sabía de tu presencia allí?

—Además de Ricardo, Teresa y tu. —Lanzó el pincel al jarrón de barro donde se introdujo limpiamente, mientras que con la otra mano se acarició el cuello.

—¿Te duele?

Sebastián asintió con los párpados.

—Esto me lo hubiera curado mi abuela con un vaso de leche caliente y brandi.

—Yo no tengo leche —dijo Felipe con cara de pillo.

Sebastián lo miró con gesto interrogante.

Felipe se levantó y, de un arcón que dormitaba al lado de la chimenea víctima del abandono, sacó una botella.

Sebastián abrió los ojos de par en par.

—Para saber los años que lleva aquí esta botella habría que preguntarle a mi padre —dijo Felipe mirando arrobado la etiqueta.

Fue a agacharse ante el mueble librería y cogió de su interior dos vasos y un sacacorchos.

—Creo que ha llegado la hora de comprobar cómo la ha tratado el paso del tiempo.

Volvió a sentarse, posó los vasos en la mesita y con aire ceremonioso comenzó a descorchar la botella bajo la mirada pasmada de Sebastián.

Felipe vertió una generosa cantidad de brandi en cada vaso.

—¡Vamos! —exclamó levantando el que tenía delante—. De un solo trago, para cicatrizar las heridas de esa garganta.

Empinaron el codo los dos a la vez y vaciaron los vasos. Del interior de Sebastián surgió un largo rugido.

—Esto va a cicatrizar hasta las heridas del alma.

—No. Para esas es este segundo trago —dijo Felipe rellenando los vasos—. Bebámoslo pausadamente, dejando que se deslice con suavidad.

Sebastián creyó notar a su amigo más exultante que de costumbre.

Se recostaron en silencio con el vaso en la mano.

—Felipe... ¿Te has enamorado alguna vez?

Felipe levantó la cabeza hacia el techo; tardó unos segundos en responder.

—Sí, cuando tenía quince años. Un amor no correspondido.

—Es decir; que la chica no te hizo ni puñetero caso.

—Aún así compuse un soneto para ella.

—¡¿Un soneto?! ¡No me ...! ¿Un soneto de desamor?

—Te gustaría escucharlo ¿eh?, para cachondearte.

—¿Y me vea en la necesidad de tomar otro trago después de oírlo? —dijo Sebastián con mordacidad volviendo a apoyar la cabeza.

Felipe cerró los párpados.

—No te voy a dar ese placer... porque no fui capaz de acabar el segundo terceto. —Su cara adquirió un tinte de melancolía—. Mi aspiración a poeta quedó frustrada. Nunca más supe poner voz a mis sentimientos.

—Tuvo que ser una experiencia des-ga-rra-do-ra... —articuló

Sebastián con sorna.

Durante unos instantes sólo se escuchó a Tchaikovsky.

—Felipe, ¿Puedo contar con tu discreción?

La voz de Sebastián sonó hueca. Felipe alzó las cejas.

—Pero hombre. Después de tantas batallas juntos, ¿a qué viene esa pregunta chorra?

Sebastián sonrió.

—Fue bueno el trancazo que pillé el miércoles ¿verdad?

—Sí, claro. Estabas hecho un estropajo.

—Pues resulta que durante mi recuperación tuve un... «encuentro gozoso» con la criada de la pensión, o mejor dicho, lo tuvo ella conmigo.

—Esto merece otro trago; trae aquí el vaso.

Entre pícaras y lujuriosas sonrisas, Sebastián le hizo un pormenorizado relato de la sesión de masaje del viernes, que ambos remataron con sonoras carcajadas.

Quedaron relajados con los brazos colgados por fuera del sillón y las piernas estiradas.

—¿Te comenté que Ezequiel tenía fobia a *Los borrachos*?

—Sí, algo me habías hablado.

En ese momento llamaron a la puerta. Sebastián saltó como un resorte, abrochó con presteza el botón de la camisa y fue a abrir. Mientras, Felipe se dio prisa en guardar botella y vasos en el arcón.

En el umbral apareció Teresa, aferrada al bolso con ambas manos. El desasosiego podía leerse en su cara.

Felipe fue hacia ella con gesto afable.

—Hola, Teresa —la saludó alargando el brazo.

Ella le devolvió el saludo con un esbozo de sonrisa sin dejar de abrazar el bolso y entró. Su mirada recorrió la estancia.

A Sebastián le dio la impresión de que Teresa se encontraba como gallina en corral ajeno. Apartó una silla para que se sentara a la mesa camilla.

—¿Lo has conseguido? —le preguntó con ansiedad.

—Sí —respondió ella en un susurro.

Acto seguido sacó un papel doblado del bolso y se lo entregó a Sebastián.

—¿Lo has leído?

Teresa asintió con gesto consternado.

Felipe contemplaba la escena observando a la joven con curiosidad amistosa.

El lento movimiento de Sebastián apoyándose en la repisa de la chimenea no concordaba con la avidez con que sus ojos recorrían el informe.

Al cabo de un minuto interminable, atónito, levantó la vista del documento para tropezarse con los ojos inquietos de Teresa.

Felipe decidió romper su papel de mudo espectador.

—¿Queréis explicarme qué está pasando? —rogó frunciendo el ceño.

Ante la callada por respuesta, arrebató resueltamente el informe de la mano de su amigo.

—Es el informe de la autopsia de Ezequiel —exhaló Sebastián con pesadumbre—. Entre otros detalles dice que en su estómago se hallaron restos de vino —agregó con una voz que enronquecía por momentos.

—¿Y eso que significa? —farfulló Felipe confuso.

La mirada de Teresa buscó sosiego en vano en los ojos de Sebastián.

—El padre de Teresa era abstemio —rubricó Sebastián.

Los acordes de Tchaikovsky preñaron la estancia.

—¿Un café? —ofreció Felipe disipando el espeso mutismo.

—Sí —respondió Sebastián con la supuesta aquiescencia de Teresa—. Que esté bien cargado.

—No creo que sea un detalle relevante —adujo Felipe cafetera en mano dando paso a su gusto por la argumentación—. No obstante, aunque Ezequiel fuera abstemio, tal vez ese día hizo una excepción por algún motivo. Puede que un brindis por el resultado de las elecciones...

—Mi padre no bebía nunca; ni en Navidad —aseveró Teresa—. Jamás lo vi levantar una copa.

Su voz trémula y los ojos empañados resaltaban la emoción con la que refutó las palabras de Felipe.

Sebastián posó su mano sobre la de ella. El gesto no pasó inadvertido para Felipe que, desconcertado, derramó algo de café sobre la mesa.

—Estoy convencido de ello. Tranquila —musitó Sebastián—. Ahora intenta recordar exactamente lo que te explicó la policía sobre las circunstancias de su muerte.

El desasosiego impedía a Teresa pronunciar palabra. Carraspeó, cogió la taza y apuró el café bajo el silencio expectante de los dos hombres.

—Al comisario Castrillejos no se le ocurrió otro razonamiento, para «salvaguardar» su ineptitud, que la absurda deducción de que unos desconocidos se colaron aquel día en el museo para rematar allí su celebración particular por la victoria del Frente Popular. Un modo fácil y un tanto banal de explicar lo que en los primeros momentos parecía una muerte inexplicable: que mi padre intervino y la tomaron con él. —Hizo una pausa para tragar saliva—. No era la primera vez que se detectaban problemas de seguridad y eventuales robos en el edificio.

—Versión basada, según el comisario, en el primer examen del médico forense; que la muerte le sobrevino por un fallo cardíaco —expuso Sebastián—. Y veo que esa versión es la que mantiene en este... llamémosle conato de informe.

—Sé a lo qué te refieres. La redacción es muy escueta y poco profesional. Mi padre estaba hecho a situaciones difíciles, y ni un simple alboroto ni las heridas superficiales eran motivo suficiente para causarle tal excitación que lo llevase hasta el extremo de provocarle un infarto. Algo más tuvo que suceder.

—¿Quién te ha conseguido el informe? —preguntó Felipe.

—Un compañero, bajo cuerda. No le pregunté cómo lo había conseguido para no ponerlo en un aprieto.

—Pero tú tienes derecho a que se te proporcione el contenido del expediente —insistió Felipe.

—¿Derecho una mujer? ¿tú crees? Además me dijeron que las pesquisas no se hicieron públicas como medida para proteger el buen fin de la investigación. Yo creo que les interesaba más proteger el buen nombre y prestigio del Patronato del Museo.

—¿Por qué aseguran que fueron varios los agresores? —preguntó Felipe.

—Lo dedujeron por unas huellas de barro en el suelo —explicó Sebastián.

—El comisario se apoya además en un dibujo que supuestamente mi padre pintó en la pared con su propia sangre antes de morir.

—¿Un dibujo? —inquirió Sebastián sorprendido. Aquél era un detalle que no había entrado en escena hasta ese momento.

—Una especie de cuatro, como si quisiera indicar que eran cuatro los atacantes, según la policía.

Sebastián sopesó la novedad con gesto ausente durante un

instante.

—Una versión demasiado trivial; no me convence —dijo secamente—. ¿Llegaste a ver ese dibujo?

—El inspector Mendoza me mostró unas fotografías. En alguna de ellas se ve claramente ese cuatro en la pared, bajo un cuadro.

—*Los borrachos* —sentenció Sebastián.

Felipe descargó la mirada sobre su amigo atusándose el bigote antes de preguntar titubeante:

—Lo que no me explico es... ¿cómo pudieron entrar en el museo sin forzar puerta alguna?

—A no ser que se tratase de alguien cuya presencia allí no levantara sospechas, a pesar de ser lunes —replicó Sebastián.

Se apoyó con ambas manos en la repisa de la chimenea y negó repetidamente con la cabeza.

—Deberíamos hacer una visita a la comisaría. Creo que a Teresa tendrían que aclararle varias cosas —consideró.

—Opino que necesitamos más café —sugirió Felipe levantando la cafetera de la mesa al tiempo que observaba a Sebastián por el rabillo del ojo.

Sebastián creyó necesario formular algunas conjeturas.

—Si mal no recuerdo —expuso—, Castrillejos me dijo que tu padre sólo tenía unos rasguños superficiales. Sin embargo yo vi un rastro de sangre a lo largo de la sala y un pequeño charco junto a su cabeza.

—Eso último era vino —aclaró Teresa.

Las miradas de Felipe y Sebastián se cruzaron, y sus mentes confluyeron en un convenio tácito de no mencionar el absurdo misterio de la taza de *Los borrachos*. Lo único que conseguirían sería añadir más confusión al estado de zozobra de Teresa.

—Entonces, ¿cómo llegó la sangre a la pared? —planteó Sebastián.

—Un detalle que me señaló el inspector Mendoza me confirma lo incompletas y ambiguas que son las manifestaciones del comisario. La palma de la mano derecha de mi padre tenía un corte profundo. Esa herida no consta en el informe de la autopsia.

La circunstancia inédita dejó a los dos hombres boquiabiertos.

—Si llevan las pesquisas en secreto, ese Mendoza se la está jugando —dijo Felipe mientras servía café.

—Así que, al parecer, hubo forcejeo con un arma cortante de por medio —dedujo Sebastián.

—Esa herida posibilitaría el que mi padre pintara con su sangre en la pared.

—Hace un momento has definido ese dibujo como una «especie de cuatro» —constató Felipe.

—Sí. Lo que quiero decir es que, en su estado, cualquiera hubiera trazado un cuatro de una manera sencilla, con tres palotes, y no de esa forma rebuscada y retorcida.

—De todos modos —intervino Sebastián—, no entiendo la razón por la que una persona que está sufriendo un infarto se empeñe en dejar constancia del número de sus agresores. ¿Qué importancia podría tener para él?

—Hay una cuestión que me ronda la cabeza —medió Felipe pensativo al tiempo que dejaba su taza sobre la repisa de la chimenea—. ¿Puede considerarse un hecho fortuito o, por el contrario, se trató de una acción premeditada?

Teresa y Sebastián lo miraron desconcertados, ese planteamiento abría una perspectiva nueva.

—Lo formularé de otro modo. —Felipe consultó su reloj y

prosiguió—: Desde la entrada del museo hasta la sala de Velázquez hay un cierto recorrido durante el cual los agresores pudieron toparse con alguien más. ¿Sabéis si esa tarde hubo algún otro incidente en el museo?

—No, que yo sepa. —respondió Sebastián.

Teresa negó con la cabeza.

—Poco tiempo antes mi padre me había comentado que la dirección estaba preocupada ya que, con el objeto de reducir costes, el Ministerio había propuesto un recorte en la plantilla y horas de trabajo del personal. Así que es posible que aquel día el número de vigilantes no llegara al mínimo exigible de siete.

—Y se presupone que son personas de total confianza —apuntó Sebastián.

—Para ocupar esos puestos los vigilantes tienen que ser, o haber sido, cabos del ejército o números de la Guardia Civil —aclaró Teresa.

—Ya... ¿Y creéis que, en los tiempos que corren, eso sirve de aval ante una posible acción delictiva? —adujo Felipe con evidente sarcasmo.

—Un zapato de mi padre apareció en la sala contigua. Quienes quiera que fuesen, no lo abordaron donde fue hallado su cuerpo; lo arrastraron hasta allí.

—A los pies de *Los borrachos* —dejó caer de nuevo Sebastián.

Haciendo uso de su excelente memoria fotográfica rememoró la escena: el cuerpo de Ezequiel tendido paralelo a la pared con la mano izquierda cerrada sobre su costado. «¿Cómo se me pudo escapar el detalle del zapato?» se echó en cara. La respuesta sólo podía estar en la tormenta de emociones en que se vio sumido en aquel trágico momento y que había nublado su mente.

Felipe volvió a consultar el reloj, recogió su taza de la repisa de la chimenea y la dejó sobre la mesa.

—Tenéis que disculparme, he de acudir a una cita —dijo acariciándose el pelo de la nuca.

Dieron por terminada la reunión a las ocho y media.

La luz mortecina del atardecer se deslizaba tras la Sierra de Guadarrama. La noche se presentaba cálida.

Sebastián acompañó a Teresa a su casa en la calle Grafal. A hurtadillas la miraba de reojo. Los ojos de ella se movían inquietos dando la impresión de buscar un punto de amarre donde anclar su zozobra. «¿Qué estará pasando por su cabeza?», se preguntó, y pensó en lo mucho que todavía ignoraba de ella. Durante el trayecto apenas hablaron. Para llenar los incómodos silencios hizo comentarios triviales sobre el ambiente de tensión que se palpaba esos días en la ciudad. Su conciencia no estaba del todo tranquila por haber obviado, junto con Felipe, el descubrimiento hecho en la taza de *Los borrachos.*

Enfilando la calle de Toledo ella lo cogió del brazo y apoyó la cabeza en su hombro. Diez minutos más tarde estaban ante el portal.

—¿Tienes apetito? —preguntó ella de improviso.

La pregunta lo pilló por sorpresa.

—Pues ahora que lo mencionas, algo sí.

—A mediodía preparé arroz con bacalao, demasiado para un persona sola... Todavía no me he adaptado a las cantidades —dijo con tristeza.

Para Sebastián aquello era un punto de giro en su relación; nunca había subido a casa de Teresa y ahora lo estaba invitando a cenar.

—Acepto encantado.

La vivienda estaba situada en la segunda planta. Se entraba directamente a una sala comedor con una pequeña cocina a su izquierda. A la derecha un pasillo donde intuyó Sebastián que estarían los dormitorios y el baño. El mobiliario era sencillo: un chinero, un aparador sobre el que reposaban varias fotos enmarcadas, una mesa redonda con cuatro sillas y sobre ella, en la pared, un relieve de *La última cena*.

Mientras Teresa calentaba el arroz Sebastián recorrió la estancia. Tras las puertas de cristal del chinero podían verse piezas de porcelana colocadas con esmero: platos, fuentes y un juego de café. Los estantes estaban adornados con paños rematados con puntilla. Paseó la vista por las fotografías de encima del aparador. Ezequiel con bastantes años menos junto a una mujer que supuso su esposa. Un grupo de enfermeras uniformadas entre las que se encontraba Teresa. De nuevo el padre acompañado de otros hombres. Todo en la casa rezumaba orden y pulcritud. Sebastián percibió una sensación perdida hacía tiempo, la de un verdadero hogar; se sentía a gusto.

El talante de Teresa había cambiado. Apenas quedaba rastro de zozobra de hacía una hora, incluso mostraba una confianza nada habitual en ella últimamente. Durante la cena se mostró locuaz, al contrario que Sebastián, cohibido y parco en palabras. Ambos evitaban cualquier referencia a la reunión de aquella tarde. Teresa trató de arrancarle una sonrisa tomándolo de pitorreo: «¿Cómo es posible que siendo de puerto de mar, no sepas que para desalar el bacalao hay que cambiarle el agua cada ocho horas?»

La seguridad que a ella le daba el encontrarse en un ambiente familiar, contrastaba con el desasosiego que le infundía a Sebastián el estar rodeado por los bienes de su amigo desaparecido.

—Desde hace un rato no has soltado palabra —dijo Teresa en tono confesional—. ¿En qué piensas?

—No sé... —Sebastián intentó imprimir energía al timbre vacilante de su voz mientras su mirada vagaba por las paredes de la sala.— Hay una serie de detalles, de hechos que salen a la luz precipitadamente y a los que no les encuentro sentido.

—¿Y? —lo exhortó Teresa a continuar.

Sebastián fijó la mirada en su semblante expectante.

—Doy por hecho que estás deseosa por conocer la verdad.

Teresa se levantó y se acercó a él.

—¿Me ayudarás? —suplicó en un tierno susurro mientras le acariciaba el cabello.

—Tu padre era para mí como un...

Teresa acalló súbitamente sus palabras posándole un dedo en los labios y, sin darle tiempo a recuperarse del desconcierto, en un instante su boca pasó a ocupar el lugar del dedo.

Aquella actitud hipnotizó a Sebastián quién, con las manos en la cintura de Teresa, se puso en pie. Ella rodeó su cuello con los brazos y poniéndose de puntillas volvió a besarlo.

Sebastián quiso creer que el aturdimiento era la causa que le impedía oponer resistencia a ser conducido al dormitorio, más su conciencia no lo engañaba; la deseaba. Su mente desechó cualquier oposición o pensamiento de que pudiese estar aprovechándose de su vulnerabilidad.

Esa noche Sebastián iba a descubrir a una mujer apasionada y decidida, nada que ver con la imagen que durante meses se había formado de ella.

La primera palabra que, como un cálido aliento besando el

aire, musitaron los labios gruesos de Teresa cuando apagó la luz, fue su nombre. En sus ojos ardían dos tizones inextinguibles.

El domingo agotaba pesadamente sus horas y la luna llena vertía su resplandor a través de la ventana abierta del dormitorio.

Lunes, 13 de julio de 1936

Hacía rato que Sebastián se había despertado y contemplaba como, poco a poco, los primeros rayos de sol invadían el dormitorio. Un fino destello en el pecho de Teresa atrapó su mirada.

—¿Y esto?

Teresa se frotó los ojos y cogió entre los dedos el colgante que llevaba al cuello. Era una cruz de cuatro brazos iguales rematados con doble curvatura en sus extremos. Del brazo inferior sobresalía una especie de rabillo. Una muesca que la cruzaba a lo ancho acentuaba su peculiaridad.

—Era de mi padre. La llevaba siempre con él.

Su voz sonaba desolada, como si de repente el pasado se le echase encima. Apoyó la cabeza en el pecho de Sebastián.

El silencio se apoderó de ellos y los introdujo en un sopor profundo.

Teresa no tardó en verse atrapada por una inquietud que le perturbaba el sueño. Con el ceño fruncido en un dormitar desasosegado, la escena se le presentó con nitidez: «Se vio de niña, al lado de la cama del padre, sobre la que se encontraba una cadena con la cruz lobulada. Alargó el brazo, cogió la cadena e hizo ademán de ponérsela sobre el pecho en el momento en que

119

Ezequiel, en camiseta, entraba en el dormitorio. Raudo fue hacia ella y le arrebató la cruz de la mano.

—¡Teresa, deja esto!

La brusca regañina la dejó sumida en muda confusión. Miró asustada al padre y bajó la vista al suelo.

Ezequiel se agachó delante de ella, y cambiando el tono de su voz le rogó:

—Hija, jamás cojas esta cruz.

Ezequiel abrió un cajón camuflado con la moldura inferior del lateral del armario y depositó la cruz en su interior, al lado de una caja repujada y de un pergamino de color sepia enrollado con una cinta.

La niña, en actitud compungida, observaba de reojo la escena.»

Teresa se despertó sobresaltada y se incorporó en la cama.

Sebastián dormía con placidez.

—¡Sebastián! —lo llamó sacudiéndolo ligeramente del hombro.

Él abrió los ojos y se volvió, aturdido.

—¿Qué ocurre?

—¿Hasta dónde estás dispuesto a llegar? —preguntó ella con determinación.

Sebastián se apoyó en los codos y la miró fijamente con los ojos entornados, sorprendido por aquel vigor repentino, como si desde la tarde anterior Teresa quisiera retomar la vida con mayor intensidad. La pasión oculta que anidaba en su interior había brotado como una llama.

—¿Qué quieres decir? —preguntó él a su vez.

—Espera.

Teresa saltó de la cama de un brinco y salió del dormitorio

con aire resuelto.

Sebastián se dejó caer pensativo sobre la almohada. Tenía que llamar a doña Sofía, lo echarían de menos. A la mujer no le gustaría nada imaginar que un huésped le había desaparecido así, sin más. Resonó en su cabeza la voz de la patrona: «A saber en qué se habrá metido».

Teresa entró en el dormitorio con una pequeña caja repujada en las manos. Se sentó cabizbaja en la cama, abrió la caja y vació su contenido sobre la sábana: cuatro cadenas con cruces griegas. De cada una, y atado con un hilo, colgaba un papel con un nombre.

Sebastián cogió una de las cruces y la observó boquiabierto. Era igual a la que Teresa llevaba al cuello; las cinco eran iguales.

—Pertenecían a compañeros y amigos de mi padre. Todos están muertos —sentenció mirando a Sebastián con ojos penetrantes, como si de un objeto desconocido se tratase, y cuyo misterio intentara descifrar.

Sebastián le devolvió la mirada. Aquella no era la mujer pusilánime que aparentaba ser. ¿Qué más secretos ocultaba que, a medida que se iban desvelando, incrementaban tal comportamiento?

Mientras Teresa preparaba café, Sebastián bajó a un bar cercano a telefonear.

El aire caliente de aquella hora presagiaba otro día tórrido.

Llamó a doña Sofía para tranquilizarla. Esgrimió como excusa por su ausencia una cena tardía con compañeros de la Institución, explicación que daba por hecho la patrona no tragaría. Le aseguró que estaría de regreso para la hora del almuerzo. A continuación marcó el número de la centralita y pidió que le pusieran con la comisaría del centro. Castrillejos todavía no había llegado. Preguntó por el inspector Mendoza, quién lo atendió afablemente; Sebastián recordó el modo cortés en que Mendoza ya se había dirigido a él el día de autos. El comisario tardaría alrededor de una hora en llegar. Sebastián le rogó que anunciase a Castrillejos su visita junto con Teresa.

Cuando abrió la puerta le llegó el aroma del café recién hecho. Teresa estaba calentando rebanadas de pan del día anterior en una sartén.

—¿Tendrás por casualidad aceite de freír pescado? —le preguntó Sebastián.

En la mayoría de las casas, el aceite usado se guardaba por separado en dos recipientes; uno para el del pescado y el otro para el del resto de los fritos. La meticulosidad de Teresa no la hacía una excepción.

—Toma —le respondió entregándole una pequeña aceitera metálica— ¿Qué piensas hacer con él? —preguntó extrañada.

—¡Las tostadas de mi abuela Consuelo! —exclamó Sebastián con una sonrisa envuelta en un mohín de nostalgia.

Roció aceite sobre el pan caliente y espolvoreó azúcar por encima.

—Prueba esto —le ofreció por su mano a Teresa.

Ella dudó un instante, enarcó las cejas y, vencida por la curiosidad de lo nuevo, le dio un mordisco a la tostada.

—¡Deliciosa! Le despierta el apetito a un muerto.

A las diez y media estaban entrando en la comisaría. Los recibió una estancia amplia, de techo alto, del que colgaban cuatro lámparas en forma de globo que, lejos de reforzar la escasa luz procedente del exterior, dotaban la sala de una atmósfera deprimente. El lento girar de las aspas de un ventilador situado entre las lámparas recargaba el tedioso ambiente mortecino que un policía, tras el mostrador, quebraba por momentos aporreando las teclas de una máquina de escribir. Sentados en un banco, dos hombres de aspecto desaliñado y taciturno esperaban con la vista perdida en el pavimento.

Los ojos de Sebastián se encontraron con los de Mendoza a través del cristal de una mampara. El inspector le hizo un gesto de asentimiento con la cabeza, salió de su despacho y se dirigió hacia el fondo del pasillo. Llamó con los nudillos a una puerta y entró. A los pocos segundos se asomó y les hizo una seña para que se acercaran. Sebastián calificaría de cómplice la intensa mirada de reojo que Mendoza les echó cuando se cruzaron en el umbral de la puerta.

A simple vista el despacho no difería mucho del resto del local. El comisario los esperaba sentado tras la mesa escritorio. A su espalda las lamas de una persiana difuminaban la luz de la calle, iluminando flotantes partículas de polvo.

La cantidad de carpetas y legajos que se amontonaban sobre la mesa hacía suponer que, o al comisario se le estaba amontonando el trabajo, o era una muestra de desidia y desorden en el ejercicio del mismo.

Con un ademán de mano los invitó a sentarse.

—Entiendo que el motivo de esta visita está relacionado con el incidente que provocó la muerte de Ezequiel Viana —convino secamente Castrillejos dirigiéndose a Teresa.

—Creo que ya conoce a Sebastián —interpuso ella, ante un posible ninguneo por parte del comisario hacia su compañero.

—Sí, el copista amigo de su padre y, según tengo entendido, asiduo a ciertas tertulias, digamos, «artísticas». Lo recuerdo perfectamente —farfulló con ironía y una mezcla de despotismo y arbitrariedad al tiempo que lo miraba.

Enseguida se dieron cuenta de que, para que la reunión resultase fructífera, era Teresa la que tendría que llevar la iniciativa. La policía había estado husmeando en la vida privada de Sebastián, y era obvio que ésta no gozaba de la simpatía del comisario.

—Ya han pasado cinco meses desde la muerte de mi padre, durante los cuales no he recibido información alguna sobre la investigación en la causa de su fallecimiento. Además hay algunos puntos que desearía aclarar —dijo Teresa con vehemencia.

—Verá, corren tiempos en los que es muy complicado llevar a buen término una pesquisa. Como usted sabrá, últimamente circulan por Madrid vientos muy revueltos; es difícil distinguir a un activista político de un delincuente común o... de un asesino —remató Castrillejos con tono velado.

Sería fácil echar abajo una argumentación tan pobre, pero Sebastián se lo pensó y optó por una reprimida prudencia; cualquier manifestación hecha por él resultaría contraproducente. Ahora lo primordial era proceder con tacto para intentar sonsacar al comisario algún detalle o circunstancia que se mostrase reacio a desvelar.

—Comprendo —admitió Teresa con falsa indiferencia—. De todos modos, le agradecería que me permitiese volver a ver las fotografías que se hicieron en el museo. El día que me las enseñaron todavía estaba presa de una emoción que me impedía poder observarlas con atención. Tal vez ahora...

Castrillejos no tuvo que buscar. Esperaba la visita y tenía dispuesto el expediente al alcance de la mano. Abrió la carpeta con gesto hosco y extrajo varias fotografías de un sobre mediano.

—Ahí las tiene —dijo arrojándolas delante de Teresa con desdén.

El gesto no pasó desapercibido para Sebastián, quién se tuvo que morder la lengua para no replicar. Se inclinó ligeramente sobre la mesa.

Teresa cogió las fotografías y las fue separando con detenimiento; eran cinco. A medida que las revisaba su semblante iba adquiriendo expresión de perplejidad. De reojo, con aire hipnótico, buscó consenso en el rostro de Sebastián.

—Si ve o recuerda alguna cosa que antes se le hubiera pasado por alto, o que aporte algo nuevo, dígamelo. Pudiera ser que no haya designado a la persona apropiada para llevar el caso. En todas partes hay ineptos —masculló Castrillejos con tono sarcástico mientras tamborileaba con los dedos en la mesa; su voz desprendía petulancia con cada palabra.

El comisario cruzó su mirada con la de Sebastián en un atisbo provocador que no consiguió arrancar a éste de su reprimida prudencia; creyó del todo punto inútil contraponer cualquier argumentación.

La clara renuencia mostrada por Castrillejos inflamó una desconocida cólera en Teresa al oír sus palabras. Señaló las fotografías con el entrecejo fruncido.

—Lo que yo no entiendo es porqué aquí... —comenzó a argüir con rabia. Pero antes de que pudiera seguir hablando, Sebastián le atizó un discreto puntapié.

Cogida por sorpresa, quedó paralizada con la boca entreabierta.

Castrillejos se dirigió a ella con displicencia:

—¿Sí? ¿Decía algo, señorita Viana?

Teresa creyó comprender la señal de Sebastián y buscó

rápidamente un argumento alternativo.

—Decía que... —expuso dubitativa—. ¿Cómo es posible que el personal que se encontraba en el edificio en aquel momento no oyese nada? ¿Es que nadie se dio cuenta de lo que estaba sucediendo?

—Verá, según la investigación, el personal era escaso y se encontraba en otra planta. Tengo entendido que el lunes es un día tedioso en el museo —explicó Castrillejos con tono áspero sin cejar en el manoteo nervioso—. Además, hay que tener en cuenta que los muros que separan salas y galerías son lo suficientemente gruesos como para ahogar cualquier ruido.

El sonido del teléfono interrumpió sus conclusiones y sin mediar disculpa alguna descolgó el auricular:

—¡¿Diga?! –espetó secamente.

A medida que al otro lado de la línea la agitación de una voz iba en aumento, el semblante de Castrillejos iba demudándose; aquella llamada le estaba haciendo tragar quina. Colgó el auricular; estaba como ausente. Sus labios apretados semejaban una fina herida sobre la palidez de su piel. Reaccionó con un parpadeo nervioso.

—Lo siento, pero tengo que dar por terminada esta reunión, me reclama un asunto importante. —Se excusó con un inequívoco gesto de abatimiento y voz ronca que sólo duró unos segundos. A renglón seguido volvió a mostrar el talante anterior—. Si necesitan algo más, me tienen a su disposición —se ofreció con mueca cínica mientras se ponía en pie.

Nada más salir al pasillo la puerta se batió a sus espaldas.

—¿Has visto lo que yo «no he visto»? —susurró Teresa indignada.

—Sí. Ya hablaremos de ello —contestó Sebastián en el mismo

tono.

Al pasar ante el despacho del inspector Mendoza, éste les mantuvo la mirada durante un instante y la bajó raudo.

Ya en la calle, Teresa no pudo aguantar más y explotó.

—¡Sebastián las fotos...!

—Sí —la interrumpió él—. Están numeradas del uno al siete y faltan la cuatro y la cinco.

—Las que mostraban el endiablado cuatro. Tenías razón. No nos dicen la verdad y además ocultan pruebas.

—Hay que tener calma. Por ahora no podemos hacer nada. Ya pensaremos en algo.

—Empieza a hacerse tarde, tengo que irme —dijo Teresa intranquila mirando el reloj.

—Esta noche tengo que asistir a una conferencia en la Institución. Mañana pasaré a buscarte y trataremos de poner un poco de luz en todo esto.

—Imposible; mañana tengo guardia.

—Entonces el miércoles.

Cuando se despidieron, un velo de angustia cubría el rostro de Teresa.

A pesar del acusado gesto de morros con que doña Sofía recibió a Sebastián, él percibió en el brillo de sus ojos una reprimida satisfacción al ver a su huésped sano y salvo. Avelina no se inhibió; una amplia sonrisa y el subido tono de sus mejillas lo decían todo.

Tras el almuerzo pensó que le vendría bien un poco de parloteo con don Wenceslao junto al balcón, para relajar la mente mientras saboreaban el café de la patrona. Después se retiró a su habitación. Su cuerpo reclamaba descanso, al menos hasta la hora de ir a la conferencia.

Cuando llegó a la Institución, media hora antes de la señalada para el comienzo del acto, le sorprendió ver que los presentes habían formado varios corrillos donde más que hablar se murmuraba.

Ricardo se le acercó cariacontecido.

—¿Qué ocurre? ¿Es que ahora los debates se anticipan a las conferencias? —le preguntó irónico Sebastián.

—Esta mañana circuló por Madrid la noticia de que el jefe del Bloque Nacional, José Calvo Sotelo, fue secuestrado la noche pasada —le hizo saber Ricardo.

—No sé de quién me hablas. Ya sabes que no estoy muy al tanto de la política.

—Joder, Sebastián. Tu vives en Madrid pero estás instalado en la inopia.

—Perdona, no quería ofenderte. Explícame.

—Se trata del portavoz de los conservadores en el Congreso de los Diputados; es uno de sus líderes —recalcó—. Mejor dicho, era.

—¿Cómo qué «era»?

—Eduardo, un periodista de *El Sol*, nos adelantó la noticia hace una hora. El cadáver de Calvo Sotelo ha sido identificado este mediodía en el tanatorio del cementerio de la Almudena, donde fue abandonado de madrugada.

Sebastián tomó conciencia de la gravedad de la situación. Era obvio que los enfrentamientos entre militantes de izquierdas y derechas se estaban intensificando últimamente, pero un sexto sentido le indicaba que aquello rayaba el límite. Le vino a la cabeza la imagen del semblante descompuesto de Castrillejos al teléfono. No le cabía duda de que el comisario estaba recibiendo la noticia en aquel preciso instante.

—¿Y qué se sospecha que ha ocurrido?

—Poco pudieron sonsacar los periodistas a los médicos forenses que fueron requeridos por el Juzgado. Sólo que el cuerpo no presenta más que una herida de arma de fuego con orificio de entrada por un ojo.

Ambos guardaron un silencio contenido. Se unieron a uno de los corrillos donde los comentarios gravitaban sobre el asesinato, a última hora de la tarde anterior, de un teniente de la Guardia de Asalto a manos de cuatro individuos. Según el periodista de *El Sol*, el teniente José del Castillo, que así se llamaba la víctima, pertenecía a la Unión Militar Republicana Antifascista. Se barajaba la hipótesis de que la muerte del señor Calvo Sotelo fuera fruto de una venganza. Alguien apuntó el dato de que el teniente Castillo era pariente lejano, por línea materna, de José Antonio Primo de Rivera, ahora en prisión. Toda especulación era poca. Se iba a celebrar un Consejo de Ministros extraordinario, de donde saldría una nota oficial para la prensa.

Los oídos de Sebastián se aletargaron ante tanta confusión. Le hubiera gustado escuchar la opinión de don Wenceslao al respecto.

Se suspendió la conferencia.

Sebastián fue paseando al ritmo de un lento anochecer que se le antojaba más oscuro y sofocante que de costumbre.

Pasó la noche en duermevela. «¿Cómo acogerían estos sucesos terribles en Galicia, en su Ribadeo? ¿Afectarían al ritmo de la vida del pueblo como estaba ocurriendo en la capital?», pensó. «Tal vez a seiscientos kilómetros del epicentro de los hechos, como era

Madrid, las 'ondas' de noticias tardarían en llegar, y cuando lo hicieran, lo harían con menor intensidad difuminadas por la distancia».

Hacía tiempo que no se ponía en contacto con su familia. A veces añoraba los plácidos atardeceres de verano sentado en el muelle del puerto, viendo llegar los barcos de cerco cargados de pescado bajo una nube de gaviotas que habían salido a recibirlos una milla mar adentro, en medio de un alborotado concierto de graznidos, ansiosas de alguna sobra de la marea con que eran obsequiadas por los marineros. En el mar todas las partes confraternizaban; no ocurría así en tierra.

Martes, 14 de julio

Cansado de dar vueltas, Sebastián consultó el reloj. Marcaba las seis y cuarto; el día empezaba a clarear. Después del ejercicio diario con las mancuernas, se aseó y fue a la sala.

Creía haber madrugado más que nadie en la pensión, pero se equivocaba. Don Wenceslao debía de haberse «caído» de la cama y ya se encontraba hundido en su butaca.

No dijo nada, acostumbrado a la anticipación del exmilitar en el saludo matinal. A don Wenceslao le satisfacía tomar la palabra en primer lugar, aunque rara vez lo hacía con un «buenos días». Para él, decía, aquel deseo era «como el valor en el ejército; se le supone».

—El sueño no tiene dueño, ¿verdad? —lo recibió sin alzar la vista del periódico que tenía en las manos—. ¿Fue la preocupación la causa del desvelo?

Sebastián se frotó el puente de la nariz con la yema de los dedos.

—La suya no le debió andar lejos, por lo que veo —contestó con socarronería y un dejo de asombro.

El aspecto que presentaba la mesa que tenía delante don Wenceslao era del todo inusual. Sobre ella había ejemplares de *El Sol, El Liberal, El Socialista, El ABC* y de otro periódico más cuya cabecera quedaba oculta. Algo insólito en aquel hombre aferrado habitualmente a su *ABC*. No sólo había sido el primero en madrugar, si no que ya tenía en su poder una parte cualificada de la prensa de Madrid.

—Quién mucho duerme, jornada pierde —alardeó don Wenceslao de su erudición refranera.

—Y por lo veo usted quiere llevar la delantera —dijo Sebastián en alusión a los ejemplares al tiempo que se sentaba.

—Mire, hay momentos decisivos en los que, para tener una visión lo más clara posible de la situación, es menester procurarse información diversa. Después se hace como con la paja y el trigo, se separa, se *peneira*, que dirían en su tierra, y se queda uno con el grano para poder analizar los acontecimientos de manera objetiva.

No cabía duda de que don Wenceslao se refería a los asesinatos cometidos entre el domingo y el lunes, y estaba poniéndose al día.

—Le entiendo. Lo que usted quiere saber es lo que tiene que creer y a quién.

—Una mentira bien compuesta, mucho vale y poco cuesta. Pero coja, coja y lea —ofreció el *ABC* a Sebastián.

En ese momento entró Avelina, los saludó extrañada y con el mismo gesto miró el reloj de pared y se metió en la cocina.

La portada del *ABC* mostraba a toda plana un retrato de don José Calvo Sotelo con las letras de cabecera del periódico sobre la cara.

Sebastián supuso que don Wenceslao pospondría su lectura hasta conocer las redacciones y opiniones del resto de la prensa, y poder cotejarlas con las de su periódico habitual.

La editorial no cambiaba su *modus operandi* ni ante noticias de este calibre. La página dos seguía dedicada a la publicidad, mayoritariamente de artículos sobre el cuidado de la salud. La tres la encabezaba un titular a tres columnas: EN LA MADRUGADA DE AYER FUE ASESINADO EN MADRID, DON JOSÉ CALVO SOTELO.

Sebastián hizo una lectura somera del artículo.

El señor Calvo Sotelo pasó el domingo con su familia en Galapagar. Al llegar a su domicilio despidió a los agentes destinados por la Dirección de Seguridad para escoltarlo.

Según declaración prestada ante el juez por Agustín García, portero del edificio donde vivía el señor Calvo Sotelo, a las tres de la madrugada se presentaron varios individuos que le comunicaron que iban al piso del señor Calvo Sotelo con orden de detenerle. Poco después bajaron con él y lo instalaron en uno de los asientos delanteros de una camioneta.

La familia del señor Calvo Sotelo, alarmada, telefoneó a la Dirección General de Seguridad para que le confirmaran la veracidad de la orden de detención, creando una gran confusión en el centro policíaco, pues de allí no había salido orden alguna de detener al exministro.

Inmediatamente, el ministro de la Gobernación, señor Morales, dio órdenes de movilización de todas las fuerzas necesarias para la localización del señor diputado.

Las diligencias practicadas por la Policía de la Primera Brigada de Investigación Criminal dieron como resultado la detención del conductor de la camioneta y de varios individuos que fueron trasladados al Juzgado.

También fue requerida ante el juez la pareja de Seguridad que se hallaba de servicio ante la puerta del señor Calvo Sotelo.

El Gobierno reiteraba su contundente negativa a cualquier intervención en los hechos que conllevaron el secuestro y posterior asesinato del diputado señor Calvo Sotelo.

La noticia se extendía mucho más, colmada de comentarios y especulaciones que nada determinante aportaban a la aclaración del asesinato. Nadie se atrevía a dirigir las sospechas hacia un grupo en concreto. El momento era tan delicado que cualquier interpretación equivocada podría desencadenar el desastre total.

Sebastián cerró el periódico.

Llegó Avelina con una bandeja y dejó sobre la mesa tres tazas, una cafetera y una tetera.

—¿Y eso? —le preguntó Sebastián señalando la tetera.

La mujer giro la vista hacia el pasillo y, bajando ligeramente la cabeza, dijo con voz confidencial:

—El señor empleado de Telefónica anda ligero de vientre. Ayer noche ya le preparé un arroz en blanco.

Cuando don Vicente entró en la sala su tez evidenciaba el malestar que lo aquejaba. La moldura negra de sus gafas junto con el recortado bigote destacaba más que nunca sobre su pálida piel. Saludó tímidamente, se sentó y se sirvió té.

Don Wenceslao dobló el periódico que estaba leyendo y, con el mentón levantado en aire contemporizador, se dirigió al apagado Vicente.

—Si le sirve de consuelo, don Vicente, le diré que, de un modo u otro, estos días todos nos sentimos afectados por el devenir de los acontecimientos. ¡Ah, aquellos tiempos en que Madrid era tranquila como agua de pozo!

El aludido agradeció la empatía con un ligero asentimiento de cabeza.

—No pueden ustedes hacerse una idea del infierno en que se convirtió ayer la oficina —dijo mientras ajustaba las gafas en el puente de la nariz con el dedo índice—. Los corresponsales de prensa se abalanzaron como posesos sobre los mostradores en demanda de líneas y se disputaban las cabinas, ávidos de tener en sus manos un auricular. Pero no crean ustedes que sólo españoles, no, no, hay mucho extranjero por medio. Luego llegaron los exaltados, los alborotadores que, con graves acusaciones partidistas, intentaban influir en las crónicas. Aquello desembocó en tal clima de violencia y caos que llegué a tener miedo —confesó don Vicente. Y apuró el té.

—Sí. Lo comprendo perfectamente —convino don Wenceslao—. Definitivamente ha caído la gota que faltaba para colmar el vaso, y ahora comenzará el derramamiento.

—Si me disculpan —dijo don Vicente posando la taza. Y comprimiendo los labios con gesto de fastidio desapareció apurado por el fondo del pasillo en dirección al retrete.

Sebastián se acercó pensativo a las puertas balconeras y las abrió de par en par. Una suave brisa refrescaba las calles en las primeras horas de aquel martes que se auguraba inflamable.

—Don Wenceslao, quiero creer que usted ya se habrá hecho una composición de lugar.

—Yo siempre estuve seguro del lugar en que me hallaba.

—Me refiero a la situación actual. De su exhaustivo análisis político de los últimos meses extraería conclusiones y, por tanto, tendrá una opinión precisa.

—Lo que usted quiere saber es si ya he destilado los discursos, manifestaciones y actuaciones de tirios y troyanos.

Si el cuerpo de don Wenceslao había madrugado, su lenguaje barroco no le iba a la zaga.

—Sí. Más o menos —admitió un Sebastián dispuesto a leer entre líneas las conjeturas de don Wenceslao.

—Mire usted —enunció éste juntando las yemas de los dedos

de las manos, con la vista puesta sobre el montón de periódicos—. No tome mi opinión como concluyente porque a la tortilla aún hay que darle otra vuelta. Lo que azota el país desde hace unos meses no es un conflicto civil, ni es un conflicto de clases y sectores de la sociedad; es la cola del conflicto político que ya existía.

—Resumiendo —arguyó Sebastián—: Que el país está enfermo.

—No —rechazó don Wenceslao—. El Gobierno. El Gobierno está infestado de unas fiebres que le impiden ver con claridad tanto el momento presente como el futuro.

—¿Y cuál es su diagnóstico?

Don Wenceslao se recostó en la butaca y exhaló un suspiro.

—No me gusta nada la orina del enfermo —falló, mirando fijamente a Sebastián.

Éste creyó ver en los ojos de su interlocutor miedo a aventurar una manifestación más contundente.

—Arriésguese con un veredicto. Póngale la guinda a su análisis.

Don Wenceslao hincó todavía más la mirada en Sebastián y, escondiendo su temor tras unos párpados entrecerrados, sentenció:

—La violencia ya es endémica; este asesinato significa la guerra.

La llegada de doña Sofía coincidió con la marcha de don Vicente que, entre lo retrasado que salía para la oficina y su azoramiento, ni se había despedido.

El portazo rompió la atmósfera de abstracción que imperaba en la sala.

—Espero que no les moleste si hoy no les puedo desear unos

buenos días —dijo la patrona nada más entrar en la sala. Por el estado de ánimo que mostraba era notorio que había estado escuchando el pequeño aparato de radio que tenía en su habitación y estaba al corriente de los hechos.

—Creo que ni usted ni nadie, doña Sofía —admitió don Wenceslao.

—Ya veo que hoy la prensa va a hacer buen negocio —pronosticó sarcástica señalando con el mentón el lote de periódicos—. Y hablando de prensa. A partir de este mediodía van a tener un nuevo compañero. Un joven que dice que viene de Alemania a enterarse de lo que está pasando aquí, para luego contárselo a un periódico que le paga por eso. Hay que ver lo que llega a tener que hacer uno para ganarse la vida. Aunque chapurrea el español con una brusquedad que a una le duele la garganta con sólo escucharlo. Para mí que es alemán.

Las conclusiones de doña Sofía eran siempre de una lógica sencilla pero aplastante. Con su peculiar gesto de morros se fue paseando el lunar a la cocina.

—Yo también me ausento —anunció Sebastián al tiempo que cerraba las puertas del balcón—. Voy a acercarme hasta el Prado.

—¿Ya da por terminado el período de descanso?

—Se trata de una gestión sin importancia. Una visita de cortesía.

—Si todavía anda por allí Adolfo, hágame un favor y déle saludos de mi parte.

Sebastián se sorprendió por tal ruego. A pesar del tiempo que llevaban compartiendo pensión, ignoraba que don Wenceslao conociera al director y mucho menos que lo tratara con esa familiaridad. Jamás lo había mencionado.

—No sabía que lo conociese.

—Hace bastantes años, cuando yo estaba destinado en la Academia General Militar de Toledo, él era cadete. Lo tuve una temporada bajo mis órdenes. Más tarde abandonó la carrera militar tentado por la Historia del Arte. A la vista está que no le ha ido nada mal.

—¿Y por qué ha dicho «si todavía anda por allí»?

—Sebastián, tiene usted que leer otra prensa o perderá el hilo de la realidad.

Era la segunda vez en menos de veinticuatro horas que le echaban en cara que estaba en la inopia, pensó Sebastián.

—El titular de la dirección del Museo, cuyo nombre no me viene ahora a la memoria —prosiguió don Wenceslao—, ostentaba hasta el mes pasado el cargo de embajador de España en Londres. Por lo que he leído, cesó en dicho cargo y desembarcó en Madrid para asumir personalmente la gestión del Prado. No obstante, no dudo ni por un momento que Adolfo reúne los recursos suficientes como para retener la función ejecutiva en sus manos. Usted podrá confirmármelo.

—Procuraré traerle noticias a mi vuelta —se despidió Sebastián.

Don Adolfo, el hombre de talento sólido y metódico, se le presentaba como un baúl de sorpresas.

Se agradecía la sombra que ofrecían las calles estrechas.

Sebastián evitó las confluencias con la Puerta del Sol donde se encontraba el Ministerio de la Gobernación. Una vez que la noticia del asesinato del diputado Calvo Sotelo fuese de dominio público, las gentes se concentrarían allí, como era habitual ante acontecimientos de tal calado, en demanda de no se sabría qué, hasta que alguien emitiese una consigna y todos la coreasen al unísono.

Subió al tranvía en la plaza de Jacinto Benavente.

Nada más enfilar la calle de Atocha le llamó la atención la cantidad de personas que, desde la entrada de la Iglesia de la Santa Cruz, formaban una larga cola cuesta abajo.

Este templo era muy popular en Madrid. Además de contener una reliquia de la cruz del Calvario, *Lignum Crucis*, albergaba la imagen de San Judas Tadeo, abogado de las causas imposibles, al que sus devotos fieles visitaban el último miércoles de cada mes para pedir su protección. Hoy era un martes de mediados de mes.

No había duda de que el desasosiego había calado en gran parte de la población.

Se apeó en la plaza de Carlos V y caminó con paso resuelto hasta el museo.

A la altura de la estatua de Velázquez saludó a don Adolfo, que se encontraba conversando con dos hombres, quién le correspondió con un gesto de cabeza acompañado de un leve parpadeo.

Le bastaron pocos minutos para encontrarse cara a cara con *Los borrachos*. La sala estaba vacía. Caminó despacio hasta el lugar exacto en el que había visto tendido el cuerpo de Ezequiel. Se agachó y examinó la superficie de la pared donde supuestamente tendría que haber estado el dibujo del teórico cuatro. La escudriñó en busca de algún cambio en el tono de la pintura. Y allí estaba; en la perpendicular al cuadro, a unos treinta centímetros del suelo, la pintura presentaba un matiz más claro como resultado de haber sido frotada. Sebastián hizo ademán de acariciar la pared con las yemas de los dedos.

La voz engolada de don Adolfo lo arrancó de su abstracción:

—Buenos días, señor Ríos. Me alegra ver que tampoco usted

nos ha olvidado. Después de un tiempo de asueto, al parecer, se han puesto de acuerdo para visitarnos —saludó mordaz.

A Sebastián le costó reaccionar. Se puso lentamente en pie señalando el suelo.

—Sí. Pasaba cerca y... bueno... Todavía no me he hecho a la idea de... —balbuceó una improvisada excusa.

—Ah, sí. Lo del pobre Ezequiel. Una desgracia. Era el más antiguo de la casa; le quedaba poco para retirarse. Estimo que fueron muchos los ratos que compartieron.

—Sí, le había cogido afecto.

—Soy consciente de ello.

—Creí entenderle que alguien más había interrumpido su temporada de asueto para visitar el Museo.

—Hace unos días también se dejó caer por aquí su colega, el señor Noguerol. Y será la casualidad la que hizo que los encontrara a ambos en la misma sala. Pero no es de extrañar, se trata de la más visitada del Prado; Velázquez tiene un atractivo especial. ¿No está de acuerdo?

—Por supuesto —convino brevemente Sebastián, tratando de que el tono apagado de su voz no delatara el desconcierto que le producía el enterarse de que Felipe le había ocultado la visita a *Los borrachos*.

Salieron a la Galería Central bajo un tenso silencio.

Sebastián percibió en la mirada de soslayo de don Adolfo que éste esperaba algún otro comentario de su parte para llevar la conversación hacia un derrotero que, por el momento, a él no le convenía. Por el contrario, aprovechó el breve mutismo para sacudirse la confusión que le dominaba.

Así que giró la conversación hacia una de las cualidades más estimadas por el director: su vanidosa erudición.

—Don Adolfo...

El director esbozó una sonrisa, como quién espera con falsa condescendencia una confesión:

—¿Sí?

—Tal vez usted..., quizá recuerde haber visto alguna vez, no sé, en alguna pintura o grabado, una cruz griega de brazos lobulados con un apéndice en el brazo inferior.

Don Adolfo se paró y tomó unos segundos antes de responder, durante los cuales Sebastián creyó notar tensión en su rostro. Sus ojos chisporrotearon y sus labios gruesos se removieron.

—Pues así, con esa sencilla descripción... ¿Dónde la ha visto usted?

—Alguien que conozco posee una. No tiene demasiada importancia —contestó Sebastián tratando de quitar hierro al asunto—. Aunque me llamó la atención al tratarse de una cruz tan singular.

—Si pudiera hacérmela llegar me ocuparía personalmente de examinarla —se ofreció complaciente, aunque sin entusiasmo—. Si se decide a traérmela, no se demore mucho. Aún rondaré por aquí un tiempo, pero no puedo decirle por cuanto será —remató con una voz que sonó hastiada.

—Algo he oído sobre un cambio en la Dirección.

—Mire, señor Ríos, de los copistas que figuran en el registro del museo, usted y el señor Noguerol son de las personas por las que he sentido mayor simpatía. Será por el mucho tiempo que llevan con nosotros y la constancia en su trabajo; no lo sé exactamente. Por eso creo que puedo permitirme hablarle con confianza de temas un tanto «delicados» de los que, en otras circunstancias, no sería prudente hacerlo —enunció don Adolfo haciendo gala de su carácter mutable—. Como seguramente usted sabrá, a principios del mes pasado tuvo lugar la última sesión del Patronato del Museo. —Hizo una pausa e inspiró—. Entre otros asuntos se acordó que don Ramón Pérez de Ayala, a su vuelta de Londres, asumiera la Dirección. El Ministerio, a través del Patronato, ha manifestado su preocupación tanto por los altos costes de mantenimiento del Museo como por su seguridad. Hasta entonces estoy ejerciendo de director en funciones.

—Supongo que no habrán descargado en su persona la culpabilidad de los eventuales robos e incendios. —Manifestó Sebastián, y continuó con tono confidencial—: Porque me he enterado de que la eficacia en el cuidado y custodia del Prado se han visto mermados debido a la reducción de costes y personal. —Miró por el rabillo del ojo a don Adolfo antes de seguir hilvanando el tema con habilidad—. Y como claro ejemplo ahí tenemos el caso de Ezequiel, todavía sin aclarar. Me aventuraría a afirmar que fue uno de los puntos a tratar en el orden del día de la sesión del Patronato.

Estaban próximos a la escalera y don Adolfo, con notable seriedad en el semblante, se detuvo de nuevo.

—No va usted descaminado —ahora la voz del director sonaba hueca, como si brotara de la nada—. Ese es un asunto que tengo pendiente, metido entre ceja y ceja. Y puede estar seguro de que no desistiré hasta dejarlo zanjado.

—Me alegra oírle decir eso. Algunas personas estamos muy interesadas en que se aclare y, sobre todo, en recibir una explicación satisfactoria.

—Permítame un consejo —don Adolfo tornó de nuevo a su actitud indulgente—. No se impaciente y deje la investigación en manos de los profesionales. Uno tiene que ser consciente de sus limitaciones en situaciones que escapan a su capacidad.

Sebastián frunció el ceño al tiempo que amagaba una sonrisa. Cayó en la cuenta de lo rápido que don Adolfo lo había localizado dentro del Museo; desde su entrada en la sala y la aparición de éste en ella apenas transcurrieran unos minutos. «¿Qué sospechaba el director de sus pesquisas?», se preguntó. Y «¿qué le estaba insinuando con aquel consejo?»

Don Adolfo remató la plática con énfasis:

—El secreto está en saber adaptarse a las dimensiones de la vida.

Sebastián no comprendió muy bien aquella insinuación. Aún así, cabeceó asintiendo.

—Señor Ríos, procure cumplir años al ritmo del tiempo —añadió el director a modo de despedida.

«¿Cómo había que interpretar aquellas palabras? ¿Le estaba deseando larga vida, o acaso le insinuaba que para llegar a tenerla no debía meterse en camisa de once varas? Don Adolfo estaba poniendo de manifiesto su carácter complejo y contradictorio: ora locuaz y simpático, ora parco y misterioso». Sebastián se hacía estas preguntas mientras bajaba la escalera. Al llegar al primer rellano se volvió.

—Casi se me olvida. Don Wenceslao me ha encargado que le salude de su parte.

—¿Don Wenceslao? —inquirió don Adolfo con gesto sorprendido.

—Don Wenceslao Méndez.

—Ah, el comandante Méndez. —Con la mandíbula caída, el rostro de don Adolfo pareció más alargado y tenso. Inspiró profundamente para luego descargar el aire en un golpe —: Ya.

—En dos segundos recobró su temple—. Que tenga un buen día, señor Ríos —dijo elevando el volumen de voz para imprimirle firmeza.

—Lo mismo le deseo, señor director —contestó Sebastián remarcando las últimas palabras.

Siguió bajando, seguro de llevar sobre su espalda la mirada inquisidora de un don Adolfo que no había tenido la cortesía de devolverle el saludo para don Wenceslao. Otra incógnita más en la actitud insondable y mística de aquel hombre.

A mediodía, los rayos del sol picaban con fuerza las hojas de los árboles del Paseo del Prado. Sebastián aprovechó la sombra que lo amparaba para meditar sobre los interrogantes que Ezequiel les había dejado como herencia. Una cruz de la que nunca habló a su hija, ni ella se atrevió a preguntarle por su significado. «Tal vez le esté dando más importancia de la que tiene y simplemente se trate de un emblema que identifica a los miembros de una asociación», razonó. «Había multitud de afiliados y socios de instituciones que llevaban encima algún distintivo o atributo como muestra de su vinculación a las mismas».

Al llegar al paseo de Recoletos entró en una cafetería. Pidió un café negro en la barra y se sentó a una mesa próxima a la cristalera.

Sumergido en sus pensamientos dejó vagar la mirada hacia el otro lado del bulevar y la fijó en la estatua sedente de San Isidoro de Sevilla que, junto con la de Alfonso X el sabio, presidía la escalinata de la Biblioteca Nacional.

«Por otro lado estaba aquel cuatro que, con deliberada intención o por negligencia, alguien hizo desaparecer para convertirlo en un ejercicio de la imaginación», siguió reflexionando.

Elevó la vista hasta las columnas jónicas que sostenían el frontón de la fachada neoclásica. Nunca se le había ocurrido contarlas. Eran ocho. Ocho, el doble de cuatro.

No sería mala idea recordar sus tiempos de estudiante, cuando era asidua *rata* de biblioteca. Tal vez allí, hurgando en sus fondos, pudiera dar con alguna idea que le iluminase sobre los posibles significados del número cuatro.

Echó un vistazo al reloj. Eran las doce y media; hoy no le daba tiempo pero iría mañana.

Con la chaqueta en la mano subió a un tranvía calle de Alcalá arriba hasta Sol.

En la pensión ya se habían hecho las presentaciones. Don Wenceslao, arrellanado en la butaca, trataba de hacerse entender, con palabras entrecortadas y aireando exultante ambas manos, por un joven rubio sentado frente a él. Sebastián dedujo que se trataba del nuevo huésped que les anunciara doña Sofía. Don Vicente, desde su sitio en la mesa, observaba embobado a los dos contertulios.

Cuando advirtieron la presencia de Sebastián, el corresponsal alemán se levantó presto, al tiempo que don Wenceslao los presentaba desde su butaca por medio de giros fonéticos que a Sebastián le resultaban "exóticos". Le sorprendió el manejo que el exmilitar hacía de aquellos vocablos en alemán, intercalándolos en medio de frases en español. El joven le estrechó la mano con fuerza chapurreando las palabras de don Wenceslao: «Herman, señorr Ríos, artista». Las erres sonaban en boca de aquel hombre como arranques de motocicleta.

—Estoy asombrado, don Wenceslao. Ahora me sale usted con que también se defiende en alemán —lisonjeó Sebastián.

—Chapurreo un poquillo solamente. La ópera, amigo mío, la ópera.

Volvían a ser cuatro a la mesa. A don Wenceslao se le veía jubiloso por tener a alguien con quien platicar aquel idioma extranjero, y llegar a considerarse portavoz preferente de las noticias que pudieran interesar al corresponsal y, sobre todo, por aspirar a que su punto de vista de los acontecimientos se vieran plasmados en las rotativas de un periódico, aunque fuese alemán. Herman, por su parte, estaba contento de compartir mantel con un empleado de Telefónica; iba a lo práctico. De alguna manera, el tener la amistad de don Vicente le podría facilitar el envío de sus crónicas.

Don Vicente se excusó y fue el primero en ausentarse de la mesa.

Don Wenceslao invitó a Herman a acomodarse en una butaca con la intención de embutirle el contenido de la prensa acumulada. Se ofreció además a enseñar al alemán los lugares de Madrid donde podría recabar noticias de primera mano. Don Wenceslao estaba entusiasmado y hasta parecía haberse sacudido un poco el aire rancio y crítico que lo embargaba últimamente.

Sebastián no estaba dispuesto a ser el convidado de piedra, así que apuró el café y llamó a Felipe. Hacía dos días que no sabía de él. Quedaron a la hora de siempre en el estudio.

Si Felipe no sacaba el tema, él tampoco pensaba, en principio, hacer comentario alguno sobre la visita que cada uno por su parte había realizado a *Los borrachos*.

Tumbado sobre la cama meditó sobre su obsesión por cualquier detalle que tuviera relación con Ezequiel. Tal vez todo tuviese una explicación sencilla y, contagiado por el repentino estado de histerismo de Teresa, insistiera en buscar fantasmas donde no los había.

Cuando cruzó la puerta del estudio, la visión del atuendo de Felipe lo dejó con la boca abierta. Su amigo, aunque con ropa de buen corte, solía vestir de manera informal. El Felipe que tenía delante lucía pajarita de color y chaleco de lana, y su habitual peinado con raya al lado lo había trocado por el pelo engominado hacia atrás. La razón del cambio tenía que deberse a una circunstancia especial. A pesar de que a aquella hora de la tarde el calor iba aflojando, Sebastián sintió sofoco a la vista de tal atavío.

Ante su expresión pasmada, Felipe dejó escapar una risotada.

—Siéntate y te cuento.

Si ya de por sí Felipe era una persona optimista, ese día se le veía más eufórico y risueño que de costumbre.

Sebastián se dejó caer en un sillón y continuó observando con curiosidad a su amigo mientras éste servía café.

Felipe se acomodó en la otra orejera con su taza en la mano. Allí se encontraban de nuevo los dos, como si de una tarde de invierno se tratara, sentados frente a la chimenea que, aún apagada, no dejaba de imprimir un ambiente acogedor y confidencial al entorno.

Sebastián asemejaba aquel rincón a un recinto de clausura que los aislaba del caos exterior. Sin embargo, en aquellos días, el origen de su caos particular era interior.

—El domingo me sucedió algo extraordinario —interrumpió Felipe la abstracción de Sebastián con entusiasmo—. Fui invitado a la casa del doctor Eusebio Oliver para asistir a la lectura de la última obra de Federico: *La casa de Bernarda Alba*.

Sebastián dio por hecho que se refería a Federico García Lorca y recordó la insistencia con que su amigo miraba el reloj durante la reunión del domingo pasado, y la forma repentina en que la había concluido.

Felipe continuó eufórico:

—En aquel salón, testigo de tantas lecturas célebres, se encontraban escritores conocidos, artistas e intelectuales. Fue memorable. Hubo momentos en los que del texto emanaba un dramatismo tan palpable, que la turbación se leía en el rostro de los presentes. —Felipe hablaba con ardor, reviviendo las escenas con la mirada perdida en el hogar—. Seis mujeres que se sumergen en un río de celos y pasiones para acabar desembocando en un mar de tragedia. —Se levantó y posó la taza en la repisa para proseguir con las manos extendidas—: La obra remata con un grito de Bernarda: ¡Silencio! Y en la sala, como si todos formásemos parte del drama, imperó por unos segundos un silencio sepulcral, roto un instante después por aplausos enfervorizados.

—Si las actrices que vayan a interpretarla vierten en sus personajes la mitad de la pasión que le has puesto tú, le auguro un éxito seguro.

—Y tanto.

—Por tu atavío sospecho que hoy no tienes intención de trabajar.

—Hoy tengo una cena.

—¿Otra lectura?

Felipe negó con la cabeza.

—Se trata de una cena de despedida. La deriva que están tomando los vientos por Madrid dificulta cada vez más la celebración de tertulias privadas, y obliga a que los tertulianos tomen caminos diferentes. Lo sorprendente de eventos como éste, es comprobar como seguidores de distintas ideologías pueden llegar a convivir con naturalidad. Lo que demuestra el fariseísmo que anida tras los intereses espurios de algunos políticos. A esta cena que se va a celebrar en casa de un poeta que seguramente no te suene, Pablo Neruda, van a asistir personas tan dispares como pueden ser un diputado socialista y un escritor falangista. —Felipe carraspeó y bajó la voz—. Quién no estará será Federico; ayer tomó el tren que salía para Granada[2].

—¿De qué huye tu amigo?

—De nada en concreto. Aunque está hastiado de que, aprovechando su fama, lo hayan estado utilizando continuamente haciendo figurar el apellido Lorca en primera fila de todo manifiesto comunista o de izquierda radical. Y él no es comunista, ni político; se autodefine siempre como poeta revolucionario. Dice que no hay poetas verdaderos que no sean revolucionarios.

Sebastián pensó en lo poco que también a él le interesaba la política y que, precisamente por ello, algo tenía en común con el poeta García Lorca.

—Entonces estarás al corriente de lo sucedido en la noche del domingo al lunes, mientras estabais en plena lectura de la obra.

—Sí. Una auténtica hecatombe. Anoche lo comentamos en casa.

A Sebastián le interesaba conocer la opinión de personas versadas en la materia.

———————————————

[2] Se trataba del diputado socialista por Extremadura Fulgencio Díaz Pastor y del escritor falangista Agustín de Foxá, quién le habría aconsejado a Federico: «Si quieres marcharte, no vayas a Granada sino a Biarritz».

—Supongo que tu padre, dado los círculos empresariales y sociales en los que se mueve, habrá formado su propia conjetura.

Felipe metió las manos en los bolsillos del pantalón y cabizbajo dio unos pasos hacia el ventanal.

—Por supuesto. Y naturalmente se muestra preocupado. En el norte el sector industrial está inquieto. Los obreros, ebrios de euforia, se muestran temerarios. El absentismo campa a sus anchas. No se presentan a trabajar, sin ninguna justificación, un día, dos o toda una semana. Y cuando sí lo hacen, la desidia es palpable. Opina que el Frente Popular se disgrega y el fascismo toma cuerpo. El pueblo de-manda armas y el Gobierno no se atreve a entregárselas. Con la situación actual peligra el Gobierno, pero armar al pueblo significaría la revolución, y en ese caso lo que peligraría sería la República. El momento es de gravedad extrema e impone ingentes sacrificios.

De espaldas a Sebastián la voz de Felipe sonaba distinta, lejana.

—¿A qué se refiere con ingentes sacrificios? —inquirió Sebastián dando por sentado que la frase había partido de don Faustino.

—La inestabilidad estructural en algunos sectores fundamentales está provocando una reorganización del personal. Por lo pronto mi padre ya no estará habitualmente en Madrid. Ha desplazado su gestión, o mejor dicho, «lo han desplazado» a los Hornos Altos del Mediterráneo, en la provincia de Valencia.

Felipe giró en redondo y recobró la energía en su voz.

—Se me está haciendo tarde. Cuando salgas, quita el cordón de la cerradura y tira de la puerta —indicó camino de la entrada.

—Felipe —lo detuvo Sebastián—. Dime a bote pronto, sin pensártelo mucho, ¿qué te sugiere el número cuatro?

Felipe lo miró incrédulo. Después de una conversación sobre asuntos tan trascendentales, Sebastián lo sorprendía con una pregunta baladí. Pero vista la angustia reflejada en el rostro de su compañero, desanduvo sus pasos con la mirada fija en la cristalera.

—Voy a contarte una pequeña historia. Hace años, mi abuelo, el padre de mi padre, un poco filósofo el hombre —Felipe sonrió con melancolía—, me dijo: «cuando te encuentres con dos elementos iguales o similares, y que realizando con ellos dos operaciones distintas llegues a obtener el mismo resultado, o bien una de las operaciones es falsa o bien el resultado puedes calificarlo como mágico». Nunca supe si hablaba en términos militares, contables, o se refería a la vida misma. Yo era demasiado joven como para plantearme perder el tiempo descifrando silogismos, pero aquella frase me quedó grabada.

—Como no te expliques mejor, me quedo como estaba —replicó Sebastián.

Felipe recogió maquinalmente la taza de café de la repisa y la puso encima de la mesa.

—Mira —continuó introspectivo—. Mi fuerte no son las matemáticas pero piensa en el número dos. Es un submúltiplo de cuatro. Si realizas las operaciones de suma y multiplicación con dos doses, es decir, con dos elementos iguales, ¿qué obtienes? Dos más dos igual a cuatro y dos por dos igual a cuatro. Según mi abuelo, el cuatro sería un número mágico. Así, como tú dices, a bote pronto, es lo que se me ocurre.

Felipe, centrado en la cena a la que iba a asistir, no era capaz de relacionar la pregunta sobre el cuatro con la reunión que habían tenido con Teresa en el estudio. A veces, aunque pocas, su cerebro le jugaba esas malas pasadas

Se encaminó de nuevo hacia la puerta mientras puntualizaba:

—Ah, y creo que es el único número que cumple esas condiciones. Llámame mañana.

Sebastián permaneció hundido en el sillón. Era obvio que Felipe no se encontraba en el momento más propicio para hablarle de lo que tal vez fueran inquietudes imaginarias. Su amigo se movía aquellos días en otros mundos. Estaba convencido de que el significado que buscaba para el número cuatro no lo encontraría en una simple curiosidad de las matemáticas. Debía tener otra connotación.

Trató de dar tregua a tantos interrogantes y centrarse en rematar la copia en la que llevaba dos meses trabajando. Esperaba poder entregársela a Samuel la semana próxima.

Samuel, *el dinosaurio*, como él lo apodaba debido a su avanzada edad y erudición, regentaba una botica en la calle Claudio Coello. La botica se comunicaba con el bajo lindante a través de la trastienda destinada a rebotica. Y era en la parte trasera de ese bajo donde Samuel se consagraba a su verdadera pasión; libros incunables, códices, pinturas y pequeñas piezas antiguas de escultura y orfebrería. Mientras la botica la atendía un mancebo, él se dedicaba a su poca pero exquisita clientela, entre la que se encontraba lo más granado de la alta burguesía madrileña que, ante la imposibilidad de hacerse con codiciadas piezas originales, recurrían a Samuel para adquirir buenas copias por un precio asequible y poder alardear de coleccionistas entendidos.

Sebastián le dejaba en depósito algunas pinturas que el dinosaurio iba colocando entre sus clientes. El viejo se quedaba con una comisión de la venta y él sacaba unas pesetas que le venían de perlas para ir atesorando un caudal con el que soñaba poder instalarse en su tierra algún día.

La imagen de Teresa se entremezclaba en el lienzo con las pinceladas. ¿Se atrevería ella, llegado el día, a dejar atrás la tierra roja de Castilla para acompañarlo a los verdes campos de Galicia?

Miércoles, 15 de julio

Tal como había pensado el día anterior, decidió acudir a la Biblioteca Nacional. Salió temprano a la calle acompañado de don Vicente; parte del trayecto de ambos era coincidente.

En la Puerta del Sol ya la gente se arremolinaba delante del edificio de la Gobernación en espera del comienzo de la manifestación de turno. En los últimos días se habían hecho costumbre estas aglomeraciones a modo de custodia del régimen, ante la sospecha de un levantamiento por parte de la derecha reaccionaria.

—¿Cómo van las cosas por Telefónica? —preguntó Sebastián a un don Vicente que movía la cabeza de un lado a otro con ojo avizor.

—Mal. Los periodistas se multiplican y hablan y hablan constantemente. Es un zumbido semejante al de las abejas en un panal. Imagínese que, a veces, hasta tengo que ponerme algodones en los oídos.

—Ha de tener paciencia. Puede que esta situación sea cosa de unos días —dijo Sebastián tratando de animarlo, aún a sabiendas de que su comentario estaba lejos de la realidad.

Si bien tomando por la calle de Alcalá el trayecto era más corto, Sebastián acompañó a don Vicente cuesta de la Montera arriba; no tenía demasiada prisa.

Se cruzaron con un par de milicianos armados.

—Mire Sebastián, me parece que a usted le pasa lo que a mí, somos muy poco políticos. Le agradezco sus palabras de aliento, pero yo oigo cosas, ¿sabe?

—¿Cómo qué?

—Ayer, dos periodistas que esperaban línea apoyados en el mostrador y que, por su acento, deduje que no eran de Madrid, repitieron varias veces la frase «ruido de sables». No sé lo que significa, aunque me da mala espina.

—Significa que algo se mueve en los cuarteles. Parte de la oficialidad está molesta con la actitud del Gobierno.

—También se me acercó nuestro nuevo compañero, el alemán. Es muy fuguillas; impaciente, usted ya me entiende. Mientras no entraba su línea me habló de manera atropellada y, claro, sólo entendí la mitad de lo que me dijo. —Se paró y miró a Sebastián fijamente a los ojos—. ¿Puedo hacerle una confidencia?

—Desde luego, don Vicente. Soy una tumba.

—No puedo asegurarlo, pero me *da* que este periodista tiene a alguien que le sopla la información de lo que pasa.

Sebastián pensó en don Wenceslao.

—Me soltó nombres que, por el entusiasmo que puso, deben de ser de personas influyentes. Aunque bien pensado es un chico muy joven y se enfervoriza con cualquier noticia que le huela a primicia.

—Y, ¿a qué se refería?

—A que la cosa estaba hecha. No lo dijo con estas palabras pero comprendí perfectamente que se refería a un levantamiento. Dijo que había «generrales prepararros», y que todo dependía de un «generral afrricano terrco» que no daba el brazo a torcer —

imitaba la dicción del alemán con una sonrisa inaudita en un rostro de habitual naturaleza pesimista—. Me quedé con el nombre de este general por la fuerza con que lo pronunció: «Frrancisco Frranco».

Sebastián recordó que era el mismo militar al que se refiriera el padre de Felipe durante la comida de cumpleaños. En aquella ocasión, el adjetivo que usó don Faustino para calificar al tal Franco, fue «cauto».

—Quizá quiso decir que se trataba de un general cauto —convino Sebastián.

—No, no —replicó don Vicente—. Aún parece que me resuena tanta erre en la cabeza; dijo terco.

—Tal vez mezclando un terco y un cauto, nos resulte un astuto.

—Usted sabrá. Me va a perdonar Sebastián, pero le veo como si la situación no fuera con usted. Yo creo que la astucia está bien para el ajedrez, y que ha llegado el momento de decidirse a jugar, con blancas o con negras. Usted verá por donde tira.

Se separaron al llegar a la Gran Vía. Sebastián tiró hacia la Biblioteca Nacional.

La sala principal de consulta y lectura se hallaba poco concurrida. Tras el mostrador de recepción reconoció a uno de los bibliotecarios de su época, a pesar de que su aspecto sufriera algún cambio; peinaba canas y la alopecia cabalgaba sobre su cabeza en dirección opuesta a la marcha. Cuando se dirigió a él, Sebastián no estaba muy convencido de que el hombre entendiera lo que quería buscar. «Al fin y al cabo», consideró, «el número cuatro no es precisamente un tema que dé tanto de sí como para dedicarle una bibliografía en particular».

El funcionario, acostumbrado a atender las peticiones más extravagantes, no se inmutó.

Lo guió a un fichero y le aconsejó consultar tratados de matemáticas, geometría, religión, geografía y otros varios de juegos y divertimentos.

Al cabo de un rato Sebastián se encontraba sentado a una de las largas mesas con un lote de libros a cada lado. La luz natural que le llegaba de los altos ventanales no era suficiente; encendió la lamparilla y su cálida luz resaltó las vetas de la madera noble de la mesa.

Alternó la mirada de un lote a otro mientras hacía rotaciones de hombros, cual atleta listo para iniciar la carrera. Decidió empezar por los de matemáticas.

Tras dos horas ojeando páginas de definiciones y fórmulas, lo único que sonsacó relacionado con el cuatro fue que las operaciones básicas eran cuatro: suma, resta, multiplicación y división. Y que con ellas se puede formar un número cualquiera empleando solamente cuatro cuatros. No captó nada especial, pero le gustó aquella peculiaridad. Pensó que si algún día se le diera por abrir un café, lo llamaría *Los cuatro cuatros*.

Repasando la geometría, dibujó una y otra vez los distintos tipos de figuras con cuatro lados. Hizo lo mismo con los poliedros de cuatro caras vistos desde distintas perspectivas en busca de algún símbolo; ninguna conclusión.

De los libros de religión tomó notas. Cuatro eran los evangelios canónicos cristianos y cuatro los jinetes del Apocalipsis. El Génesis hablaba de los cuatro ríos que, naciendo en el Jardín del Edén, se dirigían a los cuatro puntos cardinales. Consultó el reloj. No disponía de tiempo para analizarlas pormenorizadamente.

Pasó de corrido por los demás libros, sorprendiéndose de las muchas cosas y hechos cotidianos que tenían relación con el cuatro o con grupos de cuatros. Los cuatro elementos clásicos: tierra, aire, agua, fuego. Las estaciones del año, los años bisiestos, los palos de la baraja, los períodos de elecciones para cargos políticos, la celebración de eventos deportivos como olimpíadas o copa del mundo de fútbol.

Le llamó la atención la connotación del cuatro en las culturas orientales como la china o la japonesa, donde era considerado un número tabú, el número de la mala suerte, debido a su pronunciación fonética *shi*, muy similar a la de la palabra que significa «muerte».

Las manecillas del reloj se acercaban a la una de la tarde. Guardó la libreta de apuntes en el bolsillo de la chaqueta, cargó el lote de libros en los brazos y los depositó sobre el mostrador, con unas palabras de agradecimiento al funcionario.

Los rayos del Sol arreciaban sobre la escalinata principal. Atravesó el Paseo de Recoletos y, al amparo de la sombra, subió la calle de Alcalá con paso ligero.

Hasta el vestíbulo llegaban acordes de ópera procedentes del gramófono de don Wenceslao. Resultaba extraño no ver su figura embutida en la butaca. Al mando de los fogones se encontraba Avelina, rodillo en mano, estirando una masa que anunciaba la presencia de empanadillas en el menú. Al verlo pasar delante de la cocina le hizo una seña apuntando el rodillo hacia la sala.

—Lleva ahí media mañana —susurró en tono confidencial.

—¿Quién?

—El señor Germán, el extranjero.

Estaba claro que Avelina se refería a Herman.

—Está pintando en el periódico de don Wenceslao.

Sebastián entró en la sala y localizó al corresponsal sentado en una esquina, lápiz en mano, subrayando en el *ABC*.

—¿Qué tal van esas crónicas? —le preguntó a modo de saludo.

Sonriente, el joven alemán se levantó diligente para estrechar la mano de Sebastián.

—Haberr muchas noticias. Muchas y buenas —respondió Herman—. Aquí política serr entretenida como en Alemania.

Seguramente, así a la caída, Herman no encontró en su vocabulario otra palabra más adecuada que «entretenida» para describir los vaivenes de la política española.

El sonido de la campanilla que agitaba Avelina desde la puerta de la cocina silenció la música.

—La campana acallarr Wagner —ratificó Herman sin dejar de sonreir.

—Ah, se trata de Wagner —dijo con ingenuidad Sebastián.

—Parsifal. Parsifal de Wagner. ¡Magnífica! —declaró concluyente el joven.

En ese momento entraba don Vicente de la calle, al tiempo que un don Wenceslao pletórico hacía acto de presencia en la sala.

Cinco minutos después estaban todos sentados a la mesa tomando una apetitosa y caliente sopa de legumbres que «no era precisamente el plato más adecuado dadas las altas temperaturas estivales que estaban soportando», consideró Sebastián.

A don Wenceslao se le veía más animado que de costumbre.

—¿Saben que Herman y yo tenemos algo en común? —proclamó.

Don Vicente y Sebastián esperaron expectantes con la cuchara a medio camino entre el plato y la boca.

—Herman en alemán significa «hombre del ejército». Curioso, ¿verdad? —dijo el exmilitar abriendo bien los ojos. Y añadió señalando al aludido—: Además, he de comunicarles que aquí mi amigo, hoy me ha hecho un regalo inapreciable: el disco de Parsifal.

Sebastián creyó oportuno aprovechar este momento de conversación trivial para hacerles partícipes de su obsesión, aún a riesgo de que catalogaran su propuesta como extravagante. Quizá de entre tres personajes tan distintos pudiera extraer alguna idea nueva.

—Ya que hablamos de etimología, díganme lo más ingenioso que se les ocurra relacionado con el número cuatro.

Don Wenceslao y don Vicente se miraron escépticos; Herman se concentraba en la sopa con aparente aire abstraído.

—En la mesa somos cuatro —simplificó don Vicente en tono jocoso.

—En mesa de Jesús, apóstoles serr doce —expuso Herman levantando la cabeza con aire sofista—. Si dividir entre cuatro, resultado serr tres; número Santísima Trrinidad...

—Ya, ya —lo interrumpió Sebastián, arrepentido de haber sacado el tema—. Yo no quería ir tan allá, ni adentrarme en el terreno del esoterismo.

—Yo soy el número cuatro —interpuso don Wenceslao.

—¿Qué quiere decir? —preguntó Sebastián.

—Que mi habitación es la número cuatro —aclaró con naturalidad don Wenceslao.

—¿Es usted supersticioso?

—¿Supersticioso yo? En absoluto. ¿A qué viene esa pregunta, Sebastián?

—En los países del lejano Oriente el número cuatro está considerado como aquí el trece. El número de la mala suerte. Hay edificios, hoteles y ascensores, que prescinden del número cuatro para designar pisos o habitaciones.

—Amigo mío, con supersticiones no se gana una guerra —alegó ufano don Wenceslao.

El tema se difuminó entre risas.

Con el permiso de doña Sofía, Sebastián se llevó el café a la habitación. Antes avisó a Avelina para que, en el caso de que a las seis no lo viese en la sala, lo despertase.

Colgó la chaqueta en el respaldo de la silla, sacó del bolsillo la libreta de notas y se tumbó en la cama.

Repasó los apuntes una y otra vez, y no fue capaz de encontrar indicios de que el cuatro pudiera ocultar un significado críptico. Trató de ponerse en el lugar de Ezequiel. El padre de Teresa tenía amplios conocimientos de historia y de arte. Si hubiera tratado de comunicar algo con el dibujo, lo habría hecho con un mensaje más directo.

Tenía suerte de que su habitación diese a un patio donde el sol no tenía cabida. Aún así, el bochorno lo estaba adormeciendo. Se levantó y entreabrió la ventana. Una suave corriente de aire lo despejó.

Tal vez se estaba formulando las preguntas de manera equivocada.

«¿Y si en vez de un número se trataba de una letra, una inicial o el comienzo de una sigla? Teresa vio aquel dibujo e, influenciada por lo que le contó la policía, dio por hecho que se trataba de un cuatro. Pero él nunca lo tuvo delante. Había desaparecido de la pared y del grupo de fotografías».

En el estante superior del armario tenía acumulados medio

centenar de libros. Se subió a la silla y rebuscó entre ellos. No había mucho material de que poder echar mano, así que se decidió por coger un par que trataban de Historia y Arte de la Antigüedad.

Dobló la almohada y se echó de nuevo en la cama.

Al cabo de una hora había consultado distintas caligrafías de alfabetos, desde el jeroglífico al gótico, pasando por el griego, fenicio y copto. Copió las letras *Mu* y *Fi* del abecedario griego. La primera era una especie de ene mayúscula con el primer rasgo largo en exceso hacia abajo, del lado contrario a la pata del cuatro. La segunda letra se parecía más a la *y* española con la pata a la derecha. La representación de la letra efe en el abecedario copto, *fâi*, era la más parecida a un cuatro.

Cerró los ojos. La obsesión lo estaba llevando al desvarío. Pensó otra vez en Ezequiel. Estaba seguro de que el hombre quiso transmitir un rasgo vinculado a su vida o que se encontraba en el entorno de su muerte. «Quizás acabaría antes preguntándoselo al oráculo de Baco, testigo de excepción de la escena; él tiene la respuesta. Llegado a un punto muerto ya solo resta perseguir indicios», caviló con sarcasmo.

La cabeza le echaba humo. Apartó los libros y se dejó vencer por la somnolencia.

Despertó sobresaltado por los toques en la puerta.

—Son las seis, señorito Sebastián —anunció Avelina asomando por la puerta entreabierta con una plácida sonrisa.

—Sí. Gracias, Avelina —gruñó Sebastián aún aturdido—. «¡No he cerrado con llave!» —se reprochó.

—Hace calor en esta habitación. ¿Quiere que le dé algo para aliviar el sofoco? —ofreció risueña.

—No, no. Estoy bien, gracias —replicó Sebastián sentándose de golpe en la cama.

—Me refería a una limonada —aclaró ella con retintín—. Estoy preparando una jarra.

—Ah, en ese caso, sí me apetece. Enseguida voy.

Al cabo de diez minutos estaba en la sala saboreando la limonada acompañado de don Wenceslao y de doña Sofía que, sentados ante el balcón, se dejaban acariciar por la escasa brisa que circulaba por las calles en sombra. Intercambiaban entre ellos frases deshilvanadas. Sebastián los encontraba como ausentes, en otra esfera. Lo achacó al bochorno. Las personas mayores eran más sensibles a las altas temperaturas. Permaneció de pie, escuchándolos mientras sorbía el refresco. La entrecortada conversación versaba en torno a la quema que la cercana iglesia de San Ignacio de Loyola había sufrido días atrás. Don Wenceslao pronunció por dos veces: «Monstruoso, monstruoso», y doña Sofía le daba réplica: «¡Qué barbaridad! ¿Cómo pueden hacer una cosa así?»

Sebastián tenía el tiempo justo para llegar a la cita con Teresa. Se despidió de ellos y al pasar por la cocina metió la cabeza para agradecer a Avelina la exquisita limonada. Ella le respondió con un ligero refunfuño.

Cogió un tranvía y a la media hora ya estaba sentado a una de las mesas del Franco Español. Pidió un café negro. Necesitaba despejar el cerebro de los homúnculos que llevaban todo el día martilleándole las sienes, aproximándolo a un estado neurótico. Estaba cayendo en reflexiones necias para las que no tenía la menor justificación.

Al poco rato apareció Teresa. Su aspecto tampoco era tranquilizador; se la veía alterada. Lo saludó con una mirada aturdida mientras se sentaba. Dejó el bolso sobre el mármol, pidió un té y se encaró con Sebastián. Durante unos segundos él trató de escudriñar en su interior. La faceta de mujer segura había desaparecido.

—¿Me equivoco al pensar que tu actitud se debe a algo más que a un incidente en el trabajo? ¿Qué ha pasado? —preguntó preocupado.

Teresa esperó a que el camarero le trajese el té.

—Hoy por la mañana recibí una llamada del inspector Mendoza, el ayudante del comisario.

—Lo recuerdo muy bien. ¿Qué quería?

—Dijo que necesitaba verme. Que se trataba de un asunto confidencial.

—¿Relacionado con...?

—Fue muy conciso. Hablaba apresuradamente con una voz susurrante que desprendía ansiedad. Me dio la impresión de que temía que lo estuviesen escuchando. Después de decirme que me esperaba mañana a las ocho en el café Oriental, colgó sin más.

—In-te-re-san-te —silabeó Sebastián con la vista puesta en las espirales que formaba la cucharilla al revolver el café—. Hablé dos veces con ese hombre; una en el Museo y otra por teléfono, y me pareció una persona de buen talante, nada que ver con su jefe.

Teresa introdujo la mano en el bolso y sacó un sobre mediano que deslizó sobre el mármol, hasta la taza de Sebastián.

—Me lo ha enviado Mendoza esta tarde por un mozo de la empresa de mensajería Continental.

Sebastián examinó el sobre antes de cogerlo. Era de color sepia y en la parte superior izquierda figuraba el membrete de la empresa de mensajería. En el centro, escrito a mano, el nombre de Teresa y la dirección del hospital.

—Ábrelo —le exhortó ella.

Sebastián levantó la solapa y extrajo un folio doblado que contenía una nota manuscrita: «Se hallaba en la mano de su padre. En este momento está más seguro en su poder que en el mío».

Miró a Teresa con expresión interrogante. Ella agarró el sobre por un extremo y lo sacudió; en la mesa cayó un pequeño envoltorio. Le hizo una seña de beneplácito a Sebastián y éste lo desenvolvió. Un botón de cuero de forma semiesférica con un ribete de metal dorado produjo un sonido metálico al contacto con el mármol.

Sebastián echó hacia atrás el flequillo y se frotó la frente. La imagen de Ezequiel en el suelo con la mano izquierda cerrada sobre su costado rebotó en su mente produciéndole un estremecimiento. Masajeó las sienes con los dedos para aliviar la tensión.

—Y esto no es todo por hoy —añadió Teresa.

En contrapunto con el desmoronamiento de Sebastián, ella parecía haber recobrado el aplomo.

Sebastián aguardó con el ceño fruncido.

—Sabes quién es Conrado, ¿verdad?

—Sí, me hablaste de él alguna vez. Cierto compañero que te tiene un aprecio especial. Reparé en él ese día delante del Museo, cuando por la ventanilla de la ambulancia me arrojó una colilla a los pies. Me bastó un simple atisbo para grabar su rostro marcado. Soy buen fisonomista.

—A media tarde vino a la sala de enfermeras a despedirse —dijo Teresa sin desviar la mirada de los ojos de Sebastián.

—¿A despedirse?

—Llegó sin su bata; como se suele decir, vestido de calle —

continuó ella sin inmutarse.

—¿Y? —se impacientó Sebastián.

—Se va. Pidió la baja en el hospital. Me dijo que la situación estaba a punto de estallar y era el momento de decidirse, que su misión estaba lejos de este caos. Su voz no me parecía la misma de siempre. Ante ese anuncio inesperado no supe qué decirle.

—Ya. ¿Y qué importancia tiene en este asunto el que un compañero, por mucho afecto que le tengas, abandone el hospital? —barruntó suspicaz Sebastián—. O, ¿es que hay algo más entre tu y él?

Teresa apartó la mirada de Sebastián. Apretó la boca para evitar el temblor de los labios.

—Desde lo de mi padre se comportaba como si estuviese obligado a protegerme de manera especial. Por eso, cuando esta tarde acercó la mano a mi cara con ademán paternalista no me causó ninguna extrañeza. Hasta que me fijé en la bocamanga de su chaqueta.

Los ojos de Teresa se abrieron aterrorizados y cubrió la boca con la mano.

Sebastián se la apartó delicadamente.

—Teresa, ¿qué sucede?

—La chaqueta de Conrado tiene tres botones en cada bocamanga. A la que acercó a mi cara le faltaba uno, aún tenía el hilo colgando. Esos botones son idénticos al que tienes delante de ti.

Sebastián permaneció ensimismado mientras hacía rebotar el botón sobre el mármol, cubriendo el mutismo involuntario con el tintineo metálico.

—Entiendo cómo te sientes —dijo Teresa con voz quebrada—. A mí me ocurrió lo mismo.

Los duendecillos reanudaron el martilleo en las sienes de Sebastián.

—Bien —continuó ella, ahora resoluta—. Me haré yo misma las preguntas: ¿Estás segura de que se trata del mismo botón? Sí. ¿En qué te basas? En el instinto femenino. No creo que haya dos chaquetas iguales en todo Madrid; una sahariana con cinturón de hebilla, bolsillos de parche, ese tipo de botones, y el corte... Ese corte no es de confección española. A la pregunta, ¿cómo llegó ese botón a la mano de tu padre? tanto puedes responder tú como yo: ni idea.

—Cuéntame algo más de ese Conrado —requirió Sebastián con tono inquisitivo.

Teresa se tomó unos segundos antes de volver a meter la mano en el bolso y sacar otro folio doblado que puso delante de Sebastián.

—Venía también dentro del sobre —dijo.

Sebastián fundió el papel con la mirada sin atreverse a tocarlo.

—Es una copia del verdadero informe de autopsia de mi padre.

Sebastián arrebató el folio de la mano de Teresa y lo desdobló. Sus ojos se movían agitados por el texto mientras musitaba:

—Intoxicación aguda por arsénico con alta proporción de arsina que desarrolló efectos hepáticos de forma casi instantánea. Gastroenteritis hemorrágica con diarrea sanguinolenta. Causa del fallecimiento: cardiopatía.

Cuando acabó de leer levantó la cabeza lentamente.

—Pero esto significa...

Los ojos de Teresa destellaban de ira.

—Significa que la explicación del comisario es pura patraña. Mi padre no murió por una casualidad; fueron directamente a asesinarlo. En lo único que coinciden los informes es en la causa de la muerte: fallo cardíaco. Ahora sabemos a qué fue debido.

—Y el porqué había un rastro de sangre a lo largo del pavimento. ¿Qué es la arsina?

—Es el compuesto más tóxico del arsénico. En dosis altas es letal en poco tiempo. Se la harían ingerir disuelta en algún líquido. ¡Aquel olor a ajo...! —rememoró ella.

—¿A ajo?

—Sí. Un olor característico del arsénico, aunque en aquel momento no se me hubiera ocurrido vincularlos.

—¿Y no te extrañó su ausencia en casa aquella noche?

—Aquella noche yo estaba de guardia.

Sebastián recordó la imagen de Teresa y su compañera en el museo, sentadas en el banco, vistiendo el uniforme.

—¡Que coincidencia...! —exclamó entre dientes—. Hace un momento te pedí que me contaras algo más de Conrado.

—Tendrá cerca de cincuenta años. Es de origen austrohúngaro y llegó al hospital un año después que yo; hace seis. Traía un bagaje profesional baqueteado. Según me contó, ejerció de sanitario en distintos países y situaciones extremas.

—Sin embargo su nombre, Conrado, suena español.

—Su verdadero nombre es Konrad, con k. Cuando llegó es el nombre que usaba, pero para evitar estar dando explicaciones, lo cambió por Conrado. De su vida en Madrid sé muy poco. En los ratos de descanso o cuando coincidíamos en los turnos de ambulancia me contaba historias de su vida anterior, la mayor parte desarrollada en Viena. Durante la Gran Guerra trabajó en un centro hospitalario que estaba bajo la protección del gobierno, al amparo de la monarquía de los Habsburgo.

Teresa hizo una pausa, revolvió mecánicamente el té frío y dio un sorbo.

—Al acabar la guerra, con la derrota del Imperio Austrohúngaro y sus aliados, Alemania y Turquía, la revolución estalló en Viena pidiendo la independencia, y la ciudad se convirtió en un caos. Recuerdo el énfasis que puso cuando me dijo que aquello marcó su destino. No me preocupé de preguntarle a qué se refería. Con la disolución del imperio de los Habsburgo la estructura hospitalaria fue desmantelada. Él se unió al equipo médico de una expedición arqueológica alemana en Palestina. Salvo breves períodos en que vino a Europa, se movió durante diez años por Oriente Medio: desierto de Judea, Babilonia, y hasta participó en unos importantes hallazgos en Uruk, Mesopotamia, en el año veintiocho. Poco después recaló en España y empezó a trabajar en el hospital. Es introvertido y no le conozco amigos.

Teresa había hecho alarde de una memoria extraordinaria para nombres y fechas, lo cual no extrañó a Sebastián. La consideraba una mujer con una mente eficaz y organizada.

—¿Te dijo a dónde se va?

—No. Puede que a otra plaza. Dada la saturación de los centros sanitarios hay falta de personal en todas partes. Con su cualificación y experiencia no le será difícil encontrar un empleo mejor.

Sebastián volvió a jugar con el botón entre los dedos. En su cabeza barajaba varias ideas.

—Mañana libras —aseveró dando por hecho la libranza semanal de Teresa.

—No —contestó ella con aire de fastidio—. De momento se han suprimido los días libres. En el hospital estamos desbordados. Además de los enfermos ordinarios, a todas horas tenemos ingresos de heridos en refriegas. ¿Por qué lo preguntas?

Sebastián giró la cabeza hacia el ventanal con gesto contrariado. Hacía tan sólo un par de horas no tenía intención de contarle a Teresa sus pesquisas en torno al dichoso cuatro.

—Estuve haciendo averiguaciones sobre el número cuatro que de nada me han servido; banalidades, banalidades y más banalidades. No iba a comentártelo, no quiero contagiarte mi locura. Mientras hablabas me acordé de alguien que podría echarnos una mano. Pero antes tenemos que ver al inspector Mendoza. Me intriga su comportamiento. Tal vez posea el hilo que nos conduzca a desenredar la madeja.

Se había hecho de noche. No era aconsejable caminar por los barrios periféricos de la capital una vez anochecido. Milicianos y falangistas parecían turnarse para derramar el pánico por la calles a base de tiroteos al aire, desde coches y camionetas.

Se decía que en la sede del partido comunista no se dormía. Que hacían guardias en espera de que en cualquier momento se produjera un levantamiento militar.

Bajaron a la Castellana y tomaron un tranvía.

Durante el trayecto, Teresa parecía haberse encerrado de nuevo en su caparazón. Sebastián trataba de comprender la razón de aquellos cambios.

Se apearon en el Paseo del Prado y caminaron un trecho en silencio.

—¿Sabías que mi padre era monárquico? —preguntó Teresa.

—No. No exactamente. ¿Tiene alguna importancia?

—Sin embargo no profesaba la misma simpatía hacia todas las líneas dinásticas. Albergaba cierta aversión ante cualquier referencia a la Casa de Austria —continuó pensativa como si no hubiese oído la pregunta de Sebastián.

—La política pasaba a vuelapluma entre los temas de nuestras charlas —apuntó Sebastián—. Aunque en algunas ocasiones daba rienda suelta a la fobia que experimentaba hacia los artistas que trabajaron bajo esa dinastía. Sobre todo la tenía tomada con Velázquez.

—Sí, él tiraba más por los Borbones.

Sebastián se preguntó por la razón que había llevado a Teresa a iniciar una conversación sobre un tema que, a su juicio, resultaba trivial.

—Estamos retrocediendo más de doscientos años —objetó él con extrañeza—. El primer Borbón, Felipe V, llegó a principios del siglo dieciocho, cuando los Habsburgo dejaron... —Se paró y se giró hacia ella estrechando la mirada.— Un momento. Este comentario... ¿tiene algo que ver con lo que me has contado sobre Conrado?

Teresa bajó la cabeza exhalando un suspiro.

—Quizá me esté pasando lo que a ti y vea fantasmas por todas partes —dijo con voz ronca.

—¿Tu padre conocía a Conrado?

—Personalmente no. Pero sí le conté sus andanzas, igual que te las he contado a ti. También recuerdo haberle comentado a Conrado, a raíz del exilio del rey Alfonso XIII, esa obsesión de mi padre hacia la Casa de Austria. Yo no sabía entonces que esa dinastía y los Habsburgo venían siendo la misma cosa.

Sebastián enarcó las cejas, cerró los ojos e hizo una respiración profunda. De nuevo los homúnculos aporreaban su cabeza.

—Convendrás conmigo en que sería absurdo pensar que Conrado, por el hecho de que estuviera al amparo de ese linaje durante la guerra, esté involucrado en la muerte de tu padre —reflexionó Sebastián tratando de poner orden en su cerebro.

—¿Y el botón?

—Haciendo de abogados del diablo, vamos a pensar que la chaqueta pudo haberla comprado recientemente en una tienda de segunda mano y que ya viniese con ese defecto —consideró Sebastián.

—Sí, claro —agregó Teresa poniendo en el tono de voz toda la ironía de que fue capaz—. Y mira por donde, da la casualidad de que el anterior propietario es el inspector Mendoza, quién se entera del destino de su chaqueta y amablemente me envía el botón para que se lo cosa.

Sebastián reconoció en su fuero interno que la exposición lo había hecho quedar como un memo. Lo mejor sería no hacer ningún otro comentario sobre el tema.

—Tendremos que esperar a mañana —señaló con voz queda.

A medida que subían por la calle de las Huertas el ambiente en cafés y bares era más animado. Sebastián tenía la garganta seca, de buena gana hubiera parado a tomar algo. Pero sospechaba que Teresa no estaba por la labor. Desearía estar a solas con sus recuerdos y cavilaciones, amén de que al día siguiente la esperaba una dura jornada de trabajo. La acompañó hasta el portal de su casa y quedaron en que pasaría a recogerla para verse con el inspector Mendoza.

Sebastián subió hasta la plaza de Santa Ana. La Cervecería Alemana estaba animada. Vació una jarra de cerveza de un solo trago y pidió el teléfono. En ocasiones como ésta echaba de menos los razonamientos de Felipe, aunque fueran alocados. A veces, de una tormenta de ideas salía un rayo de luz. Sacó su agenda y marcó el número de la casa de su amigo. Además debía advertirle de que el jueves no acudiría al estudio.

Contestó la sirvienta. La mujer fue rápida y concisa: Felipe había quedado de verse con unos colegas en la Cervecería de Correos.

Ya no le cabía duda. El clima de histerismo reinante estaba colonizando todos los sectores de la capital y trocando los días de la semana; ni el día, ni la hora, eran los habituales para las tertulias.

Bajó a Cibeles y se allegó a la Cervecería de Correos en la calle de Alcalá, próxima a la Castellana.

El local estaba situado en un semisótano y por sus estrechos ventanales, casi al ras de la acera, se escapaban haces de luz lechosa y densas nubes de humo que bien podrían confundir la cervecería con un local de baños termales.

Era la primera vez que visitaba la alabada cripta que había granjeado la admiración de Felipe por las letras. Tuvo que esperar unos instantes hasta que sus ojos se acostumbraron a la vaporosa luz que difuminaba las figuras. Después de sortear a varias personas, vislumbró a su amigo al fondo del local, haciendo corro alrededor de una mesa junto a otros cinco o seis contertulios. Tan pronto Felipe lo vio fue a su encuentro con expresión mezcla de sorpresa y júbilo. Podría asegurar que jamás esperaría ver entrar a Sebastián por aquella puerta. Se acodaron en la barra como pudieron y pidieron dos jarras de cerveza.

Desde la conversación mantenida en el estudio sobre las circunstancias de la muerte de Ezequiel, no habían tenido oportunidad de volver a hablar sobre el tema. Al tratarlo solamente con Teresa, ella no hacía más que contagiarlo de su ansiedad y aumentar el desasosiego.

Pasada una media hora en la que Sebastián le hizo partícipe de las últimas novedades acerca de la personalidad desconcertante de

Conrado, la entrada en escena del botón y del nuevo informe de la autopsia, y de «secar» dos refrescantes jarras de cerveza, se sintió más aliviado.

Felipe lo condujo hasta la mesa de la tertulia y lo presentó de manera general a los allí sentados. Mientras engullía la cuarta jarra de la noche, Sebastián trató de asimilar la mezcla de retórica literaria y sociopolítica que imperaba en el debate, pero le era imposible seguir el hilo.

Echó un vistazo a su alrededor. La nube de humo condensada en el techo coronaba los dibujos y escritos enmarcados que decoraban las paredes. Desde su posición, alcanzaba a ver la firma en algunos: M. Hernández, FG Lorca, Neruda o Gerardo Diego. De todos ellos sólo conocía, por referencias de Felipe, a Lorca y, por notas de prensa, al extranjero Neruda.

Se arrimó a la barra y jarra en mano se acomodó en un taburete.

A su lado se sentaba un hombre de tez morena y acento suramericano. Por dar rienda suelta a una conversación, Sebastián le preguntó de dónde era. Resultó ser venezolano y su nombre Arturo. Había llegado de París hacía poco tiempo. Para Sebastián, aquel hombre fue como una tabla de salvación en su naufragio tertuliano. París era el epicentro del arte pictórico, y enseguida entablaron una charla en la que Sebastián lo cosía a preguntas. A Arturo, a pesar de venir de una ciudad tan cosmopolita y cuna del surrealismo, no le cabía en la cabeza el horario de los españoles. Lo habían invitado a asistir a otra tertulia esa misma noche, a las dos de la madrugada, en el café Granja de Henar. «En París nadie cita a nadie a semejante hora. Allí, con sus Montmartre y Montparnasse cerrados, la ciudad dormía su noche burguesa».

Sebastián le propuso un brindis por Madrid, la ciudad que

nunca duerme. Arturo lo aceptó con la condición de dejar ya de lado la cerveza y brindar con bebida caribeña. Pidieron una ronda de ron.

A Sebastián, con la visión ya turbia, las dos copas de cristal tallado con el contenido de licor añejo se le antojaron flores sobre el mármol blanco de la barra.

—¡Por Madrid, la ciudad donde se vive la noche! —brindó con voz rascada enarbolando su copa.

Cayeron dos rondas más por cuenta de Arturo con dedicatoria especial a la fenomenal pítima: «¡Brindemos y bebamos!».

Salieron juntos de la Cervecería de Correos y, durante un trecho, Sebastián acompañó a Arturo camino de su próxima escala. Los últimos tranvías iban tan atestados que sus ruedas parecían deformarse bajo el peso.

—Fíjese, don Sebastián —señaló Arturo en Cibeles—. ¿No le parece que aquel tranvía hace más pronunciadas las eses de la curvas y además se tambalea?

—Es el tranvía de los borrachos —convino Sebastián tratando de afirmar la voz.

Tras despedirse de Arturo, enfiló en dirección a la Puerta del Sol. Era consciente de que caminaba como un sonámbulo y de que su cerebro se encontraba un tanto «perjudicado»; no estaba acostumbrado a los excesos de alcohol.

La gente pasaba por ráfagas; los últimos espectadores de cines y teatros iban de retirada. En pocas horas, la luz tornasol del alba bañaría con cálido tono de desierto las cúpulas de los edificios.

Al reclamo de sus palmadas, el sereno no tardó en aparecer.

«Hay que ver con que puntería meten las llaves en la cerradura. Diría que incluso bajo los efectos etílicos, los serenos saben cuál es la llave de cada puerta», constató Sebastián. «¿Por qué no hay algo así como un campeonato de puntería para serenos?».

Sebastián le entregó diez céntimos del bolsillo de la chaqueta.

—Tome, hoy no tengo más suelto.

—Otra vez será —le agradeció condescendiente el sereno.

A duras penas consiguió llegar a su habitación sin hacer ruido. Dejó resbalar la chaqueta por los brazos hasta la silla, se quitó los zapatos en medio del vaivén y cayó como un fardo sobre la cama.

Jueves, 16 de julio de 1936

Hacia media mañana unos toques secos en la puerta retumbaron en su cabeza como disparos. Se deslizó hasta que los pies tocaron la alfombra y se incorporó lentamente. Sentado en la cama balanceó la cabeza para aliviar la rigidez del cuello.

Cuando abrió la puerta la expresión de la cara de Avelina le bastó para hacerse cargo de su aspecto.

—Como no sabía nada de usted desde la media tarde de ayer, pensé que podía encontrarse indispuesto. Pero ya veo que su indisposición es fruto de una noche animada —arrastró Avelina las palabras con socarronería—. Venga por el comedor y le daré algo reconfortante.

Sebastián se metió en el baño y se dio un repaso en agua fría.

La pensión se encontraba en silencio, prueba de que el «personal» se había ido de *ronda*.

Sebastián se sentó a la mesa y pronto apareció Avelina con un plato de caldo de gallina que le plantó delante. A continuación, la mujer hizo algo inusual en ella: se le sentó enfrente y, cruzada de brazos, se dispuso a contemplar la degustación. Con las primeras cucharadas Sebastián ya pudo apreciar lo reconfortante que le resultaba aquel caldo.

—¿Qué le parece el nuevo, el Germán? —le preguntó Avelina de sopetón.

A Sebastián no dejó de sorprenderle la pregunta porque, a pesar de que la mujer era muy observadora y respondona, no era amiga de airear sus opiniones sobre los huéspedes.

—¿A qué viene esa pregunta? —tanteó Sebastián.

—Mire, yo no entiendo mucho de lo que hacen o no hacen los periodistas, pero éste lo quiere saber todo de todos.

—¿A qué te refieres, Avelina?

—Pregunta mucho. A veces se pasa horas con don Wenceslao, ahí, sentados los dos, hablando de cosas que se escapan de la política. Que es por lo que está él aquí, que sepa yo.

Acabado el caldo, Sebastián dejó la cuchara en el plato. Se sentía mucho mejor.

—¿Cosas como cuáles?

—Por ejemplo, de don Vicente sabe hasta el número de sus zapatos..., es un decir. Y es que a menudo marchan juntos para Telefónica. Ahora la ha tomado con usted y machaca a don Wenceslao, le tira de la lengua, aunque con rodeos, para enterarse de su vida.

Sebastián hizo un esfuerzo mental para esquivar la resaca y entender lo que Avelina quería insinuar.

—Usted le tiene mucha confianza a don Wenceslao y le cuenta cosas; eso ya lo sé yo —le aclaró Avelina al notar su desconcierto—. Pues Germán, abusando de la buena fe de don Wenceslao, ya sabe de la obra y milagros de la vida de usted. A qué se dedica, quienes son sus amigos... Hasta sabe que su pintor favorito es Velázquez.

Sebastián frunció el ceño.

—Recuerdo que en una ocasión le enseñé a don Wenceslao la

copia de *Los borrachos* que tengo en la habitación, pero no creo haberle dicho nunca que era mi pintor favorito.

—Pues el Germán así lo cree —rearguyó resoluta Avelina—. Y le voy a decir más —añadió cambiando a un tono más confidencial y bajando la mirada hacia la mesa—. Esta mañana me preguntó si usted tenía novia.

—¿Que te preguntó qué? —recalcó Sebastián enarcando las cejas, cada vez más sorprendido.

—Bueno —dijo Avelina azorada sin mirarlo a la cara—. Usted paseó ayer noche con una señorita.

—Sí. Pero no entiendo a dónde quieres llegar.

—Pues él lo sabía —contestó Avelina en tono rotundo y mirándolo a la cara—. Y lo que me preguntó es si la mujer que estaba paseando con usted ayer era su novia. Eso es lo que me preguntó.

—¿Y qué le contestaste?

—Yo que le iba a contestar. Yo me enteré por él. Usted a mí no me cuenta su vida ni tiene porque contármela. Faltaría más.

Avelina se levantó resuelta y agarró el plato.

—¿Le ha gustado?

—Sí. Me ha dejado como nuevo. Gracias, Avelina.

—Pues eso. Para esto está una —abrevió ella girándose con aire decidido hacia la cocina.

El caldo le había asentado el estómago pero las sienes todavía le hormigueaban.

Se acercó a la puerta de la cocina.

—¿A lo mejor ha quedado algo de café del desayuno? —preguntó tímidamente.

—Esas ojeras no las remienda el café. ¿Por qué no se echa un rato? Enseguida se lo llevo.

El tono de Avelina sonaba a reprimenda. Se sentía segura en sus dominios. Le recordó a su madre cuando lo regañaba por llegar a casa lleno de barro después de jugar al fútbol en la explanada del barrio.

Sebastián pasó de nuevo por el baño y volvió a refrescarse la cara. Se acercaba el mediodía y el calor apretaba.

No le dio tiempo a echarse. Avelina apareció en la habitación y le puso un tazón de café en una mano.

—Abra la otra —exhortó con tono de ordenanza haciendo un gesto con la barbilla.

Sebastián obedeció como un niño al que le piden que enseñe las manos para ver si las tiene sucias.

Avelina le plantó una aspirina en la palma.

—Esto lo ayudará —le recetó con cierto enojo.

Sebastián advirtió en su tono que no cabía posibilidad de réplica.

—Gracias otra vez, Avelina. No sé que haría sin ti.

—A saber lo que hará.

Y se volvió cerrando la puerta con garbo; los mejores arranques los reservaba para Sebastián.

Tragó la aspirina con medio tazón de café y se echó sobre la cama. Cerró los ojos y meditó sobre lo que acababa de comentarle Avelina. ¿A qué obedecía la repentina curiosidad de Herman por su persona?

La inestabilidad política del país había pasado a ser de interés europeo. Los periodistas extranjeros ponían más ahínco en los cambios y movimientos dentro del Gobierno de España que en los habidos en Alemania, cuando Hitler procedió a desmontar el régimen democrático. Daba la impresión de que estaban ávidos por ver como la nación que hacía tan sólo dos siglos era el imperio más grande del mundo, se resquebrajaba bajo la impotencia de sus gobernantes. Hasta el barbilampiño Herman mostraba la pretensión de escribir una tesis sobre el prototipo del bípedo español. Si no, ¿a cuento de qué venían aquellas indagaciones?

Si bien la aspirina estaba haciendo efecto, no se levantó a la hora del almuerzo. Tomó el resto del café y continuó acostado.

«La ingesta de alcohol y esta resaca no pueden guardar la misma progresión aritmética» —consideró—. «Al fin y al cabo no he bebido tanto. Es la falta de costumbre. Eso es» —se justificó—. «Lo mío es la cerveza en cantidades moderadas y el café, mucho café tertuliano. Pero el ron..., ese licor traidor que penetra en el cuerpo con suavidad, aprovechando el calor de la noche para, lenta y pérfidamente, adormecer los sentidos. ¿Cuando había pillado su primera cogorza?»

La somnolencia lo remontó al día de su veintiún cumpleaños, en La Coruña. Coincidía con el fin de ciclo en la Escuela de Artes Aplicadas y Oficios Artísticos. Y , para su sorpresa, allí se presentó el tío Manolo en mitad de la clase.

—Venga, vamos. ¿Qué haces todavía aquí? Tenemos que celebrar tu mayoría de edad.

Salieron a la Plaza de Pontevedra y se fundieron en un abrazo. El tío Manolo volvía todos los años a pasar un mes del verano en Ribadeo, pero tampoco era de extrañar que se presentase en cualquier época del año; él era así. Sebastián admiraba el universo que rodeaba a Manolo. Fantaseaba con los relatos de sus viajes en barco hasta Venezuela, con escala en Canarias desde donde siempre le enviaba una postal: palmeras, camellos, playas paradisíacas...

—Ya eres un hombre hecho y derecho —le dijo el tío con una firme palmada en el hombro—. Ponte de domingo. Te recojo en la pensión dentro de una hora. Iremos a refrescar la noche.

En un cajón de la mesita de noche tenía guardada como oro en paño la camisa blanca que su madre le metió en la maleta cuando se trasladó a la ciudad; todavía no la había puesto desde que llegó del pueblo. La corbata no necesitaba que le hiciera el nudo, ya venía hecho; de los extremos salían unas gomas elásticas que la abrochaban en la nuca con un corchete.

Cuando bajó a la plaza de Santa Catalina su tío ya lo estaba esperando.

Salieron al Cantón Grande y pasearon aspirando la brisa suave que abaneaba las ramas de las palmeras al otro lado de la avenida.

Se adentraron en un callejón que cobijaba al fondo el café La Bolera.

—Ven —le dijo el tío señalando el local en cuya fachada brillaba un letrero luminoso de color rojo—. Vamos a saludar a unos amigos.

A Sebastián le llamó la atención aquel letrero hecho con tubos de «fuego». Su curiosidad no pasó desapercibida para Manolo.

—Es luz de neón —le explicó—. Un invento que nos mandaron los franceses, que en esto de iluminar la noche saben mucho. A estos sitios antes los llamábamos cafés cantantes, ahora les dicen *cabarés*.

El interior se asemejaba al de un calidoscopio: espejos, luces, imágenes multiplicadas y cambiantes... Sebastián reparó en que su tío no era un desconocido en aquel lugar: «Bienvenido de nuevo Manolo» por aquí, «¿Cómo te tratan en las Américas, Manolo?» por allá.

Al fondo de la sala, una cantante acompañada por un pianista se esforzaba para que su voz se escuchara por encima de la vocinglería. Se hicieron sitio en la barra atiborrada de hombres y mujeres, cuyas voces altisonantes competían con la de la artista.

—Empecemos con un cóctel. ¡Dos Tropical! —pidió su tío—. Es una mezcla de varios licores con vinos, jugos de frutas, jarabes y otras *cosas*. Se puso de moda en todo el mundo después de la Gran Guerra. Te gustará.

Una vez que les sirvieron las copas, Manolo levantó la suya ofreciendo un brindis con sonrisa franca.

—Por tu mayoría de edad y por tu futuro

Aquella mezcla se dejaba beber bien. Resbalaba suavemente por la garganta como un jarabe.

Mientras el tío charlaba con dos paisanos a su espalda, Sebastiánaprovechó para deslizar la mirada a lo largo del local y dejó volar su fantasía.

El cuadro que tenía ante sus ojos se le antojaba una obra de Toulouse Lautrec: perfiles con mostachos y sombreros de hongo, mujeres sentadas en taburetes con las piernas cruzadas, copa de licor en mano y carne trémula desbordando los corsés, y como telón de fondo, tras el humo del tabaco, la figura difuminada de la afanada artista.

Su mirada tropezó con la de una mujer acodada en la barra, ataviada con un vestido negro brillante y cigarrillo en la comisura de los labios, quién le guiñó un ojo con gesto de pasión.

Experimentó un sentimiento de flaqueza, como señalado por un pecado, y se sonrojó.

Levantó la cabeza hacia la planta de entresuelo. Una galería con balaustrada de madera tallada circundaba la sala. Las mesas en esa zona estaban ocupadas mayormente por parejas, que observaban el ambiente del local y a los jugadores de bolos desde una posición privilegiada. Ellas con un maquillaje exagerado en el que destacaba el intenso rojo de los labios y, como si del sello de la casa se tratase, lucían un cigarrillo encendido entre los dedos, dieran caladas o no. Sebastián se preguntaba por qué la mayoría de las mujeres fumaban con la mano derecha.

«¿Qué pintaba él entre todos aquellos noctámbulos?».

Sintió la mano de Manolo sobre el hombro y su voz pidiendo otros dos cócteles distintos del Tropical.

Entre sorbo y sorbo, el tío le planteó la idea que tenía planificada para su futuro.

—Después de haber llegado hasta aquí, no puedes dejarlo. ¿Has oído hablar de la Academia de Bellas Artes de San Fernando de Madrid?

Sebastián trató de responder, pero la incredulidad que se apropió de su rostro le heló los labios. «¿Quién no había oído hablar de ese centro?» resonó en su cabeza. Asintió entusiasmado con la boca abierta.

—Pues está hecho —concluyó tajante Manolo, acompañando las palabras con otra palmada en el hombro de su sobrino—. Ya he hablado de esto con mi hermana; con tu madre. Y está de acuerdo. Del dinero no tenéis que preocuparos, eso es cosa mía. El día que seas famoso ya me lo devolverás.

Alzó la copa y volvieron a brindar. Sebastián apuró la suya hasta el final.

Abandonaron el cabaré a las tres y media de la madrugada.

Subió las escaleras hasta la pensión a duras penas Ya en su habitación todo le daba vueltas. Buscó apoyo en los pies de la cama y, agarrándose, logró tumbarse encima justo a tiempo para no acabar en el suelo. No recordaba nada más. El día siguiente a su veintiún cumpleaños estaba borrado de su existencia.

"Yo soy la vid verdadera, y mi padre es el viñador..."
(Juan 15,1)

Abrió los ojos, se sacudió el duermevela y consultó el reloj; tenía el tiempo justo de recoger a Teresa.

A las siete y diez estaba delante del hospital. Sin embargo aún tuvo que esperar por ella media hora. La saturación de trabajo no aseguraba puntualidad a la hora de salir.

Caminaron un buen trecho antes de poder tomar un taxi.

A medida que pasaban los minutos crecía el interés de Sebastián. ¿Qué sacarían en limpio de la cita con Mendoza? Un hombre de apariencia prudente y discreta al que de pronto le entraba prisa por trasladarle a Teresa una información confidencial.

Por las calles estrechas el tráfico era lento; llegarían con retraso.

A las ocho y veinte el taxi paró frente al Café Oriental, al otro lado de la calzada.

—Un momento, por favor —pidió Sebastián al taxista.

Quería echar un vistazo a la zona antes de apearse y abrió la ventanilla. Observó un grupo de personas arremolinadas ante la puerta del café, y dos coches negros estacionados en la acera. Al volante de uno de ellos se encontraba un policía uniformado. En el resto de la calle no se apreciaba un tránsito fuera del habitual.

Giró la cabeza hacia Teresa quién le devolvió la mirada interrogativa.

Sebastián reclamó la atención de un hombre que cruzaba la calle de manera apresurada.

—¡Eh, oiga!

El aludido se detuvo un instante, miró con recelo a Sebastián y se aproximó al taxi.

—¿Qué ocurre ahí?

—Al parecer se han *cargao* a un inspector de policía dentro del café; lo han *degollao* —contestó el hombre señalando el local con el brazo—. Si ahora la toman también con la policía no sé a donde iremos a parar.

En ese momento, la inconfundible figura del comisario Castrillejos emergió por la puerta del local.

Sebastián sintió la presión de la mano de Teresa en su antebrazo. La mirada que intercambiaron ahora era de inquietud.

—Gracias, amigo —agradeció Sebastián la información.

El hombre se despidió llevando el índice a la gorra.

Sebastián se recostó abatido en el respaldo del asiento. No cabía duda; ambos sabían que se trataba del sargento Mendoza. La noticia era tan impactante que encendió una luz de alarma en su cerebro impidiéndole todo intento de reflexión.

En unos segundos se enderezó decidido.

—¡Arranque, por favor! —ordenó al taxista.

—¿Se te ocurre algo? —preguntó Teresa.

—Tengo la sensación de que nos han dado con una puerta en las narices.

—Me niego a creer que sea fruto de una casualidad. ¿Qué podemos hacer? —insistió ella nerviosa—. ¿A dónde vamos?

—Diríjase a la calle Claudio Coello —indicó Sebastián al conductor—. Le haremos una visita a alguien que tal vez pueda ayudarnos a poner un poco de luz entre tanto caos —respondió tratando de imprimir a sus palabras un matiz de convicción.

No le hubiera hecho falta echar la vista atrás, lo notaba en la nuca. Cuando Sebastián se giró hacia el café su mirada se encontró con la de Castrillejos. Los ojos del comisario persiguieron el taxi hasta que éste se perdió por el fondo de la calle.

Sebastián desecho la idea de que aquel atentado pudiera estar motivado por cuestiones políticas.

—Recapacitemos —dijo pausadamente—. Mendoza te llama para concertar una cita en la cual se supone que te va a hablar de un asunto confidencial. ¿Por qué no podía decírtelo por teléfono?

—Como te comenté, la impresión que me causó el tono de su voz fue de cautela, miedo. No sé. Si se hubiese tratado de un asunto oficial me habría citado en la comisaría. Al hacerlo de esa manera supuse que la llamada estaba relacionada con algo extraoficial del que sospecho no hizo partícipe al comisario.

—¿Quién más podría estar al tanto de esta cita? —preguntó Sebastián.

—Que yo sepa, el propio Mendoza, tú y yo.

Después de la rápida arrancada, el taxi aminoró la marcha. Circunvaló la fuente de Neptuno y enfiló el Paseo del Prado.

Las ideas circulaban por la cabeza de Sebastián al compás de las explosiones del motor. «Tenía que saberlo alguien más», caviló. «Y ese alguien estaba muy interesado en que el encuentro entre Teresa y Mendoza no llegara a producirse».

—¿Desde dónde hablaste con el inspector?

—Me pasaron la llamada a la sala de enfermeras.

—¿Te pasaron? ¿Cómo? ¿Quién te la pasó?

—De la centralita.

—¿Y recuerdas si cuando te la pasaron dijeron quién te llamaba?

—Sí, claro. Es costumbre preguntar quién llama.

—Habría que contemplar la posibilidad de que alguien más estuviera al tanto del contenido de esa llamada —rumió Sebastián—. Incluso que escuchara vuestra conversación a través de otro aparato.

—Sí, sería factible —consideró Teresa con clara muestra de tensión en la cara—. Pero no te olvides de que en la comisaría también tienen una centralita.

Sus ojos no parpadearon mientras pronunciaba con firmeza aquella puntualización.

Sebastián advirtió en la actitud de Teresa un intento de dejar su entorno profesional al margen de aquel asesinato, a pesar del importante detalle del botón de la chaqueta. Quizás un atisbo de corporativismo, en un intento de desviar las sospechas hacia otro sector. «¿Qué sería lo que iba a contarle Mendoza que le había costado la vida?», barruntó.

—Si en vez de retrasarnos hubiéramos llegado puntuales a la cita... —musitó Teresa sin poder evitar un estremecimiento.

—Probablemente estaríais muertos los dos —sentenció Sebastián.

—O puede que los tres —discernió ella.

La prominente nuez del cuello de Sebastián pivotó en el instante de tragar saliva. No pudo por menos que pensar en que sería la segunda vez que atentarían contra su vida en un corto espacio de tiempo.

El taxi se desvió a la derecha para tomar por la calle de Alcalá.

Sebastián sacó la libreta de notas del bolsillo de la chaqueta y le arrancó una hoja.

—Toma —dijo, entregándosela a Teresa, quién lo miró con aire ausente. A continuación se palpó los bolsillos con gesto de contrariedad.

—¿Tienes algo con que pintar?

Teresa salió de su ensimismamiento, asintió, y revolvió en el interior del bolso.

—Una barra de labios.

—Suficiente. Ahora intenta reproducir lo mejor que puedas ese cuatro que viste en la fotos.

Teresa colocó la hoja sobre el bolso y comenzó a trazar lentamente una especie de espiral rematada por una línea horizontal y en el extremo de ella una perpendicular. Contemplando el dibujo terminado Sebastián comprendió porqué ella siempre hacía alusión a un extraño cuatro. Él nunca se lo hubiera imaginado así. El dibujo semejaba la silueta de un cisne que se deslizara por una plácida superficie.

—Creo que servirá. Si estos rasgos significan algo, el dinosaurio Samuel lo sabrá —dijo con gesto de aprobación al tiempo que se preguntaba : «¿Cómo no había pensado antes en Samuel?»

—¿Quién es el dinosaurio Samuel?

Sebastián levantó la cabeza hacia el parabrisas con mirada introspectiva. Nadie que conociese a Samuel se aventuraría a definirlo de una manera determinada. Eran muchos los calificativos que podrían atribuírsele. Él mismo nunca se había planteado una descripción que pudiera dar respuesta a aquella pregunta.

—Pues... es alguien muy singular. Alguien de quien sólo se

puede hablar en términos encomiásticos —respondió sopesando cada palabra—. Un cuarto de farmacéutico, un cuarto de galeno, un cuarto de erudito en arte antiguo y un mucho de filántropo.

—Y sospecho que es por esta última faceta por la que mantienes contacto con él.

—A Samuel se puede llegar por diversos caminos. Tu padre también lo conocía.

Aquella frase tensó el ceño de Teresa.

No hubo tiempo para más explicaciones. A la voz de Sebastián «¡pare aquí!», el taxi se detuvo.

Se apearon delante del escaparate escasamente iluminado de una botica, que compartía fachada, enmarcada en madera labrada, con otro local donde se exponían libros y cuadros.

Sebastián se adelantó. Sacó una moneda del bolsillo del pantalón, y con ella dio tres toques en el cristal del entrepaño de la puerta. El primer toque se distanciaba casi un segundo de los dos siguientes, que sonaron más rápido.

Teresa lo observaba intrigada.

—Después del cierre, Samuel no le abre a cualquiera —aclaró Sebastián—: uno largo y dos cortos.

—Como en morse —puntualizó ella.

—Sí, algo así, pero no guarda ninguna relación.

El día declinaba y el crepúsculo se iba adueñando de la calle.

Sebastián repitió la contraseña.

En el fondo de la botica se encendió una luz y apareció un hombre de edad añosa, delgado, rostro cetrino y mirada inquieta tras unos gruesos lentes. Sus labios se estiraron en una sutil sonrisa al reconocer a Sebastián. Al percatarse de la presencia de Teresa sus ojillos se estrecharon hasta confundirse con las arrugas que los enmarcaban.

Por el semblante que mostraba Sebastián y la deshora, Samuel interpretó al momento que el objeto de la visita no era cuestión baladí.

Abrió la puerta y la volvió a cerrar rápidamente una vez que los visitantes estuvieron dentro.

Cuando Sebastián le presentó a Teresa como la hija de Ezequiel, Samuel la observó con interés desusado.

—Pasad —los invitó con ademán de apremio—. Atrás estaremos más a gusto. No querréis quedaros aquí de pie. —Y apagó la luz.

Los olores que Teresa iba percibiendo la introdujeron en una atmósfera familiar. Vio varias vitrinas y estanterías repletas de tubos de ensayo, recipientes de cristal de variadas formas y tamaños, y moldes para grageas y supositorios. No le cabía duda de que se encontraba en una rebotica galénica. Allí se fraguaban las pócimas; desde las drogas o materias primas hasta la transformación de las sustancias medicamentosas en formato farmacéutico.

Siguieron a Samuel a través de una puerta en arco hasta la trastienda del local lindante, una estancia amplia de forma rectangular que comunicaba con la parte delantera de la tienda, donde los cuadros colmaban las paredes. El resto del espacio se hallaba invadido sin orden aparente por pequeños muebles singulares, vitrinas, piezas de cerámica y otros objetos de decoración. La trastienda estaba «forrada» con librerías de maderas nobles de unos tres metros de altura, rematadas en su parte superior por arcos góticos profusamente trabajados. Sus anaqueles difícilmente podrían contener mayor cantidad de libros. En el centro de la estancia destacaba una mesa redonda de tamaño considerable; las patas curvadas hacia el interior sostenían en la base un gran brasero. Nada de lo que ambientaba aquel sitio resultaba ajeno para Sebastián. En cambio Teresa observaba cada rincón con detenimiento. Se le hacía difícil imaginar que en aquella calle, y tras un escaparate nada atractivo, pudiera encontrarse un espacio tan interesante. Era curiosa la colocación de los libros; los más voluminosos y desvencijados en las baldas bajas y los pequeños en las altas. Visualmente daba la impresión de que el espacio tendía a converger en su parte superior insinuando un aspecto abovedado. «Un lugar acogedor a la par que rancio, ideal para acoger tertulias agradables», pensó Teresa.

Samuel acarició con una mano su blanca coleta mientras que con la otra señaló hacia la mesa.

—Sentaos por ahí. Estaba preparando café —dijo ausentándose.

Las sillas que rodeaban la mesa eran una amalgama de estilos; no había dos iguales.

Teresa eligió una butaca con brazos. Sebastián, dejándose llevar inconscientemente por el hábito en el estudio, aproximó un taburete de madera a la vez que sacaba del bolsillo de la chaqueta la hoja con el dibujo del supuesto cuatro. La desdobló y la colocó a su derecha.

Apareció Samuel con una bandeja sobre la que traía una cafetera y dos tazas con sus platillos. Al ir a posarla sobre la mesa reparó en la hoja y, durante un instante, se quedó inmóvil con la bandeja entre las manos contemplándola con gesto ceñudo. La depositó sin perder de vista el dibujo. Emitió tres golpes de tos seca antes de mudar el semblante y recobrar el aspecto afable. Ladeó la cabeza y desde el fondo de sus ojillos inquietos cruzó una mirada penetrante con Sebastián.

A Teresa no le pasó desapercibida la correspondencia entre los gestos de los dos hombres. Advirtió que en medio de aquel silencio meditabundo holgaba cualquier pregunta; resultaba obvio el motivo de aquella visita vespertina.

Samuel comenzó a servirles el café con aire reflexivo.

—No recuerdo exactamente cuando fue la última vez que alguien se interesó por este símbolo.

La atención de Sebastián se congeló en el chorro de café que llenaba la taza. En su cabeza resonó la palabra «símbolo». Siempre se habían referido a aquel cuatro desde un punto de vista aritmético o gramatical, en ningún momento se les ocurrió pensar en él como en un símbolo. La nueva perspectiva trastocaba cualquier conjetura anterior.

Samuel les acercó las tazas.

—Me sorprende que seáis vosotros los que me hagáis desempolvar un ejemplar tan singular.

A renglón seguido se arrellanó en un sillón próximo a una de las estanterías y con gesto maquinal, echando el brazo hacia atrás, extrajo de entre los libros un tazón de aluminio con asa, visiblemente baqueteado, en el que se sirvió café.

—Es venezolano. El mejor café del mundo —dijo pasando el tazón por debajo de la nariz y aspirando el aroma—. O al menos eso dice el que me lo trae, Van Dissel, un comerciante alemán afincado en Maracaibo. Todos los años pasa por Madrid y me obsequia con un saquito de grano en agradecimiento por prepararle sus supositorios especiales. Ahora está sopesando la posibilidad de instalarse aquí. La dominación exportadora de petróleo está acabando con las de café y cacao.

Una expresión de incredulidad se afincó en el rostro de Teresa. Estaba perpleja mirando aviesamente a Samuel por la pachorra que mostraba ante una situación que ella consideraba acuciante. Aquel hombre tenía que ser consciente de que la inesperada visita a aquella hora se debía a una circunstancia especial, y aún más habiendo admitido que el dibujo representaba algo singular.

Sebastián reparó en el semblante de Teresa y le envió una señal de «paciencia» con un leve movimiento de párpados. Conocía bien al anciano; era persona que gustaba de concederse un preludio antes de entrar en materia.

Samuel se enderezó en el sillón y trocó su tono por uno más resuelto:

—Bien. Ahora os toca a vosotros. Porque supongo que esta no es una mera visita de cortesía; algo habréis venido a contarme.

Sebastián carraspeó antes de tomar la palabra y comenzó a relatar cronológicamente los hechos acaecidos, desde la aparición del cuerpo de Ezequiel en el museo hasta aquella misma tarde. Haciendo gala de una excelente memoria fotográfica, describió con todo detalle la escena del Prado, la posición del cuerpo con respecto al cuadro de *Los borrachos*, las investigaciones realizadas sobre el misterioso cuatro, el resultado de la autopsia, la visita al comisario Castrillejos con la consecuente ocultación de pruebas por parte de la policía, el ataque sufrido por él mismo en la Institución y, por último, el asesinato del inspector Mendoza.

Samuel exhaló un suspiro, sorbió el café y, repitiendo el movimiento maquinal ahora a la inversa, volvió a introducir el tazón entre los libros.

Miró con aire benévolo a Teresa.

—En primer lugar, permítame expresarle mis condolencias por la muerte de su padre. Supe de su fallecimiento por conocidos mutuos un mes después de acontecido. Ignoraba que tuviese una hija; su padre era muy reservado. Ezequiel venía de vez en cuando e intervenía en las tertulias. Sus temas preferidos versaban sobre la historia, el esoterismo y la mitología.

Hizo una pausa y se levantó con ligereza del sillón.

—Bueno, ¡vamos allá! —exclamó con tono paciente.

Agarró una escalera de madera de cuatro peldaños y la corrió hacia la parte izquierda de la estantería. Abrió un pequeño cajón del canto de la mesa, sacó un par de guantes de algodón y se los puso.

Con una agilidad que sorprendió al mismo Sebastián, subió decidido los cuatro peldaños haciendo revolotear los faldones de su blusón. Era evidente que estaba seguro de dónde se hallaba lo que buscaba.

Echó mano a un grueso tomo que se hallaba excepcionalmente tumbado en el anaquel superior.

Sebastián supuso que debía de tratarse de un incunable, ya que sólo estos se colocaban acostados para evitar la deformación que sufrirían en sentido vertical con el transcurso de los siglos.

Samuel lo abrazó contra su pecho y bajó con la misma agilidad con que había subido. Posó el tomo sobre la mesa y acarició la piel repujada de la tapa.

—Un delicado trabajo de marroquinería —dijo ufano, para luego añadir con tono socarrón—: la Iglesia impuso la idea de que los trabajos monásticos eran un arte por y para Dios.

Sebastián no tuvo que esforzarse para darse cuenta de que se encontraban ante un códice *sui géneris*. Un ejemplar custodiado con celo por Samuel, a la vista de como lo trataba. La rigidez de las tapas denotaba una encuadernación realizada con madera forrada en piel, y en las esquinas lucía unos triángulos con finos trabajos de orfebrería. Las partes superior e inferior del lomo estaban reforzadas con guarniciones metálicas. Una manezuela abisagrada de bronce constituía su cierre.

Samuel puso los lentes sobre la punta de la nariz, abrió el códice aproximadamente por la mitad y sólo tuvo que pasar unas pocas hojas, ajadas por el paso del tiempo, para dar con lo que buscaba.

—Aquí lo tenéis —dijo enarcando las cejas.

Un grabado se reflejaba en los cristales de sus lentes.

Teresa y Sebastián se levantaron y se acercaron al anciano para observar lo que señalaba su mano avejentada.

Entre los renglones de una escritura caligráfica de estilo gótico aparecía un grabado, realizado con exquisita perfección y trazos similares al dibujo hecho por Teresa, con la diferencia de que el del códice se hallaba enmarcado por una corona de laurel.

Teresa miró sorprendida a Sebastián y ambos quedaron absortos contemplando la semejanza entre los dos dibujos.

—¿Qué puedes decirnos de él? —preguntó Sebastián mientras recorría lentamente las líneas del grabado con el dedo índice, evitando el contacto.

Samuel adoptó una pose enfática que trasladó a la entonación de su voz.

—¡Este símbolo representa a Júpiter!, al que se le ha añadido la corona del triunfo.

—Por su énfasis intuyo que tenemos delante algo más que un simple símbolo mitológico, ¿me equivoco? —quiso saber Teresa.

Samuel esbozó una sonrisa y asintió con los párpados.

—Así es. Pero acomodaos y comenzaremos por su origen —dijo, arrellanándose de nuevo en el sillón y juntando las yemas de los dedos.

Teresa se sentó y bebió un sorbo de café. Sebastián continuó de pie sin quitar ojo al códice.

—Y el origen nos lleva a Roma, al *templo de todos los dioses* —prosiguió Samuel.

Sebastián sabía de la propensión del anciano a poner a prueba el conocimiento de los contertulios; le divertía. Podía haber mencionado el templo por el nombre conocido universalmente, pero aquello formaba parte de lo que Samuel llamaba «el juego de la erudición».

—*El Panteón de Agripa* —apuntó Sebastián sin levantar la vista.

—O *La Rotonda*. Como se le conoce popularmente hoy en día —añadió Samuel socarronamente—, como tú bien sabrás ya que estuviste en él, ¿no es así?

Sebastián esbozó una sonrisa suave ante la insistencia de su interlocutor por decir la última palabra; se atrevió a retarlo.

—«Diseño angélico y no humano», que diría Miguel Ángel —replicó.

Samuel carraspeó y levantó el mentón en señal de dar por concluido el pulso.

—Una vez que nos hemos situado, continuaré. Tenemos que remontarnos un cuarto de siglo antes de Cristo para ver levantarse los cimientos de *Il Pantheon*. Un templo consagrado a las siete divinidades celestes de la mitología romana: *el Sol, la Luna, Mercurio, Venus, Marte, Saturno,* y el padre de todos los dioses: *Júpiter*. Cada uno de ellos ocupaba un templete en su interior. Una esfera perfecta. «La forma perfecta», según Platón, una forma que no tiene principio ni fin y por tanto el símbolo del universo. Concebido para unir al hombre con la divinidad a través del óculo central de su cúpula. A principios del siglo séptimo, al emperador bizantino Focas no se le ocurrió nada mejor que donar el Panteón al papa Bonifacio IV. Éste, como resultaría obvio en cualquier representante del Vaticano, no tardó en «expulsar» del templo a todos los dioses y transformarlo en la iglesia cristiana de Santa María de los Mártires. Era la primera vez que un templo pagano pasaba a convertirse al culto cristiano. Por otra parte, y gracias a esta circunstancia, es el único edificio de la antigua Roma que permaneció intacto y en uso. Como podréis comprender, los seguidores de Júpiter, que eran muchos, se agarraron un cabreo monumental.

A Samuel se le escapó una sonrisa retozona por el inconsciente, pero oportuno, juego de palabras al citar el adjetivo monumental cuando se estaba refiriendo precisamente a uno de los monumentos más importantes de Roma.

Mudó la expresión de su rostro para continuar:

—Aquella gente tomó la expulsión de su dios del templo como una provocación humillante. Fue el germen que propició el nacimiento de una sociedad secreta bajo el nombre de *Los hijos de Júpiter.* —Hizo una pausa y concluyó—: Y ese que tenéis delante es su símbolo.

—¡Vamos, Samuel! Insinúas que después de trece siglos aquel cabreo, como tú lo llamas, sigue vigente, y que aún existen seguidores ávidos de venganza que enarbolan este emblema como si fuera la insignia de un club de fútbol —replicó Sebastián señalando el códice.

Samuel adoptó una expresión paciente.

—¡Por el amor de Dios, Sebastián! me estás hablando de mil trescientos años. ¿Cómo cuantificar ese periodo dentro del contexto universal del tiempo? —dijo con las palmas de la manos abiertas en espera de una sencilla respuesta—. Hace decenas de miles de años ya el hombre practicaba el culto a los muertos. Como quién dice, ayer. Hay una hipótesis según la cual la forma de vida fue y será siempre estable, pero aparece y desaparece según se den o no las condiciones necesarias. Se manifiesta, se extingue y reaparece en el decurso de los tiempos. *Los hijos de Júpiter* siempre estuvieron ahí, esperando esas condiciones necesarias.

Samuel se concedió un descanso y puso sus ojos en Teresa buscando una aprobación a su alocución. Exhaló otro suspiro y prosiguió:

—¿Os dais cuenta de que el cristianismo, con sus cerca de dos mil años de existencia, está vigente a pesar de todos sus requiebros, manipulaciones, errores y correcciones? ¡Y es el hoy!

Sebastián percibió la intención de Samuel por llevar la conversación hacia un derrotero donde se encontraba en su salsa. En alguna otra ocasión ya habían debatido temas que hacían referencia al tortuoso recorrido del cristianismo. Conocía muy bien la condición de buen fajador tertuliano del dinosaurio y aprovechó para lanzarleuna pulla.

—Al menos, esos miles de años serán los que os llevaremos de ventaja y experiencia a los hebreos para cuando vuestro esperado profeta tenga a bien hacer acto de presencia.

Samuel frunció los labios en ensayado ademán hosco.

—¿Pero, de qué me estás hablando? —opuso—. ¿Tú le llamas ventaja y experiencia al cúmulo de confusiones, persecuciones, juicios desdichados, abusos de poder, etcétera, etcétera, con que la Iglesia de Roma ha regado el mundo durante estos veinte siglos? ¿Quién le otorgó la autoridad? ¿Quién le delegó el poder para decidir en el concilio de Nicea, entre cerca de un centenar de libros, cuales debían ser los canónicos y cuales declarados heréticos?

—Sólo veintisiete, de ochenta y dos, pasaron a formar parte

del Nuevo Testamento —interrumpió Teresa.

Los dos hombres la miraron con incredulidad.

—Recibí de mi padre una amplia formación dogmática. A él le daba igual leer los evangelios canónicos que los apócrifos. Lo importante era el conocimiento en sí para encontrar la verdad y exponer sus conclusiones. —Teresa alzó arrogante el mentón y miró a ambos hombres con ojos desafiantes—. ¿Acaso vosotros sois de los que niegan el desarrollo del rol de la mujer en el Ministerio de la Iglesia?

Samuel se encogió de hombros y volvió a mostrar las palmas de sus manos a modo de descarte para contestar:

—Es verdad que durante siglos, para la llamada cultura de Occidente basada en el cristianismo, la mujer ha sido un cero a la izquierda. Hoy trata de sacudirse ese yugo discriminatorio, aunque está encontrando unas dificultades que en el seno de la Iglesia Católica parecen insalvables —alzó las cejas e impostó la voz—: Vuestras mujeres callen en las congregaciones; porque no les es permitido hablar, sino que están sujetas, como también la ley lo dice.

—San Pablo, Corintios 14,34 —replicó rápidamente Teresa.

Samuel enarcó las cejas y sus ojillos relampaguearon tras los cristales.

Sebastián no daba crédito; Samuel estaba encontrando en Teresa la horma de su zapato.

—Usted sabe, Samuel —continuó Teresa—, que si nos asomamos a los textos de cualquier religión, ya sea hindú, islamista o judía, nos encontramos con que sus líderes nos hablan de lo beneficiosa que ha sido su fe para la dignificación de la mujer, y usan para ello mil argumentos que son tan falsos como los de nuestros teólogos.

Samuel hizo una inspiración profunda y, girándose, alcanzó de nuevo el tazón de aluminio. Había advertido la insolencia y desparpajo de Teresa. Dejó escapar una risita indulgente con cierto aire de retranca.

—Tengo que reconocer, señorita, que es usted digna heredera del carisma de su padre. Tal vez algún día la invite a tomar parte en una tertulia. —Y matizó con ironía—: Yo, como Jesús, siempre he aceptado como compañeros de viaje tanto a hombres como a mujeres.

Sebastián observaba expectante el afrontamiento dialéctico entre los dos. A Samuel le encantaba provocar ese tipo de polémicas para dar rienda suelta a su verborrea. Era como calentar el motor de un coche para ponerlo en marcha. Listo para sacarle el mejor rendimiento; sus neuronas estaban a punto.

Samuel echó un trago de café mientras examinaba con ojillos desafiantes los rostros de sus visitantes.

—El cristianismo fue, y seguirá siendo, una doctrina basada en hipótesis. —Y matizó—: Al menos los judíos nos hemos regido desde siempre por los mismos textos sagrados: *el Talmud y la Torah*.

Teresa se aclaró la garganta antes de argüir:

—¿Y si llegado el profeta su doctrina implica que esos textos sagrados tengan que ser objeto de una revisión que hasta entonces no os habíais planteado?

Samuel se removió incomodo en el sillón y lanzó a Teresa una mirada helada que ella sostuvo un instante. Cualquiera en su lugar se sentiría turbado por el hecho de que una mujer se atreviera a debatir un tema de naturaleza reservada a contertulios masculinos, sin embargo el anciano relajó el entrecejo y recuperó su talante afable.

—Bien, volvamos al asunto que os ha traído aquí —dijo diligente. Y sacándose los guantes se los entregó a Sebastián—. Póntelos. Este ejemplar que tienes delante es un códice; griego, para ser más exacto. Aunque como ya habrás reparado, los pergaminos que están a la vista muestran renglones intercalados en griego y en latín. El cómo llegó a mis manos no viene al caso. Ahora ciérralo y ponlo de canto.

Sebastián cerró el códice y lo apoyó en la mesa, sobre el lomo.

—¿Qué observas? —preguntó Samuel.

Sebastián pasó suavemente un dedo por el canto de las hojas.

—El centro del libro lo forman un grupo de hojas más finas que el resto.

—Muy bien. Ahora ábrelo de nuevo por ahí y coge una de esas hojas entre los dedos.

Sebastián hizo lo que le indicaba Samuel y efectuó una frotación suave con los dedos pulgar y corazón.

—Además de tratarse de un pergamino fino, su superficie está más pulida.

—Correcto —corroboró Samuel—. Alguien se tomó la molestia de desmontar el códice e insertar en medio ese grupo de pergaminos. Luego, con esmero y maestría, lo fue encuadernando de nuevo haciendo pasar los hilos de bramante por los agujeros ya existentes para que no se notase la reencuadernación. Un trabajo delicado y preciso. Quien lo hizo tenía especial interés en que la modificación del códice pasase desapercibida.

—Pero, ¿a qué se debe la alternancia de los textos griego y latín en este añadido? —inquirió Sebastián.

—El primigenio fue el latín, con la precaución de dejar un interlineado doble —continuó Samuel—. Es decir, entre cada dos renglones debía quedar un espacio para intercalar otro, que a la postre sería el griego. Pero antes de realizar este segundo texto fue borrado el escrito en latín —levantó los ojos hacia Sebastián—. Supongo que oirías hablar del método.

Sebastián acarició el pergamino por ambas caras.

—Sí —reconoció—. El método palimpsesto. Algo nos enseñaron en la Academia. Se sumergía el pergamino en leche y se restregaba con piedra pómez.

—Efectivamente —asintió Samuel—. Del griego *palin*, nuevo, y *psao*, frotar. Esta práctica se hizo frecuente a partir del siglo séptimo, debido a las dificultades para adquirir papiro egipcio y a la escasez de pergamino. Con este método se podía escribir de nuevo sobre la misma superficie consiguiendo un ahorro sustancial. Estos pergaminos en particular son de vitela fina de becerro.

Sebastián, todavía con el pergamino entre los dedos, escuchaba absorto a Samuel. Si bien conocía el método palimpsesto, era la primera vez que tenía contacto con el resultado de su aplicación.

—De modo que —razonó Sebastián—, durante un tiempo, por algún motivo, este códice sólo mostraba el texto griego. Más tarde interesó restaurar el texto primigenio en latín que había quedado «oculto» entre los renglones en griego. ¿Voy bien?

Samuel asintió satisfecho.

—Y para resucitar el texto se empleó una de las técnicas especiales. Tal vez la aplicación de tintura de agallas mediante pincel.

—No —arguyó Sebastián—. Que yo recuerde, esa técnica dejaría áspera la superficie. Creo más bien que aquí podrían haber empleado tintura de Giobert con ácido sulfhídrico.

—¡Ah!, veo que también te hablaron del famoso químico

italiano —exclamó Samuel con admiración—. Durante años fui recopilando documentación y pude tejer sus antecedentes. Este códice, de venerable antigüedad, llegó a España procedente de Italia durante el reinado de los Habsburgo, y permaneció en la biblioteca del Alcázar de Madrid hasta el incendio del año mil setecientos treinta y cuatro. Poco tiempo después fue donado a la Universidad de Alcalá de Henares, pasando a formar parte de la colección de códices griegos del Colegio Mayor de San Ildefonso, una de las primeras de España en esta materia, y cuyo origen se remonta a principios del siglo dieciséis, cuando el Cardenal Cisneros, confesor y consejero de la reina Isabel la Católica, se empecinó en crear una cátedra de griego y en la edición de la Biblia Políglota.

Samuel se puso en pie apoyándose en los brazos del sillón sin apartar la vista del códice. Se acercó a la mesa y pasó un dedo sobre un renglón de texto en latín.

—Una vez en Alcalá —prosiguió—, creo de todo punto imposible que pudiese ser manipulado. Deduzco por tanto que ya había sido objeto de «profanación» antes de llegar al Colegio Mayor. Lo más probable es que se hubiera producido a principios del siglo dieciocho, antes del incendio del Alcázar, aprovechando la confusión reinante motivada por el cambio de monarquía.

Los tres guardaron unos segundos de silencio con la mirada perdida en el códice.

—Samuel... —dijo Sebastián en tono pausado, tratando de reconducir la historia—, hasta ahora has hecho un recorrido por la «biografía» de este texto. Pero, ¿qué vinculación puede tener con los hechos que te hemos relatado?

Samuel se dejó caer en el sillón y alzó la vista al techo al tiempo que hacía otra inspiración profunda.

—Tenemos que retornar al metacentro de esta... leyenda: Júpiter. No podremos entender el dogma de la sociedad secreta sin tener en cuenta sus anales. Según la mitología, Sémele, estando embarazada de Baco, le pidió a su esposo, Júpiter, poder contemplarlo de cerca en todo su esplendor, tal como se aparecía en el Olimpo. Júpiter, incapaz de negarle tal capricho, transido de dolor por las consecuencias que aquello podía acarrear, subió al cielo y reunió nubes, relámpagos, rayos y truenos. Rodeado de tan deslumbrador «aparato», dio cumplimiento al imprudente deseo de Sémele y ésta cayó fulminada. Antes de que muriese carbonizada, Júpiter recogió al neonato Baco de su vientre y lo introdujo en uno de sus muslos hasta cumplir el tiempo de gestación, por ello a Baco se le llamó «el nacido dos veces»; ¡ditirambo!

Teresa y Sebastián cruzaron una mirada, escépticos.

—Esa es la parte mitológica. Pero hay otra, ¿no es así? —preguntó ella.

Samuel se acarició el mentón asintiendo lentamente y se levantó.

—Desgraciadamente, sí —respondió con voz ronca—. Servíos otro café.

Se dirigió a un anaquel de la estantería mientras seguía hablando:

—Un grial es el recipiente consagrado por la acción de un ser divino y contenedor de la vida eterna.

—Pura divagación esotérica —opuso Sebastián.

Samuel lo miró sardónicamente de reojo en medio de una risita indulgente.

—Desde el siglo séptimo todavía perdura esa sociedad secreta, secta, o como queráis llamarla, para quien el único y verdadero grial es Júpiter. Y Baco es el símbolo de la fuerza reproductora de la naturaleza y de la vida eterna: ¡la resurrección!

Teresa se mantenía embebida en la disertación de Samuel en tanto que Sebastián ojeaba el códice con aire de falsa ausencia.

Samuel cogió un libro y lo posó en la mesa.

—Como os he dicho, hasta el siglo dieciocho eran conocidos como *Los hijos de Júpiter*. Más tarde adoptaron el nombre de *Los conjurados de Baco,* pero manteniendo el símbolo —sentenció con tono sombrío señalando el grabado del códice.

—Pero, ¿cuál es su fin? ¿qué persiguen esas personas? —preguntó Teresa con inquietud.

Samuel abrió el libro que acababa de coger y comenzó a pasar lentamente las hojas.

—El grial es el símbolo primario para la mayoría de las culturas de la Tierra —expuso paciente—. Y en razón de esa universalidad, se adapta a todas las formas de pensamiento.

Se paró en una página que mostraba una litografía del Santo Cáliz.

—Para los cristianos, es el Cáliz de la Última Cena celebrada por Jesús. Para nosotros, los hebreos, es el Arca de la Alianza.

—Contenía los objetos más sagrados donados por Yahvé al pueblo elegido —constató Teresa.

Samuel le dirigió un gesto condescendiente y continuó:

—El Shiísmo islámico tiene su simbolismo griálico en la montaña Qaf. En la tradición hindú es el Samudra, contenedor de la sangre del dios Agni. Y así podríamos seguir...

—¿Cuáles son los postulados de esa secta? ¿Qué pretenden? —se impacientó Sebastián.

Samuel, con expresión contrariada, se sentó y volvió a coger su tazón.

—La intención es bien notoria. Reclaman para sí la identidad de lasimbología griálica. Para ellos, la reencarnación sólo es posible a través de Júpiter, y no reparan en medios con tal de conseguir su objetivo.

—Y... ¿pueden llegar a asesinar? —preguntó Teresa con voz quebrada.

Samuel asintió con pesadumbre.

—Su misión es destruir todos los demás griales y a sus seguidores. El tiempo no domeñó sus deseos. Sus miembros son implacables, convencidos de que se les ha encomendado una misión divina. La existencia de otros griales es una provocación que los humilla. Su objetivo final es, ¡el triunfo de Baco!.

—¡El verdadero nombre de *Los borrachos*! —exclamó Sebastián levantando raudo la vista.

Estas palabras provocaron un súbito estremecimiento en Teresa.

—Habría que traducir el texto en latín —sugirió Sebastián—. Tal vez nos aclarara algo.

Samuel negó con la cabeza.

—Ese trabajo ya lo he hecho. Viene a ser lo que para cualquier religión representan sus Sagradas Escrituras.

Sebastián no se sentía satisfecho con aquella explicación.

—Si es así, ¿Por qué motivo ocultaron estos escritos durante tantos siglos? —rearguyó apremiante.

Samuel meneó la cabeza, como si su interlocutor hubiera hecho la pregunta en el orden equivocado.

—Si otros escritos heréticos de contenido más próximo a la filosofía de la Iglesia dieron lugar a severas persecuciones, imagina lo que podría haberles ocurrido a los custodios de estos, que representan una involución a la fe pagana.

—Pero ¿sepultarlos dentro de un códice griego? —inquirió Sebastián.

—El códice que tienes en tus manos no es un códice cualquiera. Contiene los textos del Nuevo Testamento redactados en lengua griega. ¿Qué mejor refugio para burlar a la Inquisición que el mismo vientre de su Iglesia?

El silencio que se adueñó de la sala fue roto tímidamente por una Teresa desconcertada.

—Me pregunto... ¿qué vinculación puede haber, si es que hay alguna, entre ese símbolo, y toda la parafernalia que lo rodea, con la muerte de mi padre?

—La respuesta se la llevó con él —dijo Samuel con timbre ronco—. En ese punto ya no os puedo ayudar.

Sebastián repasaba con el índice las líneas del grabado al tiempo que susurraba:

—El hecho de que Ezequiel lo dibujase en la pared con su propia sangre evidencia que era conocedor de su significado, y que algo intentó transmitir.

Samuel meditaba con el entrecejo fruncido.

En la estancia sólo se escuchaba el sonido seco de las hojas de pergamino entre los dedos de Sebastián. De forma repentina dejó de pasarlas y dijo con extrañeza:

—A este códice le han quitado una hoja.

Samuel se incorporó como un resorte y clavó los ojos en el libro.

En la conjunción de los pergaminos con el lomo se apreciaba el casi imperceptible resto de una hoja. Por el esmerado corte, la extracción debía haberse realizado sin lugar a dudas con un objeto muy afilado.

El rostro de Samuel se tornó como esculpido en alabastro.

—¡El texto para la Gran Celebración de *Los hijos de Júpiter*! —exclamó entre dientes—. ¿Quién sería capaz de mutilar un tesoro como éste? —articuló con voz trémula.

El tintineo de la taza en el platillo que Teresa sostenía en las manos llamó la atención de Sebastián. El nerviosismo que mostraba la mujer era patente. Posó vacilante el platillo en la mesa y al levantar la cabeza se encontró con los ojos de Samuel.

Se sintió atacada, como si el anciano quisiera arrastrarla a su propia amargura. Aguantó la mirada vítrea y percibió en ella una muda advertencia.

Samuel cerró el códice, dio un paso atrás y, con una mueca de disgusto, se dejó caer en el sillón.

La tensión se cortaba en el aire.

Sebastián intentó contemporizar al ver que su amigo se había sumido en un profundo abatimiento.

—Bueno, viejo amigo, todos estamos cansados y se ha hecho muy tarde. Mañana será otro día. Estoy seguro de que la información que nos has facilitado va a servirnos para analizar cómo puede encajar toda esta historia en la muerte de Ezequiel, y en el hecho de que halla destinado su último aliento a trazar el símbolo de Júpiter. —Y añadió con pesar—: Siento mucho la mutilación del códice.

—La última frase del pergamino robado reza: «Las buenas lenguas están relegadas a las sombras» —murmuró Samuel, haciendo ostensible su amplio conocimiento del texto.

—Colocaré los libros en su sitio —se ofreció Sebastián.

—No. Estoy bien. Ya me encargo yo.

Se levantó con claros síntomas de fatiga y apretó las mandíbulas. Posó la mirada en Teresa por encima de los lentes y a continuación en Sebastián.

—La Iglesia, la organización de mayor supremacía en el mundo, se descompone a causa de su propia inconsistencia congénita; se acercan tiempos funestos. —Auguró, y apoyó la mano en el brazo de Sebastián para subrayar la advertencia—: Tened cuidado.

Les señaló la puerta de la tienda.

—Salid por aquí. Después la cerraré.

La calle estaba solitaria y la iluminación era escasa.

A Sebastián le llamó la atención un coche aparcado a unos diez metros de la tienda. Un magnífico modelo de *Citroën C4* de colores beige y chocolate, un prototipo que él siempre había admirado. En su interior no se distinguía a nadie. Tal y como se acrecentaba la inseguridad en ciertas zonas de la ciudad a partir del anochecer, era difícil comprender como alguien podía haber dejado allí un automóvil de semejante categoría.

Como una chispa, el resplandor de un cigarrillo destelló tras el parabrisas. Cuando la pareja pasó a la altura del *Citroën*, una colilla encendida salió disparada por la ventanilla para caer a sus pies.

Taciturnos, aceleraron el paso y llegaron a la estación del Retiro justo a tiempo de subirse al último metro del día.

La mayoría del pasaje lo componía gente obrera. En sus rostros llevaban escrito el diario de un jueves agotador. Los que no iban adormilados los examinaban con mirada recelosa.

Aunque la duración del trayecto no llegaría a los diez minutos, se sentaron.

A Sebastián le preocupaba el mutismo en que encontraba sumida Teresa. La observaba en el reflejo del cristal de la ventanilla de enfrente. La misma actitud aturdida de hacía escasa media hora; cabizbaja y meditabunda. Sebastián recordó su reacción cuando oyó de boca de Samuel cual era el contenido de la hoja arrancada del códice. De momento respetaría su hermetismo. Sabía que si intentaba presionarla, se encerraría todavía más en su concha.

Teresa lo sorprendió al comentar de modo trivial:

—No sabía que estuviste en Italia.

Sebastián tardó unos segundos en responder ante el repentino cambio de actitud.

—Una breve estancia de tres meses —matizó, quitándole importancia al tema—. Hace dos años conseguí una beca para la Academia Española de Bellas Artes en Roma.

—Si mal no recuerdo, mi padre me comentó que un paisano tuyo, Valle Inclán, había sido director de esa Escuela —observó ella con ligera suspicacia.

—Sí. Una casualidad —admitió él mirándola de soslayo.

Sebastián intuyó el propósito de Teresa de disipar la atmósfera enrarecida que se había establecido entre ellos desde la salida de la tienda de Samuel, y se unió a ese deseo.

—No insinuarás que Valle, por ser también gallego, influyó de algún modo en la concesión de la beca —refutó con media sonrisa—. Allí tuve ocasión de realizar trabajos de restauración de pinturas en el Palacio de la Embajada Española ante la Santa Sede.

—¿Interesante? —chanceó ella.

«¿A qué se debía el intento de Teresa por escapar de la tensión de hacía apenas una hora y tratar de relajar su inquietud?», se preguntó Sebastián.

—¿Sabías que es la embajada más antigua del mundo? En sus sótanos todavía se conservan los fogones que Velázquez utilizó de fondo para el cuadro *La fragua de Vulcano*.

—Ignoraba que fuera pintado allí.

—Y otro detalle: los rostros de los personajes del cuadro son de criados y empleados de la embajada. Velázquez nos sorprenderá siempre.

—Y otra vez Velázquez —dijo ella con expresión resignada, apartando la vista hacia el fondo del vagón.

Los chirridos de las ruedas anunciando la parada espabiló el ambiente mortecino.

—Hay una circunstancia que no podemos desdeñar —concluyó Sebastián cambiando el tono de voz—. Tu padre conocía la existencia de esa sociedad secreta, y para él era de vital importancia dejar constancia de ello.

Bajaron en la estación de Sol. En menos de una hora se abriría paso un nuevo día, y Teresa tenía por delante turno de guardia de veinticuatro horas.

—Te habrán echado de menos a la hora de la cena —comentó ella cuando llegaron al portal de su casa.

—La verdad es que ni me he acordado de avisar. Tengo que prepararme para encajar la retórica de doña Sofía.

—Sube. Dejé alguna comida preparada, sólo hay que calentarla.

Subieron quedamente los peldaños, acompañados por los gemidos que dejaba escapar la gastada madera. El sonido metálico de la cerradura, el rechinar de la puerta y el clic del interruptor de la luz.

Nada más traspasar el umbral quedaron perplejos.

—¡Dios Santo! —exclamó Teresa.

La sala era un caos: las puertas del chinero abiertas, cajones y cacerolas por el suelo, piezas de cerámica hechas añicos y cuadros descolgados. Durante unos segundos contemplaron petrificados la devastación.

Sebastián se adelantó con cautela y miró en derredor; no se advertía movimiento ni ruido alguno. Se giró hacia el fondo del pasillo y vio que el dormitorio de Ezequiel también había sido revuelto. Volvió sobre sus pasos para comprobar si los asaltantes habían forzado la cerradura.

—No suelo echar la llave al salir —admitió Teresa con pánico.

—Pero en este barrio... ¿qué puede haber de valor para unos delincuentes? Esto no es obra de profesionales; habrían dejado las cosas más o menos en su sitio, sin romper nada —razonó Sebastián—. Quien estuvo aquí tenía mucha prisa por encontrar algo.

Teresa se encaminó lentamente al dormitorio del padre mientras Sebastián repasaba con la vista el escenario en busca de algún indicio que pudiera «justificar» aquel acto vandálico. Sobre el aparador continuaban intactas un par de fotografías enmarcadas que al parecer no habían tenido interés para los asaltantes.

Un crujido bajo los pies de Sebastián hizo recaer su mirada en un marco con el cristal estallado. Se agachó a recogerlo. La fotografía mostraba a Ezequiel, de medio cuerpo, al lado de otro hombre; ambos sonrientes. Detrás de ellos, como sirviendo de decorado, se veían parte de los capiteles y arcos de un claustro, y una especie de bandera o estandarte con un blasón que sólo mostraba su parte inferior.

Con el marco en la mano fue hacia el dormitorio de Ezequiel. Se paró bajo el dintel de la puerta. Le causó extrañeza encontrar a Teresa de rodillas entre un lateral del armario y la mesilla de noche. La ropa de la cama estaba en el suelo y el colchón rajado.

—¿Te ocurre algo? —preguntó desconcertado.

Ella levantó la cabeza sobresaltada y, poniéndose en pie, se apartó del armario.

—No —contestó vacilante—. Estaba asegurándome de que no falta nada en los cajones de la mesilla —manifestó nerviosa evitando mirar a Sebastián.

Él temía que tantas emociones fuertes encadenadas llegaran a hacer mella en el equilibrio psíquico de Teresa.

Se acercó a ella y le enseñó la fotografía.

—¿Quién es el que está aquí con tu padre?

Antes de responder, Teresa carraspeó para recuperar la firmeza en la voz.

—Es Jacinto, un compañero suyo.

—No se me hace conocido.

Ella cogió el marco en su mano.

—En vísperas de las Navidades del veintisiete se inauguró la nueva bóveda del Prado —volvió a carraspear—, y la claraboya circular frente a la sala de Velázquez...

—¿Y? —la apremió Sebastián.

—Un día después Jacinto apareció muerto. —Se estremeció, hizo una pausa y concluyó—: Bajo la claraboya.

Sebastián no pudo por menos que recordar la imagen de Ezequiel.

—¿De... otro infarto?

—Nunca lo supe —admitió ella camino de la sala—. Una de las cruces que te enseñé lleva su nombre.

Teresa colocó el marco encima del aparador, junto a los demás.

Sebastián daba por hecho que, después de poner todo patas arriba, el autor o autores de aquel asalto no volverían.

Ambos se sentían agotados; el día había sido largo y cargado de sucesos negativos y, aunque Teresa tenía que madrugar, no podían dejar la vivienda en aquel estado.

—Al menos recojamos lo que está en el suelo —sugirió Sebastián.

Se pusieron a la faena en silencio. Lo inservible lo iban metiendo en una bolsa de papel, el resto lo depositaban sobre la mesa.

—Estoy pensando en la increíble historia que nos contó Samuel, y me resisto a especular con que la animadversión que tu padre sentía hacia *Los borrachos*, y por Baco en particular, al que llamaba «el ilegítimo», haya sido la causa de su muerte —opinó Sebastián.

Teresa, con expresión ausente, intentaba en vano ensamblar las piezas del jarrón roto.

—Mi padre no era supersticioso. Sin embargo tenía fobia a las reformas e inauguraciones en el Museo.

Cejó en su empeño y dejó en el chinero las piezas del jarrón.

—Decía —continuó—, que eran un mal presagio. Con Jacinto se confirmaron sus temores.

Se agachó para ayudar a Sebastián, y del escote del vestido se deslizó la cadena con la cruz.

Sebastián le lanzó una mirada fugaz e inmediatamente la dirigió hacia la fotografía de Ezequiel y Jacinto.

Se enderezó y cogió el marco clavando la mirada en el estandarte que aparecía detrás de los dos hombres.

—Teresa, tu cruz —exclamó absorto.

—¿Qué? —preguntó ella a la vez que, instintivamente, echaba mano al colgante.

Sebastián señaló con el dedo índice la parte inferior del blasón que aparecía en la fotografía. Luego cogió entre sus dedos la cruz de Teresa.

Se miraron asombrados. El brazo inferior de la cruz era idéntico al fragmento del blasón.

Sebastián sintió como se aceleraba el palpitar de sus sienes.

—¿Dónde se hizo esta fotografía? —preguntó excitado.

—En Aragón —respondió ella en el mismo tono—. Mi padre iba allí todos los años a finales de julio para reunirse con viejos camaradas. Pero no sé decirte el lugar exacto.

Sebastián puso una hoja de periódico encima del fregadero y dio un golpe al cristal estallado del marco que cayó hecho añicos en el papel. A continuación extrajo la fotografía.

—¡Vamos! Creo que esta vez Samuel sí podrá sernos de gran ayuda.

—¿A estas horas?

Él la agarró del brazo instándola a salir.

—El dinosaurio Samuel nunca duerme.

Los taxis no pasaban con frecuencia a aquellas horas; tardaron cinco minutos en poder tomar uno.

Al bochorno que impregnaba las calles había que sumarle el generado por su propia ansiedad.

El taxi los dejó en la esquina de la calle Jorge Juan con Claudio Coello.

Cuando iban a atravesar la calle, a unos veinte metros de la tienda de Samuel, se pararon sorprendidos. Dos hombres que vestían de negro y cubrían sus cabezas con sombreros salieron apresuradamente del local.

A Sebastián le resultó harto sospechosa aquella actitud y, con un gesto instintivo, trató de llamar su atención.

—¡Eh! —les grito levantando un brazo.

Los dos hombres se volvieron y, en respuesta a la llamada de Sebastián, empuñaron sendas pistolas encañonándolos.

Sebastián agarró por la cintura a Teresa y ambos se lanzaron al suelo un segundo antes de que las balas impactaran en la fachada del edificio a su espalda. Desde el suelo vieron como los pistoleros corrían hacia la esquina de la calle.

—¡Conrado! —exclamó Teresa boquiabierta.

En el momento en que intentaban ponerse en pie se produjo una seca explosión en el interior de la tienda que hizo saltar por los aires los cristales del escaparate y parte de su artesonado.

Un coche irrumpió en la escena haciendo rechinar los neumáticos al girar en la esquina y efectuar un brusco frenazo.

Sebastián abrió los ojos de par en par al contemplar como los hombres de negro subían de un salto al *Citroën C4* beige y chocolate, que arrancó con celeridad.

Esperaron unos instantes antes de levantarse.

—¿Qué has dicho? —preguntó Sebastián aturdido.

—Uno de ellos es Conrado —respondió ella atónita con gesto de dolor frotándose una rodilla.

—¿Estás segura?

—La escasa iluminación no ayuda, pero su rostro es inconfundible.

La zona quedó silenciosa. Los vecinos, acostumbrados a los alborotos y reyertas nocturnas, no se arriesgaban a asomarse; el miedo podía más que la curiosidad.

Sebastián ayudó a Teresa a incorporarse y cruzaron la calle. Se detuvieron horrorizados contemplando la dantesca escena; las llamas empezaban a alimentarse de las preciadas antigüedades del anciano.

Se aventuraron a entrar.

—¡Samuel! —llamó Sebastián abriendo camino.

Al no obtener respuesta, pidió a Teresa que se quedara cerca de la puerta mientras él se dirigía al fondo.

El olor a tela quemada se mezclaba con el de los óleos. El humo se iba acumulando en la parte superior del local, por lo que todavía no dificultaba demasiado la respiración.

Por detrás de la mesa donde habían estado reunidos poco antes sobresalían unas piernas. Sebastián apretó las mandíbulas y se acercó agachado. Samuel estaba tendido en el suelo, con los ojos cerrados y el blusón empapado en sangre.

Se hincó de rodillas a su lado y al advertir el entrecortado palpitar de su pecho, le pasó una mano por detrás de la cabeza para facilitarle la respiración. Sin embargo aquel leve movimiento produjo el efecto contrario. De un profundo tajo en el cuello, que no había percibido, fluyó un borbotón de sangre.

Samuel alzó los párpados con lentitud, miró a los ojos a Sebastián y los volvió a cerrar. Su mandíbula se relajó y de su garganta escapó un sonido ronco.

Sebastián arrimó su oreja a la boca del anciano.

—*Sicarii* —pronunció Samuel con un hilo de voz que salió de sus entrañas sin apenas mover los labios.

—No te esfuerces, tranquilo —lo alentó Sebastián con el poco convencimiento que le permitía la angustia.

Teresa se unió a ellos y se agachó. Acarició la frente de Samuel, quién volvió a levantar los párpados con manifiesta pesadez. La postura de Teresa dejó a la vista la cadena con la cruz. En los ojos del anciano apareció un atisbo de brillo y, levantando temblorosamente el dedo índice, señaló el colgante al tiempo que con voz entrecortada apenas audible exhalaba:

—San Juan - de la - Peña.

Samuel profirió un quejido, ladeó la cabeza, y exhaló el último aliento.

Sebastián retiró la mano de la nuca de Samuel con delicadeza. Sus ojos se humedecieron y durante unos instantes su mente se bloqueó.

—¿Qué ha dicho? —preguntó con voz apagada.

—San Juan de la Peña. Oí mencionar ese nombre a mi padre alguna vez.

—Lo pronunció al reconocer la cruz.

Las llamas avanzaban engullendo un extremo de la librería.

Teresa puso una mano en el hombro de Sebastián.

—Ya nada podemos hacer por él —dijo con resignación—. Tenemos que salir cuanto antes.

—Los que hicieron esto querían asegurarse de que no dejaban ninguna huella —gruñó Sebastián poniéndose en pie—. Sí, vayámonos. En cualquier momento puede aparecer una patrulla de milicianos que nos harían preguntas para las que no tenemos respuestas.

Teresa se levantó tras él e instintivamente alzó la vista hacia el anaquel superior de la librería.

—¡El códice!

—¿Qué? —preguntó Sebastián alterado.

—El códice ha desaparecido —advirtió nerviosa.

Sebastián le dedicó una última mirada a Samuel.

—¡Larguémonos de una vez! —apremió agarrando a Teresa de la muñeca.

Una vez en la acera se alejaron a paso acelerado. La calle seguía muerta. Sin esperanzas de encontrar un taxi, decidieron hacer el trayecto a pie.

Evitaron las calles estrechas y oscuras. Bajaron a la de Serrano y giraron hacia la Puerta de Alcalá.

Por dos veces tuvieron que ocultarse al paso de automóviles en la entrada de los portales; primero de una camioneta con milicianos, y al poco rato de un coche que anticipaba su presencia con el alboroto que sus ocupantes dejaban escapar por las ventanillas bajadas.

Caminaban del brazo con pesada sombra de temor, abatidos física y anímicamente.

Sebastián trataba de atar cabos, pero en su cerebro se entrecruzaban las especulaciones.

—¿Pudiste entender lo que dijo Samuel cuando te acercaste a él? —preguntó Teresa.

—*Sicarii*.

—¿Y qué significa?

—Sicarios. Asesinos «por encargo».

Teresa frunció el entrecejo.

—¿Por qué no habló en español?

Sebastián miró en ambas direcciones antes de atravesar para tomar por la Gran Vía.

—Tanto Samuel como tu padre sabían que estaba cerca su último soplo de vida así que intentaron ahorrar esfuerzo y aliento, dejar un mensaje sintetizando lo máximo posible. Tu padre dibujando con su sangre el odioso cuatro y Samuel con la palabra *sicarii* —explicó al tiempo que meditaba—. *Sicarii* es el plural latino de *sicarium*. Nos quiso indicar que había mas de un asesino.

—Pero, repito: ¿Por qué en latín? —insistió ella.

—Ha sido una advertencia. Creo que al usar esa lengua quiso retrotraerse a los primeros siglos —expuso quedamente, sorprendido de su clarividencia.

Teresa tardó unos segundos en asimilar la explicación.

—¿Quieres decir que quiso remitirnos a la época en que

surgieron los *Hijos de Júpiter*?

—Así es. La palabra *sicarium* proviene de la *sica*, un puñal o daga pequeña. Desde el siglo primero el término *sicarii* se aplicó a los defensores judíos que usaban este «método» para intentar expulsar de Judea a los invasores romanos.

—¿Por qué degollarlo pudiendo usar una pistola? —reflexionó Teresa en voz alta.

—Aunque yo no vacilaría en aceptar que el robo del códice ha sido el motivo del asalto, no descarto la idea de que hayan aprovechado la ocasión para realizar una *vendetta* en su persona; Samuel era hebreo. No olvides que el origen de la secta fue Roma.

Durante unos minutos caminaron Gran Vía arriba sumidos cada uno en sus cavilaciones.

—¿Piensas lo mismo que yo? —preguntó Teresa.

—Si te refieres a que han sido demasiadas casualidades en el mismo día, sí. Alguien controla nuestros movimientos.

Hacía rato que la madrugada había hecho acto de presencia. Estaban agotados y a Teresa le quedaban pocas horas de descanso. Después de la tensa jornada vivida, lo más probable es que fuera incapaz de conciliar el sueño. Sebastián no podía dejarla sola en casa aquella noche.

—Te espera un día duro; tienes que intentar descansar un poco. Yo me quedaré en la habitación de al lado. Mañana procuraré indagar sobre San Juan de la Peña. —Y expuso con decisión—: De una cosa ya no tengo duda. Tu padre no sólo conocía el significado del símbolo, sino que también era conocedor de la negativa concomitancia entre éste y la cruz.

Teresa bajó la cabeza, y subieron la escalera pesadamente.

Viernes, 17 de julio de 1936

Sebastián pasó el resto de la noche sobre el colchón desgarrado del dormitorio de Ezequiel, con los ojos abiertos como platos hasta que, después de unos intervalos de inquieto dormitar, en el punto en que clareaba la mañana cayó rendido.

Al despertar de un sueño corto, pero profundo, se encontró desorientado. Miró su reloj; se había parado. La vivienda estaba vacía. Se despejó con agua fría y bajó al café más próximo para tomar algo caliente.

El reloj del local marcaba las ocho y media. Puso el suyo en hora y le dio cuerda. Consideró que era temprano para llamar a su compañero Ricardo; esperarías a las nueve. Mientras, comenzó a mojar tres churros en café con leche. El segundo lo pasó con desgana, el tercero quedó abandonado en el platillo.

Pasada la media hora, fue al fondo de la barra donde se encontraba el teléfono y marcó el número.

Ricardo vivía encima de la trastienda de un ultramarinos. A los pocos segundos de rogarle al dueño de la tienda que avisase a Ricardo, oyó tres golpes secos. Era el modo que su compañero tenía acordado con el tendero para las llamadas telefónicas: tres golpes en el techo de madera con el mango de la escoba.

Ricardo tardó unos minutos en ponerse y cuando lo hizo su

voz sonaba con manifiesta ronquera.

—¿Diga?

—Ricardo, soy Sebastián. Perdona por llamarte a esta hora. ¿Te encuentras bien?

—Hace un rato que me he acostado, estuve de ronda —explicó Ricardo con tono cansino.

—¿Tú de ronda un jueves? —se extrañó Sebastián.

—No tomes ronda como sinónimo de juerga. Estuve de ronda con los milicianos.

Durante unos instantes la línea quedó muda.

A Sebastián aquella noticia lo cogía por sorpresa. Nunca hubiera imaginado a su compañero involucrándose en los movimientos compulsivos que sacudían Madrid.

—Ricardo, ¿estás seguro de lo que haces? —preguntó preocupado.

—Ya hablaremos de eso más tarde. ¿Para qué me has llamado? —lo apremió.

—Necesito una información que tal vez tú puedas darme.

Se oyó un bostezo.

—¿De qué se trata?

—¿Te suena el nombre de San Juan de la Peña?

—Claro —respondió Ricardo impasible—. Es un lugar de Aragón conocido por su monasterio.

El escalofrío que recorrió el cuerpo de Sebastián no era fruto del desvelo. La relación de Aragón con un monasterio y con la cruz parecía de lo más racional; le hizo vislumbrar una nueva expectativa.

—¿Cuándo podemos vernos? —rogó Sebastián impaciente.

—Déjame la mañana para dormir y a primera hora de la tarde te daré toda la información que quieras. Nos vemos a las cuatro en la biblioteca de la Institución.

Y acto seguido colgó.

Avelina estaba recogiendo la mesa del desayuno.

La mujer suspiró visiblemente aliviada cuando lo vio aparecer por la puerta de la sala, aunque no dejó de preocuparle el mal aspecto que presentaba. Le pasó revista de la cabeza a los pies, pero se abstuvo de cualquier comentario ocurrente.

—¿Quiere que le prepare algo? —preguntó procurando dar a su voz un tono de lo más natural.

—No, gracias Avelina. Ya he desayunado —agradeció pasándose la mano por la mejilla sin afeitar.

—Doña Sofía anda mosca con esto de sus extravíos nocturnos. Y no lo digo yo, eh; salió de su boca

Sebastián advirtió el silencio que reinaba en la pensión y la ausencia de don Wenceslao en su butaca, rodeado por la prensa del día.

—¿Y la gente, dónde anda?

—Hoy se han levantado todos un poco alterados —dijo Avelina doblando el mantel—. Don Vicente se ha marchado muy temprano a Telefónica; parece que hay mucho apuro por allí. Y don Wenceslao está en su habitación acicalándose para salir.

Sebastián se preguntó qué mosca le habría picado al viejo militar para tomar las calles a esa hora de la mañana.

—¿Y Herman?

—Al Germán no le he visto el pelo desde ayer a mediodía. Tampoco apareció por aquí en toda la noche.

—Avelina, necesito descansar, así que me voy a echar un par de horas. Por favor, que nadie me moleste.

Tan pronto encaró el pasillo salió don Wenceslao de su

habitación hecho un pincel: chaqueta clara, pañuelo al cuello y sombrero de pajilla en la mano.

—Buenos días, Sebastián. Buenos ojos lo vean —saludó pletórico el exmilitar.

—Buenos, don Wenceslao. ¿Y eso de salir de paseo tan temprano?

Don Wenceslao se le acercó y en tono confidente susurró:

—Mire, Sebastián, los acontecimientos se precipitan con visos tan fehacientes y las noticias corren tan deprisa, que cuando llegan a la prensa escrita ya están caducas. Hay que salir a su encuentro.

Sebastián tenía la mente demasiado abotargada como para tratar de encontrar sentido a aquellas palabras.

—¿A qué se refiere?

—En ciertos círculos se oyen conversaciones que producen escalofríos. A primera hora me ha llamado un antiguo compañero que todavía está en activo, con claro síntoma de nerviosismo, para decirme que hay ruido de sables en destacados cuarteles, y que algunas plazas de Madrid se están convirtiendo en campos de entrenamiento militar para milicianos.

Sebastián asintió mecánicamente y se despidió de don Wenceslao con un movimiento de mano; estaba agotado.

Arrojó la chaqueta a la silla y se dejó caer en la cama. Llenó los pulmones de aire y lo fue exhalando muy despacio; necesitaba relajarse. Los párpados fueron cayendo lentamente mientras una serie de imágenes de la última noche destellaban en su mente. Se rindió al sueño con la voz de Samuel musitando «San Juan de la Peña».

La última sesión del Patronato del Museo se había celebrado

el día cuatro del pasado mes de junio. Dentro del punto segundo del Orden del Día referente al Informe de Gestión, se relacionaban los eventos y sucesos acaecidos durante el último ejercicio. Entre estos últimos figuraba con mención especial el extraño fallecimiento del celador Ezequiel Viana en el interior del recinto. En el punto de Ruegos y Preguntas se hizo hincapié en la mancha que ello podía representarpara la Entidad, y en la necesidad de aclararlo, por lo que se solicitóa la dirección el seguimiento de la causa, y la presentación de un informe al respecto.

A media mañana el comisario Castrillejos recibió la visita del director del Prado.

Don Adolfo expuso la situación al comisario en un marco de apremiante resolución.

Salieron del despacho de Castrillejos y caminaron despacio por el pasillo. El comisario, con las manos entrelazadas en la espalda, reflexionaba mientras su mirada recorría las baldosas del suelo.

Provocó dos golpes de tos antes de hablar con tono amigable.

—Mira, Adolfo, al allanamiento del museo, en una noche tan señalada como aquella, no sería difícil darle distintas «salidas», y a todas y cada una aplicarles el sello de convincente. No me llevaría mucho tiempo prepararte un informe «completo»; por ese lado no ha de quedar —planteó Castrillejos imprimiendo a la última frase un aire de complicidad.

Al llegar a la altura del despacho de Mendoza se pararon ante la puerta.

Un policía estaba recogiendo la mesa del inspector, metiendo sus objetos personales en una caja de cartón.

—Sin embargo, resultará más complicado encontrar una

explicación igual de convincente a la muerte del celador —confesó el comisario—. Ezequiel, creo que se llamaba.

Don Adolfo asintió pensativo con la mirada puesta en la mesa de Mendoza y señaló:

—No quisiera tener que preguntarme si cabría la posibilidad de que existiera relación entre los dos sucesos.

Castrillejos lo miró enarcando las cejas.

—Explícate.

—Primero el allanamiento y la muerte de Ezequiel, y ahora el asesinato del inspector encargado del caso.

Los ojos de don Adolfo se estrecharon al reparar en el objeto que el policía acababa de depositar al lado de la caja de cartón: una cadena con una cruz griega de brazos lobulados.

Salió de su ensimismamiento con un rápido aleteo de párpados.

—¿Quién continuará con la investigación? —preguntó.

—La asumiré yo. La plantilla está saturada de trabajo debido al agobio a que nos tienen sometidos los descerebrados de ambos bandos, con sus provocaciones y violencia callejera —respondió Castrillejos de manera vaga—. De todos modos, viendo como se están precipitando los acontecimientos, los del Patronato pronto tendrán asuntos más importantes de los que preocuparse.

—Presumo que tus temores no van desencaminados —admitió don Adolfo—. El odio ha saltado del hemiciclo a la calle; la mayoría de los diputados van armados.

Se despidieron con un apretón de manos.

—En cualquier caso, mantenme al corriente —insistió el director dirigiéndose hacia la salida.

Sebastián despertó sobresaltado por la misma voz susurrante

con la que se había dormido. Consultó la hora; las once. Después del breve descanso se sentía con la mente más despejada. Intentó poner en orden sus conjeturas.

Más que una obligación, consideró una necesidad indagar sobre el atentado contra la tienda de Samuel y el destino de su cuerpo.

Su baqueteado organismo le estaba reclamando un pase por agua. Sin dedicarle un tiempo al afeitado, se echó la chaqueta al hombro y salió a la calle.

A esa hora el sol aún no había encontrado un hueco entre las nubes de algodón. Se encaminó diligente a la calle Claudio Coello.

Ralentizó la marcha a medida que se aproximaba a la tienda.

Los pocos transeúntes que pasaban ante ella miraban de refilón sin detenerse. La acera estaba cubierta de astillas de madera y cristales. A simple vista, en la botica no se apreciaba daño alguno. Al pertenecer a distinto edificio, el grueso muro medianero de mampostería la había protegido de la onda expansiva.

Sebastián echó un vistazo al interior. Aunque todavía no se había restablecido la corriente eléctrica, la claridad del exterior era suficiente.

Se adentró en el local y vio a Abel, el mozo ayudante de Samuel, sentado en un banco con la espalda apoyada en el respaldo y las manos sobre las piernas. Sus ojos enrojecidos, enmarcados en los párpados hinchados, miraban ausentes la pared de enfrente.

Abel tenía alrededor de veinte años y hacía poco más de uno que trabajaba en la rebotica. Alegre y dispuesto, en su habla castellana se percibían rasgos de acento germánico fruto de su

229

origen alemán. A Sebastián le constaba que se sentía a gusto aprendiendo al lado de Samuel.

El estado en que había quedado la tienda evidenciaba la catástrofe. Aún así, Sebastián consideró la manera de dirigirse a Abel, procurando no revelar que ya estaba al cabo de lo sucedido.

Se sentó al lado del joven y le puso la mano en el antebrazo en señal de aliento. Abel cerró los párpados y, desolado, dejó caer la cabeza sobre el pecho.

—¿Qué ha pasado? —preguntó Sebastián en un grave susurro.

El mozo negó lentamente con la cabeza.

—Cuando llegué, a primera hora, ya había estado el servicio contra incendios —comenzó a hablar con voz ronca y entrecortada—. Me encontré con dos policías que no mostraron mucho interés por lo ocurrido. O al menos eso me pareció a mí.

Levantó la cabeza, abrió las palmas de las manos y se encogió de hombros.

—Al fin y al cabo, después de ver como queman iglesias, qué importancia puede tener para ellos la tienda de un judío —resolvió con ironía a la vez que interrumpía el descenso de una lágrima con el reverso de la mano.

—¿Qué te dijeron? ¿Hicieron algún comentario? —inquirió Sebastián.

—Lo achacaron a extremistas de derechas de ideología antisemita.

—¿Y tú qué crees?

Abel volvió a negar con la cabeza.

—Yo ya no sé que pensar. Pero últimamente están llegando a Madrid alemanes que congenian con españoles radicales simpatizantes de la filosofía nacionalsocialista.

Hubo un silencio.

Sebastián no pensaba contradecir el criterio de la policía ni la valoración de Abel. La realidad de los hechos, implicando a la sociedad secreta y el robo del códice como elementos causantes de la desgracia, no tendrían visos de credibilidad, además de no remediar nada.

No obstante, el mozo estaba al corriente de los recientes desembarcos de alemanes en la ciudad y de la empatía surgida con algunos movimientos radicales.

—¿Eres judío? —le espetó Sebastián.

—Soy cristiano converso —respondió Abel tímidamente—. Pero para el caso da igual.

—¿Qué quieres decir?

Abel emitió un suspiro de aflicción y se frotó la nariz con el dorso de la mano.

—El año pasado, el congreso del partido nacionalsocialista alemán aprobó las Leyes de Nuremberg. Todo hijo o nieto de judíos dejó de ser ciudadano de su propio país y pasó a llamarse residente. Basta con que uno solo de tus abuelos sea judío para que te marquen como mestizo.

Por el tono amargo que empleaba al hablar, Sebastián dedujo que Abel daba por buena la conclusión policial. Se reafirmaba en el convencimiento de que se trataba de un atentado antisemita, y que en su autoría estaban implicados radicales de extrema derecha alentados por extranjeros de ideología nacionalsocialista.

Sebastián se percató de que hasta el momento ninguno de los dos había mencionado a Samuel. La confusión que reinaba en el cerebro del mozo hacía que no reparara en el desinterés de Sebastián en preguntar por el anciano. Sin embargo, pasado el momento de conmoción, le resultaría extraño.

—¿Dónde está Samuel?

—Murió en el atentado. Han trasladado su cuerpo al depósito —respondió Abel con la mirada baja—. Lo enterraremos en Sigüenza.

—¿Sigüenza?

—Un pueblo de la provincia de Guadalajara. Allí aún tenemos a parte de nuestra familia sefardí.

Sebastián frunció el ceño.

—Has dicho «tenemos» —remarcó con expresión interrogativa.

Abel levantó la cabeza hacia el techo y cerró los ojos con fuerza.

—Samuel era mi abuelo —dijo con voz quebrada.

Ya en la calle, un suave viento africano acarició el rostro de Sebastián; sintió un ligero lagrimeo.

A la hora del almuerzo en la pensión, el habitual ambiente distendido había cedido paso a la introspección de los comensales, cada uno inmerso en su mundo de circunstancias singulares. Sin embargo no era así al ciento por ciento ya que, en cierto modo, el silencio lo rompía don Wenceslao con su monólogo, aunque ésta no dejaba de ser también una circunstancia singular.

Don Vicente, mira que te mira el reloj, como si su conciencia no le permitiese estar mucho tiempo alejado de «su Telefónica», temeroso de que la horda de periodistas destrozara las cabinas.

Herman, con marcadas ojeras de una noche en vela, guardaba receloso silencio con la mirada esquiva centrada en el plato.

Sebastián, sin apetito y refugiado en sus elucubraciones, buscaba una ilación de los sucesos ocurridos en la tarde noche anterior. Especuló con poner voz a su pensamientos, aunque pensó que de nada serviría comentarlos con los demás compañeros; no les darían la menor importancia. Sucesos como esos estaban al orden del día en Madrid.

El primero en abandonar la mesa fue don Vicente, camino del trabajo, seguido de Herman que se encerró en su habitación no sin antes disculparse educadamente.

Sebastián calculó que aún disponía de tiempo, antes de la cita con Ricardo, para degustar una taza del café de la patrona acompañando a don Wenceslao.

Se acomodaron en las butacas frente al balcón.

Don Wenceslao pasó la taza por debajo de la nariz aspirando el aroma del café y levantó los ojos por encima del borde mientras daba el primer sorbo, concentrando una observadora mirada en Sebastián.

—Durante la comida han estado los tres un tanto abstraídos —afirmó el exmilitar—. No obstante, como usted ya bien conoce mi tendencia a la perorata, yo no he podido sustraerme a la plática. Aunque me he limitado a exponer unas cuantas vaguedades. En don Vicente lo comprendo, dado su frágil equilibrio emocional derivado del desvelo por el trabajo. A Herman lo he visto cargado con algunas dosis de sonambulismo; a saber donde habrá pasado la noche ese jovencito. En estos momentos ya estará saboreando la siesta española. Pero usted, que es quién me da réplica, me tiene preocupado.

—Sí, me temo que no le he prestado mucha atención —reconoció Sebastián.

Don Wenceslao adoptó una postura erguida en la butaca.

—No tiene la menor importancia; me hago cargo —admitió condescendiente quitándole peso al particular—. Si más adelante quiere hacerme partícipe de la cuestión que le sorbe el seso, cuente con mi mayor discreción. Y si puedo ayudarlo a aligerar el desasosiego que vengo observando en usted desde hace un tiempo, no dude de que tendrá mi total apoyo y confianza. Pero si no quiere contarme nada, lo entenderé también. Pero ahora estamos usted y yo solos, y de lo que quiero hablarle no es de simples vaguedades. Mire, Sebastián, a lo largo de las ya muchas charlas que llevamos sobre nuestras espaldas me he ido convenciendo de que es usted una persona sensata y digna de crédito.

Don Wenceslao dio paso a un instante de mutismo durante el cual no apartó sus ojos de los de su interlocutor.

—Le agradezco su ofrecimiento. Aunque no sé a donde quiere ir a parar —declaró Sebastián con expectación.

Don Wenceslao se inclinó ligeramente hacia adelante y bajó el volumen de su voz.

—Pues bien, y dicho esto —prosiguió obviando las palabras de Sebastián—, voy a ponerlo al corriente de los movimientos que se están llevando a cabo, tanto militares como de masas, y de otros hechos que se van a precipitar de manera inmediata, y que han llegado a mi conocimiento a través de fuentes fidedignas.

Sebastián, atraído por el cariz que había tomado la conversación, imitó la postura del exmilitar inclinándose a su vez.

—Me tiene usted en ascuas.

Don Wenceslao posó la taza sobre la mesa de centro y apoyó los codos en los brazos de la butaca al tiempo que juntaba las yemas de los dedos a la altura del mentón.

—¿Me permite una pregunta indiscreta?

—Adelante. Hágala.

—Sé que también usted ha pasado la noche fuera, y en su rostro lleva grabada la marca de la preocupación. ¿Se encuentra en algún apuro, se ha metido en algún lío? Las horas nocturnas se han vuelto peligrosas en esta ciudad —puntualizó.

Sebastián entrecerró los ojos y descargó una mirada de duda en su interlocutor. Tenía la intención de no extrapolar los sucesos de la noche anterior, fuera de sí mismo y de Teresa, antes de llegar a una conclusión. Recapacitó unos segundos antes de decidirse.

—Don Wenceslao, los altercados y asesinatos a los que se refiere cuando habla de peligro suceden, en la mayoría de los casos, al calor de la asfixiante situación política. Sin embargo, hay otras acciones muy graves que se cometen a la sombra de este caos de las que ni la prensa ni nadie habla nunca.

—Ahora el que está en ascuas soy yo. Estoy convencido, es más, pondría la mano en el fuego al afirmar que lleva usted dentro una ansiedad que lo atenaza.

Sebastián enarcó las cejas.

—En primer lugar —prosiguió don Wenceslao—, permítame hacerle una exposición de las circunstancias especiales en que nos hallamos. Si ve que puede encajar en su orientación, estupendo. Si no es así, escucharé su punto de vista.

—¿Y a qué se debe que me haga confidente de un estado de cosas que presumo me va plantear como grave? —preguntó Sebastián con curiosidad.

—Llegado el momento, me gustaría que tuviera claro qué dirección tomar.

Otra vez aquella obsesión. La obsesión de las personas de su entorno de dar por hecho que uno debía tener unas ideas políticas determinadas para cumplir ciertos estándares de conducta, y tomar partido por uno u otro bando. Antes fuera Ricardo, echándole en cara que estaba en la inopia, y ahora don

Wenceslao lo iba a someter a una de sus soflamas.

—Mire Sebastián, este Gobierno está empeñado en remar contra corriente —manifestó don Wenceslao moviendo las manos con energía—. Emergió contra natura; germinó en invierno para languidecer en verano. De constitución enteramente republicana, no presentó un programa social coherente, ni una reforma agraria eficaz, y no desmanteló las fuerzas hostiles al régimen, que recurrieron a constantes provocaciones y a la violencia callejera para sabotear los intentos de crear un verdadero régimen democrático. En fin, que no presentó soluciones a los numerosos problemas sociales del país.

Se concedió una pausa para tomar un sorbo de café y luego un respiro.

—El partido socialista cometió un error al no entrar a formar parte del Gobierno, limitándose a apoyarlo únicamente en la aplicación del programa electoral convenido. La oportunidad se había presentado, pero el ala izquierda del partido la bloqueó. Sí, ha sido un grave error. Y ahora es tarde, ya no hay margen para la maniobra.

Sebastián miró su reloj.

—Sí, ya es tarde —apuntó en un prolongado suspiro—. A estas alturas el planteamiento de la situación es de sobra conocido por todos. Lamento no poder seguir disfrutando de esta conversación, pero a las cuatro tengo una cita de suma importancia para mí y no quisiera retrasarme.

Don Wenceslao asintió sin levantar la vista.

—Espere, que todavía no le he contado la noticia más importante del día. Sólo le robaré dos minutos.

Resignado, Sebastián volvió a recostarse en la butaca.

—Como seguramente sepa, estos días salgo a hacer un

recorrido por la ciudad para estar al tanto de los acontecimientos —declaró don Wenceslao con la mirada baja—. Pero no voy solo, me acompañan un compañero, retirado también, el capitán de artillería Orad de la Torre y otro oficial de mayor graduación del que, por estar todavía en activo, obviaremos su nombre. Los tres coincidimos con el presidente Azaña en que es prematuro y peligroso armar al pueblo; la situación debe ser controlada por el ejército.

La agitación con la que hablaba don Wenceslao le provocó un carraspeo. Tomó otro sorbo de café y prosiguió:

—Pues bien, y dicho esto, voy con lo más significativo; inquietante, diría yo. El capitán Orad de la Torre es asiduo al Ministerio de la Guerra donde, en medio del caos que allí reina, el veintitrés del mes pasado se recibió una carta enviada por el general Franco advirtiendo del grave estado de inquietud de la oficialidad. Hoy ha salido de allí con información de un comunicado oficial al alcance de muy pocos. El Gobierno ha cursado órdenes a la casi totalidad de las bases navales cercanas al estrecho de Gibraltar para que los buques de la Armada estén prestos a dirigirse rumbo al mismo, en evitación de una posible sublevación de las plazas españolas en África. El Ministro de la Guerra, Casares Quiroga, ha autorizado a zarpar esta noche, desde Cartagena, una flota de tres destructores rumbo a Melilla. —Hizo una pausa y se recostó en la butaca—. Como puede ver, hemos pasado de un cuadro de violencia callejera a una situación prebélica, que presumo no tardará en desbocarse. Y es por la simpatía que siento por usted por lo que quise hacerle partícipe, en primicia, del estado de las cosas. Una vez sabido esto, y como le he dicho antes, usted verá que camino ha de tomar.

Sebastián contempló el rostro solemne de don Wenceslao.

Inspiró profundamente al tiempo que apretaba las mandíbulas. Como si fuera una decisión prioritaria y urgente, todos lo inducían a que acabase de una vez con la ambigüedad de su posicionamiento. Decisión que algunos ya habían tomado sin elementos de juicio suficientes.

—Don Wenceslao, yo me considero un demócrata liberal sin afiliación política. Y, al igual que usted, creo firmemente que un oficial del ejército debe servir al gobierno legalmente constituido. Pero dadas las circunstancias, el pueblo sospecha de todos los oficiales.

—Disculpe, Sebastián, nada más lejos de mi intención que el querer aumentar su crispación. Veo que lo tiene usted claro y que su preocupación parece encaminarse por otros derroteros. Sabe que puede contar conmigo en todo aquello que le haya de ser de utilidad. Me tiene a su disposición para lo que sea menester.

Sebastián consultó de nuevo el reloj. Si cogía el metro en la Puerta del Sol aún llegaría a tiempo a su cita con Ricardo. Se puso en pie y con las manos en los bolsillos caminó reflexivo hacia el balcón. Fuera la claridad llegaba a molestar.

—Muy bien —dijo—. Confidencia por confidencia, le contaré algo que pondrá a prueba su clarividencia y tal vez pueda despejarme algunas dudas.

Volvió sobre sus pasos, apoyó las manos en el respaldo de la butaca y fijó la mirada en el rostro expectante de don Wenceslao.

—No hace mucho, alguien intentó que abandonase este mundo desde mi propio despacho. Ayer, entre las ocho y las doce de la noche, en una horquilla de solo cuatro horas, dos hombres fueron asesinados. Hombres con los que otra persona y yo debíamos vernos. Con el primero no nos dio tiempo de intercambiar palabra; cuando llegamos al lugar de la cita el asesino se nos había adelantado. Al segundo lo mataron tres horas más tarde, inmediatamente después de la reunión con él.

Sebastián hizo una pausa ante la expresión de incredulidad de don Wenceslao. Rodeó la butaca y se sentó con los dedos de las manos entrelazados.

—Y le puedo asegurar —continuó—, que en ambos casos el móvil no fue político.

—¿Entonces? —demandó el exmilitar con apariencia pasmada.

—Todo empezó en el mes de febrero con la muerte del celador del Prado, Ezequiel Viana, justo el día después de la victoria del Frente Popular; pero le anticipo que la fecha es pura casualidad. Detrás de los sucesos acaecidos a mi alrededor desde aquel martes, está el sello de un voraz fanatismo religioso.

Sebastián observó el rostro don Wenceslao, consciente de que su breve relato lo había confundido hasta tal punto que, con la mandíbula caída, no era capaz de reaccionar.

—Y ahora que ya sabe el motivo de mi congoja —concluyó Sebastián—, me gustaría que me aconsejara, según su juicio, qué razonamiento debo establecer sobre este asunto.

Don Wenceslao cerró la boca y sacudió la cabeza como si lo despertaran de golpe.

—Tengo que reconocer que el campo del adoctrinamiento fanático y sectario escapa a todo enjuiciamiento que yo pueda establecer sobre el tema —reflexionó—. Todo indica que alguien trata de impedir por todos los medios que ciertas personas entren en contacto con usted, tal vez por miedo a que le puedan transmitir información que ponga a ese alguien en una situación apurada.

—Ya —asintió Sebastián—, eso es obvio. Aunque estará de

acuerdo conmigo en que mis movimientos están siendo vigilados. Como ha dicho hace un momento, entre nosotros hemos mantenido muchas conversaciones y, por consiguiente, está usted al corriente de las personas de mi entorno. Ahora, trate de ponerse en mi lugar y dígame de quién tendría que sospechar.

—A bote pronto le diré que, así como el responsable de que a uno le pongan los cuernos no acecha desde la lontananza, también a veces tenemos que buscar al enemigo en la cercanía.

—¿Por dónde empezaría usted?

—Si quiere alcanzar el fin propuesto no lo haga por el camino más enrevesado. Elija el comienzo más simple y favorable, o lo que es lo mismo, entre con el pie derecho. Fíjese en el sacerdote... Bueno, tal vez no sea el ejemplo más apropiado, porque usted no es de los que pisan la iglesia. Pero si el sacerdote, una vez recitado el introito, inicia la subida al altar con dicho pie, por algo será —movió la cabeza con una pizca de pesadumbre—. Siento no poder serle de mucha ayuda.

—Nunca se sabe. Como dicen los marineros de mi tierra: «al mal tiempo, cualquier agujero es buen puerto».

Don Wenceslao mudó su gesto y con sonriente ironía matizó:

—Lo cierto es que, por lo que me cuenta de ayer, no sólo hay un alguien que le sigue los pasos sino que también le acompaña a usted la parca Morta.

—Eso parece —convino Sebastián—. Además de Morta, hay otros elementos tóxicos que nos acompañan desde las sombras.

Sebastián captó el mensaje del militar. En la mitología romana las parcas eran tres deidades hermanas, de aspecto severo, que personificaban el destino de cada mortal: Nona hilaba en su rueca el hilo de la vida, Décima medía con su vara el hilo de la vida y Morta, la *Hija de la Noche*, cortaba el hilo de la vida, eligiendo la forma en que la persona moría.

—Debo irme ya, no quisiera llegar tarde a la cita —agregó poniéndose en pie.

Don Wenceslao lo imitó.

—Yo también saldré dentro de un rato a levantar acta de las inquietudes del pueblo.

Aún no había puesto Sebastián el pie en el vestíbulo cuando lo reclamó la voz de don Wenceslao:

—Sebastián.

El tono del anciano filtraba una leve zozobra.

—Hablando de Morta —dijo con sonrisa forzada—. Sobre esta conversación..., digamos que se trató de una simple tertulia y no de una... «reunión formal», ¿no es así?

—Digamos —contestó Sebastián de modo ambiguo. Y ya de espaldas dictaminó—: No me cabe la menor duda de que la *Hija de la Noche* no tendrá en cuenta esta... tertulia.

En la Puerta del Sol el calor era tan opresivo como la actitud de los allí congregados. A la espera de algún comunicado procedente del Ministerio de la Gobernación, en unos corros se trataba de aplacar la tensión echando un pitillo, mientras que desde otros se alzaban voces pidiendo la dimisión del Gobierno o la entrega de armas al pueblo.

Abriéndose paso entre el gentío, Sebastián alcanzó las escaleras del metro.

Pasaban cinco minutos de las cuatro de la tarde cuando cruzó el umbral de la Institución y se encaminó apresurado hacia la biblioteca. Detuvo sus pasos al atisbar la figura de Ricardo a través de la cristalera del despacho que ambos compartían. Estaba sentado a su mesa con aire alicaído, el mentón sobre el pecho, la mirada perdida y las manos entrelazadas en el regazo.

Sebastián hubiera deseado poder entrar levitando para respetar la abstracción de su compañero.

—¿Te encuentras bien? —se atrevió a susurrar.

Ricardo asintió sin levantar la vista. Era notorio que su estado de ánimo no atravesaba por su mejor momento. En una persona tan llena de energía, aquella actitud lo hacía sospechar que se encontraba inmerso en la meditación que precede a la toma de una medida determinante.

Sebastián reparó en el fusil apoyado en la pared, en un rincón del despacho.

—¿Y esto? —inquirió sorprendido.

Ricardo miró de soslayo hacia el arma.

—Un objeto inútil —respondió con dejadez.

Levantó la cabeza dejando ver las profundas ojeras que traslucían el cansancio de una larga vigilia.

—¿Entiendes de armas? —preguntó.

—No. Lo elemental.

—Entonces no te habrás percatado de que le falta el cerrojo —dijo señalando el fusil con gesto de fastidio—. Y sin cerrojo es un arma inútil. Desde el Ministerio de la Guerra repartieron unos cuantos para contentar a los milicianos. —Al pronto salió de su abstracción y soltó con voz alterada—: Pero los muy cabrones tienen miles de cerrojos a buen recaudo en el Cuartel de la Montaña.

—Es demasiado pronto —lo frenó Sebastián en tono contemporizador. Lo había sorprendido la dureza inusual del talante de su compañero—. Esos cabrones, como tu los llamas, los militares, junto con los guardias de asalto, son los que tienen que llevar la manija de la situación. ¿Con qué criterio habría que repartir esas armas? Podrían caer en manos de delincuentes, de asesinos. El presidente Azaña tiene miedo de que la gente, una vez armada, aproveche la oportunidad para saquear y asesinar. El poder caería en manos de las masas acarreando con ello la anarquía.

El silencio se adueñó del despacho.

Súbitamente, Ricardo apoyó con firmeza las palmas de las manos en la mesa y se puso en pie.

—Bien —dijo resolutivo—, no sigamos por este rumbo porque nunca nos pondríamos de acuerdo. Vayamos al asunto que nos ha traído aquí.

Salió decidido del despacho seguido de Sebastián, a quién preocupaba la postura radical que había adoptado su compañero. Tan pronto entraron en la biblioteca trató de ahuyentar aquella inquietud y centrarse en San Juan de la Peña.

La biblioteca de la Institución Libre de Enseñanza gozaba de una notable fama, no sólo por la cantidad de ejemplares con los que contaba, sino también por la singularidad de los contenidos y el elenco de insignes colaboradores de su boletín. Con la coparticipación de la Residencia de Estudiantes en las más avanzadas teorías pedagógicas, la Institución se había convertido en el centro de gravedad de la cultura española.

Un rayo de luz que penetraba por la ventana e incidía sobre dos libros voluminosos que reposaban en una mesa atrapó la mirada de Sebastián. Se diría que la escena estaba preparada.

Ricardo se acercó a la mesa. Se había adelantado a la hora de la cita y tenía el material preparado de antemano. Con movimiento enérgico abrió uno de los libros por la marca de un folio

—Aquí lo tienes: el monasterio viejo de San Juan de la Peña

—señaló con la voz ya templada.

Sebastián contempló las dos páginas. Cada una mostraba un plano en planta y un texto al pie describiendo las dependencias.

Sebastián no tuvo ninguna dificultad para interpretar aquellos planos realizados de manera tosca. El primero correspondía a la planta baja, de estilo mozárabe y databa de los siglos X y XI. Estaba formada por dos amplias naves de gruesos muros y una hilera de columnas cruciformes en el centro. En la nave de la izquierda podía leerse «Sala del Concilio-Dormitorio monacal», y en la de la derecha, «Iglesia Baja». La primera planta, de estilo románico, databa de los siglos XI y XII y su distribución era más compleja. Destacaban en ella tres grandes áreas: el Panteón de Nobles, la Iglesia Alta y el Claustro. El resto de la superficie la ocupaban pequeñas dependencias y varias capillas. Al contrario que en la planta baja, sus muros eran más esbeltos, aunque en una cosa coincidían ambas; el límite de su parte posterior estaba sin definir y en esa zona aparecía rotulada la palabra «roca».

—Como podrás observar —se adelantó Ricardo señalando con el índice en el plano—, aquí apenas se ven líneas rectas.

—¿A qué es debido?

—A lo singular de su construcción, forzada por las características de su emplazamiento. Sus muros, así como las bóvedas de la primera planta, están constituidos por la misma roca del interior de la montaña. Toda la edificación se construyó aprovechando una gran oquedad en la ladera. Se sirvieron de esta ventaja para que el monasterio y la naturaleza formaran un todo, bajo la gran peña que se conoce como... —abrió el segundo libro por la página marcada igualmente por otro folio y enfatizó—: ¡*El útero materno de la Tierra!*

Sebastián descargó la mirada en la fotografía. Mostraba una

gran roca sobre la porticada del claustro. La hendidura que la recorría verticalmente, comparable a una herida, la dividía visualmente en dos. La analepsis de la fotografía de Ezequiel con su compañero Jacinto bajo un estandarte, ante unos arcos porticados destelló en su mente. Los mismos arcos sobre los que «descansaba» la roca.

—Ricardo, has nombrado este monasterio como «el viejo». ¿Es que hay otro?

—Sí, siglos más tarde se construyó otro de estilo barroco, más arriba, en una explanada conocida como *la pradera de San Indalecio*. Pero no tiene la importancia artística ni histórica del Viejo —dijo mientras pasaba varias hojas—. Aquí lo tienes. A no ser que lo pongamos en valor por el incendio que provocaron las tropas de Napoleón, y que destruyó parte de su nave.

La ansiedad se estaba adueñando de Sebastián. Las visitas anuales de Ezequiel a aquel lugar, y que Samuel lo nombrase en su último suspiro, le hacían sospechar que aquellos recintos monásticos encerraban un misterio que iba más allá de su arquitectura sin par.

—Además de lo especial de su construcción, algo debe de haber que los haga todavía más singulares —especuló.

Ricardo cruzó los brazos sobre el pecho y adoptó la actitud académica que tan bien conocía Sebastián. Su compañero magnificaba los hechos de tal modo que era capaz de ampliar siglos la Historia.

Con voz cuidadosamente modulada explicó:

—Verás, la historia de San Juan de la Peña se remonta hasta instantes en que la historia se confunde con la leyenda y...

—Ya. Escucha, Ricardo —lo interrumpió Sebastián apoyando las manos en la mesa y tratando de calmar su ansiedad—. Más que su historia, que presumo antigua e interesante, desearía que te limitases a hechos concretos. Por ejemplo, el porqué de ese emplazamiento.

Ricardo alzó las cejas, e hizo una mueca con la boca en señal de evidente lógica, que fue captada por Sebastián.

—Sí, ya sé que las comunidades religiosas buscaban para su recogimiento lugares aislados de las poblaciones, pero éste tiene algo de especial ¿verdad?

—Había que protegerse de las continuas expediciones militares sarracenas durante el Califato de Córdoba; por su ubicación era prácticamente inaccesible.

—¿Qué otra función dirías que tenía? —insistió Sebastián— ¿Algún rasgo a destacar de orden espiritual?

Ricardo reflexionó un instante llevándose una mano al mentón.

—Tal vez sea su función como lugar de enterramiento lo que mejor defina su enclave; concebido como puerta de tránsito entre una vida y la otra.

—Explícate.

—Aunque nadie puede asegurar los motivos que impulsaron a tantos reyes, prohombres, clérigos y prelados, a elegir San Juan de la Peña como última morada, hay uno que sin duda tuvo gran trascendencia.

El semblante de Sebastián se iluminó.

—¿Y es...?

—La presencia allí, durante trescientos años, del Santo Cáliz. El Cáliz Griálico enviado desde Tierra Santa por San Lorenzo.

Un estremecimiento oprimió el estómago de Sebastián. Quedó ensimismado, absorto en el recuerdo de la reunión mantenida en la tienda de Samuel la tarde anterior.

—Gracias, Ricardo. Creo que tu información me ha servido de gran ayuda —logró musitar al cabo de un instante.

—Oye, en cuanto a la conversación de hace un momento en el despacho...

—La doy por no mantenida —lo interrumpido Sebastián—. He percibido el tenaz empeño que tienes puesto en tu decisión y, aunque no la comparto, la respeto y el tiempo dirá.

Ricardo cerró los libros. Sebastián metió las manos en los bolsillos con aire meditabundo y se encaminaron a la salida.

—Lo que quería explicarte, Sebastián, es que en lo que respecta a la repercusión que mi futuro comportamiento pueda tener en la Institución, intentaré dejar todo bien claro para no involucrar ni manchar su nombre.

Sebastián asintió y se paró.

—Ah. Me olvidaba de algo imprescindible. ¿Dónde se encuentran exactamente esos monasterios?

Volvieron sobre sus pasos. Ricardo se acercó a una estantería y de entre varios mapas enrollados escogió uno y lo extendió sobre la mesa. Representaba la península Ibérica. Deslizó su dedo índice hasta el norte de España, cerca de la frontera con Francia, y señaló con un ligero toque:

—Aquí, en el pirineo aragonés, muy cerca de Jaca.

Sebastián salió de la Institución pensando en como clasificar y ordenar toda la información que su cerebro iba registrando.

Los dos asesinatos de la noche anterior, con Teresa y él de por medio, no podía considerarlos fruto de la casualidad ni tratarlos como sucesos aislados. Debía de haber un nexo que, en el estado de desasosiego y maraña mental en que se encontraba, no era capaz de hallar. Necesitaba contar con alguien de confianza a quién exponerle los hechos y que lo ayudase a hilvanar aquel desmadejamiento. Había pensado en Ricardo, al que siempre consideró una persona analítica y reflexiva pero, en vista de la disposición en la que éste se encontraba, desechó la idea.

Felipe. Le quedaba su amigo Felipe quién, a veces, en medio de alocuciones etéreas, poéticas y cargadas con una cierta ironía, dejaba entrever conclusiones razonables.

Pero era temprano para que Felipe estuviera en el estudio.

Tenía la garganta seca. Entró en un café y pidió una limonada. De encima del mostrador cogió un ejemplar del *ABC* y se sentó cerca del ventanal. El sol aún dejaba notar su fuerza y el contacto con el mármol de la mesa lejos de mitigar el tirano calor lo acentuaba.

No sabía a ciencia cierta para qué había cogido el periódico; si para matar el tiempo o con la expectativa de ver si en las noticias locales dedicaban algún espacio a lo ocurrido la noche anterior. La portada mostraba al presidente de la República de Francia de viaje por Saboya. En las primeras páginas dominaba la publicidad. A continuación se hablaba del homenaje a dos funcionarios del Congreso de los Diputados que cumplían cincuenta años de trabajo y de la celebración los Campeonatos de atletismo de la Marina en la provincia de La Coruña. En el plano político, seguían enfrascados en si se podía establecer una relación causa efecto entre el asesinato del teniente Castillo y el de Calvo Sotelo. No cabía la menor duda de que las muertes del inspector Mendoza y de Samuel eran para la prensa como dos anónimos granos de arroz en la virulenta paella madrileña.

Siguió deambulando por las páginas del periódico hasta que el texto de una esquela le llamó la atención. Nunca leía el contenido de las esquelas, pero el badajo de la campana del subconsciente le golpeó las sienes. El finado era Don Fernando Maldonado, conde de Villagonzalo, marqués de la Scala, Grande de España, etcétera, etcétera. Pero la frase que lo sobresaltó rezaba al final de la segunda línea: *Hermandades del Santo Cáliz*. Por un instante quedó *in albis*. Cerró el periódico, levantó la cabeza y apretando los párpados se enfrentó a un sol que ya apuntaba al Oeste.

Se prometió que no se dejaría obsesionar por aquellas palabras como le había sucedido con el misterioso cuatro.

Cuando tiró del cordón de la cerradura del estudio, Felipe se hallaba sentado en el taburete de espaldas a la puerta, frente a la claraboya, con los brazos cruzados y la mirada abstraída en el infinito cielo azul cobalto.

Al oír cerrar la puerta se giró mostrando un semblante serio, el pelo enmarañado y la camisa desabrochada. Su cara desplegaba una barba de varios días. No era usual verlo de aquella guisa.

Felipe se miró la pechera de la camisa y esbozó una sonrisa melancólica.

—Sí, ya ves. Lo que se tenía como una absurda distinción social entre los que llevaban corbata y los que no la llevaban, se ha convertido ahora en un peligroso símbolo de la clase burguesa que puede acarrearte problemas a la vista de la perturbada masa. Como consecuencia, creo que es más prudente «acicalarse» de esta guisa; hay mucho resentido suelto.

Se allegó a la mesa y comenzó a meter pinceles en un jarrón con expresión ausente.

Sebastián no pudo por menos que pensar en el cambio experimentado en Ricardo y en la imagen del fusil apoyado en la pared del despacho.

—La situación se está desmandando. En ambos bandos

anidan rencores y no faltará quién, aprovechando el río revuelto, intente realizar venganzas en la otra parte. —Analizó Sebastián al tiempo que, lentamente, se arrellanaba en el sillón orejera.

—Eso no es todo —dijo Felipe jugueteando con el pincel que tenía en la mano—. Esta tarde me ha llamado mi padre.

Sebastián recordó que don Faustino había sido destinado a los Hornos Altos del Mediterráneo y sospechó, por el estado cariacontecido de Felipe, que el contenido de la llamada podía estar de algún modo relacionado con la noticia que don Wenceslao le confiara hacía unas horas.

—¿Y qué te ha contado?

—Las aguas también están revueltas por allí. Y nunca mejor dicho ya que, según le notificaron, la base naval de la cercana Cartagena se ha movilizado y esta noche zarpan varios buques de guerra con destino al estrecho.

«Por lo visto —pensó Sebastián—, la orden dada por el Ministerio de Guerra aquella misma mañana no era tan secreta como suponía don Wenceslao. Claro que, de una manera u otra, el padre de Felipe, estuviera donde estuviera, siempre ocupaba un lugar entre los que tenían la primicia en la mano».

—Yo no daría mayor importancia a esos movimientos militares —dijo Sebastián intentando quitar hierro al asunto—. También he conocido la noticia a primera hora de esta tarde y al parecer se trata de maniobras de prevención.

Felipe arrojó con desdén el pincel sobre la mesa.

—Ojalá sólo sea eso.

Se sentó en el sillón frente a Sebastián, a quién sorprendió el desasosiego de su amigo. Hacía tiempo que aceptaba sus silencios, tras los cuales recelaba que había una verdad distinta a la que compartían desde los años de estudiantes, pero los respetaba sin interrogarlo.

—¿Y qué me dices tú de esa máscara de cera arrugada que te cubre el rostro? —le encajó Felipe dejando aflorar una pizca de su habitual ironía.

Sebastián se recostó en el sillón al tiempo que frotaba los párpados con las yemas de los dedos.

—¿Recuerdas que cuando Teresa estuvo aquí hablamos sobre el dibujo de un cuatro que aparecía en la pared, delante del cadáver de Ezequiel?

Felipe asintió.

—¿Y que el otro día te pedí que me dijeras a bote pronto qué significado le darías tú al número cuatro?

Su amigo volvió a asentir con el ceño fruncido por un interés que iba en aumento.

—Pues parece que el enigma se va aclarando —manifestó Sebastián—. Aunque solo en parte —matizó.

—Creo que ambos estamos necesitados de un café bien cargado —dijo Felipe levantándose para coger la cafetera—. Te escucho.

Sebastián le relató lo acontecido desde la despedida de Conrado del hospital hasta la reunión con Ricardo, pasando por el asesinato del inspector Mendoza y el atentado contra la tienda de Samuel. Cuando acabó la exposición desearía que unos acordes de Tchaicovsky rompieran el silencio.

Felipe le pasó una taza de café y carraspeó antes de hablar.

—Bueno, ya me conoces, los temas que tocan lo oscuro y oculto de la vida nunca fueron de mi interés. En cuanto a la cronología y los personajes, esta historia se me asemeja a una partida de ajedrez donde se están sacrificando peones en aras de proteger aun hipotético rey negro. Si Teresa no se equivocó al reconocer a Conrado en el atentado a Samuel, ahí tenemos el caballo que, cínicamente parecía proteger a la reina blanca y que, una vez descubierto su «color», está saltando de una casilla a otra «comiendo» piezas para acecharla. El porqué lo ignoro, pero sospecho que ese caballo no avanza solo; hay una mano que lo mueve —expuso serenamente sus conjeturas.

Felipe posó su taza en la mesa y caminó hacia la cristalera con las manos entrelazadas a la espalda.

Sebastián se levantó y fue a apoyarse en la repisa de la chimenea. Tal y como esperaba, Felipe no lo estaba defraudando. A su manera, tenía una clarividencia especial para analizar las situaciones más complejas, aunque en esta ocasión no acababa de comprender el sentido del análisis de su amigo. La argumentación estaba bien planteada. En el caso del inspector Mendoza se les habían adelantado ya que la cita estaba fijada de antemano. Pero no podía decirse lo mismo de la reunión con Samuel, pues ésta no estaba prevista; fue una decisión tomada sobre la marcha como consecuencia del asesinato del primero. Alguien que estaba al corriente de sus pasos los había seguido y mientras estaban en la rebotica, tuvieron tiempo suficiente para desmantelar el piso de Teresa. Hasta aquí todo cuadraba, pero faltaba conocer el motivo.

—Con el batiburrillo que tengo hoy en la cabeza no alcanzo a seguirte. Explícate con más claridad —rogó Sebastián.

—No me trago la arribada, como dirían en tu tierra, del tal Conrado al hospital de Teresa. No fue una casualidad —dijo Felipe con convencimiento—. En todo momento la estuvo vigilando bajo un falso velo protector. Los hechos parecen indicar que Teresa es el hilo conductor hacia un objetivo que desconocemos, y que seguramente ella misma ignora.

—¿Y qué papel juego yo en todo esto? —preguntó incrédulo Sebastián.

—Tú eres el alfil que protege a la reina blanca —respondió Felipe con una seriedad de la que pocas veces hacía gala—. La clave puede que esté en ese caballo negro llamado Conrado.

—Y en San Juan de la Peña —añadió Sebastián en el mismo tono.

—Esa clave la tienes localizada; el caballo no —señaló Felipe.

—Sospecho que no saldrá de nuevo a la luz hasta que nosotros hagamos el siguiente movimiento ¿Estás de acuerdo con este razonamiento?

—Totalmente. Y supongo que ese movimiento querrás hacerlo en dirección a San Juan de la Peña.

—Antes de tomar una decisión he de hablar con Teresa, y hasta mañana no sale de turno en el hospital. Ella no sabe lo que me ha contado Ricardo sobre el monasterio.

El sol de poniente hizo que un centelleo en el extremo de la repisa llamase la atención de Sebastián, y descargase la mirada sorprendida sobre una pistola de brillantes cachas nacaradas, en cuya presencia no había reparado hasta ese momento. Primero Ricardo y ahora Felipe. La visión de una segunda arma en la misma tarde avivó su inquietud. Giró raudo la cabeza hacia su amigo con gesto inquisitivo.

—¡Ah...! La *Astra* —respondió Felipe con indiferencia. Y se dirigió hacia la repisa sin perder de vista el arma—. Últimamente la cuestión de la seguridad se ha agravado en la ciudad.

Cogió la pistola, se acercó a la estantería y abrió un estuche.

—Nunca está de más el ser precavido —dijo mirando de reojo a Sebastián—. Aquí, sola y en el estuche, es un objeto frío y sin sentido. Espero que lo siga siendo.

—Pero adquiere un significado cuando entra en contacto con los seres humanos —subrayó Sebastián—. Puede cambiar el destino de los hombres.

Felipe cambió el talante por uno más distendido.

—Sebastián, convendrás conmigo en que hoy ha sido un día plagado de noticias confusas e inquietantes. ¿Por qué no te vienes a la Cervecería de Correos? Presumo que habrá buen ambiente. Tomamos unas cervezas, charlamos con los colegas y despejamos la mente. Mañana veremos las cosas de otra manera. Como reza el dicho: «Días de mucho, vísperas de nada».

Decidió aceptar la invitación de Felipe. Tal vez su amigo llevaba razón y mañana amanecería un dieciocho de julio más tranquilo.

Real Academia de Bellas Artes, 1990

Cerré los ojos y levanté la cabeza hacia el techo. Aquella lectura me estaba causando un enorme desasosiego.

Consulté el reloj; llevaba varias horas con la mirada enterrada en el manuscrito y consideré que la mañana ya estaba perdida.

Necesitaba relajar la vista. Dejé el legajo sobre la silla y me dirigí a los aseos.

Apoyé las manos sobre el lavabo y me miré en el espejo, donde vi un rostro aturdido. Sentía sequedad en la boca y la enjuagué. Con las manos mojadas me froté la cara.

Ya de vuelta en la sala me paré ante una mesa sobre la que descansaba una gran mano de escayola. Una escultura que me evocaba Florencia, el David de Miguel Ángel. Abstraído, acaricié las líneas de la palma de aquella mano.

—Parece que hoy no estás por la labor, Luis.

La voz que me sacó del ensimismamiento era la de otro Miguel Ángel; el jefe de taller.

—No —contesté con un leve carraspeo—. Hoy me traje unos "documentos" para estudiar a primera hora y me he liado.

A Miguel Ángel no le pasó desapercibido mi movimiento introspectivo acariciando la palma de la escultura con el índice.

—«Las líneas no están escritas sin ninguna razón en las manos

255

de los hombres, sino que provienen de la influencia del cielo en su destino» —dijo con tono enfático.

Alcé las cejas.

—Percibo que te has levantado con espíritu filosófico.

—No, no. Son palabras de Aristóteles —carcajeó Miguel Ángel—. Aristóteles era un gran entusiasta de la quiromancia y la astrología.

—Y yo digo que toda línea, escrita donde esté escrita, tiene una razón de ser.

—Ya veo que hoy estás en otro mundo. Y cuando uno no está, no está —se despidió Miguel Ángel con una palmada en mi brazo.

Me dirigí cabizbajo hacia la silla con la manos en los bolsillos.

"La frase me ha quedado niquelada" me dije, esbozando una sonrisa que al instante se tornó en un gesto adusto.

¿Qué razón había impulsado a Mex a dejarme el manuscrito? ¿Cómo tenía que interpretar aquel legado?

Si al final iba a resultar un prodigio de sortilegios, aquel texto estaba haciendo méritos para arder en la hoguera del apóstol Pablo, junto a los demás libros de magia[3].

¿A dónde me conduciría aquella historia? Había pasajes que me producían flashbacks, fundidos con sensaciones que dormitaban en mi cerebro.

Sentía que mi intimidad estaba siendo invadida.

Y si era un prenuncio... ¿Un prenuncio de qué?

Coloqué de nuevo el manuscrito en el regazo, me froté las sienes entre el índice y el corazón y pasé la hoja.

---

[3] Hechos de los Apóstoles XIX. 19

En virtud de la agitación que reinaba en Madrid, ya no se respetaban los sábados como únicos días de tertulias, ni las literarias eran enteramente literarias. La opiniones se difuminaban entre manifiestos políticos como si de fina prosa se tratara, y se buscaba en los textos de afamados dramaturgos un oculto mensaje sedicioso. La realidad era que la gente se reunía en busca de novedades.

El ambiente de la Cervecería de Correos todavía no estaba caldeado. Pidieron dos jarras en la barra y fueron a unirse al grupo que se había formado en las mesas del fondo.

Sebastián aprovechó la ausencia de aire viciado para contemplar con detenimiento los dibujos y grabados de las paredes, cosa que en la anterior visita no pudo hacer por el exceso de humo.

El corro de asistentes fue aumentando de manera considerable y al cabo de una hora la tertulia ya estaba en su cúspide. El «mantillo flotante» campaba a sus anchas, se discutía acaloradamente entre la bruma y, como ya era habitual, entre criticas y opiniones se introducía algún híbrido inciso para protestar por el manejo partidista que ciertos sectores políticos estaban haciendo con la firma de escritores de reconocida fama. De vez en cuando se dejaban oír voces altisonantes en contra de que nombres de poetas de prestigio fueran usados como punta de lanza en manifiestos de grupos radicales.

«En las tertulias artísticas no había lugar para opiniones tan encontradas sobre una obra o autor, ni búsqueda de matices políticos en la intencionalidad de la misma», pensó Sebastián.

Observó con angustia ajena como un longevo tertuliano de larga barba blanca que se sentaba en segunda fila, llevaba unos minutos con la mano levantada y gesto desesperado pidiendo inútilmente la palabra, intentando una y otra vez meter baza en la conversación. Los demás seguían discutiendo como si no existiese. El anciano, con cierto tedio, sacó una pequeña pistola del bolsillo y disparó un tiro al suelo, bajo la mesa. El fuerte impacto bloqueó la algarabía; se hizo un silencio sepulcral en todo el establecimiento.

Los tertulianos se miraron entre sí con ojos espantados. El anciano guardó la pistola en el bolsillo como si tal cosa y comenzó a decir con voz tranquila y pausada:

—Señores, la conversación es un comercio de ideas donde todos deben tener su oportunidad. Eso sí, el que no tiene fondos no puede comerciar, y yo creo tenerlos. Por lo tanto, como intentaba decirles desde hace un rato....

Aquello superaba a Sebastián. Cogió la jarra vacía y fue a acodarse en la barra. Estaba dudando entre pedir otra cerveza o largarse a descansar cuando a su izquierda una voz con acento extranjero sentenció:

—Estas tertulias ya no son lo que eran.

El que hablaba era un hombre alto que rondaría los cuarenta años, de pelo engominado, mostacho recortado y un toque rosado en los mofletes. Sebastián no sabría decir de qué nacionalidad era. Daba la impresión de que su acento era producto de torcer la lengua hacia un lado al hablar.

El extranjero alargó el brazo y se presentó.

—Alfred, de *London*, Inglaterra —dijo con sonrisa afable.

Aquella manifestación de cordialidad cogió a contrapié a Sebastián, quién hizo lo propio y le estrechó la mano.

—Sebastián, de aquí, de España.

Alfred desvió la mirada hacia la jarra de Sebastián.

—Deje eso. Le invito a uno de estos. Es lo más indicado para entonar el cuerpo a estas horas —dijo señalando el vaso que tenía delante y que contenía un brebaje semejante a un café con leche claro.

—¿Qué es?

—Ponche de huevo —contestó Alfred ufano—. Muy bueno en mi país. Con unas sencillas explicaciones que le di al camarero no tuvo problema; no le salió mal.

—Y, ¿qué lleva eso? —volvió a preguntar Sebastián arrugando la nariz.

—Básicamente leche, huevo batido y ron. Una bebida excelente para estrechar lazos.

«Ron otra vez», pensó Sebastián. «A donde le iba a estrechar el lazo aquella bebida era al cuello». Pero su cordial compañero no le dio opción; ya le estaba pidiendo el mejunje al camarero.

—El tono irritado en que ha desembocado esa tertulia me coge en *órsay* —dijo Alfred con tintes de decepción.

Lo poco que Sebastián sabía de fútbol le llegaba para entender que la deriva que había tomado aquella reunión dejaba al inglés en fuera de juego. Aunque pronto mostró un cambio de actitud al hallar en Sebastián a otro desencantado y poder dar rienda suelta a su verborrea.

Alfred resultó ser algo similar a un agente literario. Estaba haciendo un recorrido por varias ciudades europeas en busca de nuevos talentos cuyos derechos pudiera añadir a su catálogo. Venía de Dublín y se había llevado una decepción al enterarse de que García Lorca ya no estaba en Madrid, y nadie sabía decirle cuando regresaría.

—Hace dos días visité la sede de la Alianza de Intelectuales Antifascistas —comentó Alfred—. En la calle... Marqués del

Duero. Allí me presentaron a dos poetas de los que ya traía referencias: Rafael Alberti y Miguel Hernández.

Al poco rato, Sebastián vio entrar por la puerta a su tabla de salvación: el venezolano Arturo. Le hizo una señal para que se acercase.

Por la amplia sonrisa almidonada de su rostro, Sebastián dedujo que para Arturo aquella no era la primera parada. Cuando lo tuvo cerca, los vapores etílicos que exhalaba su boca lo confirmaban.

Sebastián hizo las presentaciones, y antes de que las manos de los dos hombres se soltaran, Arturo ya le había echado el ojo a la bebida.

—¿Qué es esto? —preguntó enarcando las cejas para poder tirar de los párpados hacia arriba.

—Algo que te gustará —contestó Sebastián levantando su vaso—. Ponche de huevo. Y lleva ron —añadió enfatizando la última palabra.

Arturo frunció el ceño y miró el vaso de Alfred sobre el mostrador.

—¿De un huevo? —volvió a preguntar con voz aflautada.

—*Yes*, de un huevo —le confirmó Alfred sonriente.

—A los suramericanos no nos llega con uno —. Y levantando la mano pidió al camarero—: Póngame uno de estos, pero con dos huevos —apuntó con una risa socarrona.

Enseguida el inglés y el venezolano se enfrascaron en una conversación. El uno hablando de Londres y el otro de París, pronto establecieron el eje Londres-París-Madrid.

Sebastián aprovechó la coyuntura e hizo «mutis por el foro». No quería verse metido en otra fase de brindis tras brindis, como la vivida anteriormente. Aún así, la mezcla de la cerveza con el ponche le produjo una molesta sensación en el estómago.

Al llegar a la altura de la calle Fuencarral tuvo que cruzar la Gran Vía para esquivar una manifestación socialista que se dirigía a la Puerta del Sol desde donde arreciaban los gritos de la multitud. A algunos integrantes de la manifestación les oyó nombrar el Norte de África y la ciudad de Melilla.

Concluyó que por ese día su cupo de preocupaciones estaba colmado y decidió dar un rodeo para no atravesar por la plaza.

Dado lo avanzado de la hora, procuró hacer el menor ruido posible al entrar en el recibidor. Antes de girar hacia el pasillo le llegaron los acordes de Parsifal, que unos metros más adelante se mezclaron con un sonido radiofónico; se imaginó a don Vicente pegado al aparato de radio.

En el momento de acostarse la ópera enmudeció y sólo se escuchaba el lejano soniquete radiofónico que, con soñolienta monotonía, fue acunándolo.

"El que no tiene la iniciativa, pierde generalmente; el que la conserva, gana habitualmente".
SUN TEU (escritor militar chino, siglo V a. C.)

Sábado, 18 de julio de 1936

Cuando despertó hacía rato que la noche había dado el relevo al resplandor del alba. Sin embargo, el sonido de la radio seguía escuchándose. «No es posible que don Vicente haya estado de vigilia con este sonsonete», pensó. Le asaltó el temor de que a su vecino le hubiera ocurrido algo.

Rápidamente se puso los pantalones, metió los brazos en la camisa y subió los tirantes.

Abrió la puerta y, al poner un pie en el pasillo, su extrañeza se acrecentó; dos sonidos de radio le llegaron desde distintas direcciones. El más cercano provenía de la habitación de don Vicente y el otro del comedor. Si ya de por sí el que su vecino escuchase la radio a aquella hora de la mañana era un hecho anormal, el que la patrona decidiese encender al mismo tiempo su preciada *Telefunken* era indicio de que se encontraban ante una emisión excepcional.

Apretó el paso hasta la sala, y se paró perplejo al ver a doña Sofía y a don Wenceslao apoyados en el mueble aparador, y la oreja pegada al aparato de radio. Al advertir su presencia, los dos oyentes se volvieron hacia él; don Wenceslao se llevó un dedo a los labios en señal de mutismo.

Sebastián, llevado inconscientemente por el gesto del

exmilitar, adoptó un caminar felino para no despertar las tablas del suelo.

La retransmisión no se escuchaba muy clara y la voz tenía entonación institucional. En ese momento el portavoz gubernamental estaba haciendo público un comunicado llamando a la calma y asegurando a la ciudadanía que nadie, absolutamente nadie, se había unido al alzamiento en la península.

Sebastián cruzó una mirada inquisitiva con don Wenceslao.

—Ya está. Ya explotó la situación —manifestó este último con visible decaimiento de ánimo—. Ayer era Melilla, hoy se unieron Ceuta, Tetuán y Canarias. —Golpeó con la palma de la mano el aparador—. ¡Qué error! ¡Qué descuido del Gobierno no haberse dado cuenta a tiempo para poder tomar las medidas oportunas! —exclamó indignado.

En el cerebro de Sebastián se mezclaba la voz del exmilitar con las palabras de Felipe del día anterior: «Días de mucho vísperas de... mucho más». Enmendó.

Al comunicado le siguió un espacio de música clásica.

—Vamos a ver si encontramos otra emisora —propuso doña Sofía girando el mando del dial.

En el discurrir de la aguja sobre las distintas frecuencias, lo único que se escuchaba eran señales chirriantes, ninguna voz inteligible.

Doña Sofía dio unos ligeros toques con los dedos sobre el aparato.

—En su día era una buena radio —dijo con desaliento—. Se la regaló a mi marido un oficial alemán residente en España que estaba ingresado en el hospital recuperándose de las secuelas de la Gran Guerra.

—Será cuestión de la válvulas —dictaminó don Wenceslao—.

O tiene pocas o las que tiene están agotadas.

—Pues si usted lo dice, será. Yo de esto no le entiendo; siempre la tengo puesta en la misma emisora —admitió doña Sofía.

Don Vicente irrumpió en la sala. Una sombra de angustia le cubría el rostro.

—Me van a disculpar que no comparta la hora del desayuno, pero he de llegar a Telefónica antes de que los periodistas acaben con las cabinas.

Los tres se volvieron hacia él.

—Ya veo que ustedes también están al tanto de los acontecimientos —añadió con una mueca nerviosa. Y acto seguido se dirigió hacia el vestíbulo.

—Don Vicente —se apresuró a llamar don Wenceslao antes de que el funcionario llegase a la puerta—. ¿Tendría la amabilidad de hacernos un favor?

—Usted dirá.

—Esta noble *Telefunken* ya ha cumplido su cometido y está en proceso de repliegue. Le estaríamos muy agradecidos si, durante su ausencia, nos prestase su aparato de radio.

Don Vicente tardó dos segundos en reaccionar.

—Faltaría más; denme un minuto —dijo encaminándose a su habitación.

Por el pasillo se cruzó con Herman, que hizo acto de presencia en calzones y con la camisa desabrochada mostrando el torso.

Doña Sofía, con el morro fruncido, le lanzó una mirada dura de desaprobación mientras le pasaba revista de arriba abajo. Don Wenceslao imitó a la patrona pero con actitud benevolente.

Herman no tomó en consideración la censura de doña Sofía y se dirigió a don Wenceslao:

—¿Qué ocurrir?

La patrona no era mujer que se dejase ningunear, y se adelantó en la respuesta dejando al exmilitar con la palabra en la boca.

—Pasó lo que tenía que pasar. No esperaron a que a usted le diese tiempo de presentarse de un modo decoroso —dijo a modo de reprimenda.

Herman se abrochó la camisa apresuradamente.

—Se ha sublevado el Protectorado de Marruecos —le informó don Wenceslao—. Si se da prisa, aún puede acompañar a don Vicente camino de Telefónica.

—¿Ustedes qué hacerr? —quiso saber Herman.

—Esperar acontecimientos —contestó Sebastián.

—Usted vaya y tráiganos noticias frescas —apostilló don Wenceslao.

—No se moverrán de aquí ¿verdad? —insistió el alemán mirando a Sebastián.

Apareció don Vicente por el pasillo, caminando despacio, con el aparato de radio en brazos. Era una *Invicta*, inglesa, más moderna y con superiores prestaciones que la *Telefunken*.

Herman aprovechó para ir a su habitación.

—Yo les explico —indicó don Vicente al tiempo que colocaba la radio sobre el aparador. Había un solo enchufe, así que, resuelto, desenchufó la de doña Sofía y enchufó la *Invicta*—. La ponen en modo de onda corta y buscan en el dial la emisora que les interese. Se oyen hasta las extranjeras —añadió ufano.

Mientras hablaba pulsó una de las teclas, giró la rueda del dial y comenzaron a oírse varias voces ininteligibles al mismo tiempo.

—Bueno, yo les tengo que dejar —dijo sin quitar ojo de la radio.

—Váyase tranquilo, queda en buenas manos —lo tranquilizó don Wenceslao.

Don Vicente desapareció por la puerta, seguido a los pocos

segundos por Herman.

Quedaron los tres adorando la *Invicta*. Don Wenceslao tomó el mando del dial y comenzó a girarlo lentamente. Durante un rato solo oyeron voces extranjeras y música, hasta que en una determinada frecuencia se escuchó con claridad una voz en español. Aquella voz no parecía pertenecer a un locutor profesional; tenía un timbre rascado y sonaba a arenga:

—*"...en la tarea de aplastar a ese gobierno indigno que se había propuesto destruir a España para convertirla en una colonia de Moscú...¡Sevillanos! la suerte está echada y decidida por nosotros, y es inútil que la canalla resista y produzca esa algarabía y tiros que oís por todas partes. Tropas del Tercio y Regulares se encuentran ya camino de Sevilla, y en cuanto lleguen, esos alborotadores serán cazados como alimañas. ¡Viva España! ¡Viva la República!".*

Siguió un instante de silencio y a continuación se escuchó la voz de un locutor:

—*"Sevillanos, os ha hablado el general Queipo de Llano".*

La irritación se apoderó de don Wenceslao.

—Pero, ¿cómo un único general pudo hacerse con la cuarta ciudad de España en sólo unas horas? ¿A quién se refiere cuando dice «nosotros»? —Indignado, giró el mando y apagó la radio—. Aquí hay gato encerrado —apostilló.

Doña Sofía se irguió con gesto severo.

—¿Cómo es posible que este general hable de aplastar un gobierno legítimamente constituido y al mismo tiempo dar vivas a la República? —estalló la patrona—. Si mi marido levantase la cabeza no daría crédito a lo que acabo de oír.

—Reconozco que yo también me encuentro confuso —manifestó don Wenceslao—. El general Queipo siempre se consideró republicano, enemigo de la monarquía. Incluso llegó a enfrentarse al fundador de la Falange, José Antonio Primo de Rivera.

Sebastián pensó en llamar a Teresa. Con toda seguridad en el hospital ya estarían al corriente. Si allí la tensión era alta, aquellas noticias la incrementaría todavía más. No se le escapaba el hecho de que parte del personal sanitario estaba constituido por monjas y, dada la persecución que sufría el clero, con la quema de iglesias y conventos, su situación había pasado de incómoda a peligrosa.

Desistió de su intención; en unas horas ella saldría de turno y tendrían oportunidad de intercambiar novedades. Sobre todo en lo referente a San Juan de la Peña. Después de la información recabada, creía fundamental realizar una visita al monasterio. Sin embargo, temía que si el movimiento subversivo se hacía extensivo a otras partes de España, podría truncar el viaje.

—Acomódense, en un momento servimos el desayuno —masculló doña Sofía dirigiéndose a la cocina, donde ya estaba Avelina a los fogones.

Los dos hombres se sentaron en las butacas, en silencio, cada uno sumergido en sus meditaciones.

Al poco rato se oyó el chisporroteo del aceite en la sartén. Los sábados doña Sofía los agasajaba con un desayuno especial. Con rebanadas de pan del día anterior preparaba torrijas que hacían las delicias de don Wenceslao, aunque aquella mañana los suspiros del hombre no iban dedicados al manjar.

—Ah, ¡qué ineptitud la del Gobierno! ¡Qué poca mano izquierda con los militares! Con su política de rebajar costes del Ministerio de la Guerra a través de la Ley de Reforma Militar, más el cierre de la Academia Militar de Zaragoza y otros despropósitos, consiguió que «el ruido de sables» fuera en aumento. ¡Ahora estalla una sublevación! Porque esto no es un simple pronunciamiento como nos quiere hacer creer el Gobierno. Y si tiene su germen en el norte de África, es porque al fin Paquito dio su brazo a torcer ante la presión de los tres o cuatro generales que llevan confabulando el plan desde la primavera.

Sebastián tenía la impresión de que don Wenceslao estaba elucubrando en voz alta.

—¿A qué Paquito se refiere usted? —le preguntó interrumpiendo sus cavilaciones.

—A Francisco Franco —respondió con naturalidad don Wenceslao elevando ligeramente los hombros, dando como evidente la respuesta—. Los otros generales conjurados, Queipo, Mola, Sanjurjo y algún otro que se me escapa, no son gallos tan duros de pelar como Franco.

Sebastián no pudo por menos que retrotraer su pensamiento a la comida en casa de Felipe; don Faustino ya había hecho alusión en aquella ocasión a la actitud de ese general.

—Franco tardó, pero acabó por dar el visto bueno a la operación —continuó don Wenceslao su reflexión—. Si retrasó su implicación fue para ganar tiempo, para poder estudiar las posibles repercusiones de este acto y, de paso, sacar algún provecho personal. —Guardó un instante de silencio y matizó—: Por cierto, es gallego, como usted.

Sebastián miró de soslayo a su interlocutor al tiempo que argüía con ironía:

—No me irá a salir usted ahora con aquello del que se encuentra en mitad de la escalera con un gallego, que no sabe si sube o si baja.

Don Wenceslao enarcó las cejas y ladeó la cabeza dando por buena la sugerencia de Sebastián.

—Déjeme que le explique que, en esa situación, el gallego sí sabe si sube o si baja —agregó Sebastián—. El que no lo sabe es el que se lo encuentra.

—Porque nunca contestan directamente a las cuestiones planteadas —se irritó el exmilitar—. Esquivan la respuesta con otra pregunta, son reticentes; no son concluyentes en sus declaraciones.

—Usted sabe que no es tonto el que responde, sino el que pregunta —repuso Sebastián divertido—. La gran mayoría de las preguntas son pura retórica, pues quién las hace conoce ya las respuestas. ¿Se ha parado a pensar en la intención que se oculta detrás de una pregunta? Más importante que «entender lo que se dice», es «entender lo que hay detrás de lo que se dice»; el verdadero propósito de nuestro interrogador. Según el caso, no debemos responder de manera intuitiva, hay que destinar un tiempo antes de dar una contestación.

Don Wenceslao miró estupefacto a Sebastián.

—¡¿Está usted haciendo un alegato a favor del general Franco?! ¡¡Lo está disculpando?! —exclamó atónito.

—No —respondió Sebastián en tono conciliador—. Me he limitado a exponer los hechos tal como son. —Y concluyó con voz susurrante—: Tenga presente que, mientras los demás se precipitan a la hora de establecer criterios, arriesgándose a adoptar decisiones dictadas por la intuición, tal como usted ha señalado hace unos minutos con respecto a este Gobierno, los gallegos somos «corredores de fondo».

Don Wenceslao no movió pestaña mirando desconcertado a Sebastián.

Llegó Avelina con una cafetera que desparramaba por la sala un agradable aroma y un plato con tentadoras torrijas.

—Apresúrense a la mesa —convocó con voz cantarina.

—Pues por esta vez tendrá que dejar «el fondo» y convertirse en «velocista» si no quiere desayunar frío —dijo don Wenceslao con retintín.

Durante un rato sólo se escuchó el tintineo de las cucharillas en las tazas. Don Wenceslao saboreaba plácidamente una torrija mirando con los ojos entrecerrados el aparato de radio que tenía enfrente. Se diría que estaba en plena reflexión.

Reflexión que interrumpió Sebastián:

—Tal como ha analizado la táctica del general Franco, da la impresión de que lo conoce bien.

Don Wenceslao masticó el último trozo de la torrija, bebió un sorbo de café y se limpió dedos y boca con la servilleta, con unos toques delicados sobre su recortado bigote. Se acodó en la mesa y, apoyando el mentón en las manos entrelazadas, desplegó su análisis.

—Francisco Franco aún no había cumplido los quince años cuando se presentó a los exámenes de ingreso en la Academia de Infantería de Toledo. Debió de ser en el verano de mil novecientos siete. Por aquel entonces yo todavía era capitán instructor en la Academia. Lo recuerdo perfectamente porque fue el cadete más introvertido que tuve bajo mi mando; bajito, delgado y muy tímido... Llegó con su adusto padre de una ciudad marítima del norte, El Ferrol, que supongo usted conocerá bien. Una ciudad que gravitaba en torno a la base naval y el arsenal de la armada.

Sebastián asintió mientras traía a la memoria el día en que don Wenceslao le encargó saludar al director del Prado y comentó:

—Por aquel entonces Franco coincidiría en la Academia con don Adolfo.

Don Wenceslao cogió la cucharilla del café con gesto introspectivo y la frotó con la servilleta. La puso delante de su cara y la contempló cual si de un espejo se tratara.

—Por poco tiempo —manifestó abundando en el comentario de Sebastián—. Como ya le dije, Adolfo abandonó pronto la carrera militar.

Carraspeó, colocó cuidadosamente la cucharilla sobre la servilleta doblada y, después de un profundo suspiro, continuó con su exposición.

—Según deduje de las palabras del padre de Francisco, las expectativas de la familia Franco se vieron frustradas por la clausura de la Escuela de Administración Naval, a la que él mismo pertenecía, y la suspensión de las convocatorias de ingreso en la Escuela naval. Por aquellos días en España sobraban marinos; la armada apenas tenía barcos. Pocos años atrás nuestras escuadras habían sido hundidas por los americanos en las batallas de Santiago de Cuba y Cavite. Habíamos perdido las colonias de Cuba, Puerto Rico y Filipinas. La ciudad de El Ferrol vivió en sus carnes la catástrofe naval. Para ser oficial no existía otro camino que hacer una carrera militar, y cada especialidad tenía su academia: Infantería en Toledo, Caballería en Valladolid, Artillería en Segovia e Ingenieros en Guadalajara.

Don Wenceslao se concedió un respiro, tomo un trago de café y se dio unos toques en los labios con la servilleta:

—Por descontado, para una familia de aspirantes a marinos aquello suponía rebajar seriamente sus ambiciones. Franco se presentó a la carrera militar que englobaba los estudios más fáciles. Aquel muchacho, desgarbado y de voz atiplada, encajaba muy mal las novatadas; era enemigo de las bromas pesadas. Sin embargo, a pesar de estar en un nivel mediocre, era formal, cumplidor, de pocas palabras y gran observador. Y ya ve usted, a la vista está que aquellos años le dejaron huella —concluyó con voz queda.

Sebastián frunció el entrecejo e hizo un cálculo mental.

—¿Cómo es posible que a estas alturas ya sea general?

—Vera usted, en la mayoría de los cuerpos militares existe lo que se llama «escala cerrada»; un sistema de ascensos por antigüedad respetando el orden de promoción adquirido al salir de la academia. En Infantería no es así, para el ascenso en ese cuerpo cuenta cualquier tipo de méritos obtenidos, incluidos los de campaña. Y Franco los tiene. Si en Infantería existiese una escala cerrada, ahora Paquito no sería más que un desconocido comandante.

—¿Y usted?

—Yo, ¿qué?

—¿Qué grado ha alcanzado?

—Yo no acumulé ningún tipo de méritos ni tenía grandes ambiciones. Me gustaba mi trabajo. Me encerré en la Academia de Toledo y me retiré de coronel —concluyó al tiempo que alzaba quedamente la taza de café—. Y usted ¿hasta dónde ha llegado?

La pregunta cogió por sorpresa a Sebastián.

—Yo libré del servicio militar por exceso de cupo.

—¿Y cómo lo tomó?

—No entiendo su pregunta.

—Para la mentalidad de algunos mozos, el que se les niegue el servicio militar es casi como considerarlos unos inútiles, incluso un menoscabo de su hombría.

—Yo no adolezco de ese complejo —repuso Sebastián en medio de una amplia sonrisa—. Por llevar o no uniforme militar, o un fusil en la mano, no me considero menos hombre.

La entrada apresurada de doña Sofía interrumpió la conversación.

—¡Enciendan la radio!, dice la vecina que hay más noticias.

Don Wenceslao saltó como un resorte hacia el aparador. Cuando giró el mando se escuchó una voz con timbre metálico y cadencia en el habla:

—*...el restablecimiento de este principio de autoridad, olvidado en los últimos años, exige inexcusablemente que los castigos sean ejemplares, por la seriedad con que se impondrán y la rapidez con que llevarán a cabo, sin titubeos ni vacilaciones. Para llevar a cabo la labor anunciada rápidamente ,ordeno y mando: Queda declarado el estado de guerra en todo el territorio de Marruecos español, y como primera consecuencia, militarizadas todas las fuerzas armadas.*

—¡Pero...¿Quién ordena, quién manda?! —exclamó don Wenceslao alterado.

A la alocución le siguió otra voz distinta: *Acaban ustedes de escuchar la lectura que nuestro compañero ha hecho del manifiesto de don Francisco Franco Bahamonde, general de división, jefe de las Fuerzas Militares de Marruecos y alto comisario, dirigido al pueblo español.*

—Y van dos arengas —farfulló doña Sofía—. ¿Y éste es el general que destinó el Gobierno como comisario a Canarias? Pues sí que se han lucido.

Sebastián recordó las palabras del padre de Felipe, durante la comida del mes pasado.

—Hace poco más de un mes, una persona a la que considero bien informada, aseguró que Franco nunca conspiraría contra la República —replicó pensativo.

—No pierda usted cuidado, doña Sofía. Dé por seguro que

aclamaciones a la República las escucharemos por tercera vez[4] —dijo don Wenceslao mientras apagaba la radio—. Pero la historia de este país nos dice que «tres veces sí, quieren decir no».

—Como el apóstol Pedro, negando tres veces a Jesús —argumentó Sebastián.

El exmilitar meneó la cabeza dubitativo.

—Algo parecido. Aunque en este caso es a la inversa. Sin embargo, yo aconsejaría al Gobierno que tomara esta declaración con cierto escepticismo. De lo contrario sería como un sorbo de veneno.

—Y me temo que el antídoto podría ser tanto o más pernicioso que el propio veneno —señaló Sebastián.

—Sí. Y como dijo Plinio el Viejo: habría que digerirlo *cum grano salis*; con mucha prudencia.

Hacía tiempo que a don Wenceslao no se le veía tan alicaído.

Entre las opciones de salir a presenciar un más que previsible escenario atestado de irritación en grado sumo, bajo un calor de justicia, o quedarse en su butaca a la fresca, esperando impaciente las nuevas que la radio fuese vomitando, el viejo militar optó por esta última. Apartó los periódicos a una lado; al fin y al cabo, las noticias publicadas en la prensa del día ya pintarían rancias.

Sebastián, esclavo del tiempo, consultó la hora y volvió a su habitación. Tenía que darse prisa para tomar el tranvía en dirección a Maudes. Avisó de que no se presentaría a comer.

Fuera el bochorno se presumía agobiante.

Atravesó la calle Mayor entre un torrente de gente que fluía hacia la Puerta del Sol, desde donde llegaba el clamor de la

---

4 La tercera alocución radiofónica la haría Franco el día 22 desde Tetuán

multitud al grito de: ¡Armas! ¡Armas!

Observando a aquel gentío que casi lo arroya, recordó el comentario de Felipe sobre la indumentaria aconsejable para no crearse problemas de distinción; no se veían ni corbatas ni sombreros. El pueblo había adoptado una vestimenta proletaria.

Esperó la salida de Teresa en la acera frente al hospital.

Cuando apareció en la puerta, Sebastián pudo apreciar señales de agotamiento en su cara. Aún así, al llegar a su altura ella mostró una sonrisa melancólica.

Teresa cogió del ganchete a Sebastián y caminaron cuesta abajo hacia la Castellana, procurando evitar las aceras bañadas por el tórrido Sur.

No hizo falta que él preguntara por el ambiente que se respiraba en el hospital. Daba por hecho que la noticia del alzamiento militar habría causado inquietud en el centro.

—Algunas de las monjas enfermeras han notificado su baja a la dirección —dijo Teresa con amargura.

—Es comprensible. Esto no ha hecho más que empezar —consideró Sebastián recordando el planteamiento de la situación desde el punto de vista de don Wenceslao—. Si la ira contra el clero se venía manifestando desde hace tiempo, con las noticias de hoy su persecución será brutal.

—¡Qué ironías de la vida! —exclamó ella entre dientes—. Si una se para a pensar que Jesús fue sentenciado por considerarlo líder de un movimiento nacionalista contra la ocupación imperialista romana, y que ahora sus seguidores son acosados por las izquierdas, la situación no tiene sentido —argumentó con sonrisa amarga.

Recordando el enfrentamiento verbal que habían mantenido

Teresa y Samuel, Sebastián pensó en la facilidad con que ella transponía etimológicamente cualquier hecho al ámbito religioso.

—No estoy muy puesto en historia de la religión, pero creí entender que no fue así exactamente, ya que el mismo Jesús se opuso a que el movimiento zelote enraizara entre los apóstoles.

Teresa guardó un soplo de silencio y miró hacia otro lado.

—Bueno... —dejó caer resolutiva—, el tiempo dirá en qué acaba todo.

Sebastián ya era ducho en reconocer la actitud que ella adoptaba cuando no le interesaba entrar en una materia.

El calor de aquel sábado estaba resultando opresor.

—Estoy que desfallezco. No he tenido ni tiempo para desayunar —dijo Teresa en medio de un largo suspiro.

Sebastián miró el reloj.

—Pues ya casi es hora de almorzar.

Entraron en una casa de comidas y se sentaron a una mesa cerca de un ventilador que giraba cansinamente.

Echaron un vistazo a la pizarra donde lo más ligero que se ofrecía, entre los platos del día, era menestra de verduras. Pidieron dos raciones acompañadas de una gaseosa fresca.

Antes de probar bocado, Teresa apuró de un solo trago el contenido de su vaso y dejó caer los hombros con gesto de alivio. De su rostro desapareció la tensión mostrada hasta hacía unos instantes. Era notorio que la presión soportada en el trabajo, unida a los últimos sucesos, estaba haciendo mella en sus nervios y le conferían por momentos un carácter desabrido.

—Bien, ¿y tú qué tienes que contarme? ¿Has podido averiguar algo? —preguntó relajando el tono de voz.

Sebastián refirió el encuentro con Ricardo ciñéndose a lo concerniente a San Juan de la Peña, pasando por alto la determinación de su compañero a tomar parte en los movimientos armados.

—Samuel mencionó el Vaso Sagrado, y en menos de cuarenta y ocho horas sale a colación por segunda vez —comentó Teresa.

—Y la coincidencia de los dos asesinatos en la misma noche no ha sido fruto de la casualidad. Alguien escuchó tu conversación con el sargento Mendoza y se nos adelantó. Cuando llegamos al café Oriental nos estaban esperando, y nos siguieron hasta la tienda de Samuel. No quiero ni pensar que fuimos los guías de sus asesinos. ¿Qué motivo tendrían para matarlo?

—El códice —dijo resuelta Teresa—. Cuando volvimos no estaba ni en la mesa ni en la estantería, ¿recuerdas?

—No estoy muy convencido pero, bien, aceptemos en principio que fue obra de la sociedad secreta que mencionó Samuel, para recuperar su libro —convino Sebastián—. ¿Dónde encajan Mendoza y Conrado?

—Por lo pronto, Mendoza me envió el botón de la chaqueta de Conrado que estaba en la mano de mi padre. Lo que me lleva a pensar que Conrado está involucrado en su muerte.

—¿Y Mendoza?

—Tengo la certeza de que me iba a hacer una confidencia relacionada con el botón y con el informe de la autopsia.

Sebastián pensó que la deducción de Teresa coincidía con las conjeturas de don Wenceslao: una mano negra intentaba cortar el cordón umbilical entre ellos y cualquiera que les pudiese facilitar información sobre la muerte de Ezequiel.

—Si fue Conrado quién escuchó la conversación con Mendoza, también sería el que se nos adelantó en el café Oriental y nos siguió después a la tienda de Samuel —prosiguió ella en su análisis—. De hecho, estaba entre los que nos dispararon

—De ser tu ángel de la guarda a casi matarte. Si bien tengo mis dudas de que te haya reconocido en la penumbra de la calle. De todos modos, sus atenciones contigo en el hospital fueron un montaje; su objetivo era tenerte controlada y vigilada. La razón se la llevó Mendoza a la tumba.

—¿Y qué secretos se llevaría Samuel?

—A primera hora de ayer creí conveniente acercarme a la tienda para ver si podía sacar algo en claro.

—¿Qué averiguaste?

—No mucho. El mozo de la rebotica es nieto de Samuel. Está anímicamente destrozado. Me contó la versión policial; le cargan el atentado a algún grupo xenófobo vinculado con la extrema derecha.

—Ya. Visto el poco interés que pusieron en la investigación de la muerte de mi padre, cuando supuestamente la situación aún estaba en calma, qué pretendías escuchar sobre el asesinato de un judío en medio de un escenario prebélico; echan mano de la explicación más simple y punto. Pero nosotros sabemos que esa no fue la causa.

—Le dejé a Abel, al nieto, el número de teléfono de la pensión, por si se enteraba de algo más.

Pidieron dos cafés.

Ambos se sumieron en un reflexivo silencio. Sebastián, mientras revolvía el café, observaba como la mirada ausente de Teresa giraba en torno a la taza.

—¿Qué opinas de la sociedades secretas? —preguntó ella con voz queda.

La pregunta lo cogió a contrapié. En un lapso de veinticuatro horas Felipe y don Wenceslao habían evitado pronunciarse sobre temas similares. Sobre lo oscuro y oculto de la vida el uno, y sobre el adoctrinamiento fanático y sectario el otro. Ahora, él mismo se daba cuenta de que tampoco tenía conocimientos suficientes como para emitir un juicio.

Se tomó un respiro antes de contestar:

—Nunca me atrajo especialmente el mundo de las religiones. Mi conocimiento en ese campo dista mucho del tuyo. Es más, creo que carezco de sentido religioso —reconoció—. Aunque durante mi estancia en la embajada de Roma, para familiarizarme con la pintura mitológica, tuve ocasión de ojear en su interesante biblioteca algunos libros relacionados con ese campo. Tengo recuerdos vagos sobre los Caballeros del Temple, los Rosacruces, los Alumbrados y hasta de las hermandades francmasónicas. Pero nada de ello me caló lo suficiente; la verdad es que no podría darte una opinión.

Teresa lo miró fijamente con los ojos entrecerrados.

—Yo sí creo tener suficientes elementos de juicio como para catalogarte de agnóstico.

Sebastián creyó notar en sus palabras una cierta sorna. Negó con la cabeza.

—Hasta ahora, nosotros no habíamos profundizado en temas de religión o política. Yo no lo he hecho contigo ni con nadie. Te habrás dado cuenta de que ni siquiera intervine en la polémica entre tú y Samuel; me limité a contemplar vuestra reacciones. Pero he de confesarte que en mi juventud, allá en el pueblo, estuve una larga temporada ayudando a misa.

—¡¿Tú, monaguillo?! —exclamó Teresa con socarronería.

Sebastián sonrió a su pesar, desvió la mirada hacia la ventana y alzó las cejas.

—Monaguillo o algo que se le parecía. A veces en los pueblos hay que cumplir con los preceptos familiares. Aquello me brindó la oportunidad de leer la Biblia. No en su totalidad, pero sí lo bastante como para atiborrarme de dudas con respecto a los textos sagrados por las contradicciones que pude observar entre sus autores.

Agarró la taza por el asa, hizo girar el café y apuró el último sorbo.

—Ya ves —prosiguió bajo la mirada escrutadora de Teresa—. Algunos tenemos la desgracia de que, sin conocernos en ciertos aspectos, se nos juzgue y, sin oírnos, se nos condene. Últimamente me está pasando con frecuencia. No, no soy agnóstico —rechazó tajante—. Tal vez un poco escéptico.

—El hecho de que te plantees dudas no tiene porqué convertirte enescéptico.

—¿Qué crees que podría hacerme cambiar?

—Todo tiene su tiempo... —contestó ella con persuasiva retórica.

Sebastián rebobinó rápidamente en su memoria hasta el día del cumpleaños de Felipe y remató la frase:

—Y todo lo que se quiere debajo del cielo tiene su hora.

—¡Eclesiastés tres uno! —concluyó Teresa.

«Vaya», se dijo Sebastián, «así que don Faustino también conoce el Eclesiastés».

Durante unos instantes Teresa contempló en silencio el rostro absorto de Sebastián.

—Mi padre era de misa dominical. Yo, en cambio, aquí donde me ves, soy todo pura teoría —dijo con tono introspectivo—. Lo mío no llegó a ser un precepto imperativo, pero sí me acostumbró desde muy joven a leer todo texto sagrado que había en casa. Él no cercenó en nada mi libertad religiosa, siempre que fuera una libertad razonable.

En los labios de Teresa languideció una sonrisa.

—No sólo tú dudas, ¿sabes? Hubo momentos en los que mis razonamientos también hicieron dudar a mi padre, más de una vez. Pero él me remitía a los Sagrados Textos y se refugiaba en ellos: «Dios entregó el mundo a las disputas de los hombres». La brújula de su mente marcaba siempre la misma dirección: la fe.

—La teoría de que basta con tener fe para creer en Dios no es válida —argumentó Sebastián—. Si así fuese, bastaría con creer fielmente en algo para conseguirlo. Pienso que si alguien está interesado en llegar a Dios, tendrá que hacerlo a través del conocimiento.

—Estoy segura de que mi padre penetró a fondo en el conocimiento de su fe —repuso ella.

—Y se llevó consigo los secretos de esa fe.

Teresa asintió. Y señaló:

—Puede que San Juan de la Peña nos ayude a desvelarlos.

—Pero Jaca queda lejos. Y no creo que sea el momento más idóneo para alejarse de Madrid. Parafraseando a don Wenceslao : En la vida, antes de adoptar una estrategia, hay que hacerse las mismas preguntas que se aplican ante un avance con la infantería: a dónde, por dónde, cómo y cuando.

—Te veo poco decidido —insistió ella—. Vamos a ver. Para la primera pregunta ya tenemos respuesta: a Jaca. ¿De qué dependen las otras tres?

—De cómo discurran los acontecimientos en los próximos días. Si por mimetismo con las plazas del sur, también se sublevan plazas en el norte, podría resultar arriesgado emprender ahora un viaje tan largo. Además, tendré que pensar en cómo voy a llegar hasta allí; no hay ningún transporte que una Madrid directamente con Jaca.

Teresa adoptó un gesto adusto.

—¿He oído bien? Has hablado en singular. ¿Es que piensas que yo me voy a quedar aquí esperándote?

Sebastián sabía lo obstinada que podía ser Teresa cuando se le metía algo entre ceja y ceja.

—En el hospital no pueden permitirse el lujo de prescindir de ti, tus servicios allí son ahora más necesarios que nunca —objetó quedamente—. Pero al margen de eso, y a la vista de lo que nos está sucediendo, creo que lo más prudente es que vaya solo.

—Te pedí que me ayudaras, no que me sustituyeras. Además, yo tengo las cruces —replicó ella con genio contenido.

Sebastián consideró prudente no continuar la conversación. De nuevo Teresa había sacado a relucir el fuerte temperamento que la hacía mudar con facilidad del carácter más dulce al más intransigente. La comprendía, y no le reprochaba nada; la situación que estaban viviendo no era para menos.

Teresa terminó su café y depositó la taza con brío en el platillo al tiempo que miraba a Sebastián con ojos relampagueantes.

Él contempló el fuego de aquellas lumbreras y se cuestionó con qué aspecto la encontraba más atractiva: si con el que la mostraba tierna y delicada o cuando la transformaba en una geniuda adorable.

Teresa se retiró pronto a casa; el domingo le tocaba de nuevo guardia en el hospital. Se la veía cansada; el coste emocional le estaba pasando factura.

A contraluz de los últimos claros de un sol que se batía en retirada tras la sierra de Guadarrama los contornos de los edificios de la Gran Vía semejaban recortables.

Era sábado, inexcusable día de tertulia. Sin embargo,

Sebastián sospechaba que éste no iba a resultar un sábado cualquiera.

Puso rumbo al Colonial.

La clientela del café aún era escasa; dos hombres charlaban apoyados en la barra, y otros ocho debatían tranquilos sentados a dos mesas. Sebastián conocía de vista a la mayoría de los presentes. En una mesa del rincón un desconocido se encontraba concentrado ante un tablero de ajedrez, jugando contra sí mismo.

Sebastián cogió un periódico del extremo del mostrador y pidió una jarra de cerveza. Su mirada recorrió las noticias sin que éstas llegaran a calar en su mente, en la que alternaban destellos de las muertes de Ezequiel, Mendoza y Samuel.

Poco a poco el ambiente fue entrando en ebullición. Los tertulianos entraban por tandas. Unos se hacían sitio en la barra y otros se distribuían por las mesas, las juntaban y formaban corros más numerosos.

A espaldas de Sebastián una voz se alzó por encima de las demás, siendo la más madrugadora en sacar de la chistera un tema para la polémica.

—Una vez de vuelta de mi reciente estancia en París, propongo un debate sobre la contextura vital en la obra de Picasso.

Sebastián sintió curiosidad por saber qué contenido se escondía tras aquel titular tan rimbombante. Bajó del taburete y se acercó a formar parte del corro.

La cuestión planteada giraba en torno a si la crisis personal por la que atravesaba el pintor era consecuencia de sus bien conocidos devaneos amorosos, y a cómo esa crisis podía estar afectando a su obra. Últimamente la creatividad de Picasso derivaba hacia la literatura, y más concretamente a la poesía. Se rumoreaba por París, que a su ya compleja situación sentimental se había sumado una nueva mujer, la artista surrealista Dora Maar.

El que propuso el tema levantó en su mano un ejemplar de la prestigiosa revista francesa *Cahiers d'Arts*.

—¡Escuchen! —pidió la atención de los tertulianos—. Escuchen lo que aquí comentó el maestro con cierto pudor. —Abrió la revista y leyó—: «Soy un pintor viejo y un poeta recién nacido».

En el corro sonaron carcajadas de mofa.

Sebastián miró de reojo hacia el rincón donde el solitario jugador de ajedrez parecía seguir concentrado en el tablero, y observó como movía negativamente la cabeza en señal de desaprobación; gesto delator de la atención paralela que prestaba al debate. Pensó que tal vez coincidían en que no era de su agrado el cariz que éste había tomado. Recogió la jarra de cerveza del mostrador y se aproximó a la mesa de aquel hombre.

—¿Qué, va una? —retó Sebastián con tono afable.

El jugador levantó la cabeza del tablero y durante un instante lo escrutó con aire sagaz. Con una sonrisa señaló la silla que estabafrente a él.

Sebastián le tendió la mano al tiempo que se sentaba.

—Sebastián Ríos.

El jugador emuló el gesto.

—Francisco Galloso. Pero llámeme Paco.

Paco giró el tablero cediéndole las blancas.

—Por lo que veo, el debate de esa mesa no le interesa —comentó Paco mientras ordenaban las piezas.

—Más que falta de interés lo que me produce es aburrimiento, pues se escapa del carácter que debería predominar y se desvía hacia cuestiones íntimas.

Sebastián abrió con peón de reina.

—Sí —convino Paco—. Toda tertulia pierde categoría cuando se dejan a un lado los comentarios y juicios artísticos para dedicar la velada a meros cotilleos.

Paco hablaba con cadencia suave pero con el timbre seguro de quién sabe de lo qué habla. Después de pensar la jugada movía las piezas con rapidez. En el quinto movimiento ya estaba forzando a Sebastián a hacer un enroque.

—¿Es la primera vez que viene por aquí? —preguntó Sebastián mientras ejecutaba la defensa de su rey.

—Sí. Durante mis estancias en Madrid suelo frecuentar la tertulia del Círculo de Bellas Artes. Fue allí donde oí hablar de este café.

—Y por lo que he observado no le convence mucho el modo en que aquí se debate.

—Son dos estilos diferentes: allí demasiado tecnicismo, aquí demasiado relajo. Al menos lo que he podido escuchar hasta ahora.

—Noté en usted un gesto especial cuando oyó nombrar a la pintora Dora Maar —dijo Sebastián con el mayor tacto que pudo imprimir a su tono de voz.

Paco detuvo su mano sobre un alfil y examinó al corro en cuestión. A renglón seguido, con un movimiento rápido, deslizó la pieza amenazando uno de los peones del enroque.

—Conozco a Dora Maar. Es una mujer espléndida.

—¿La conoce? —preguntó Sebastián sorprendido.

—Sí. Y a Picasso también; conozco a los dos.

A Sebastián le brillaban lo ojos de admiración; ¡tenía delante a una persona que se relacionaba con Picasso!

A Paco no le pasó desapercibido el pasmo de Sebastián; su

contrincante se había ido del juego.

—Jaque mate.

Giraron de nuevo el tablero; Paco jugaba con blancas.

—Veo que le sorprende mi relación con el entorno de Picasso —dijo abriendo la partida.

—Sí —reconoció Sebastián. Aunque lo que en realidad le sorprendía era la familiaridad con que aquel hombre dejaba caer sus nombres—. ¿Cómo llegó hasta él?

—En París no tiene nada de extraordinario relacionarse con pintores consagrados —dijo Paco con naturalidad.

Durante el transcurso de la partida Sebastián absorbía con atención las palabras de Paco. Pensó que, después de todo, aquel sábado le estaba ofreciendo un soplo de aire fresco.

Francisco Galloso resultó ser un pintor vallisoletano formado en la Escuela de Artes y Oficios de Valladolid; «algo tenemos en común», se dijo Sebastián.

Paco viajaba con frecuencia a París, de hecho residió en la ciudad durante un tiempo. A su paso por Madrid, además del Círculo de Bellas Artes también frecuentaba el Ateneo.

En el local ya se discutía acaloradamente cuando irrumpió por la puerta un colega visiblemente excitado. Levantó de la silla a un tertuliano y se subió a ella. Alzó los brazos e hizo oír su voz sobre la algarabía reinante.

—¡Atención, prestad atención!

El vocerío se disolvió en un murmullo de curiosidad y todos miraron al recién llegado.

—¡El Gobierno ha dimitido. Tenemos un nuevo presidente, un tal Martínez! —anunció.

Aquello produjo un cierto revuelo. Una voz preguntó por encima del murmullo:

—¿Martínez, qué?

—Y qué más da; Martínez y punto —contestó el anunciante.

Paco soltó una risa franca.

—¡Qué razón tiene el compañero! —dijo—. En nuestro mundo llega con un sólo nombre para darse a conocer: Rafael, Rembrandt, Goya, Picasso.... En la política y en la literatura suelen usar nombre y apellido o los dos apellidos.

Ahora Sebastián apenas le prestaba atención. Con la mirada en el tablero, su pensamiento estaba en otra esfera, en analizar la repercusión que este cambio podía suponer en una situación tan delicada de preguerra como la que presumía don Wenceslao. Era evidente que había desacuerdo entre los partidos que formaban el Gobierno y que ello suponía una ventaja de maniobra para los insurgentes. Si este planteamiento resultase real, ¿cómo afectaría a sus planes de viajar a San Juan de la Peña?

—Ha quedado usted atónito —declaró Paco ante la actitud de Sebastián.

Éste salió de su abstracción levantando la vista y, con un rápido parpadeo, pensó en una respuesta evasiva.

—No, que va. Estaba pensando sobre la forma en cómo ejecuta sus movimientos: rápidos, rematados con ese toque seco contra el tablero.

Paco volvió a exhibir su franca sonrisa.

—Después de pasear la mirada por el tablero, ejecuto el movimiento con rapidez y con ese toque sonoro, como bien dice usted. Con esto logro, a veces, desconcentrar al rival. Es imposible predecir más allá de un par de jugadas. Si ese movimiento es inesperado y, consecuentemente, le coge por sorpresa, tendrá usted que confiar en su instinto. Las decisiones intuitivas acuden a la mente porque ésta ha reconocido imágenes o situaciones que le resultan familiares.

«Estrategia», pensó Sebastián. «Como diría don Wenceslao: toda acción tiene que venir precedida de una estrategia. Seguramente él y Paco se entenderían a la perfección».

Camino de la pensión, Sebastián se preguntaba si sería aplicable la estrategia de Paco a sus complicados conflictos personales. «¿Cómo saber en qué momento el rival movería pieza, para ejecutar el siguiente movimiento con rapidez?»

Desde la Puerta del Sol le llegaron con nitidez los gritos de «¡Traición! ¡Traición!» con que una multitud manifestaba su desencanto con la constitución del nuevo Gobierno.

Domingo, 19 de julio de 1936

Aún los rayos del sol no habían conseguido superar los tejados vecinos, y ya la sala estaba invadida por el soniquete de la radio y por don Wenceslao con su prensa.

—Buenos días le vean —saludó el exmilitar.

—A saber cómo serán —contestó Sebastián con desánimo, frotándose los ojos con las yemas de los dedos.

—Supongo que no estará al corriente de los cambios.

—Si se refiere usted al cambio en el Gobierno, me enteré ayer noche en el café.

Don Wenceslao adoptó un actitud sarcástica.

—No, no. Lleva usted algún retraso. Anoche el nuevo presidente era Martínez Barrio. El domingo nos trae otro cambio; Martínez ha dimitido y hoy tenemos de presidente a José Giral —anunció con tono socarrón—. Ya ve, el soplo de una noche barrió un Gobierno sin tiempo siquiera de apagar las farolas.

Sebastián se quedó de piedra. Recordó los gritos de «traición, traición» en la Puerta del Sol. La situación se complicaba si ahora era el mismo pueblo el que derrocaba los gobiernos.

—¿Y cómo ve usted este cambio? —preguntó intranquilo.

Don Wenceslao cerró el periódico que estaba ojeando, lo puso sobre el regazo e hizo una inspiración antes de responder.

—Giral formará un Gobierno integrado en su totalidad por republicanos y sospecho que, para satisfacer el ansia de la multitud, repartirá armas.

A Sebastián le vino a la memoria el enojo de Ricardo.

—Pero de nada sirve un arma sin cerrojo.

Don Wenceslao asintió y sonrió a su pesar.

—Caramba. Está usted más al corriente de lo que imaginaba.

Sebastián le refirió su encuentro con Ricardo.

El exmilitar movió la cabeza en señal de disentimiento.

—El pueblo español tiene grandes virtudes, y a la vez grandes defectos —declaró con pesar—. Como también dijo Plinio, en tiempos de los romanos: «tiene fama de ser un pueblo que, cuando no está en guerra, se las inventa para poder luchar». Sigo opinando, al igual que el presidente de la República, que la tarea de frenar a los insurgentes debería encomendarse a los oficiales y tropas leales. Pero es indudable que a Azaña lo supera la situación, está anonadado y no es capaz de reaccionar.

Sebastián señaló con el pulgar por encima del hombro hacia la radio.

—¿Y por ahí que dicen?

—En radio Sevilla dan por hecho que algunas ciudades de Andalucía han caído en manos de los sublevados.

—¿Y en el norte? —inquirió Sebastián con ansiedad—. Tengo previsto un viaje hacia esa zona.

Don Wenceslao torció el morro al tiempo que negaba con la cabeza.

En ese instante don Vicente hizo su entrada de la calle.

—Buenos días tengan ustedes —saludó, y se paró observándolos—. Les veo cariacontecidos.

—La cosa no es para menos —señaló don Wenceslao—. ¿Nos

trae alguna novedad?

Don Vicente se aproximó con su peculiar talante timorato.

—La actitud de ambos me hace sospechar que están al tanto de las mudas gubernamentales. Por la central discurre un baturrillo de rumores y noticias; aquello es un hormiguero de gente. Tal que hoy estamos a turnos.

Quedó expectante mirando a los otros dos, esperando algún pronunciamiento. Pero al contemplar los semblantes ensombrecidos por la decepción, se animó a continuar:

—Quizá destacar el último decreto de Presidencia con fecha de hoy, licenciando a las tropas que estén bajo el mando de oficiales que se hayan colocado frente a la legalidad republicana. Seguramente aprovechando los permisos veraniegos de los soldados.

Don Wenceslao, embutido en su butaca carraspeó, antes de hablar.

—Tenemos un conocimiento aproximado de la situación en que se encuentra la zona sur —dijo haciendo un gesto hacia la radio—. Pero a Sebastián le preocupa el norte. Estoy seguro de que algunos periodistas tienen noticias más frescas que las que nos arroja ese aparato.

—He oído que el levantamiento ha tenido éxito en algunas poblaciones de Castilla la Vieja, no sabría decirles nombres, y en parte de Aragón —indicó don Vicente.

Sebastián tensó el semblante.

—¿Qué «parte» en concreto?

—Verá, don Vicente —intermedió don Wenceslao—, Sebastián está preocupado porque tiene proyectado viajar a esa zona.

—Pues tiene que ser Zaragoza —especuló don Vicente.

—Y Zaragoza está en el corazón de Aragón —puntualizó el exmilitar.

—Claro, claro —convino don Vicente.

—¿Está usted seguro? —interpeló Sebastián.

—Si digo que tiene que ser Zaragoza es por lo siguiente, y esto lo sé por un periodista de prensa comunista. Para hoy está organizada la Olimpiada Popular en Barcelona, en oposición a los Juegos Olímpicos de Berlín. Muchos jóvenes madrileños se inscribieron para participar en ella. Según este periodista, a pesar de la situación en Madrid, el partido comunista ha dado permiso a sus miembros para asistir a dicha Olimpiada. Los que escogieron la larga ruta en tren que pasa por Valencia no tuvieron ningún problema en el trayecto. En cambio los que eligieron la ruta de Zaragoza no llegaron a Barcelona; el tren fue interceptado al pasar por esa provincia.

Sebastián pensó que la adversidad se interponía en su camino; para llegar a la provincia de Huesca había que cruzar inevitablemente por la de Zaragoza.

—¡Menuda sorpresa! —exclamó don Wenceslao—. Zaragoza, la plaza fuerte de la Confederación Nacional del Trabajo, en manos de los insurgentes.

—Espero haber satisfecho su curiosidad —dijo don Vicente—. Ahora, si me disculpan, voy a descansar un rato antes del almuerzo. Después tendré que volver a la Telefónica.

Y desapareció por el pasillo.

Sebastián se recostó en la butaca y cerró los ojos. Las noticias de don Vicente no eran nada halagüeñas; la perspectiva del viaje se presentaba complicada. Recordó la explicación de Paco la noche anterior, referente a la ejecución de un movimiento rápido para desconcertar al rival después de plantear la estrategia. Si era cierto que sus pasos y los de Teresa estaban siendo vigilados, el movimiento súbito a Jaca había quedado neutralizado temporalmente y el rival tendría que esperar.

Don Wenceslao lo observaba en silencio; era perro viejo.

—Si no me equivoco, busca en ese viaje una explicación para los asesinatos que lo traen de cabeza, ¿no es así?

Sebastián asintió.

—Entonces, ¿se acabaron las esperanzas? ¿volverán los ensueños? —tanteó don Wenceslao con tono benévolo.

—¿Usted sueña?

—Pues claro. En sueños podemos desarrollar sentimientos que nos son del todo ajenos. En sueños nos vemos capaces de todos los delitos, de todas las perversidades sexuales. ¿Quién no ha experimentado en sueños una intensidad de sentimientos que le es desconocida en la vida consciente? —declaró don Wenceslao con lenta cadencia en el habla.

—Hace días que apenas puedo conciliar un duermevela —confesó Sebastián.

—Eso es preocupante, y puede conducirlo a un desenlace desagradable. Ninguna persona puede mantenerse en el terreno de la cordura cuando se ve privado de su serie de cinco sueños por noche durante un espacio de tiempo considerable; puede acechar la locura. Únicamente a través de los sueños el hombre puede descargar sus aspiraciones, sus deseos inconfesables, sus frustraciones, temores, complejos...

Sebastián se preguntó qué pensamientos estarían cruzando por la mente de aquel hombre mientras desgranaba su pequeño discurso.

—¿Con qué sueña usted ahora? —se atrevió a sondear aprovechando el momento de ensimismamiento en que se había sumergido don Wenceslao.

El exmilitar dejó vagar la mirada por el techo de la estancia mientras respondía:

—Los encrespados tiempos actuales no son propicios para los sueños gozosos. Yo me afano en despabilar pesadillas.

Después del almuerzo Sebastián se refugió en su habitación. Tendido sobre la cama dejó deambular en su mente las conjeturas extraídas hasta el momento sin llegar a encajar las piezas del rompecabezas. Tal vez no eran suficientes todavía, sin embargo presentía que algunas ya estaban ensambladas entre sí. Pero, ¿cuáles y cómo? ¿Qué otras le faltaban?

Se levantó, cogió un lápiz y la libreta y se sentó a la mesa. Planteó distribuir los indicios y datos que tenía hasta la fecha en una especie de árbol genealógico con tres ramas. La primera la encabezó con la palabra «cuatro» acompañada del dibujo del símbolo. Bajo ella escribió: *Los borrachos*, *Hijos de Júpiter*, Conrado y códice. En la segunda rama anotó en primer lugar «cruz», seguida de: Ezequiel, cruces compañeros, irrupción vivienda Teresa, Samuel y San Juan de la Peña. Consigno la tercera con la palabra «comisaría» seguida de: Castrillejos, fotos museo, Mendoza y botón. Su intuición le hacía presagiar que, en un momento dado, la ilación de todo aquello iba a desembocar en una tragedia aún mayor.

Echó una ojeada a la lista y estimó que no se le escapaba ningún elemento. Dejó el lápiz sobre la libreta, entrelazó las manos en la nuca e hizo estiramientos de brazos.

Se preguntó cómo estaría la situación por su Ribadeo natal. Pensó en su familia. Guardó la libreta en un bolsillo de la chaqueta y se dirigió a la sala.

Desde el teléfono de la pensión trató inútilmente que le pusieran una conferencia con la centralita del pueblo; las líneas estaban saturadas, tardarían horas en conseguirlo. Consideró que quizás a través de don Vicente fuese más fácil, aunque no le gustaba la idea de abusar de su amabilidad.

Decidió allegarse hasta el edificio de Telefónica.

El funcionario no había exagerado; aquello era un hervidero de personas y voces. Mientras unos se hacían sitio a codazos en los mostradores para solicitar línea, los más favorecidos vociferaban dentro de las cabinas. Se puso de puntillas para ver en derredor por encima de la multitud. Al cabo de un rato divisó a don Vicente de pie, ordenando papeles tras una mesa. Se abrió paso a duras penas hasta la segunda línea frente al mostrador y, con el brazo en alto, trató de llamar la atención de su compañero de pensión. Cuando éste lo vio, le indicó con repetidos movimientos del índice que fuese hacia un extremo del mostrador, tras una columna. Solícito como siempre, don Vicente rellenó un impreso con los datos que le facilitó Sebastián.

No transcurrió mucho tiempo hasta que escuchó su nombre por encima del vocerío: «¡Don Sebastián Ríos, cabina veinte!».

Según las informaciones que iba arrojando la radio, Galicia estaba en manos de los insurgentes, sin embargo en Ribadeo el ambiente estaba tranquilo. Las noticias circulaban deprisa. Los tripulantes de un pesquero, recién llegado de vender el producto de su marea en La Coruña, comentaron que la situación allí era distinta; habían contemplado como, desde una zona del puerto, se bombardeaba con cañones el edificio del Gobierno Civil.

A continuación pidió que lo pusieran con la casa de Felipe. Su padre venía desde Sagunto a pasar los fines de semana a Madrid, y a Sebastián no le cabía duda de que don Faustino era fuente de noticias fidedignas y de primera mano. Tenía que despejar de una vez por todas la duda de si era o no momento propicio para el viaje a Aragón.

Contestó la criada.

—El señorito está haciendo la siesta.

—Por favor, dígale que se ponga.

Entre bostezo y bostezo las palabras de su amigo no sonaban muy coherentes. Después de que Sebastián le expusiese su propósito, Felipe sugirió:

—Por hoy olvídate ya de ese tema. Mañana trataré de averiguar lo que pueda. Ahora relájate y vente a la Cervecería; te invito a unas copas. Aunque no es día de tertulia nos vamos a reunir.

Evocando el sabor del ponche de huevo de hacía dos noches, se dejó arrastrar copa tras copa hasta bien entrada la madrugada.

Lunes, 20 de julio

La noche se le había hecho muy corta. Sepultó la cabeza bajo la almohada pero no consiguió evitar que un apremiante susurro le agitase las meninges.

Sacó un brazo de la cama en busca del interruptor de la lámpara de la mesilla. Consultó el reloj; marcaba las seis.

—¡Sebastián, Sebastián!

Volvió a escuchar, ahora reconocible, la voz de don Wenceslao desde el pasillo.

Se levantó trastrabillando, abrió la puerta y se encontró con el rostro desencajado del exmilitar, ya vestido de calle.

—¿Pero usted sabe qué hora es? —le increpó Sebastián.

—Me va usted a perdonar, pero no lo hubiera molestado si no creyera que se trata de algo importante.

Sebastián sacudió la cabeza.

—Ayer noche no tuve ocasión de verlo —se excusó don Wenceslao—. A última hora de la tarde me llamó mi compañero, el capitán Orad de la Torre, para anticiparme que al amanecer de hoy se iba a llevar a cabo el rescate de los miles de cerrojos retenidos en el Cuartel de la Montaña. Si el coronel que los custodia no los entrega para poder armar a los milicianos, civiles en definitiva, tomarán el acuartelamiento por la fuerza.

—¿Y qué tiene eso que ver conmigo? —bufó enojado Sebastián.

—Me acordé de su colega, de Ricardo. Usted me describió su disposición de ánimo. Doy por seguro que será uno de los que estén decididos a asaltar el cuartel. Creí un deber comunicárselo. —Y girándose, añadió apesadumbrado—: Yo salgo para allá.

Un segundo de reflexión le bastó a Sebastián para reconocer la poca consideración que estaba teniendo con don Wenceslao.

—Deme dos minutos; voy con usted.

Fue al lavabo, metió la cabeza bajo el grifo y se vistió con prontitud.

Se dejó conducir, sorprendido por el paso ligero del exmilitar. Bajaron a la calle Bailén y desde allí se dirigieron a la Plaza de España. A medida que se acercaban aumentaba el número de civiles que, junto con guardias de asalto y guardias civiles, marchaban apresurados en la misma dirección. El color de los uniformes de los guardias se mezclaba con las remangadas camisas blancas y con un atuendo azul, llamado mono, que muchos de los civiles adoptaban como uniforme provisional de la milicia republicana.

—¿A dónde vamos? —preguntó Sebastián.

—Como ve, la multitud acude desde todas partes. El capitán Orad me dijo que el principal punto de encuentro sería en la calle Luisa Fernanda; me nombró el café Viena.

Desde la Plaza de España ya se vislumbraba sobre un promontorio, como surgiendo del claror del amanecer, la masa rectangular del cuartel, un edificio cuya silueta resultaba familiar para Sebastián, aunque hasta ahora no lo había identificado por su nombre. «Así que aquel era el famoso Cuartel de la Montaña. La mole de granito y ladrillo que él contemplaba desde la parte baja de la colina, en sus paseos por el parque del Príncipe Pío».

Mientras atravesaban la plaza advirtieron el emplazamiento de dos piezas de artillería en la esquina con la calle Bailén. Poco después, dos aviones sobrevolaron el cuartel arrojando octavillas en las que se pedía la rendición. Cuando enfilaron la calle Luisa Fernanda se escuchó una voz a través de los altavoces situados en los edificios de enfrente al cuartel, exhortando a los acuartelados a entregar las armas.

La calle estaba atestada de gente. Ya cerca del café don Wenceslao no tardó en divisar al capitán Orad de la Torre que, aunque retirado, se había uniformado y bajaba decidido con grandes zancadas. Traía un brazo en cabestrillo.

—El muy tozudo cayó por las escaleras hace cuatro días —gruñó don Wenceslao.

El viejo militar se interpuso en el camino del capitán.

—Escucha, Orad —alzó la voz cargada de excitación, poniendo una mano en el pecho de su excompañero—. Recapacita sobre lo que estáis a punto de hacer. No todos los que están en la Montaña están dispuestos a apoyar el levantamiento. Sabes, igual que yo, que la organización Soldado Rojo, unos doscientos miembros entre cabos y soldados, ha cobrado fuerza ahí dentro.

—Lo siento por ellos, tuvieron tiempo de salir —repuso Orad con voz firme.

—Si a esos más de mil militares ahí atrincherados se dirigiera un oficial de alta graduación, un general, tal vez reflexionarían y se evitaría una masacre.

Alrededor de los dos hombres se había formado un corro de civiles y milicianos. Unos estaban desarmados, otros portaban fusiles sin los consabidos cerrojos; la mayoría no sabría para qué servía aquella pieza. Sebastián observó en el brillo de sus ojos el ardor con que vivían la situación.

Orad dirigió una mirada dura a don Wenceslao al tiempo que le retiraba la mano del pecho.

—Mira, Wences, veo que no estás tan al corriente de la situación como crees —dijo el capitán con tono lúgubre—. Desde ayer a mediodía se encuentra ahí dentro, arengando a la tropa, el general Fanjul, uno de los principales conspiradores, además de unos doscientos cincuenta falangistas que consiguieron entrar y a los que ya les han proporcionado armas. Así que, ¡no me jodas! —zanjó en un tono que no admitía réplica. Apartó con el brazo al viejo militar y, tras dar un par de pasos, se giró—. Además Azaña ha dado el visto bueno.

—¡Azaña, Azaña! —exclamó don Wenceslao con desazón—. ¿El presidente es consciente de que si la masa ataca se habrá destruido la disciplina del ejército y la responsabilidad caerá sobre la República?

—Hace media hora hemos enviado un emisario exigiéndoles la rendición, y el hombre ha vuelto con el mensaje de que los militares nunca se rinden —masculló Orad con rabia.

—Hasta hoy esa disciplina jamás se había resquebrajado. Los soldados siempre se negaron a luchar contra la clase obrera de la que ellos mismos proceden. Pero cuando se vean atacados y reciban la orden de contraatacar, la disciplina se vendrá abajo.

—Estarás al corriente de que el Gobierno dio por licenciados a los soldados que estuvieran a las órdenes de oficiales insurgentes. Quién quiso tuvo la ocasión de irse. Ahora es el momento; ¡Ahora o nunca! —concluyó Orad reemprendiendo la marcha, seguido de una multitud jubilosa, henchida de fervorosa admiración.

Una expresión de amargura afloró en el rostro de don Wenceslao.

Uno de los últimos en salir del café Viena fue Ricardo, en mangas de camisa blanca y el fusil bajo el brazo.

—¡Sebastián! ¡Cuánto me alegro! —exclamó sorprendido al ver a su compañero—. Veo que al fin te has decidido.

—No. He venido para intentar convencerte de que no tomes parte en esta locura. ¿No te das cuenta de que es una insensatez? La mayoría de esta gente, tú incluido, nunca habéis tenido un fusil en las manos.

Quedaron mirándose fijamente. Sebastián vio la obstinación grabada en el semblante de Ricardo quién, pasados unos segundos, puso una mano en el hombro de Sebastián con gesto grave.

—Adiós, compañero —se despidió con voz queda, y se marchó a paso ligero tras la turba que corría hacia el Paseo de Rosales.

—¿Ricardo? —preguntó don Wenceslao con pesadumbre.

Sebastián asintió con el rostro desencajado.

—Yo también hice amigos, buenos amigos, de los que te abrazan y miran cara a cara a la muerte a través de tus ojos, y porque eligieron el destino equivocado tuve que llorar su pérdida. Probablemente no lo vuelva a ver —vaticinó el viejo militar.

—Probablemente —musitó Sebastián mientras perdía de vista a Ricardo fundido con el aluvión humano—. Pero en este caso, por obstinado, será él quien llore su propia muerte.

De regreso a la Plaza de España, a la altura de la calle Álvarez Mendizábal escucharon los primeros cañonazos. Se hicieron paso hasta la esquina con la calle Bailén y se situaron tras las piezas de artillería a cuyo mando estaba el capitán Orad.

La multitud daba vítores de júbilo: «¡Vivan los oficiales honrados del ejército!».

Los cañones tronaron. A juicio de don Wenceslao, aquellas piezas de setenta y cinco milímetros apenas harían mella en los muros del cuartel.

Habría transcurrido media hora desde el primer disparo, cuando la gente abrió paso a un camión de cerveza que remolcaba un obús de calibre considerable. Al frente iba un teniente.

—¡Jesús! ¡Qué barbaridad! —exclamó don Wenceslao—. Esa pieza es de al menos ciento cincuenta y cinco milímetros.

El obús fue emplazado a unos doscientos metros de la Montaña. Una distancia arriesgada, a tiro de pistola del cuartel.

El bombardeo con aquella arma resultó decisivo; el primer proyectil penetró en el recinto. De la explosión y humareda producidas, podía presagiarse un efecto devastador.

Durante unos instantes el silencio entre los asaltantes fue absoluto.

Coincidencia o no, en aquel momento cesaron los disparos desde la Montaña.

Se oyó un grito: «¡Bandera blanca! ¡Se rinden!»

Todas las miradas se centraron en una ventana del cuartel, por la que alguien hizo asomar una sábana blanca.

Sebastián observó como un teniente de los guardias de asalto se subía a una de las piezas de artillería y ordenaba que nadie se moviese.

La orden resultó infructuosa; el entusiasmo y la espontaneidad de la multitud eran tan enormes como su falta de experiencia. La gente echó a correr promontorio arriba hacia el acuartelamiento.

—¡No, no! ¡Alto! —grito don Wenceslao.

Súbitamente las balas empezaron a silbar entre los atacantes y los que iban en primera línea cayeron segados como un campo de trigo.

Don Wenceslao contemplaba la escena estupefacto con los ojos humedecidos.

Sebastián percibió su agitación en la forma de respirar del viejo militar.

—Venga, aquí cerca hay un banco.

Exhausto, don Wenceslao se dejó caer en el banco. Sacó un pañuelo del bolsillo y lo pasó por los ojos. Levantó la cara al cielo, inspiró profundamente y exhaló el aire en un solo golpe.

La algarabía reinaba en la plaza con el sonido de los disparos como sonsonete de fondo.

La conmoción de don Wenceslao se tornó en irritación y comenzó a golpearse en las piernas con los puños.

«Tengo que llevarlo a la pensión», consideró Sebastián.

Lo ayudó a levantarse y caminaron hasta encontrar un taxi. Al poco su excitación fue decayendo y la respiración se normalizó. El sonido del fragor de la refriega iba perdiendo intensidad a medida que se alejaban del lugar.

—El presidente Azaña debería saber que tomar algunos cuarteles por la fuerza en medio del júbilo popular, no es manera de sofocar un levantamiento —murmuró don Wenceslao entrando en una fase introspectiva—. Como también debería conocer, al igual que conocemos otros, la posición de fuerza de que gozan los militares en algunas zonas del país. Sospecho además, que la mayoría de los miembros de la Iglesia no van a sentir la vocación evangélica de ofrecer la otra mejilla cuando están recibiendo más que bofetadas; es evidente que prestarán su apoyo a los militares insurgentes.

Durante el recorrido, Sebastián observó que el taxista no les quitaba ojo a través del espejo retrovisor ni perdía palabra de la reflexión del anciano. Ya fuera por condescendencia o empatía con don Wenceslao, el hombre rehusó cobrar la carrera.

Subieron despacio la escalera de la pensión. Cuando entraron en la sala se encontraron a doña Sofía y a Avelina sentadas en las butacas, con expresión aturdida. Sobraba cualquier comentario; las detonaciones de los cañones debían de haberse escuchado en medio Madrid.

Al ver el semblante transfigurado de don Wenceslao se levantaron alarmadas. Entre Avelina y Sebastián lo ayudaron a acomodarse. Doña Sofía fue hacia el aparador y de un cajón sacó un abanico. Se sentó a su lado y comenzó a insuflarle aire con brío al tiempo que ordenaba:

—Avelina, tráeles café y calienta pan.

Sebastián se acercó a la puerta del balcón y se apoyó de hombro en la jamba dejando vagar la mirada por la calle. Las escenas vividas aquel amanecer le habían abatido el ánimo. Su cerebro tampoco estaba en condiciones de analizar la situación ni de enjuiciar a los personajes, todavía le rondaban rescoldos de la resaca de la noche anterior y las pocas horas de sueño le estaban pasando factura. Aún así hizo un esfuerzo e intentó cavilar sobre el supuesto escepticismo político que se le achacaba. Últimamente pensaba en ello con más frecuencia de lo que estaba dispuesto a reconocer. Se consideraba un hombre prudente, capaz de ver las dos caras de los problemas, la ingenuidad en cada entusiasmo.

Avelina le llevó una taza de café que él agradeció con un asentimiento de cabeza.

A su espalda oyó la voz apagada de don Wenceslao:

—Tremendo, ha sido tremendo.

El hombre se estaba recuperando; el café de doña Sofía obraba milagros. Además de reanimarlo estimuló su perorata.

—En el verano de mil ochocientos ochenta y seis, durante la entrega de la bandera bordada por la reina María Cristina, viuda de Alfonso XII, a la Academia General de Toledo —su voz ahora sonaba distante—, el general Galbis cerró su discurso con un patriótico párrafo: «Quién sirva en esta Academia y jure ante esta bandera, aunque quisiera ser traidor no podrá serlo nunca».

Sus creencias eran firmes y arraigadas.

Sebastián se giró mostrando un gesto severo.

—Y después de lo visto hoy, ¿aún confía en que esa idea esté vigente en el talante del ejército?

El viejo militar seguía inmerso en sus elucubraciones.

—Allí nadie aludió a la Constitución, que era cosa del Gobierno y de los políticos profesionales. Las constituciones pasan, como pasan las modas. Los militares están por encima de la política, sólo sirven a España.

—Despierte don Wenceslao, guarde sus filípicas, se acabaron los sueños. Retomando sus palabras de ayer, presumo que a partir de hoy tendremos que despabilar muchas pesadillas—dijo Sebastián en tono grave.

—No, no, aún tengo esperanzas en uno de esos sueños —insistió don Wenceslao—. Y tan pronto acabe este café, me iré a dormir para volver a soñarlo.

—¿Así de fácil? Tal vez quiera hacerme partícipe de él —dijo Sebastián en un halo socarrón.

—Los sueños de un hombre son de naturaleza estrictamente privada.

—Y no sería correcto que uno se invitase a un sueño ajeno ¿verdad?, Pero es posible que coincidamos en el mismo.

—Imposible... ¿Cuándo se vio que unas personas se metan en los sueños de otras? No pueden ser coincidentes —consideró don Wenceslao con terquedad.

Sebastián chasqueó la lengua.

Con aire resoluto fue a sentarse frente al exmilitar, posó la taza sobre la mesa y, entrelazando los dedos de las manos, se inclinó hacia delante con gesto de enojo, clavando la mirada en los ojos de aquel.

—Escúcheme bien.

El repentino cambio de actitud desconcertó a don Wenceslao.

—Es hora de dejar de flirtear con la realidad —dijo Sebastián con determinación—. Temo que no le voy a halagar los oídos, pero hay que aceptar que la realidad nos ha invadido de manera brutal y tenemos que combatirla. Basta de escarceos. No puede culpar al mundo por no comportarse del modo que a usted le gustaría. Por mucho que sueñe con la esperanza de que las cosas sean distintas, no van a cambiar aunque le desagraden porque, mientras espera, sus esperanzas se verán siempre frustradas y eso le perturbará. Es inútil quejarnos constantemente del sofocante calor de julio; seguirá agobiándonos día tras día. Y tildar constantemente de horrible ese aspecto del tiempo sólo serviría para inmovilizarnos.

Sebastián hizo una pausa al observar el gesto de aprensión que afloró en el rostro de don Wenceslao al escuchar sus palabras.

—Hoy hemos sido testigos de la división de la ciudadanía en dos frentes —prosiguió—. El que sigue a la voz que se levantó en territorio africano, y el que se mantiene fiel al gobierno republicano. Con el agravante de que si hace tres días podíamos calificar el pronunciamiento militar en Marruecos como cuestión de «un ejército», hoy pasa a ser «del Ejército». Se acabó el decidir qué camino tomar. España ha quedado dividida geográficamente en dos, y a cada cual se le adjudicará una etiqueta dependiendo de su ubicación. Presiento que la geografía se encargará de fijar la deriva de cada uno: los habitantes de Galicia, mi familia incluida, figurarán como cooperadores de los que se autoproclaman libertadores de la patria, y los de Madrid, mientras la ciudad resista, seremos republicanos.

En la sala se hizo el silencio. Los presentes quedaron desconcertados ante la inesperada proclama y la mutación experimentada en el carácter de Sebastián.

Fue la patrona quién tomó la palabra:

—Avelina, sube a tu habitación.

La moza, obediente, se retiró.

Sebastián se levantó y se dirigió decidido hacia el teléfono.

—¿Hay línea? —preguntó secamente.

Doña Sofía, cuyo cara era una máscara, se limitó a confirmar con los párpados.

Marcó el número de la casa de Felipe. En medio de su crispación consideró ridícula la manía de consultar la agenda cada vez que descolgaba el auricular; los cuatro números a los que llamaba frecuentemente los tenía memorizados.

Aunque lejanas, las detonaciones de la Montaña habían llegado hasta la vivienda de los Noguerol. Felipe intuyó que algo grave había ocurrido. Sebastián lo puso al corriente en líneas generales, y le pidió que para la tarde recabara todos los datos posibles sobre la postura de las principales poblaciones situadas al norte de Madrid. Estaba seguro de que las fuentes de información familiares y sociales de su amigo no le fallarían.

A continuación llamó a Teresa. Los ecos de la refriega no habían alcanzado el norte de la capital. No obstante, el resultado de la misma pronto acarrearía una avalancha de heridos al hospital. Sebastián la emplazó en el estudio de Felipe a última hora de la tarde. Tenían que tomar una determinación sobre el viaje a San Juan de la Peña y para ello era necesario conocer el estado del trayecto hasta la provincia de Huesca.

Después de colgar se volvió hacia los presentes con las palmas de las manos abiertas.

—Lo siento, hasta ahora nunca había perdido...

—Los estribos. —Lo interrumpió la patrona—. No se lamente usted, en cualquier momento todos acabaremos por hacerlo. Y ya que en esas estamos, voy a adelantarles una nueva de la que más temprano que tarde se percatarían; Avelina está embarazada.

Los dos hombres se cruzaron una mirada de perplejidad.

—Sé que no es necesario que les exija a ustedes respeto, y sobre todo discreción, porque doy por supuestas ambas cosas. Después hablaré con el resto de los huéspedes.

Y dicho esto se metió en la cocina.

La noticia no caló con claridad en la mente de Sebastián; todavía estaba excitado. Necesitaba tiempo para serenarse, dormir al menos un par de horas. Fue a refugiarse a su habitación. Corrió la cortina y se tumbó en la cama.

Se ausentó poco antes de la hora del almuerzo, no sin antes avisar a doña Sofía de que no estaría presente en la comida. No quería tener que excusar su estado de ánimo con los demás huéspedes.

Deambuló chaqueta al hombro durante una hora hasta que se topó con la fachada de un rojo descolorido de la taberna Casa Alberto, en la calle de Las Huertas. Un local acogedor donde se celebraban tertulias taurinas. Contemplando la pizarra con los platos del día pensó que, para calmar su ansiedad, tal vez no le iría mal una comida contundente. En el interior se respiraba familiaridad; un tentador olor procedente de los fogones impregnaba la atmósfera. Se sentó a una mesa y se dejó seducir por una de las especialidades de la casa: rabo de toro, acompañado de un vino tinto de buen cuerpo.

Mientras no le servían, pasó revista a las fotografías de toreros y carteles anunciadores de corridas que llenaban las paredes. Pero por mucho que quisiera distraer su mente, no podía evitar pensar en que don Wenceslao tenía razón en lo concerniente a lo mal que había manejado el capote el presidente Azaña en la faena del levantamiento militar. Después de lo presenciado esa mañana, ahora el pueblo estaba a los pies del toro y era el pueblo, con ese lastre sobre los hombros, quién tendría que agarrarlo por los cuernos.

La suculenta comida hizo el efecto, al menos momentáneo, de templar su ira. Estaba intrigado por conocer la repercusión que había tenido el asalto al cuartel en los madrileños. Con ese propósito a media tarde puso rumbo a Sol, el metacentro de todo movimiento ciudadano en Madrid.

En el camino se cruzó con un joven vendedor de prensa que anunciaba a viva voz el *Mundo Obrero*.

—¡Eh, chaval! —lo llamó.

El muchacho se aproximó y, cuando lo tuvo frente a él, Sebastián no pudo por menos que pensar en *el Manías*; aquella era su zona de actuación.

—¿Cuál quiere? —preguntó el muchacho.

No alcanzaría la edad de *el Manías* aunque su aspecto desarrapado se asemejaba al de aquel. Incluso usaba el mismo método de venta; en medio del *Mundo Obrero* insertaba ejemplares de otros periódicos.

—¿Y *el Manías*? —inquirió Sebastián.

El muchacho arrugó la nariz y torció la mirada con amargura.

—La *cascó* en la Montaña.

Las duras imágenes de aquella mañana golpearon en la mente de Sebastián. «¿Qué habrá sido de Ricardo?» pensó.

El muchacho se volvió hacia él y, limpiándose la nariz con la manga de su raída camisa, masculló colérico:

—Pero los cabrones que estaban en el cuartel también *la cascaron*.

Durante unos instantes intercambió una mirada desafiante con Sebastián, quién caviló en cómo las guerras aceleraban injustamente el proceso de convertir a los niños en hombres.

En los ojos del muchacho podía leerse una voraz rabia combinada con inocencia infantil.

—Bueno ¿Qué? ¿Me va a coger uno o no?

—Dame el que a ti te apetezca.

Sin vacilar, el muchacho le entregó un ejemplar del *Mundo Obrero*.

Sebastián dobló el periódico y, con él en la mano, caminó despacio para sumergirse en la marea humana que anegaba la plaza, donde se mezclaban rostros de alegría con otros de sufrimiento.

Mientras se hacía paso, observó un aumento notable de presencia femenina con respecto a otras concentraciones. Mujeres ataviadas con el gorro caqui de dos picos y fusil en mano, dispuestas a combatir en defensa de la República. Esta espectacular movilización miliciana le resultó sorprendente, dado que el pronunciamiento sufragista o de defensa de los derechos de la mujer databa en España de hacía solo tres años.

Al entrar en el Colonial, la sensación fue la de encontrarse dentro de una burbuja que aislaba del mundanal alboroto a los pocos clientes que en aquel momento se hallaban en el café. O al menos esa era la percepción que le transmitía el subconsciente. Sensación que se acentuó al descubrir a Paco reflejado en el espejo de la pared, sentado a la misma mesa de la otra noche delante de un tablero de ajedrez, ajeno, en apariencia, a todo lo que lo rodeaba.

Sebastián se acercó a la mesa del jugador y se mantuvo de pie, en silencio, observando cómo las piezas discurrían ágilmente por el tablero movidas por su mano. Paco no levantó la vista, daba la impresión de que contaba con que apareciera en cualquier momento.

No esperó una invitación a sentarse. Arrimó una silla a la mesa y colocó el periódico a un lado.

Escuchó la voz del camarero que le preguntaba:

—¿Qué va a ser?

—Un café —contestó. Y antes de que el hombre se diese la vuelta añadió—: negro.

—Como el día —ironizó Paco sobre el largo desplazamiento de un alfil blanco—. Escuché hace un rato que lo del Cuartel de la Montaña ha sido una matanza. En ambos bandos —puntualizó.

—He estado allí. Y ahora acabo de atravesar la plaza en medio de incalificables manifestaciones de ira y arraigado encono.

—Sí, hasta aquí llegan las voces de vez en cuando.

Sebastián miró hacia el ventanal en el momento en que pasaban dos autobuses atestados de hombres uniformados, cabizbajos y con claros signos de agotamiento. No cabía duda de que se trataba de prisioneros del Cuartel de la Montaña.

Bajó la vista al tablero.

—La insensatez corre paralela al río de sangre que se derrama en los bandos beligerantes. Nadie habla del número de muertos, porque sólo son eso: un número.

—El Gobierno Español no las tiene todas consigo —afirmó Paco—. Hace un par de horas he hablado con París, con una persona de confianza próxima al Palacio del Elíseo. El Presidente Azaña ha intentado recabar la ayuda del gobierno francés. Pero éste ha eludido la solicitud y se ha puesto de perfil. No quiere inmiscuirse en un asunto que considera un problema de carácter interno. Y sospecho que, llegado el caso, Londres adoptará la misma postura.

Sebastián escuchaba atentamente sin perder la perspectiva de la posición de las piezas en el tablero. Era evidente que aquel hombre estaba bien informado, y a la vez preocupado por la situación española. Cómo si no, podía explicarse que un apasionado del ajedrez como él detuviera la partida cuando, en dos movimientos, estaba a punto de poner en jaque al rey negro.

—Por el contrario —prosiguió Paco—, a las fuerzas sublevadas, bajo el pretexto de impedir que España caiga en manos del comunismo, no les sería difícil lograr ayuda de países como Alemania o Italia.

Sebastián se acodó en la mesa y apoyó el mentón sobre los dedos entrelazados.

—Cuando uno juega contra sí mismo, ¿cuál es la reacción lógica al situar en posición de peligro a una de la partes? —preguntó con desazón.

—Poner toda tu concentración al servicio de la parte más débil —respondió Paco al tiempo que, con un rápido movimiento de caballo negro, atajaba el ataque de las blancas.

—Mi abuela decía: «No hay como caer en un pozo para pensar en la manera de salir de él» —manifestó Sebastián con media sonrisa.

—Su abuela sería una buena ajedrecista —correspondió Paco con otra sonrisa para de inmediato cambiar el tono—. Esta noche salgo para París. ¿Usted, qué hará?

—Pase lo que pase, mi sitio está aquí —respondió Sebastián con firmeza.

Paco asintió.

—¿Tiene algo donde poder escribir? —preguntó sacando una pluma estilográfica del bolsillo interior de su chaqueta.

Sebastián hizo lo propio y le mostró su libreta de apuntes que puso sobre la mesa.

Paco desenroscó la tapa de la pluma y abriendo la libreta por la mitad comenzó a escribir una dirección que rubricó con la palabra «París».

—Si alguna vez cambia de parecer, póngase en contacto conmigo, será un placer serle de ayuda —dijo girando la libreta hacia Sebastián.

A medida que subía los peldaños los acordes de Tchaikovsky se escuchaban más nítidos.

Tiró del cordón y empujó la puerta. Felipe estaba plácidamente arrellanado en un sillón orejera con las piernas estiradas, la cara hacia el techo y los ojos cerrados. Sebastián conocía lo suficiente a su amigo como para saber que detrás de aquel plácido semblante anidaban pensamientos adustos. Cerró la puerta y fue a sentarse en el otro sillón. Durante unos instantes ambos guardaron silencio.

—¿Cuál es el grado de exaltamiento de la... «concurrencia» en las calles? —preguntó Felipe con un timbre de voz acorde con los graves de piano que sonaban en aquel preciso momento, impregnando la escena de un tinte dramático.

—Si antes no había mucha moderación ahora las posturas se han despojado de cualquier hábito civilizado —respondió Sebastián sin poder evitar el mismo tono de voz.

La puerta se abrió y apareció Teresa. Los dos hombres giraron la cabeza hacia ella y la recibieron con la esperanza de que trajese consigo un poco de aire renovador. Pero, lejos de esa expectativa, en las marcadas ojeras de la mujer podía leerse un cansancio infinito que desterraba cualquier explicación.

—Bueno, ¿qué? —dijo ella con voz decidida—. Os veo muy relajados. ¿Habéis llegado a alguna conclusión?

—Estábamos esperando por ti —reaccionó Felipe—. Ahora que estamos todos, vamos allá —dijo dando una palmada en los apoyabrazos del sillón y levantándose.

Teresa y Sebastián siguieron a Felipe hasta la amplia mesa, despejada de todo material de trabajo. En un lado, colocados cuidadosamente, se hallaban dos grupos de folios apilados y varios mapas doblados.

Sebastián sabía que su amigo no lo defraudaría. Apoyó las manos sobre la mesa y fijó la vista en su superficie.

—Antes de nada quisiera dejar constancia de un hecho incuestionable a estas alturas —dijo sin levantar la cabeza—. He estado analizando los sucesos de los últimos días, y no me cabe la menor duda de que en mi entorno más próximo hay alguien que está actuando bajo un falso código de conducta.

Teresa y Felipe intercambiaron un gesto de escepticismo.

—¿A qué te refieres? —preguntó Felipe.

—¿Y por qué hablas en singular y dices «en mi entorno»? —inquirió a su vez Teresa con recelo.

Sebastián aguardó un momento antes de contestar.

—Da igual hablar en singular o en plural. A lo que me refiero, es a que hay una persona que está al corriente de nuestros pasos, involucrada de alguna manera en el caso y que se comporta con doble personalidad.

—Al estilo Conrado —observó Teresa.

—Así es. Pero como bien indicó Felipe, Conrado es sólo un caballo dentro de la partida. Por encima hay una mano que mueve ese caballo.

—Pues sigo opinando que, si como parece, jugamos con blancas y llevamos la iniciativa del juego, el rival debe de estar esperando nuestro siguiente movimiento: nos toca mover pieza. Y no hay duda de que la casilla a la que tenemos que desplazarnos es San Juan de la Peña —dijo Teresa—. Y para eso estamos aquí, para decidir cómo. Así que no perdamos más tiempo y pongámonos a ello.

El ritmo y el tono de sus palabras, al paso de un *crecendo* de Tchaikovsky, delataban cierta crispación. Aprovechando un momento en que Felipe se dirigió a la estantería, Sebastián se acercó al gramófono y cambió el disco por un nocturno de Chopin.

Felipe se volvió con una guía de carreteras *Michelín* en la mano, un libro de color mostaza y tamaño cuartilla con visos de uso frecuente. Lo abrió por una hoja doblada.

—Según pude tantear, el camino más lógico es a través de Calatayud y Zaragoza. Esta guía describe las características de cada una de las poblaciones del trayecto y la distancia entre ellas, pero no nos proporciona detalles del terreno ya que carece de planos generales —dijo haciendo pasar las hojas bajo la presión del pulgar.

Arrojó la guía sobre la mesa. Movimiento que siguió Teresa con escepticismo para luego encararse con Felipe:

—¿Entonces?

Sebastián conocía el gusto de su amigo por las puestas en escena. Guardó silencio a la espera de un segundo plan que con toda seguridad ya tendría previsto.

—He traído algunos de los mapas topográficos que mi padre guarda en el despacho de casa. Creo que nos ayudarán a localizar las poblaciones con más exactitud —dijo mientras empujaba un par de ejemplares hacia Sebastián—. Ve desplegándolos hacia ese lado. Yo me encargo de estos.

Una vez abiertos los unieron. Abarcaban parte de las provincias de Madrid, Guadalajara, Zaragoza y Huesca. Mostraban con todo detalle carreteras, caminos y curvas de nivel del terreno; incluso el trazado del tren minero en la zona de Aragón.

—Como he dicho, este trayecto sería el más «normal» para llegar a la provincia de Huesca, y por lo tanto a Jaca —explicó Felipe recorriendo con el dedo la carretera de Madrid a Aragón—. No obstante, según la información que me ha llegado, el recorrido implica no pocas dificultades en el momento actual, puesto que coincide en su mayor parte con la línea de refriegas que se ha establecido de manera natural entre la zona ocupada por los sublevados y la que se mantiene leal al Gobierno.

—Entonces, según esa información, significa que ya se ha creado un frente de combate —dijo Sebastián con dejo de preocupación y la mirada puesta en el mapa.

—Sí, más o menos —respondió Felipe.

—¿Y de dónde procede la información? —preguntó Teresa sin poder disimular un tono suspicaz.

—Las líneas telefónicas no han sido intervenidas —afirmó Felipe—. Mi padre está en contacto, desde Valencia, con colegas del sector minero de Zaragoza. Allí ya han hecho un esbozo del estado general de la contienda. Además de Madrid, las principales zonas industriales y urbanas continúan en manos del Gobierno: Barcelona, Valencia, Málaga, Bilbao..., en Sevilla y Zaragoza se está combatiendo.

Felipe cogió los folios que tenía a su derecha y seleccionó dos.

—He anotado la, llamémosla, «postura» de algunas localidades situadas en la zona más conflictiva del itinerario que deberíais seguir. Hay que tener en cuenta que, dado el estado de confusión, y que estos datos están sacados de informaciones radiofónicas no contrastadas, puede que cada bando intente arrimar el ascua a su sardina. Así que hemos de tomarlos con la mayor reserva. Las he agrupado en dos listas, según sus posicionamientos, bastante fiables.

—Se me ocurre una idea que nos ayudará a hacernos una composición de lugar —propuso Sebastián.

De la estantería que tenía a su lado alcanzó una caja metálica llena de lápices. Revolvió su interior hasta que encontró el que buscaba; uno bicolor azul y rojo. Con él en la mano se acodó sobre el mapa de la provincia de Zaragoza.

—Listo. Ve nombrando esas localidades. Empieza por las que están en manos insurgentes.

Felipe y Teresa cruzaron una mirada escéptica. Ella elevó los hombros con una suave inspiración.

—Vamos a ver —comenzó Felipe—. En ésta figuran... Belchite... Codo... Quinto... Medina... y Fuentes de Ebro.

A medida que las nombraba, Sebastián las marcaba en el mapa con una cruz azul.

—Ahora dime las que se mantienen leales al Gobierno.

Felipe cogió el otro folio.

—Lécera... Azuara... Letux... Azaila... y Fuendetodos, la patria chica de Goya —recalcó.

Después de marcarlas con una cruz roja Sebastián se irguió.

—¿Qué os parece?

—No hay una línea definida. Parece un collar al que se le han soltado algunas cuentas —sugirió Teresa.

—Estoy de acuerdo —constató Felipe—. No puede hablarse de una línea de frente propiamente dicha. No existen fronteras definidas; se trata de un frente poroso.

—¿Frente poroso? —dijo Sebastián con el ceño fruncido— Explícate.

Felipe echó una ojeada a las notas del folio que tenía en las mano.

—Según los rumores que circulan por la comarca, y que la radio transforma en noticias, las gentes a las que el levantamiento ha cogido fuera de sus poblaciones se están jugando la vida al regresar a sus casas. No olvidemos que estamos en temporada estival. Esas personas cruzan de una zona a otra sin darse cuenta.

—Líneas difuminadas; como un *sfumato leonardesco* —susurró Sebastián observando las cruces.

—¿Un qué? —preguntó Teresa.

—No le hagas caso, esta en plena elucubración mental — chanceó Felipe.

—¿Y si trasladamos el itinerario hacia el oeste? Recorreríamos más kilómetros pero esquivaríamos el frente —sugirió Teresa.

Sebastián negó con una oscilación de cabeza.

—No serviría de nada —dijo haciendo circular el dedo índice en el aire sobre la zona marcada—. Don Vicente, un compañero de la pensión, nos ha contado que un tren con destino a Barcelona fue interceptado a la altura de Zaragoza. Cualquier transporte procedente de Madrid recibirá el mismo trato.

—Es lógico que entre tanto caos las aguas estén revueltas y exista recelo en ambos bandos —convino Felipe—. Por cierto, ¿en qué medio habíais pensado realizar el viaje?

Sebastián emitió un suave carraspeo.

—Me lo imaginaba —dijo Felipe después de interpretar el gesto de su amigo—. En ese sentido no habrá problema, al fin y al cabo, desde que mi padre fue destinado a Levante, el coche permanece muerto de risa en el garaje. Pero, al hilo del comentario de tu compañero Vicente y a la vista de cómo está el panorama, la posibilidad de que lleguéis a vuestro destino sin que en algún momento seáis interceptados por uno u otro bando es más bien nula. ¿Un Mercedes con matrícula de Madrid viajando hacia el norte?

—¿Qué nos sugieres? —preguntó Teresa con una mezcla de ansiedad y acritud.

—Opino que es imprudente emprender el viaje hasta que la situación se aclare —medió Sebastián.

—¿Y cuál sería para ti el momento oportuno? —insistió Teresa encarándose con él.

—Lo más sensato es esperar a ver cómo se resuelve este conflicto —terció Felipe—. ¿Cuánto puede durar? ¿Un mes, dos, tres? Supongo que en los próximos días este frente cimbrará como una culebra: un día hacia el este y el siguiente hacia el oeste. Al menos esperad a que la zona del recorrido esté claramente despejada de uno de los bandos. Llegado el caso, los riesgos se reducirían a la mitad.

Sebastián tuvo que reconocer de nuevo la clarividencia con la que su amigo planteaba las situaciones conflictivas.

—Así que esa es tu recomendación —se impacientó Teresa—. ¿Y cómo sabremos cuándo ocurrirá eso?

—Haremos lo siguiente —dijo Sebastián con el lápiz bicolor en la mano—. Si podemos seguir recibiendo información a través de esos contactos de tu padre, iremos marcando los movimientos de la culebra. De este modo sabremos...

—Para, para, para —lo interrumpió Teresa con vehemencia—. Si he entendido bien a Felipe, las poblaciones pueden estar pasando de un bando a otro en cuestión de días. ¿Os imagináis en qué maraña de cruces se convertiría el mapa en poco tiempo? Lo que hoy es azul mañana puede ser rojo.

Felipe y Sebastián pusieron los ojos en ella; su razonamiento era aplastante. Las marcas hechas con aquel lápiz difícilmente podían borrarse con una goma.

Teresa dejó escapar un suspiro y habló con firmeza:

—¿Tenéis chinchetas?

La pregunta desconcertó a los dos hombres. Sebastián fue el primero en reaccionar.

—Sí, por aquí debe de haber.

De un cajón de la mesa sacó una cajita de cartón. Vació su contenido en la mesa y un puñado de chinchetas, mezcladas con polvos de talco, se derramó sobre el mapa. Teresa sacudió la falda.

—Es para que no se oxiden —explicó Sebastián a modo de disculpa.

—Bien —dijo ella—. Vamos a clavar los mapas en el corcho de la pared. —A continuación agarró una chincheta por la punta entre el índice y el pulgar y la puso a la altura de su cara—. Ahora hay que pintar las cabezas de las chinchetas; unas de azul y las otras de rojo. De este modo será mucho sencillo seguir los movimientos del frente.

Los dos hombres enarcaron las cejas sorprendidos por la desenvoltura de Teresa.

—Entonces estamos de acuerdo en que el viaje debe ser aplazado —dijo Felipe.

—Sí, creo que será lo más sensato —convino Sebastián.

Teresa hizo una mueca de contrariedad al tiempo que escudriñaba los mapas.

—Si los dos estimáis que es lo más prudente... —abrió las palmas de las manos en señal de resignación—, esperaremos la ocasión más conveniente.

—Que no tardará en llegar —agregó Felipe—. Esta situación no se puede prolongar mucho. Además, ¿qué podemos perder mientras tanto?

Teresa levantó la vista hacia Felipe y a renglón seguido miró de soslayo a Sebastián.

—Un reguero de muertos por el camino —contestó con gesto abatido.

La frase sonó sentenciosa. La frustración de Teresa era notoria. Se truncaba por el momento la tan ansiada expectativa de desvelar el misterio de la muerte de su padre.

El oráculo de Felipe estaba fallando. El verano había dado paso a un otoño mucho más belicoso, donde lejos de verse el final de la contienda, ésta se dilataba tanto temporal como geográficamente y, en consecuencia, la vida de las personas se tuvo que ir adaptando a los acontecimientos.

Las noticias que llegaban a la capital a través de los medios de comunicación eran difíciles de contrastar, y algunas creaban confusión entre la población. Se rumoreaba que aviones *Junker* enviados por Hitler habían trasladado a la península tropas de África, noticia que parecía contradictoria con la llegada a Madrid de batallones alemanes para luchar al lado de la República. Los madrileños fueron testigos de cómo uno de esos batallones, el llamado *Thaelman*, desplegaba una pancarta en plena Gran Vía.

A últimos de julio Pérez de Ayala había abandonado Madrid de vuelta a Londres, renunciando a la dirección del Prado; preludio a su cierre el treinta de agosto. Y aunque al mes siguiente el Gobierno nombró un nuevo director en la persona de Picasso, éste no llegaría a tomar posesión del cargo. Las predicciones de don Wenceslao casi nunca fallaban; don Adolfo volvía a estar al frente del Museo.

La vida en la pensión discurría sin altibajos. La cintura de Avelina seguía ensanchándose a ritmo normal, y la crispación inicial de don Vicente, al contemplar como «su Gran Vía» era invadida poco a poco por familias de campesinos con sus carros y rebaños procedentes de Extremadura, huyendo del avance de las tropas de África, pronto se tornó en santa paciencia bovina.

Aunque la actividad de copistas en el Prado se había acabado para Sebastián y Felipe, éste siguió convocando la reunión semanal de los tres para mantenerse al día de la situación en el frente de Aragón.

Marzo de 1937

Cuando aquella tarde Teresa hizo acto de presencia en el estudio, los dos amigos se encontraban embutidos en sus respectivos caballetes. Se dirigió directamente hacia la chimenea y se dejó caer en uno de los sillones con los brazos laxos.

Nadie habló. Sebastián lavó su pincel en aguarrás, lo secó con un paño y lo dejó en el caballete. Fue a sentarse en un apoyabrazos del sillón de Teresa y le pasó una mano por la nuca. No la veía desde el domingo.

—¿Cómo te encuentras?

Ella bajó los párpados y alzó ligeramente los hombros. En aquel gesto estaba implícito el estado de la mujer.

—Con los enfrentamientos a tan pocos kilómetros de Madrid el hospital está saturado de heridos —dijo de manera lacónica—. Y por si fuera poco, hay gran número de prostitutas entre las milicianas que se encuentran en las trincheras con mono y pistola, que están causando más bajas entre los hombres que las balas enemigas.

Felipe se unió a ellos cafetera en mano.

—El Gabinete de Presidencia advirtió a las oficinas de reclutamiento en el extranjero que ya no se admitían mujeres —manifestó mientras servía café a Teresa.

—Tranquila, ese trajín pronto acabará —terció Sebastián—. Por el oeste, el ejército insurgente fue rechazado en el Jarama y, en el norte, las tropas italianas se vieron frenadas la semana pasada con una derrota en Guadalajara. Así que, por el momento, podría decirse que los dos frentes están... inmovilizados

—Desde que el hospital fue incautado por el Socorro Rojo Internacional y una organización sindical se hizo cargo de su funcionamiento, no ha dado tiempo de reestructurar los servicios. Sebastián sabe en qué condiciones estamos trabajando.

—He de reconocer que hay detalles que se me escapan —dijo Felipe—. Espero que este café ayude a reconfortarte.

Teresa se incorporó en el sillón y, después de echar un largo trago, se encaró con los dos hombres.

—¿Vosotros qué pensáis hacer?

—En vista de cómo están las cosas, y de que nuestros centros de trabajo, o han cerrado o cambiado de destino —expuso Sebastián tomando la palabra—; véase la Institución, el Museo, la Residencia de Estudiantes, que ha pasado a convertirse en Hospital de Carabineros... —dijo esto último señalando a su amigo.

—Hasta el Casino se ha transformado en el Hospital de Sangre —agregó Felipe.

—Antes de llegar tú —prosiguió Sebastián—, hemos decidido que vamos a aportar nuestro granito de arena. Nos desplazaremos al frente a diario para impartir enseñanza a la tropa.

—Me parece una idea estupenda —dijo Teresa con un amago de sonrisa—. Y con respecto a nuestra «culebra», ¿qué novedades hay?

—Muy pocas; nada en concreto —intervino Felipe—. Los contactos de mi padre se han reducido mucho. Aunque él no está comprometido políticamente, otros compañeros sí lo están, y algunos han huido o se encuentran escondidos. Sabemos que el llamado «ejército nacional» ha tomado la iniciativa en la zona de Aragón, y es de suponer que comenzará el avance hacia el este.

—Cuando esto se produzca, el frente actual dejará de existir y nuestra culebra también se desplazará —consideró Sebastián.

—Y las posibilidades de ser detenidos durante el trayecto se reducirían —dedujo Teresa.

—Un cincuenta por ciento —matizó Sebastián.

—¿Cuánto tiempo necesitaríamos para el viaje? —preguntó ella.

—Si no surgen escollos y encontráis las respuestas que buscáis, estaríais de vuelta en tres días —calculó Felipe.

—¿Cuándo crees que podríamos tener información actualizada de la situación en la zona? —le preguntó Sebastián.

Felipe se atusó pensativo el bigote.

—Los comités obreros hicieron una petición al Gobierno para que movilizara más ingenieros dada la falta de técnicos en las fabricas. Este fin de semana se va a celebrar una asamblea general del sector aquí, en Madrid, a la que acudirán técnicos de la zona norte, mi padre incluido, que vendrá de Valencia. Supongo que para la próxima semana podremos mover chinchetas y ver como pinta el panorama.

—Parece que, con el traslado del Gobierno a Valencia, todo el mundo quiere irse allí —resolló Teresa.

—Bien, esperaremos hasta entonces, y la semana que viene tomaremos una decisión —dijo Sebastián dando por terminada la reunión, y añadió dirigiéndose a Teresa—: Te acompaño a casa.

Haciendo caso omiso de algunos aspectos que denunciaban el

estado de conflicto bélico, como eran los muros de sacos terreros que protegían los edificios públicos o las cicatrices de los proyectiles aéreos en la calzada de Gran Vía, el ambiente de un día cualquiera en las calles no hacía sospechar que Madrid era una ciudad casi sitiada.

—Desde hace un tiempo Felipe no es el mismo —comentó Teresa a la altura de la plaza de Callao—. En su voz se aprecia un pozo de melancolía.

—Sí —admitió Sebastián—. Su carácter ha cambiado desde que se enteró del asesinato de García Lorca.

La oscuridad iba ciñendo el cielo. La capital no disponía de reflectores antiaéreos propiamente dichos. Al efecto se habían instalado unos pocos proyectores cinematográficos en los tejados, en prevención contra los ataques de la aviación alemana.

Con los nazis de la Legión Cóndor sobrevolando Madrid de manera periódica, la angustia de doña Sofía iba en aumento al pensar que tenía hospedado en su casa a un alemán del que apenas sabía nada, sólo que se encargaba de enviar al extranjero crónicas del estado de sitio. Y aunque la patrona estaba bien relacionada con autoridades policiales y militares, no le restaba zozobra e inquietud. Inquietud que vio aumentada ante la hospitalización de Avelina por un cólico abdominal intenso acompañado de hemorragia.

Aquel lunes de marzo, aprovechando la ausencia del corresponsal, transformó la sobremesa en una «reunión de consultores». Quería plantear el asunto de Herman a los demás huéspedes y sondear su opinión.

Después de escuchar el razonamiento de doña Sofía, el primero en tomar la palabra fue don Vicente.

—Miren, yo no sé para qué agencia trabaja Herman y por lo tanto tampoco de qué capacidad económica puede disponer. Pero, en un principio, me chocó que viniera a aterrizar a una pensión... —y miró para doña Sofía—. No juzgue usted mal mis palabras, esta es una casa muy digna y respetable donde me encuentro muy a gusto.

—¿Qué quiere dar a entender? —preguntó Sebastián.

—Pues eso, que la inmensa mayoría de los corresponsales extranjeros se alojan en el hotel Florida en la plaza del Callao y los menos en algún hotel de la Gran Vía.

—Yo no le daría importancia a ese hecho —intervino don Wenceslao—. Bajo mi punto de vista, Herman es un chico introvertido y un tanto timorato. Tal vez no le apeteciera estar «cercado» constantemente por el runrún de una cuadrilla de colegas.

—A mí su carácter me importa un bledo, sea cual sea —medió doña Sofía con tono severo—. Pero no deja de pertenecer a un país que está ayudando de manera muy significativa al ejército insurgente. Y lo que más me intranquiliza es no saber si en el contenido de sus crónicas desliza datos estratégicos que a la postre puedan agravar la situación de la ciudad y que, si se descubriese, esta casa se viera involucrada en un caso de colaboración con el enemigo.

Los presentes no quitaron ojo a doña Sofía durante su planteamiento. Estaba demostrando que, como viuda de militar, aún conservaba arrestos tal vez heredados de su marido.

—En cuanto a ese aspecto creo que puedo tranquilizarla —indicó don Vicente tomando de nuevo la palabra—. En la Telefónica se ha instalado un departamento encargado de la censura, y su director, don Arturo Barea, ha dado orden de someter todas las crónicas a una censura previa antes de transmitirlas telefónicamente.

—Entonces, ¿me asegura usted que esa inquietud no debe turbar más mi sueño, ya que se revisan todas las crónicas que este hombre envía a Berlín?

—Exactamente, doña Sofía —aseveró don Vicente—. A Berlín o a otro lado.

—¿A qué se refiere con «a otro lado»? —inquirió Sebastián.

—Bueno, además de Berlín, el destino de algunas crónicas del señor Herman es Viena.

Ninguno de los presentes, excepto Sebastián, le dio importancia a ese hecho; sus meninges estaban registrando malas vibraciones.

Esperó a quedarse a solas con don Wenceslao para arrellanarse en una butaca a su lado.

—Parece que, de entre las personas de la casa, usted es quien mejor congenia con Herman.

—Mire, Sebastián. Mi opinión es que el chico anda un poco despistado en cuanto a la política de este país y alguien lo tiene que orientar —consideró el exmilitar en tono condescendiente—. Es que, además, coincidimos en la afición por la música. Fíjese en lo amable que ha sido al regalarme un ejemplar de la primera edición de Parsifal.

—Sí, la ópera que tantas veces escucha.

—No tantas, no crea. Ocurre que es una obra cuya duración va más allá de las cuatro horas y, claro, parece que se repite.

—¿De qué trata el argumento?

—Pues verá, la mayor parte de la acción se desarrolla en el recinto de un castillo del noreste de España donde su gobernador,

Amfortas, se debate entre la vida y la muerte. Parsifal es un joven cándido que deambula en busca de la redención por la muerte de su madre, ya que se siente culpable por abandonarla. El destino lo convertirá en el salvador de Amfortas. Pero antes, en su camino, ha de superar las tentaciones que seres maléficos le interpondrán para evitar ese final. En el Jardín de los Placeres, el joven casto resiste las sensuales provocaciones de las Doncellas Flor. Una especie de hechicera, Kundry, se le presenta bellísima y trata de seducirlo ofreciéndole un beso a cambio de la redención, pero Parsifal se mantiene impasible y la rechaza hasta tres veces. Kundry lo maldice a vagar sin encontrar jamás el reino de Amfortas.

Don Wenceslao, agotado con su locuacidad, se tomó un momento de respiro con la mirada melancólica perdida entre los cristales del balcón.

—¿Y llegó a encontrarlo? —preguntó Sebastián intrigado.

—Sí, después de vagar durante años encontró la senda, salvó a Amfortas y fue coronado Rey, mientras Kundry se desplomaba muerta.

—Y dice usted que Wagner se inspiró en un castillo del noreste de España.

—Exacto. Se trata de una obra de carácter místico que el autor ambienta en el Reino del Grial y la Orden de sus Caballeros.

A Sebastián le costó reaccionar. No pudo evitar una momentánea parálisis corporal. Sintió que el fluido de sus meninges se había detenido, impidiéndole toda capacidad de racionalizar. Sólo los incansables homúnculos se concedieron licencia para profundizar en su memoria y rescatar imágenes de entre sus archivos.

Revivió la reunión con Samuel, superpuesta por la mantenida con su compañero Ricardo en la Institución. Como telón de fondo el grabado del Cáliz Griálico acompañado por la voz de Paco el ajedrecista: «Las decisiones intuitivas acuden a la mente porque ésta ha reconocido imágenes o situaciones que le resultan familiares».

Don Wenceslao apenas tuvo tiempo de girar la cabeza y ver a Sebastián levantarse raudo hacia el teléfono.

Descolgó el auricular, lo puso en la oreja y volvió a colgar; no había línea. Se dirigió al vestíbulo en el instante en que doña Sofía hacia entrada por la puerta. El gesto de su cara no anticipaba nada bueno.

—Acabo de llamar al hospital y hay malas noticias. Avelina ha perdido el bebé; el niño ha nacido muerto.

Sebastián bajó la cabeza con los brazos en jarras.

—¿Y ella? —preguntó con angustia don Wenceslao.

—Está bien, dentro de lo que cabe. Es una mujer fuerte. En poco tiempo la tendremos de nuevo con nosotros.

La patrona se dio media vuelta para salir.

—Ahora le doy línea —dijo antes de cerrar la puerta lentamente.

A Sebastián le fallaba el suelo que pisaba. Se dejó caer en la butaca, y el mutismo se interpuso entre los dos hombres.

Más tarde llamó a Felipe. Lo instó a recopilar la mayor información posible sobre el estado del itinerario a San Juan para una reunión al día siguiente. La salida se estimaba perentoria.

La mayoría de los tres mil taxis de Madrid habían sido requisados y puestos a disposición de la República. Por primera vez en la historia los combatientes iban en taxi al frente de combate. A primera hora de la mañana, tras despedirse de sus mujeres, con el paquete de la comida bajo el brazo y fusil en mano, se dirigían a la sierra de Guadarrama a pegar unos tiros. Al atardecer volvían a sus casas a pasar la noche, como quien vuelve de su jornada laboral.

Los tres fueron puntuales; a las siete ya estaban sentados frente a la chimenea. Sus caras reflejaban la falta de descanso. Como preludio antes de entrar en materia, Felipe había preparado una sesión de café.

—¿Cómo os ha ido estos días? —preguntó al tiempo que les entregaba las tazas.

Sebastián dio un sorbo antes de responder.

—Es sorprendente ver como campesinos y obreros, incluso bajo el fuego enemigo, dedican tiempo y energía a aprender a leer y escribir. ¿Y tú qué cuentas?

—Pues podría decir algo similar. Los jóvenes oficiales están resultando buenos alumnos, tanto en la interpretación de mapas como en el manejo de la brújula.

Teresa los miró de hito en hito.

—Me alegro de que vuestra labor os esté resultando reconfortante —dijo con una pizca de retintín—. Una vez dado el parte, ¿podríamos dedicarnos al asunto que nos ha traído aquí?

Estaba claro que de nuevo la ansiedad podía con ella.

—Venid —dijo Felipe señalando el corcho de la pared donde permanecían clavados los mapas.

A simple golpe de vista, Teresa y Sebastián percibieron el cambio experimentado en el frente de refriegas: las chinchetas rojas habían quedado relegadas a una posición retrasada con respecto a una línea ondulada azul, que desde los Pirineos bajaba hasta Teruel y giraba al oeste bordeando el norte de Madrid y Guadalajara.

—Esta es la situación actual —explicó Felipe—. Y a medida que van llegando noticias, más se acentúa el avance del ejercito insurgente hacia el Mediterráneo. Una vez pasada Guadalajara encontraréis despejado el camino de zonas de combate, pero entraréis de lleno en territorio ocupado por los nacionales.

—Y nos hallaremos en la tesitura del cincuenta por ciento de riesgo de ser interceptados —expuso Sebastián.

Felipe frunció los labios.

—Eso nadie puede asegurarlo.

—Es un riesgo que tendremos que asumir —dijo Teresa con voz firme—. ¿Cuándo partimos?

Los dos hombres la miraron sin saber qué decir.

—¿Y el hospital? —inquirió Sebastián.

—Eso es cosa mía, por tres días no tendré problema; me entiendo bien con los sindicatos. ¿Qué te parece este domingo?

Ante el tono resuelto de ella, Sebastián dudó un instante que fue aprovechado por Felipe.

—Por mí tampoco habrá problema; os tendré el coche preparado.

Sebastián clavó sus ojos en los de Teresa antes de responder en su mismo tono.

—De acuerdo, saldremos el domingo.

Domingo 4 de abril de 1937

En el garaje familiar, Sebastián y Felipe contemplaron el reluciente *Mercedes 260*. Consideraron una provocación salir a la carretera con aquel automóvil; era necesario restarle lustre y todo signo de boato.

Lo primero que hizo Felipe fue arrancarle los emblemas y rótulos que lo identificasen con la marca. Después mojaron la carrocería y la rebozaron con tierra del cercano Parque del Retiro. El resultado final era aceptable; aumentaba las posibilidades de atravesar la zona republicana sin llamar la atención.

El padre de Felipe había almacenado en el garaje varias garrafas de diesel en previsión de una contingencia de escasez de combustible. Arrancarían con el depósito lleno y una garrafa de repuesto.

No esperaron el alba. Tomaron la oscuridad como aliada y cuando el sol comenzó a iluminar aquel sábado Teresa y Sebastián ya habían dejado atrás Guadalajara.

Aunque el *Mercedes* podía llegar a alcanzar los noventa kilómetros por hora, el estado de la carretera limitaba la velocidad.

A medida que se adentraban en la región de Aragón, la

sinuosidad del trazado aumentaba en proporción directa a la ansiedad que enmarcaba el rostro de Teresa. Resultó ser una buena copiloto. Con el mapa en el regazo le iba indicando a Sebastián la ruta idónea para evitar atravesar las poblaciones.

Tras varias horas de conducción pararon a descansar en las afueras de Ateca, a orillas del río Manubles. A primera hora de la tarde bordearon la población de Calatayud y enfilaron una carretera estrecha y fangosa que describía cerradas curvas contorneando la ladera. Sebastián, cansado, conducía encorvado sobre el volante. La posibilidad de llegar al destino con luz de día se diluía según discurrían los kilómetros.

Cuando se adentraron en la despoblada comarca de La Muela, el temor que acechaba desde que dejaron Madrid se hizo presente a la salida de una curva; un control militar les cortó el paso. La patrulla la componían media docena de soldados armados con mosquetones, a las órdenes de un sargento. Unos metros más adelante se encontraba estacionada una camioneta.

El sargento se acercó al automóvil con la palma de la mano levantada hacia ellos. Después de bajar la vista a la matrícula les espetó con voz autoritaria.

—Santo y seña.

Teresa y Sebastián se miraron inquietos.

—No tenemos —contestó él después de dudar un instante.

—¿De dónde vienen? —preguntó con recelo el sargento.

—Escapando de Madrid.

—¿Y se dirigen?

—A Jaca. Tenemos familia allí —mintió Sebastián.

El militar les dirigió una mirada de desconfianza.

—Vengan detrás de nosotros.

A renglón seguido se dio media vuelta hacia la camioneta

mientras que con la cabeza le hacía una señal al soldado que tenía a su lado.

El soldado se subió al asiento trasero del *Mercedes* y botó un par de veces sobre el tapizado con una sonrisa radiante.

—¡*Una bella macchina!* —exclamó lisonjero.

—Lo que nos faltaba, encima italiano —musitó Teresa.

—Ten calma. El que no entienda nuestra conversación puede beneficiarnos.

Sebastián arrancó el motor y se pusieron detrás del vehículo soldadesco.

Al cabo de media hora de trayecto vislumbraron una gran explanada entre la arboleda, con apariencia de asentamiento militar. La camioneta salió de la carretera de manera repentina obligando a Sebastián a dar un volantazo.

—*Bell´orologio* —dijo el soldado al quedar al descubierto el *Certina* en la muñeca de Sebastián.

Teresa intercambió una sonrisa sardónica con su compañero.

—¿*Cos´é* santo y seña? —preguntó Sebastián.

—*Parlo un po´di spagnolo,* español —dijo ufano el italiano—. ¿Santo y seña? Ah, *parole d´ordine*, sí: Roma-Berlín.

Estacionaron junto a otros vehículos militares.

Cuando pusieron pie en tierra Sebastián echó un vistazo en derredor. Un lateral del asentamiento estaba ocupado por varias tiendas de campaña de gran tamaño. En el lado contrario observó con extrañeza un cerramiento de troncos de árbol, dentro del cual abrevaba una manada de caballos atendidos por soldados palafreneros que tarareaban una canción oprobiosa sobre el sexo femenino. Una casona de dos plantas coronaba aquella quintana, por lo que dedujo que el campamento estaba instalado en un caserío.

—Se respira demasiada calma —comentó.

—*Sí, oggi non cantano cardellini* —bromeó el italiano dando palmaditas en las cartucheras del cinto.

—¿Qué ha dicho? —preguntó Teresa.

—Que hoy no cantarán los jilgueros. Se refiere a las balas.

—Acompáñenme —bramó la voz del sargento.

Teresa y Sebastián lo siguieron hasta la casona, acompañados en todo momento por el parlanchín italiano.

El cabo y los tres soldados de tropa que se hallaban sentados a una mesa se pusieron en pie al verlos entrar. El sargento les indicó con la mano que volvieran a sentarse.

La planta baja estaba constituida por una estancia diáfana presidida por un gran hogar. Arrimados a los muros había varios camastros y dos literas, lo que hizo suponer a Sebastián que se encontraban en el cuerpo de guardia.

—Pronto anochecerá —dijo secamente el sargento mirando hacia la ventana—. Me temo que tendrán que pasar la noche aquí. Mañana el teniente decidirá qué hacer con ustedes.

Sebastián y Teresa se miraron contrariados.

—Pero hoy tendríamos que llegar a Jaca —refutó ella.

—¿Usted cree que en este estado de cosas estamos todos donde querríamos estar? —replicó el militar con vehemencia—. Y por cierto, hablando de estado, ¿cómo quedaba Madrid?

Sebastián no había dejado de analizar en ningún momento la actitud del sargento. No debía de llegar a los veinte años. De verbo fácil y tono de voz que, sin salirse de un fingido carácter castrense, no resultaba ofensivo ni altanero. Juraría que sabía leer y escribir. Es más, apostaría que lo habían sacado de un aula de universidad para ponerle un arma en la mano; no tardaría en ascender a oficial. Pensó que podría aprovechar esta circunstancia para crear una empatía con el militar que facilitara su situación.

—En estos momentos Madrid es un caos —respondió tratando de imprimir a sus palabras un aire de indiferencia—. La población está desalentada. No creo que el ejército nacional tarde mucho en hacerse con la ciudad.

Las palabras de Sebastián cogieron por sorpresa a Teresa quién, desconcertada, inclinó la cabeza hacia el suelo para ocultar su expresión.

Pero la respuesta había causado el efecto pretendido; Sebastián creyó ver un gesto de empatía en el rostro del sargento.

—Tuvieron suerte de haber atravesado la zona republicana sin ser interceptados —señaló—. Me he fijado en que miraba usted con curiosidad hacia los caballos —agregó dirigiéndose a Sebastián.

—Sí, no es habitual ver tal manada en un asentamiento militar.

—No se extrañe. Pertenecen a la División de Caballería Montada del coronel Monasterio[5]. Son un instrumento muy eficaz en misiones de enlace y para la penetración en el dispositivo republicano de esta región. —Y volviéndose señaló hacia la mesa—: El cabo les dirá qué camastros pueden ocupar. Al despuntar el alba, el soldado Campanella, al que ya conocen, vendrá a buscarlos.

Dicho esto, salió de la casona seguido por el soldado italiano.

---

[5] José Monasterio Ituarte, de vocación carlista, pronto ascendería a general.

Aragón, lunes 5 de abril de 1937

A pesar del cansancio, entre la inquietud y el ruido de los cambios de guardia durante la noche, no pudieron conciliar el sueño.

Poco después del toque de diana se presentó Campanella con una hogaza de pan y un puchero del que salía vapor. Vertió el contenido del puchero en varias marmitas de aluminio que repartió entre los presentes, e hizo lo propio partiendo en pedazos la hogaza.

No se podía saber con exactitud lo qué era aquel brebaje; si café aguado o «sopa desvirtuada», pero la mañana estaba fría y se agradecía cualquier bebida caliente.

Campanella fue a sentarse al borde de un camastro, al lado de Sebastián y Teresa. Con su particular mezcla idiomática, les contó que llevaba poco tiempo en el asentamiento. El mes anterior había estado en el norte de Guadalajara con la compañía de voluntarios enviados por Mussolini, intentando tomar Madrid.

A la pareja no les pasaron desapercibidas las miradas de reojo del soldado hacia el reloj de Sebastián, ni su sonrisa irónica cuando pronunció «voluntarios».

Un codazo de Teresa en el brazo de Sebastián lo pilló de sopetón, arrastrando su mirada hacia la ventana. Los ojos de ambos quedaron fijos en la escena que se desarrollaba en medio de la explanada, donde un civil vestido con gabán y sombrero de ala ancha hablaba con un oficial. En el momento en que el oficial señaló con el brazo en dirección a la casona y el civil giró la cabeza, la expresión de ambos se tornó en espanto.

Aquel rostro era inconfundible.

—¡Conrado! —exclamó Teresa con voz trémula.

—¡Mierda! —se exasperó Sebastián.

En su cerebro se puso en marcha de modo automático el mecanismo del pensamiento intuitivo. En la vivienda tenía que haber un retrete; si no lo había visto en la planta baja estaría en el piso superior.

—¡Vomita! —le susurró a Teresa de modo apremiante.

—¡¿Qué?! —respondió ella con el ceño fruncido.

—Tienes que provocarte arcadas, ¡rápido! —insistió Sebastián.

Obediente, Teresa metió dos dedos hasta el fondo de la boca. Inmediatamente los espasmos de su estómago hicieron que se doblara hacia delante provocando, cual buena actriz, un inequívoco efecto de nauseas acompañadas de ruidos de garganta que llamaron la atención del cabo de guardia.

—¿Qué sucede? —preguntó volviéndose en su banco.

—Se encuentra mal —respondió Sebastián—. Está embarazada, ¿hay un sitio donde pueda...? —añadió con teatral voz lastimera.

—¡Campanella! Acompáñalos —ordenó el cabo señalando hacia arriba.

Subieron precedidos por el soldado. La escalera desembarcaba en un pasillo con una puerta en el centro que Campanella abrió al tiempo que señalaba:

—*Quí*

Pasaron una rápida revista al interior del pequeño espacio abuhardillado destinado a retrete: una meseta baja de madera, con un agujero grande en el medio, recorría uno de los laterales. En el frente de aquel cuartucho una ventana de hoja abatible daba acceso al tejado.

Sebastián miró de reojo hacia los extremos del pasillo y reparó en otras dos puertas. Le indicó a Teresa con la mano que esperara, y se llevó del brazo a Campanella a un lateral.

—*Senta* —le dijo en una actuación suplicante—, *il vero motivo per il quale abbiamo lasciato Madrid non é político. Immagino che usted, lei, avrá una fidanzata,* una novia.

El soldado alzó las cejas con gesto dubitativo.

—*Veramente... ya no lo so.*

—*E... cualche volta si saranno trovati in difficoltá,* en un apuro. ¿me comprende?

—*Capisco* —asintió Campanella con una sonrisa pícara.

—Escuche, *senta, senta* —rogó Sebastián bajando la voz.

Al minuto siguiente el soldado bajaba apresurado la escalera.

—¡*Voy a cercare l´infermiere!* —dijo cuando pasó ante la mesa del cabo camino de la salida.

En mitad de la explanada se cruzó con Conrado y el oficial, al que saludó militarmente.

Entre tanto, Teresa y Sebastián se ocultaron en un cuarto exiguo de un extremo del pasillo, utilizado a modo de despensa, donde apenas podían moverse.

El crujido de la puerta al cerrarse quedó ahogado por un portazo procedente de la planta baja seguido de la voz del cabo:

—¡Arriba!

Aceleradas y fuertes pisadas atronaron en la escalera. Teresa y

Sebastián aguantaron la respiración.

Cuando los militares, precedidos por Conrado, llegaron al desembarco, el rostro de éste se constriñó en una mueca de cólera al ver el retrete vacío y la ventana abierta.

—¡El coche! —exclamó girando sobre sí mismo.

El estruendo de las pisadas se repitió escalera abajo.

Teresa y Sebastián se mantuvieron petrificados hasta que, después de unos segundos de silencio, oyeron un silbido procedente del exterior.

Bajo la ventana del retrete, el remate del tejadillo quedaba a escasos dos metros de altura sobre la pista que discurría por la parte posterior de la casona.

Sebastián tomó tierra de un salto, y entre él y Campanella ayudaron a Teresa a bajar. Tras estrechar la mano al sonriente soldado italiano subieron rápidamente al *Mercedes*.

Sebastián transmitió su excitación al pie del acelerador. El polvo del camino no le impidió ver por el espejo retrovisor la cara de satisfacción del ufano Campanella colocándose el *Certina* en la muñeca.

«Boca de un mundo de roca espiritual revestido de bosques de leyenda».
Miguel de Unamuno

Sebastián pisaba a fondo siempre que el estado de la calzada se lo permitía.

Para minimizar la probabilidad de nuevos sobresaltos, circunvalaron la ciudad de Zaragoza primero y dos horas más tarde la de Huesca; aún así no pudieron evitar cruzarse de vez en cuando con algún vehículo militar. En vista de ello, la precaución les aconsejó optar por una ruta menos frecuentada. Tomaron una carretera local hacia el oeste, al encuentro con el río Gállego, en cuyo margen hicieron un descanso ya entrado el mediodía.

Se encontraban en un desolado paraje de tejos podados.

Sentados en un estribo del *Mercedes* dieron cuenta de una lata de galletas y de un bote de leche condensada que la previsora Teresa había metido bajo su asiento.

Acodada en las rodillas, Teresa miraba la grava del suelo con semblante abatido; la presencia de Conrado la había hastiado.

—¿Cuánto crees que falta? —dijo con voz cansina.

Sebastián levantó la cabeza hacia las montañas del norte.

—Es allí —señaló con el mentón—. Ya queda poco —añadió poniéndose en pie.

Dio unos pasos hasta las frondas de la orilla del río. El agua fluía clara y presumiblemente muy fría. En un tris los músculos de su rostro se tensaron. Bajo la superficie, la corriente arrastraba lentamente tres cadáveres lastrados con piedras. La transparencia del agua los hacía visibles.

Sebastián dio media vuelta y se colocó delante de Teresa para obstaculizar su visión.

—Hay que darse prisa. Tenemos que aprovechar la luz del día —dijo tendiéndole una mano.

El coche se bamboleaba por la estrecha carretera que serpenteaba por los flancos de la montaña.

Una vez pasado el pueblo durmiente de Santa Cruz de la Serós, se vieron inmersos en una zona de exuberante vegetación, salpicada de grandes grupos rocosos que acentuaban su naturaleza agreste, como presagio de traicioneras pendientes.

Ascendieron a velocidad moderada a través de un túnel de frondoso arbolado con la vista puesta en la escarpada falda de la ladera. Los abigarrados pinos y abetos que los escoltaban a ambos lados les permitían de vez en cuando vislumbrar abismos sin fondo.

Tan pronto como dejaron atrás aquella luz mortecina los sorprendió el gran claro en el que desembarcaron. La visión que se ofreció a los ojos de Sebastián hizo que castigase el pedal del freno.

Escondida casi por completo entre la vegetación, una enorme roca cóncava, cual concha de ostra, amparaba en su seno la perla pétrea de un conjunto arquitectónico medieval.

Se apearon en silencio, sin poder apartar la mirada de aquella maravilla. El entorno y lo singular de la construcción impregnaba el ambiente de un halo de misticismo que les impedía perturbar aquella paz.

El recinto monástico se fundía con la roca. El edificio más sobresaliente era el de la iglesia. A su derecha, sobre una gran muralla, destacaba la arcada del claustro románico cobijado bajo la misma roca, que le servía de bóveda natural.

Sebastián observó a Teresa por el rabillo del ojo. Los ojos le resplandecían radiantes de excitación. También ella había reconocido aquellos arcos, los mismos que aparecían en la fotografía del padre con su compañero Jacinto.

Sebastián decidió llenar el silencio. Levantó el brazo y señaló una profunda hendidura que recorría la roca verticalmente.

—Ahí está —dijo en un susurro—: «El útero materno de la Tierra»; como la llamó Ricardo.

Desde la puerta de la iglesia una voz reclamó su atención.

—¡Buenas tardes!

Un monje les hacía señas con la mano.

—¡Vengan, vengan, acérquense!

Por unos segundos Teresa y Sebastián quedaron inmóviles, mirándolo.

Ignorantes de lo que se iban a encontrar, no habían planteado de antemano qué argumentar para justificar su presencia allí, ni la posterior exposición del objeto principal de la visita.

Se encaminaron hacia el monje.

En el corto trayecto hasta la puerta de la iglesia decidieron que lo más conveniente era esperar a que surgiera el momento oportuno.

Una vez que estuvieron ante el monje, Sebastián lo escrutó. Estimó que su edad rondaría los sesenta años. La avanzada calvicie ya sólo le respetaba una aureola de cabellos blancos que coronaba su cabeza, una fina y pintoresca barba enmarcaba la cara en la que resaltaban unos mofletes colorados bajo los ojos saltones.

—No tienen idea de cuanto me agrada ver que, en estos tiempos difíciles, todavía hay gente que se acuerda de nosotros —saludó el religioso con tono afable.

El hombre se mostraba locuaz. En espera de una oportunidad

para abordar el motivo que los había llevado hasta allí, dejaron que él tomara la iniciativa de la conversación.

—Soy el hermano Martín. Será un placer servirles de guía en las pocas horas que quedan para el crepúsculo.

Los dos asintieron con una sonrisa.

Se adentraron en una gran sala de techo bajo, donde la luz del atardecer, que se filtraba por la troneras, producía claroscuros en gruesa columnas y arcos rebajados.

Sebastián agudizó la vista para llegar a ver el confín de aquel bosque de piedra.

—No, por ahí no —le señaló el monje—. No vamos a entrar en el cenobio mozárabe, las obras de reconstrucción se encuentran paralizadas y el acceso no es muy seguro. Vengan, vengan por aquí. Síganme —les exhortó indicando una escalera.

Subieron hasta un atrio rectangular sin cubrición.

—Este es el Panteón de Nobles —explicó el hermano Martín—. Durante trescientos años, los reyes y nobles de Aragón reservaron aquí su última morada.

Estaban ante dos hileras de nichos enmarcados con arquivoltas cerradas por arcos de medio punto de rosca ajedrezada.

—Puede decirse, sin lugar a duda, que ésta ha sido la «cuna» del reino de Aragón —añadió el monje.

Ningún detalle pasaba inadvertido para Teresa. Todas las lápidas estaban decoradas con símbolos y crismones labrados en piedra. Con un pequeño toque del codo consiguió que Sebastián dirigiera la vista hacia dónde ella señalaba con el mentón. Varias de las lápidas mostraban en relieve una cruz de brazos lobulados con un apéndice en el inferior.

Intercambiaron una mirada de complicidad.

—¡Por aquí, por aquí! —el monje les llevaba la delantera y los reclamaba desde una puerta mozárabe recortada en el muro de la iglesia.

Después de atravesar por una nave espaciosa coronada por tres ábsides semicirculares, salieron al Claustro románico.

—Acabamos de pasar por la Iglesia Alta; no tiene mayor relevancia. La verdadera joya del recinto es este Claustro —explicó gozoso el hermano Martín.

Sebastián y Teresa avanzaron hasta el centro del Claustro.

—Los capiteles hacen un relato evangélico en cuatro ciclos —prosiguió el monje.

—Extraordinario —dijo Sebastián sin mucha convicción.

—A la derecha, la Creación, a la izquierda, la vida de Jesús, detrás de ustedes el castillo de Herodes, el rey que ordenó matar a todos los infantes.

La prédica del hombre no escatimó diatribas como remate del último pasaje.

Sebastián decidió interrumpirlo.

—Le agradecemos que se tome tanta molestia en enseñarnos y explicarnos todo lo relativo al monasterio pero...

—No es ninguna molestia —refutó el monje enarcando las cejas y mostrando una amplia sonrisa—. La visita que su Majestad Alfonso XIII realizó al monasterio, hace unos treinta años, tuvo un eco relevante y se sucedieron años de bonanza: visitantes que se alojaban una temporada en la hospedería, excursionistas... Pero últimamente apenas se acerca nadie y lo comprendo, los tiempos no están para...

—Escuche —volvió a interrumpirlo Sebastián con tono grave—, la nuestra no es una mera visita turística.

En la cara del monje se apreció la confusión.

—No comprendo.

—Tal vez lo que buscamos en este lugar esté más allá de la mística que puedan albergar estas piedras.

El monje tenía los labios fruncidos en un gesto de cautela.

—Sólo somos un puñado de hermanos que, circunstancialmente, vivimos como eremitas y actuamos de claveros para el mantenimiento de los recintos. No sé lo que ustedes pretenden...

—Tranquilícese —dijo Teresa—. Necesitamos ayuda y quizás ustedes puedan proporcionárnosla.

Sebastián le hizo una seña de asentimiento a Teresa, y ésta comenzó a desabrochar los botones de su camisa.

La mirada del religioso se deslizó por el escote de Teresa para acabar helada en la cruz de su pecho; la sangre dejó de fluirle al rostro. Los miró de hito en hito con una mueca de incredulidad. Cerró los párpados y sacudió la cabeza para poder salir de su estupor.

—Vengan conmigo —dijo con decisión.

Ya fuera del recinto les indicó con el brazo:

—Ustedes suban con el coche por esa carretera. Es un tramo corto. Yo atajaré por aquí —señaló con el pulgar por encima del hombro—. Nos encontraremos arriba, en la pradera de San Indalecio.

Ante la suspicacia despertada en el monje, Sebastián renunció a invitarlo a subir al *Mercedes* con la seguridad de que se mostraría renuente.

El hombre dio media vuelta y se encaminó al sendero que discurría por el lateral del monasterio.

Debió de hacer el trayecto a paso acelerado, pues a los escasos cinco minutos que les llevó recorrer aquella serpenteante pendiente, ya él estaba acortando por la pradera en dirección al

Monasterio Nuevo.

Al pasar ante los restos de un edificio de varias plantas, del que sólo quedaba un muro reforzado con contrafuertes, Sebastián recordó las palabras de su compañero Ricardo sobre de la barbarie cometida por los franceses en el monasterio durante la Guerra de la Independencia.

Aparcaron en un amplio patio exterior, ante la fachada barroca de la iglesia, y esperaron.

Al cabo de un buen rato, que se les hizo eterno, apareció el monje por la puerta del edificio contiguo, y se acercó al coche.

—El reverendo padre les ruega que me acompañen —dijo con artificiosa afabilidad.

El despacho del abad denotaba austeridad: una sencilla mesa de nogal, dos sillas, una a cada lado de la mesa, y un mueble librería huérfano de libros. El desconchado de sus paredes se mantenía como testigo del abandono.

Teresa aceptó la invitación del abad y ocupó una de las sillas; Sebastián permaneció de pie, a su lado. Tras ellos, el monje guía quedó en el quicio de la puerta.

—Me ha dicho el hermano Martín que están aquí en busca de una ayuda... especial.

Aquel hombre, de edad avanzada, mandíbula prominente, nariz aguileña y marcadas bolsas bajo los ojos, transmitía en su voz la serenidad de los que están convencidos de haber alcanzado su misión en la vida.

—No es exactamente una ayuda, más bien información...

El abad interrumpió la introducción de Teresa con un ademán de mano.

—Ante todo, quiero que entiendan la reacción del hermano

Martín a la vista de su cruz. Nunca se había dado el caso, al menos que tengamos conocimiento, de que una mujer fuera portadora de una de ellas.

—Era de... nuestro padre —musitó ella elevando la vista hacia Sebastián.

El abad la instó a continuar elevando las cejas.

—¿Entonces?

—Falleció hace un año. Asesinado. Y queremos conocer la conexión que hay entre él, la cruz y este... lugar, al que acudía una vez al año.

El superior clavó una mirada ceñuda en Teresa, que ella soportó sin alterarse.

—Y ustedes creen que su muerte puede estar relacionada con esa... conexión.

—Así es —aseveró resuelto Sebastián.

—¿Me permite? —requirió el abad extendiendo la palma de su mano hacia Teresa.

Ella desabrochó la cadena y se la entregó.

El hombre examinó la cruz con detenimiento y la acarició con la yema del pulgar.

—Cobija cicatrices de mil batallas —dijo con voz queda no exenta de pasión.

Depositó la cruz sobre la mesa, fue hacia la ventana con las manos enlazadas a la espalda, e inspiró profundamente mientras contemplaba el ocaso tras las montañas.

—Estimo que tienen derecho a conocer el origen y significado de un concepto que cohesiona los mundos de la materialidad y de la mística. —Se volvió hacia ellos—. Y para ello he de remontarme mucho tiempo atrás, al siglo tercero, cuando el diácono y mártir San Lorenzo, original de esta región, envió al monasterio, desde Roma, el Cáliz de la Santa Cena.

Los músculos del brazo de Sebastián se contrajeron y su mano apretó el hombro de Teresa. Gesto que no pasó desapercibido al abad.

—Su presencia en San Juan —prosiguió—, sirvió para ensalzar, a finales del siglo once, la celebración de la primera misa en España con arreglo al rito romano recién instaurado, oficiada por el cardenal legado pontificio Hugo Cándido.

—¿Qué ocurrió después con el Cáliz? —preguntó Sebastián.

—El Santo Cáliz quedó custodiado aquí durante siglos.

Teresa se levantó y recogió la cruz de encima de la mesa.

—¿Y qué relación hay, si es que hay alguna, entre su presencia aquí, la cruz y la muerte de nuestro padre.

Se hizo un breve silencio, durante el cual el abad mantuvo la mirada fija en los ojos de Teresa. El tañido de una campana hizo que la desviara hacia la ventana.

—Es hora de Completas. Aunque el monasterio no está en condiciones de cumplir con la totalidad de sus funciones, a causa del abandono sufrido en los últimos años, podrán pernoctar aquí y mañana seguiremos hablando. El hermano Martín les indicará sus aposentos.

Aún siendo «hermanos», no se consideraba decoroso que pernoctaran juntos. El monje les asignó habitaciones separadas en un largo corredor y se ausentó con paso ligero.

Quedaron solos en la entrada de la habitación asignada a Teresa.

—Mientras escuchaba a Samuel leí unas líneas sobre los *Hijos de Júpiter* —dijo Sebastián—. ¿Sabías que el ideal griálico lo identifican con el concepto masculino? El enemigo a batir es de mi sexo.

—¿Y... las mujeres?

—Las mujeres han de ser fulminadas en el fuego, como lo fue Sémele.

Un ligero estremecimiento recorrió el cuerpo de Teresa, quién giró la cabeza hacia el fondo del corredor por donde había desaparecido el monje.

—¿Hasta qué punto crees que podemos confiar en ellos? —preguntó con voz vacilante.

—Desde el punto de vista de tu padre, y considerando que él venía una vez al año a este recinto monacal...

—Ya, pero... ¿has olvidado que tanto mi padre como sus compañeros murieron en circunstancias extrañas?

Sebastián no tuvo más remedio que reconocer lo acertado de su reflexión.

—Cierra bien la puerta, Teresa.

—Buenas noches, «hermano» Sebastián —contestó ella con cierto tonillo burlón. Y cerró la puerta.

No había duda de que, dentro de la inquietud que los embargaba, a Teresa aún le quedaba un rescoldo de ironía.

En la zigzagueante subida a San Juan de la Peña, la gravilla crujía bajo los cascos de dos caballos al galope antes de salir despedida hacia la ladera.

El viaje había hecho mella en Sebastián. Echó un vistazo a aquella especie de celda en la que el frío intenso apenas dejaba espacio más que para una silla y un camastro. Lanzó su zurrón de cuero y la cazadora sobre la silla, se quitó las botas y cayó como un fardo sobre el camastro, iluminado por la tenue luz de una luna que esquivaba bandadas de nubes negras.

El sueño profundo en el que se vio sumergido impidió que, dos horas más tarde, oyera como el golpeteo de cascos de caballos sobre las losas de granito del patio rompía el silencio de la pradera.

Lo despertó el mortecino ruido de voces y pisadas apresuradas. Un grito agudo consiguió sacarlo de su placidez. Se irguió sobresaltado y sacudió la cabeza para despabilar; aquel grito no era parte de un sueño: «¡Teresa!». De un salto dejó que las botas engulleran sus pies y voló hacia el pasillo. Un simple golpe de vista le confirmó que algo anormal estaba sucediendo; a la altura de la habitación de Teresa la claridad de la luna bañaba el corredor delatando que la puerta se encontraba abierta.

La madera retumbó bajo sus botas cuando aceleró las zancadas en dirección a la escalera. Nada más bajar el primer tramo de peldaños, un cuerpo se interpuso en su camino haciéndolo tropezar y caer. «Debería haber cogido la linterna», dijo para sí. Aturdido, se arrastró de rodillas para identificar el obstáculo. La escasa luz que entraba a través de la ventana del rellano incidía sobre el rostro del hermano Martín, que yacía inánime con un corte profundo en el cuello. Sebastián sintió un dolor agudo en las sienes como reflejo del espasmo de sus mandíbulas.

El resonar de cascos lo hizo reaccionar. Se levantó y abrió las hojas de la ventana. La luz tenue de una farola en la fachada era suficiente como para distinguir, a escasos metros bajo el alfeizar, a un jinete sobre su cabalgadura; un sombrero de ala ancha impedía ver su cara. Una segunda figura, pie en tierra, intentaba cruzar sobre el lomo de su caballo a Teresa que, amordazada y con las manos atadas a la espalda, se resistía.

Sin dudarlo, Sebastián subió al antepecho de la ventana y saltó al vacío. El fuerte impacto de sus botas sobre los hombros del jinete espantó el caballo que se empinó sobre las patas traseras, lanzó un relincho y dejó caer las manos sobre el suelo con estrépito. Los dos hombres cayeron rodando sobre el embaldosado y el sombrero de ala ancha revoloteó hacia la hierba. A Sebastián no le causó sorpresa la visión de aquel rostro; rodeó con sus piernas el cuello de Conrado, inmovilizándolo.

Una voz bronca paralizó la escena.

—¡Basta! ¡En pie!

El otro jinete, pistola en mano, apuntaba a la cabeza de Teresa. Los ojos de Sebastián destellaron y, sin vacilar, aflojó la presión sobre el cuello de Conrado.

Todo sucedió muy rápido. De la garganta del pistolero brotó un desgarrado quejido y sus ojos se abrieron desorbitados. La pistola se deslizó de su mano y cayó de bruces al suelo, mostrando un gran puñal clavado en la espalda.

Unos metros más atrás, la luna llena iluminaba la figura erecta del abad escoltada por dos monjes.

Conrado aprovechó el momento de desconcierto para propinar un codazo a Sebastián en las costillas, que éste encajó doblando el cuerpo. El segundo codazo le impactó bajo la mandíbula dejándolo conmocionado. El rival se enderezó con agilidad, de un salto montó el caballo y se lanzó a galope a través de la pradera para desaparecer en la obscura arboleda.

Sebastián se levantó a duras penas frotándose el cuello. Ayudó a Teresa a poner pie en tierra, le desató las muñecas y le sacó el trapo de la boca. Ella sólo fue capaz de farfullar; el temblor de los labios le impedía articular palabra. Se arrojó a los brazos de él y apoyó la cabeza en su pecho.

—Pero cómo pudieron llegar a caballo... —especuló

Sebastián—. Al amanecer los habíamos dejado antes de Zaragoza.

—El ejército tiene instaladas postas a lo largo de Aragón para cambiar de montura —le contestó el abad—. A caballo se puede atajar por senderos inaccesibles para los vehículos. —Su rostro manifestaba una severidad extrema, y la voz sonaba grave y ronca cual chirriar de goznes oxidados—. Un hermano los guiará a otros aposentos. Nosotros nos haremos cargo de la situación. Al alba, después del oficio de la hora Prima, estaré esperándolos en la cabecera de la Iglesia Alta del Monasterio Viejo.

Aragón, martes, 6 de abril de 1937

En las pocas horas que restaban para el amanccccr Teresa y Sebastián fueron incapaces de conciliar el más mínimo sueño.

No había empezado a rayar el día cuando un monje apareció con dos tazas de café y sendos trozos de pan, dispuesto a acompañarlos.

La mañana se mostraba gélida. A través de la ventanilla del coche, la escarcha que cubría de blanco la pradera se ofrecía como telón de fondo al impávido perfil de Teresa.

Sebastián aparcó el *Mercedes* en el mismo lugar que la tarde anterior, y se dirigieron hacia la Iglesia Alta precedidos por el monje. La luz del alba penetraba por los altos ventanales del imafronte hasta la cabecera del templo, donde los esperaba el abad tras el ara de piedra del ábside principal, revestido con una larga capa blanca.

A medida que se aproximaban el asombro de Teresa y Sebastián iba en aumento; el pecho del abad estaba ornado por un medallón circular con la cruz lobulada grabada en el centro.

Cuando llegaron ante él, el reverendo, con aire solemne y sin mediar palabra, descolgó de su cuello la cadena con el medallón y la depositó sobre el ara. Sebastián sospechaba que, tras el introito al «misterio» revelado la noche anterior y los posteriores sucesos,

355

el hombre iba a prescindir de cualquier preámbulo y con una parca explicación daría por concluido aquel capítulo. Y así fue.

—En el histórico momento en que la Reliquia quedó custodiada en este monasterio, nació la Orden de los Caballeros del Santo Cáliz.

El abad dirigió la vista hacia la cruz de Teresa y acto seguido al medallón, para proseguir:

—Y éste es su símbolo. Sus miembros siguen celebrando su congregación anual aquí.

Los ojos de Teresa destellaron.

—¿Me está diciendo que...? —No pudo acabar la pregunta; su voz trémula se lo impidió.

—Su... padre, señorita —el abad enlazó la frase mirando significativamente a Sebastián. Hizo una breve inspiración y exhaló el aire con lentitud a medida que sentenciaba—, era miembro de la Orden del Santo Cáliz de San Juan.

Aquella revelación dejó a Teresa boquiabierta, con los ojos vidriosos; la emoción la embargaba impidiéndole pronunciar palabra.

Sebastián creyó captar en la actitud del abad un atisbo de compromiso, de sentirse en deuda con ella. Era consciente de que al hombre no le resultaba fácil revelar aspectos de la Orden que amparaba un halo esotérico tras siglos de existencia. Por ello consideró de todo punto inoportuno preguntar por la posible concomitancia entre la Orden y la secta de *Los hijos de Júpiter*.

Juntos se encaminaron hacia la puerta. Un forzado mutismo espesaba la atmósfera. Sebastián elevó la vista para enfrentarla con los ventanales de la fachada; los rayos de luz lo forzaron a fruncir el ceño.

—Reverendo, no sabe cuanto lamento... —comenzó a decir

con aire apesadumbrado.

—Me hago cargo. Ahora preocúpense por ustedes mismos. Sobre todo por ella.

Desde la entrada de la iglesia, el abad contempló como se dirigían al coche.

—¡Manténgase alerta! —Les lanzó su voz con la mano levantada a modo de despedida.

Con la cabeza vuelta, Sebastián le mantuvo la mirada un instante. Holgaba toda pregunta; ambos sabían lo que llevaba implícito aquel consejo.

Puso un pie en el estribo del coche y se giró.

—Hay una cosa que no nos ha dicho.

—¿Qué es?

—¿Dónde se encuentra ahora el Santo Cáliz?

—Custodiado en su capilla de la catedral de Valencia.

Ya con las manos en el volante, Sebastián se despidió del abad con un leve asentimiento de cabeza.

Era de suponer que el viaje de vuelta a Madrid, una vez que conocían los trayectos a evitar, iba a resultar más llevadero.

Por el oeste, sobre la cordillera, una masa de nubes obscuras en plena efervescencia anunciaba tormenta.

A través de la ventanilla los ojos de Teresa recorrían la cadena montañosa con mirada aturdida, mientras que Sebastián, con la suya en el morro del *Mercedes*, confiaba el itinerario ciegamente a sus pupilas para que el cerebro pudiera dedicarse a meditar sobre los últimos acontecimientos, sin dejar de pensar ni un instante en como se habían precipitado. Ahora la cuestión esencial estribaba en averiguar quién estaba provocando esa precipitación.

Lo que parecía un revoltijo de teorías separadas empezaba a

ensamblar poco a poco como piezas de un rompecabezas.

—¿Te das cuenta de que nos hemos topado con un triángulo? —caviló Sebastián—. De un vértice, San Juan, parten dos lados: uno hacia Madrid y el otro hacia Valencia. El tercero tiene por fuerza que ir de Madrid a Valencia. Hemos de poner en marcha nuestro atlas mental y tratar de encajar la información que disponemos.

Pero Teresa estaba como ausente con la vista perdida en el horizonte. Un estado de ánimo que preocupaba a Sebastián.

—Quieren la hoja —dijo al fin con voz cansina.

—¿Qué hoja? —inquirió él sorprendido—. ¿Y quiénes la quieren?

La respuesta fue lacónica:

—La del ritual de *Los hijos de Júpiter.*

Sebastián, atónito, clavó el pedal del freno y el *Mercedes* se detuvo con una brusca sacudida.

—¡¿La del códice de Samuel?! —exclamó incrédulo.

Teresa asintió y se encaró con él. Un sentimiento de amargura afloró a su rostro.

—¿Sabes dónde está? —musitó Sebastián con voz apagada a consecuencia de la dolorosa incredulidad.

—En casa. En un cajón secreto del armario de mi padre.

—¡Pero cómo has podido ser tan...! —Sebastián buscó en vano la palabra adecuada. La sustituyó por un manotazo en el volante.

Teresa se apeó y dio unos pasos hasta el borde de la carretera. Allí quedó, erguida cara a la llanura, dándole la espalda.

Sebastián apoyó la frente en el volante. En su cabeza se proyectaban imágenes inconexas que se difuminaban al tratar de fijarlas. En las conversaciones mantenidas con Ezequiel éste siempre se refería a la hija como si de un apéndice de su vida se tratara, testigo muda de la misma, sin dejarla tomar protagonismo. Sebastián se había percatado de que había interpuesto entre ambos un sutil velo de censura en determinados temas, que él interpretó como un proteccionismo exacerbado. Ahora que el padre no estaba, Teresa había rasgado el velo y decidida miraba cara a cara a los demonios que albergaba en su averno. A los miedos que escondía en su subconsciente, y a los que nunca tuvo el valor de enfrentarse; dudas que su razón no le supo aclarar, y preguntas que no se atrevió a hacer a su padre.

Sebastián trataba de comprender las causas que provocaban aquellas bruscas reacciones en Teresa. No perdía la esperanza de llegar a conocerla plenamente. Intentó atenuar la tirantez del momento.

Bajó del coche y fue hacia ella con las manos en los bolsillos de la cazadora. Llamó su atención una araña que permanecía inerte sobre su tela, tejida entre las ramas de un arbusto. Se decía que cuando amenaza tormenta la araña acorta los hilos de los cuales cuelga la tela y se queda como muerta. Alzó la cabeza y dejó errar la mirada por el manto de nubes que iba cubriendo más y más la cima de las montañas. En ese momento desearía que la araña se moviera, sólo para justificar una frase.

—Lo siento. Hasta hace poco no sabía qué significaba —se justificó Teresa con voz vacilante.

—¿Por qué me lo has ocultado?

—Yo no... Mi padre me dijo en una ocasión que nuestras vidas podrían depender de esa hoja —se defendió ella con vehemencia tratando de justificarse.

—Entonces, ¿Por qué no la destruyó? —insistió Sebastián con tono desabrido.

—Ahora, sabiendo lo que sé, pienso que tal vez la conservaba para usarla como moneda de cambio en el caso de que algún miembro de la Orden estuviese en peligro.

—Si era esa su intención, de poco ha servido —dijo él haciendo un esfuerzos para evitar que el desánimo cediera paso a la frustración.

Un trueno lejano vino a refrendar las palabras de Sebastián, quién ponderó:

—La fuerza que imprimen algunos secretos crean una tensión interna que acaba por destruirnos.

—Hay secretos que mantienen el calor de la vida y te obligan a seguir viviendo —argumentó ella.

—¿Guardas algún otro?

Teresa se giró y lo miró con ojos brillantes.

—No.

Las primeras gotas de lluvia comenzaron a caer.

—Subamos al coche —exhortó Sebastián.

Una vez sentados insistió:

—Tienes que deshacerte de esa hoja. ¡Deshazte de ella!

Recibió la callada por respuesta. Intuía que durante las horas que restaban hasta llegar a Madrid esa sería la atmósfera que iba a imperar en el habitáculo. Pisó con rabia el acelerador y el tubo de escape protestó bronco.

Los truenos y el aguacero sobre la chapa habían suplantado un mutismo que oprimía los sentidos. La tormenta jugaba a su favor; los controles de carretera se concedieron una tregua. Al parecer, los combatientes tenían más respeto al resplandor de los relámpagos que al de las armas. Hicieron el camino sin dificultad.

Entraron en Madrid a la hora del crepúsculo.

Preocupado por el aspecto transido de Teresa, Sebastián condujo directamente a su casa. No la agobiaría ahondando en el curso que habían tomado los hechos y que amenazaban con drenar sus fuerzas. «Mañana intentaremos reconducir la situación», pensó.

A través del mojado parabrisas contempló cómo se alejaba hacia el portal, arrastrando sus pasos.

Lo invadió la zozobra, estaba ansioso por llegar al estudio. Al arrancar de nuevo el *Mercedes* experimentó una repentina rigidez en los músculos de los brazos sobre el volante. La pregunta que le machacaba el cerebro necesitaba una respuesta inmediata.

Aparcó, y en pocas zancadas se plantó en el rellano. Tiró del cordón e irrumpió en la sala. Felipe se volvió sorprendido ante la entrada impetuosa de Sebastián.

—¿Qué ocurre?

Con la espalda apoyada en la puerta, Sebastián le lanzó una mirada incisiva.

—Tal vez tu puedas decírmelo.

—¿Decir...? ¿Decir qué? —balbuceó Felipe con expresión de desconcierto.

Sebastián se dejó caer en el sillón orejera. Con la vista fija en los restos de ceniza del hogar, dejó transcurrir unos segundos para dar sosiego a su respiración. Felipe esperaba, expectante.

—Desde hace una temporada, allá a dónde voy me persiguen los cadáveres. El último en San Juan de la Peña.

—¿Y eso que tiene que ver conmigo?

Sebastián encaró a su amigo con gesto severo. Tras éste, la lluvia batía con estrépito contra el ventanal.

—Supuestamente tú eras el único que sabía que íbamos allí.

—¿Qué demonios estás insinuando?

—También lo sabían los dos sicarios que se cargaron a un monje e intentaron secuestrar a Teresa. Uno de ellos te sonará: el caballo negro Conrado.

Felipe cerró los ojos con un mohín de incredulidad.

—¡Por todos los santos! ¿Y tú crees que yo...?

—¿A quién se lo has dicho?

Felipe metió las manos en los bolsillos del pantalón y bajó la vista al suelo.

—Ya sabes que en casa lo hablamos todo en la mesa —dijo con voz apagada.

—¿Y?

—Mi padre cree que, en medio de esta situación de violencia generalizada, estáis sobrevalorando una serie de hechos circunstanciales por un halo de... —sacó la mano derecha del bolsillo y acompañó sus palabras con un movimiento giratorio del dedo índice— esoterismo mitológico.

Sebastián no salía de su asombro.

—¿Tu padre llama hechos circunstanciales a cuatro asesinatos y un intento de rapto?

—La verdad es que sacó el tema en una tertulia y, al aparecer, hubo una cierta mofa.

Sebastián se levantó con el semblante crispado.

—¡De manera que medio país estará al tanto de mis movimientos! —estalló con cólera—. ¿Quiénes participan en esas tertulias?

—Todo tipo de personas, como te puedes imaginar, la mayoría influyentes: empresarios, banqueros, políticos... No creo que conozcas a ninguna. Bueno, quizá sí —rearguyó—, el comisario Castrillejos es uno de los tertulianos habituales.

—¡Castrillejos! —masculló Sebastián mostrando sus incisivos.

Un relámpago iluminó la estancia como preludio de la tormenta que se avecinaba. Una tormenta que no llegaría al grado de la que había estallado en el interior de Sebastián. La perplejidad sacudió su cerebro incapacitándolo para decir nada. Como en tantas ocasiones, la repisa de la chimenea le sirvió de apoyo.

—Siento haberme ido de la lengua —se disculpó Felipe con voz queda—. Pero no creo que en el entorno de mi padre, e incluyo a Castrillejos, esté la mano que mueve el caballo negro.

—Demasiados puntos ocultos están saliendo a la luz estos días. Ya no sé a quién creer.

Felipe liberó una tos seca en tres tiempos para recobrar el aplomo.

—Este mismo sábado me he enterado de que en el Prado se está preparando otra remesa de Velázquez.

Sebastián se giró raudo.

—¿Otra más? ¡Qué negligencia! ¿El Gobierno no se da cuenta del peligro que conlleva para las obras? Daba por hecho que tras la dimisión de Teresa León y Rafal Alberti se habían suspendido las operaciones de evacuación.

—Se teme que las medidas adoptadas para proteger el edificio de los bombardeos no sean eficaces. Recuerda lo que pasó con la Biblioteca Nacional.

—Me suena a choteo. ¿Por qué querrían bombardear una pinacoteca?

—El objetivo no es el Prado. Enfrente está el hotel Savoy, donde se hospedan los asesores rusos, y también se encuentra cerca el centro neurálgico de la artillería de la defensa. Los Junkers alemanes no se distinguen por su precisión a la hora de dejar caer las bombas.

Sebastián pensó que Felipe era un tipo con suerte. El Museo se cerró, pero el taller de restauración no paralizó los trabajos. Y su amigo había pasado a formar parte del departamento.

—¿Qué cuadros van a sacar?

Felipe entrelazó las manos en la nuca apuntando los codos hacia Sebastián. Se tomó un tiempo para responder.

—Pues... *Las hilanderas, La fragua de Vulcano* y... —Felipe hizo un inciso para enfatizar— *Los borrachos*, entre otros muchos.

Sebastián sintió que el corazón le daba un vuelco

—¡Mierda! —exclamó excitado.

Sin mediar palabra, fue hacia la puerta y la abrió bruscamente.

—¡Sebastián! —lo llamó Felipe.

—¿Sí? —se volvió con la mano en la manilla.

—¿No quieres conocer el destino de las obras?

—¿A dónde las llevan? —inquirió Sebastián flechando a Felipe con la mirada.

Éste se la mantuvo un instante antes de responder:

—A Valencia.

Sebastián cerró la puerta de golpe a su espalda.

El viento, que ululaba entre las ramas de los árboles, había despejado de nubes parte del cielo de Madrid.

Mientras bajaba por el paseo del Prado, alternando el trote con el paso vivo, su cabeza se pobló con el eco de las voces de Samuel: «Su misión es destruir todos los demás griales y a sus seguidores», y con la del abad: «En la capilla del Santo Cáliz de la catedral de Valencia».

Un trueno lejano se dejó oír.

En el trayecto hubo de sortear tres socavones causados por bombas de la aviación. Frente a la fachada principal del Museo no se apreciaba movimiento alguno. Al doblar la esquina hacia la puerta de Murillo se paró; la luz procedente del interior iluminaba un camión aparcado ante la entrada. Observó como dos operarios, enfundados en monos azul marino, trataban de encajar un armazón metálico en uno de los laterales de la caja del camión; mientras uno sujetaba el armazón el otro martillaba.

Caminó despacio tratando de recuperar el ritmo normal de la respiración, sin embargo las palpitaciones en el cuello seguían aceleradas. El instinto le recomendaba precaución. Echó un vistazo a su alrededor; no percibió nada que supusiese una amenaza. Sólo el sonido metálico del martillo destacaba sobre el murmullo de las hojas. Una reacción intuitiva lo había llevado hasta allí, sin darle tiempo a reflexionar. Ahora se preguntaba si era una intuición acertada. Ignoraba con qué escenario se iba a encontrar, ni cómo explicaría el motivo de su presencia.

Cuando estuvo cerca del camión, se fijó en el rótulo del lateral de la caja: «JUNTA DELEGADA DEL TESORO ARTISTICO MADRID – MINISTERIO DE INSTRUCCION PUBLICA».

—Buenas noches —fue lo único que acertó a decir.

El operario que sostenía firme el martillo en la mano se enderezó al tiempo que se volvía. Miró ceñudo a Sebastián.

—¿Qué hace aquí? ¿Quién es usted? —preguntó con tono áspero.

—Ah... —titubeó Sebastián, y señaló el edificio—. Yo trabajaba aquí antes de que lo cerraran. Soy copista.

El hombre escudriñó el rostro de Sebastián y relajó la expresión.

—¿Y qué es lo que busca? —dijo con voz más serena.

—Estoy preocupado por el destino de los cuadros y el riesgo que van a correr.

—Pues despreocúpese, dentro de veinticuatro horas estarán a buen recaudo en Valencia.

Sebastián reparó en el armazón que, sobresaliendo del ancho de la caja, bajaba hasta la mitad de la rueda.

—¿Y... esos hierros? —señaló.

—Por los cuadros de gran formato, que usted conocerá bien. En el traslado anterior ya tuvimos dificultades con algunos para pasar el puente de Arganda; su estructura superior no daba la altura. Hubo que bajar varias cajas a pulso y llevarlas hasta el otro lado sobre rodillos. Al colocarlas sobre estos armazones no tendremos ese problema.

El cambio de talante en el hombre era notorio; su voz desprendía un matiz de ufanía al poder explicar a un «profesional» los pormenores de la operación.

Aunque Sebastián se esforzaba por mantener un papel discreto, sabía que tenía que ir un paso más allá. Aprovechó el momento benévolo del operario.

—Verá, quisiera hablar con la persona o personas que están a cargo de esta operación.

—Vaya a la entrada y pregunte por el teniente Serafín —indicó el hombre martillo en mano.

Sebastián le dio las gracias con la mejor de sus sonrisas y se dirigió a la puerta.

Estaba entreabierta. La empujó y entró en el vestíbulo. Se oían voces lejanas y golpes sobre madera. Enseguida le cortó el paso un cabo que sostenía en la mano izquierda un mosquetón en posición vertical.

—¡Alto! ¿A dónde va? No puede pasar.

—Quisiera hablar con el teniente Serafín —respondió solícito Sebastián.

El militar lo miró receloso durante un segundo. Sin quitarle ojo de encima reclamó:

—¡Mi teniente! ¡Mi teniente!

Por un lateral apareció el oficial. Su aspecto descuidado distaba mucho del que debía presentar un oficial de guardia; si es que aquello podía considerarse, de facto, una guardia: sin gorra, desabrochados los primeros botones de la guerrera, y un mostacho desaliñado haciendo juego con una cara a la que hacía tiempo no le pasaban la navaja. Sí se ceñía al reglamento en lo relativo a llevar un sable al cinto desempeñando una guardia aunque, como era el caso, mostrase sucios manchones de aceite en la embocadura de la vaina.

—¿Qué ocurre, cabo? —farfulló con voz ronca.

—Este hombre, que dice que quiere hablar con usted.

El teniente escrutó a Sebastián de arriba abajo. Luego lo miró desafiante.

—¿Qué desea? —inquirió con altanería.

Sebastián apretó las mandíbulas y tragó saliva. La actitud desafiante del oficial no contribuía a disipar la ansiedad que lo agobiaba. Captó cierta indolencia en los ojos del hombre, salpicada con una pizca de rudeza.

—Lamento molestarlo... el caso es que me he enterado de que van a hacer otra remesa de cuadros de Velázquez a Valencia.

El oficial entornó los ojos aviesamente y, con una señal de mano, ordenó al cabo retirarse.

—Por lo que veo, está usted... demasiado enterado —masculló con aspereza—. ¿Y bien?

Sebastián volvió a tragar saliva.

—Uno de esos cuadros no puede viajar a Valencia —se aventuró a decir.

—Pero... ¿Qué sandez está diciendo? —se mofó el teniente.

—Tengo que hablar con algún representante del Ministerio. —Y en un susurro—: Hay vidas en juego. Aunque intentara explicárselo no lo entendería.

El teniente elevó el mentón en actitud jactanciosa.

—Escuche y entérese bien, caballero. Hace tan sólo dos días el Gobierno nombró director de la Junta Central del Tesoro Artístico a don Timoteo Pérez, el cual aún no ha hecho acto de presencia. Así que, por el momento, todo lo que tenga que decir, dígamelo a mí, y yo se lo transmitiré a la persona adecuada —hizo saber con displicencia.

Por el fondo de la sala aparecieron cuatro funcionarios enfundados en batas grises portando un gran embalaje.

—¡No, no! ¡Ese allá, en la rotonda! —ordenó el oficial a la vez que señalaba, alzando el brazo a la altura de la cara de Sebastián.

De la manga de la guerrera sobresalió el puño de la camisa. Los ojos de Sebastián quedaron congelados sobre el gemelo que lucía aquel puño: en medio de un círculo destacaba el símbolo de los *Hijos de Júpiter*.

El teniente se volvió, pero no pareció percatarse de la expresión de perplejidad anclada en el rostro de Sebastián.

—Como puede ver, tenemos mucho trabajo por delante. Lo siento, caballero. Comprendo que los bombardeos pongan nerviosa, y hasta vuelvan esquizofrénica a la gente. Pero yo no puedo perder el tiempo escuchándola —consideró el teniente con una sonrisa ladina.

Sebastián hizo un esfuerzo por recomponer su expresión.

—Yo también siento haberle hecho perder su valioso tiempo —se disculpó procurando imprimir a la voz un tono calmado—. Pero no ha de extrañarle que a la angustia que ya sufren los madrileños la acompañe la zozobra, al ver como peligra uno de sus mayores tesoros que...

—¡Cabo! —lo interrumpió el teniente manteniendo la mirada escudriñadora en los ojos de Sebastián.

Al instante se presentó el cabo.

—Sí, mi teniente.

—Acompañe a este hombre hasta la calle.

Sebastián consideró inútil reargüir sobre el asunto. Hizo un gesto de cabeza a manera de despedida y se encaminó a la salida seguido por el cabo.

Ya cerca de la puerta, la voz del teniente a su espalda hizo que se detuviera.

—Le aconsejo que abandone esta zona; es peligrosa —advirtió con matiz de velada amenaza—. Por los bombardeos, ¿me comprende? —añadió con falsa condescendencia.

Desde el umbral de la puerta, Sebastián pudo escuchar de nuevo la voz altisonante del teniente ahora dirigida hacia el interior de la sala:

—Descuide, señor. En un par de horas estará todo dispuesto para partir.

Con la puerta cerrándose alcanzó a oír otra voz, distante, sombría e ininteligible.

Sebastián no estaba dispuesto a cejar en su empeño, y mucho menos después de lo que había visto; aquel cuadro no podía salir de Madrid.

Fue hasta la parte opuesta de la plaza de Murillo y se escondió tras unos arbustos. Era un excelente punto de observación. Tenía que vencer la ansiedad y poder discurrir el modo de acceder discretamente al interior. Esperaría el momento propicio para volver a intentarlo.

Al cabo de un rato apareció por la puerta un soldado que, después de saludar a los dos operarios, se dirigió al fondo de la plaza y se situó al pie de un gran abeto.

Sebastián no lo pensó. Podía ser su única oportunidad. Tanteó el suelo y palpó una piedra, un canto rodado del tamaño de la mano. Se aproximó por la espalda al soldado quién, con la vista levantada hacia las ramas, silbaba plácidamente mientras orinaba. Un golpe seco en la cabeza cortó ambas acciones.

Mientras esto sucedía, en un despacho de la planta alta estaba teniendo lugar una reunión entre don Adolfo y Castrillejos. El director se encontraba de pie detrás de la mesa, repasando unos folios. Al otro lado, sentado con los brazos cruzados, el comisario lo observaba en silencio.

Don Adolfo agarró los folios y, con unos toques sobre la mesa, los cuadró. Acto seguido los metió en una carpeta al tiempo que decía:

—Es un informe... «muy completo», como me habías prometido, y te agradezco la molestia que te has tomado. Aunque siento decirte que llega demasiado tarde.

—Me dijiste que te estaban presionando —argumentó el comisario.

—Sí. Pero ya han pasado unos meses. El Patronato ha sido disuelto, y te puedo asegurar que a la actual Junta Central del Tesoro Artístico le importa muy poco lo sucedido aquí antes de ahora. Hay problemas más acuciantes que resolver, como habrás podido comprobar. Además, sólo soy un director en funciones.

—Sí, estoy al corriente.

—Y supongo que en la comisaría estaréis en una situación parecida.

—¿A qué te refieres?

—A que tendréis que dedicar más tiempo a los... llamémoslos «factores» relacionados con la contienda, que a los asuntos ordinarios.

—No exactamente —refutó el comisario ralentizando sus palabras y señalando la carpeta—. Como habrás deducido de este informe, estoy investigando una línea que puede llegar a relacionar la muerte del celador Ezequiel con la del inspector Mendoza.

—¿Es una investigación oficial o privada?

—Ah, pues... En medio de la algarabía reinante, como tú bien has señalado... —ahora el tono del comisario era titubeante—, podemos calificarla como privada.

—Querido amigo, corren tiempos aciagos —glosó el director.

—¿No seremos nosotros los aciagos? —consideró Castrillejos.

Echó mano al bolsillo y sacó una cruz griega lobulada que depositó sobre el escritorio. Levantó la vista hacia don Adolfo.

Éste miró la cruz, impertérrito.

—No entiendo a qué viene esto —dijo con aire indiferente.

—El celador Ezequiel tenía una cruz como ésta. Me preguntaba si tú, como experto en arte, me podrías decir algo sobre ella.

—Pues no. Es la primera vez que la veo —dijo el director mientras daba la espalda al comisario para meter la carpeta en un maletín que se encontraba en el mueble de la pared—. Pero puede que sea una casualidad que el inspector Mendoza tuviese una igual y...

Don Adolfo, con el brazo inmovilizado en el aire sobre el maletín, dejó la frase sin concluir.

Sobrevino un instante de tensión.

El comisario, perplejo, después de mirar fugazmente la cruz y luego la espalda del director, se aventuró a susurrar:

—Pero no acabas de decir que nunca habías visto...

Don Adolfo giró sobre sus talones empuñando una pistola con claros síntomas de nerviosismo y, sin mediar palabra, descerrajó un tiro a Castrillejos en mitad de la frente.

Sebastián estiró los brazos. La guerrera le quedaba estrecha y corta de mangas, y las botas necesitarían ser de un número mayor para no tener que encoger los dedos. Lo consideró un detalle banal y que a nadie extrañaría. «Al fin y al cabo», se dijo, «en el ejército entregan el uniforme a ojo de buen cubero», y es cuestión de suerte el que acierten con la talla de uno.

Se dirigió a la entrada con paso decidido. Hizo ademán de rascarse la oreja encubriendo la cara y entró en el vestíbulo sin que nadie le prestase atención. El cabo se hallaba de espaldas, conversando con los dos operarios que, al parecer, ya habían terminado de asegurar el armazón metálico. Continuó por la Galería Central, entre sacos terreros, hasta la rotonda. Allí, en medio de las columnas jónicas, se hallaban agrupados por lotes las cajas y bastidores en orden de menor a mayor tamaño. El tiempo apremiaba. La cuestión estribaba en localizar el lote que tenía señalada la salida en breve. Los latidos en las sienes no lo ayudaban a pensar; necesitaba una tregua, cinco segundos de serenidad. Cerró los párpados con fuerza y recapacitó: sabía el nombre de algunos de los cuadros a evacuar, el tamaño de *Los borrachos*... Tenía que empezar por los formatos similares. Cada caja estaba identificada y rotulada con el nombre de la obra que contenía. Sintió un pálpito cuando entre los embalajes de tamaño medio del tercer lote localizó *Las Tres Gracias.*

Le llegaron voces procedentes de la entrada principal; lo más probable era que la carga se efectuara por la puerta de Velázquez. Con decisión y el mayor cuidado posible empujó la caja de *Las tres Gracias.* Su pulso se aceleró cuando el bastidor siguiente quedó al descubierto: *Los borrachos.*

—¿Qué estás haciendo?

Se volvió sobresaltado. Un funcionario de bata gris lo miraba con desconfianza. Recobró rápidamente la compostura; procurando dar un aire castrense a su voz, contestó:

—El teniente me ha ordenado que vuelva a comprobar el orden de salida.

—Ah, ya. —dijo el funcionario con recelo, y se retiró.

Sebastián miró en derredor en busca de no sabía qué. Arrimado a la pared había un banco de carpintero y sobre él herramientas de la profesión: serruchos, martillos, destornilladores... Reparó en un bote pequeño de pintura negra y varios pinceles. No tenía tiempo para cuestionarse nada. Hizo saltar la tapa del bote con la ayuda de un destornillador, y pincel en mano se plantó ante la caja de *Los borrachos.*

Sobrevolaba la muñeca de Sebastián la identificación del cuadro cuando asomó la hoja de un sable que, de un tajo seco, partió el pincel dejando una muesca en el bastidor.

El eco del golpe resonando en los casetones de la cúpula acompañó la voz del teniente:

—Tenía que haberle advertido de lo mucho que me enoja la gente que hace caso omiso de mis consejos ni atiende a razones —masculló con vehemencia.

Sebastián creyó que sus muelas no soportarían la presión de las mandíbulas. No le quedaba otro remedio que adoptar una actitud mesurada, con tintes de repentina enajenación mental.

—Verá, teniente... —no podía titubear, tenía que encontrar las palabras adecuadas—. No me lo va a creer, pero siento una extraña devoción por este cuadro y en mi delirio...

—Tal vez quiera usted acompañarlo a su destino —lo cortó acerbo el oficial.

Por la expresión del hombre, era obvio que la puesta en escena no lo había convencido. No era difícil discernir sus intenciones. Y más aún cuando, después de una mueca de desagrado, zanjó a voz en grito en un tono que no admitía réplica:

—¡Aquí, uno de la guardia!

Sebastián vio claro que su futuro inmediato estaba amenazado. Reaccionó de manera instintiva; arrojó el bote de pintura al rostro del teniente y emprendió una espantada hacia la Galería. Pero su carrera se vio bruscamente interrumpida por la culata de un mosquetón que, emergiendo tras una columna, se le incrustó en la boca del estómago obligándolo a encorvarse. El segundo culatazo lo recibió en la cabeza. Lo último que vislumbró antes de perder el conocimiento mientras lo arrastraban fue unas botas militares.

Madrid, miércoles, 7 de abril de 1937

Los haces de luz que irrumpían por las desvencijadas contraventanas incidiendo en su rostro, lo ayudaron a volver en sí. Empezó a tener conciencia de su situación; estaba tendido en el suelo, boca abajo. Abrió los ojos lentamente, aturdido; los párpados le pesaban. El primer movimiento reflejo fue llevarse una mano a la nuca. Apoyó la otra mano en el suelo e intentó enderezarse, pero el contacto con un líquido pegajoso y resbaladizo se lo impidió. El pánico se adueñó de él; lo que vio en la palma de la mano era sangre. Levantó la vista y se encontró con el rostro inánime del comisario a dos palmos de su cara.

—¡Jo...der! ¡Castrillejos! —musitó horrorizado.

A su lado descubrió una pistola. Volvió a escrutar el rostro del comisario. Su situación era más que comprometida; tenía que reaccionar presto.

La sala se hallaba vacía. La expedición a Valencia debía de haber partido de madrugada. Se levantó trastabillando y se echó a andar hacia la puerta sur, por la que había entrado la noche anterior. Logró abrir la pesada hoja justo al tiempo que se escucharon unas voces alarmistas procedentes de la galería.

Bordeó la plaza de Murillo hasta llegar a la acera del paseo. Desde allí observó como, ante la puerta de Velázquez, varias personas hablaban gesticulando con ademanes alterados al lado de un coche de policía.

Restregó la mano ensangrentada en el césped y atravesó la calle con paso moderado para no llamar la atención. Tenía que deshacerse del uniforme cuanto antes.

Subió por la calle de las Huertas camino de casa de Teresa. Por su cabeza no pasaba mejor recurso; Teresa era la única persona que podía dar crédito a lo sucedido sin extrañarse, además de facilitarle un cambio de ropa.

Cuando ya estaba cerca del portal, por la esquina de la calle giró una camioneta. En su caja iba una decena de milicianos de ambos sexos. Al ver a Sebastián lo saludaron eufóricos puño en alto al grito de «¡no pasarán!». Pillado por sorpresa, Sebastián se tocó la pechera del uniforme de manera instintiva y respondió al saludo del mismo modo.

Con gran esfuerzo, sus piernas, enfundadas en las apretadas botas, fueron devorando los peldaños. Al llegar ante la puerta de la vivienda se le cortó el resuello; la cerradura estaba forzada. Lo invadió una repentina inquietud.

Puso la mano en la puerta y, sin apenas empujarla, se abrió. No percibió movimiento ni ruido alguno. En la sala tampoco vio nada fuera de lugar.

—¿Teresa? —llamó vacilante.

Se deslizó cauteloso por el pasillo. Las maderas del piso crujieron a su paso. Abatido, apoyó el hombro en el quicio de la puerta del dormitorio. La cama estaba revuelta; parte de la colcha y la sábana se encontraban en el suelo. Una cadena destacaba entre la ropa. Se agachó a recogerla al tiempo que echaba una mano al pecho; tenía las costillas doloridas. Notó como los músculos de la cara se tensaban ante la cruz de Teresa. La apretó con fuerza en el puño hasta que el dolor lo arrancó de su pasmo. Se dirigió hacia el dormitorio del padre y, en un acto reflejo, su vista recayó sobre el lateral del armario. En la parte baja sobresalía el disimulado cajón; abierto y vacío.

Abrió las puertas del mueble con ímpetu y pasó una revista rápida al vestuario de Ezequiel. Esas prendas le servirían para salir del paso. Sin pensárselo más comenzó a despojarse del uniforme. En el espejo del armario pudo contemplar la moradura que destacaba a la altura del esternón.

Después de cambiarse de ropa y traspasar el contenido de los bolsillos de la guerrera a los de la chaqueta de pana, se dejó caer sentado en la cama y, acodado en las rodillas, comenzó a masajearse las sienes. Era consciente de que, aún siendo urgente encontrar una conexión entre los últimos sucesos, se había acabado el tiempo de actuar intuitivamente. La gravedad de la situación exigía pararse a recapacitar sobre cuales debían ser los próximos pasos a dar.

Teresa nunca abandonaría la casa por voluntad propia dejando atrás la cruz. Ella era el hilo conductor para recuperar la hoja del códice. Pero una vez que ya tenían la hoja, ¿para qué necesitaban secuestrarla?

No le cabía la menor duda de que tanto el anterior asalto a la vivienda, como la persecución hasta el monasterio de San Juan de la Peña y este, por el momento, último atropello, estaban comandados por el mismo núcleo de poder. Le vino a la cabeza la idea de los lados del triángulo. Ahora, los hechos habían reducido las conjeturas a una sola línea: Madrid-Valencia. Allí iban a converger el Cáliz, *Los borrachos* y, con toda seguridad, la maldita hoja... Apretó los párpados al rememorar las palabras de Samuel: «El texto para la Gran Celebración de los Hijos de Júpiter». Pero fue el eco de su propia voz la que hizo que un estremecimiento le recorriera el cuerpo: «La mujeres han de ser fulminadas por el fuego, como lo fue Sémele».

Llevó una mano a la parte de atrás de la cabeza y, acariciando la hinchazón, dejó que su cuerpo se reclinase sobre la cama.

Recordó que el operario del camión había estimado unas veinticuatro horas la duración del traslado de los cuadros a Valencia. Eso le daba de margen hasta el día siguiente. En su actual estado se veía incapacitado para acometer acción alguna. Debería regresar a la pensión, dedicar unas horas a aliviar los dolores de costillas y cabeza, e informarse de cuál era el modo más rápido de viajar a Valencia.

Percibía como la modorra se iba apoderando de él. Hizo acopio de energía y se enderezó.

Cerró la puerta de la vivienda al salir.

A medida que se adentraba la tarde las sombras invadían las calles. Procurando caminar erguido, puso rumbo a la pensión.

El ruido de la cerradura obviaba la mínima discreción. Nada más poner el pie en el vestíbulo, por la puerta de la cocina asomó la cabeza de Avelina

—¡Pero, hombre de Dios! —susurró con los ojos como platos—. Me dijeron que se iba por un fin de semana y han pasado cuatro días. ¡Y menuda pinta! Buena tiene a doña Sofía.

El volumen de la voz de Avelina indicaba que el «personal» debía de estar en plena siesta. Sebastián emuló su tono de voz.

—No es momento para explicaciones, Avelina; más tarde. Ahora necesito el teléfono.

El semblante de la mujer era de auténtico desvelo.

—Cójalo, ya está pasado —señaló con el mentón—. También

necesita algo caliente —. Y se metió en la cocina.

Sebastián buscó en la guía telefónica el número de la *Estación del Mediodía* en Atocha. El primer tren de la mañana hacia Levante salía a las ocho, con un cambio de convoy en Cuenca. A renglón seguido echó mano de la libreta; los homúnculos no le permitían el acceso a la memoria. Marcó el número de la casa de Felipe y a los pocos segundos, sorprendentemente, contestó su amigo.

—¿Diga?

—Felipe, soy yo —dijo cortante.

—¡Sebastián! ¿Pero dónde te has metido? Te he estado llamando...

—¡Escucha! —tronó Sebastián con sarcasmo—. Puedes decirle a tu padre que tenemos dos hechos circunstanciales más.

—¡¿Qué?! —farfulló Felipe.

—El primero es que se han cargado a Castrillejos.

—¡¿Castrillejos?! ¡Dios...! ¿Cómo ha sido?

—Eso ya no importa. Pero han intentado cargarme el muerto.

—Y... ¿el segundo? —preguntó Felipe con recelo.

Sebastián se apoyó de hombro en la pared y metió la mano en el bolsillo de la chaqueta.

—El segundo es que se han llevado a Teresa.

—¿Cómo...? —balbuceó Felipe—. ¿Cómo puedes estar tan seguro?

Durante unos segundos la línea quedó en silencio.

Sebastián acarició la cruz dentro del bolsillo.

—¿Sigues ahí? —insistió Felipe.

—Sí, sigo aquí.

—Oye, Sebastián, esta historia es una locura.

—Tú lo has dicho. Es una historia a la que alguien está a punto de poner fin con un capítulo terrible.

La línea volvió a quedar muda. Sin embargo era una pausa ficticia, pues las palabras no dichas espesaban el ambiente.

—¿Qué piensas hacer? —susurró Felipe.

—Tengo que salir inmediatamente para... —Sebastián se interrumpió. Separó el auricular de la cara y hundió la mirada en él.

—¿Sebastián? —se escuchó la voz indecisa de Felipe.

Sebastián colgó, y durante un instante mantuvo la mano sobre el teléfono con expresión vacía.

—No me diga que se marcha otra vez.

Salió de su introspección. Desde la puerta, Avelina lo observaba con el entrecejo fruncido.

—No. Todavía no. Antes he de recuperarme de un pequeño accidente —dijo tocándose la parte trasera de la cabeza.

—Tiene a doña Sofía en ascuas.

—Me lo imagino, discúlpeme ante ella, más tarde yo mismo se lo explicaré. Ahora necesito descansar. ¿Tendrá por ahí alguna de esas pastillas mágicas que toma la patrona para el dolor?

—Si se refiere a las aspirinas, sí —contestó Avelina con gesto severo—. Hay alguna en la cocina. Siéntese y tome una con un poco de caldo caliente. A saber cuanto hace que no prueba bocado.

Dio media vuelta y se marchó airada.

No estaba en condiciones de argüir nada a Avelina, y mucho menos cuando ésta asumía la función de mando; obedeció. El acto de sentarse le produjo un pinchazo a la altura del esternón y se llevó una mano al pecho con una mueca de dolor.

Al poco rato se presentó Avelina con un plato humeante y la aspirina.

—Por lo que veo su mal no está sólo en la cabeza —consideró la mujer al reparar en la postura de Sebastián—. Y por cierto, ¿de dónde ha sacado esa ropa? Mejor no me lo diga. Desabroche la camisa y déjeme ver.

Todo lo hablaba ella. Sebastián volvió a obedecer.

A la vista del moratón, Avelina adoptó un gesto lastimero.

—Eso no pinta nada bien. Hasta puede que tenga alguna costilla dañada. Cuando acabe el caldo vaya a acostarse. Le prepararé unas compresas de vinagre.

—Avelina, ¿a qué hora se levanta usted mañana?

—¿A qué hora quiere que me levante? —retó ella torciendo el morro.

Pero Sebastián no estaba para seguirle en el juego de palabras.

—Necesito salir a primera hora hacia Valencia y...

—Descuide —le cortó Avelina—. Antes de que usted abra los ojos yo ya estaré preparando la masa para las empanadillas. Si veo que no se ha levantado, lo llamaré.

—Ah, y por favor, tráigame otra aspirina. Una para cada dolor.

La combinación de las aspirinas con las compresas logró una anestesia que se prolongó hasta altas horas de la madrugada.

Madrid, Jueves, 8 de abril de 1937

El claror del nuevo día irrumpía en el patio cuando voces altisonantes, fuertes pisadas en el pasillo y ruidos de puertas lo espabilaron de su letargo. Se incorporó en la cama al escuchar a Avelina:

—¡¿Qué sucede por ahí?!

Se oyó abrir bruscamente una puerta y la voz de Herman en su lengua natal.

Sebastián saltó de la cama, se enfundó el pantalón y salió al pasillo. A la derecha se hallaba Avelina, de delantal y con el rodillo de amasar en la mano. A la izquierda Herman, en camiseta de tirantes y calzones. Sebastián no tuvo tiempo de abrir la boca, el alemán se dirigió a él acalorado.

—¡Don Wenceslao volverse loco! Entrar en mi habitación y hablarme fuera de sí.

Por detrás de Avelina apareció doña Sofía en bata de casa, con clara muestra de severidad en su semblante.

Herman levantó una mano hacia ella.

—El señor acercarse a mi cama y hablarme con delirio —dijo tan atropelladamente dirigiéndose a la patrona, que hasta las erres le sonaban bien—. Me susurrar en la cara: «Kundry, yo ser tu Parsifal, bésame», y después salir corriendo.

Por unos instantes se impuso el silencio.

—¿Dónde está don Wenceslao? —preguntó la patrona.

La respuesta llegó desde el interior de la habitación del exmilitar; una seca detonación sobresaltó a los presentes.

Doña Sofía fue la primera en reaccionar. Apartó con un brazo a Avelina, se abalanzó a la manilla de la puerta y la abrió, exhalando un gemido de espanto al instante.

Los demás se acercaron a la entrada. Don Wenceslao se hallaba con medio cuerpo sobre la cama, en ropa interior y la cara ensangrentada. A su lado, una pistola.

Sebastián se adelantó e, inclinándose sobre el cuerpo del exmilitar, puso sus dedos en la carótida. Se dio la vuelta y caminó cabizbajo hacia el pasillo negando con la cabeza.

—Habrá que avisar a la policía —dijo abatido.

—No —terció doña Sofía con el rostro impertérrito y la vista helada sobre don Wenceslao—. Ésta es una situación delicada y así ha de tratarse; yo la manejaré. —Giró la cabeza hacia Sebastián—. Me ha dicho Avelina que tiene que salir temprano para Valencia.

Sebastián, con gesto confundido, miró primero a Avelina y luego a la patrona.

—Así es, pero dadas las circunstancias...

Cuando se volvió hacia el interior de la habitación se encontró de narices con el cañón de una pistola.

—Usted no ir a ninguna parte —amenazó Herman empuñando la pistola de don Wenceslao.

Sorprendidos, los tres dieron un paso atrás.

—¿Es que también usted se ha vuelto loco? —farfulló asustada doña Sofía.

Herman acorraló a Sebastián contra la pared.

—No, doña Sofía. Herman, ni es un loco ni tampoco es periodista. ¿Verdad, Herman? —dijo Sebastián entre dientes.

Doña Sofía y Avelina contemplaban incrédulas la escena.

—La verdadera finalidad de su «aterrizaje» en esta casa era vigilar y controlar mis movimientos —prosiguió Sebastián, ahora con sutil ironía—. Esos comunicados a Viena... Quizá fue allí donde conoció a Conrado. ¿Me equivoco?

La torva mirada de Herman centellaba.

Aunque Sebastián nunca había tenido tan cerca la boca de un arma, ésta no le robó toda la atención. Por detrás de la cabeza del alemán atisbó la mano de Avelina enarbolando el rodillo. El duro golpe en el cráneo sonó como la madera seca al quebrar. Herman abrió la boca en una horrible mueca al tiempo que se desplomaba.

Los tres quedaron paralizados. El temblor de la mano de Avelina le impidió seguir sujetando el rodillo y el impacto de éste contra el suelo los sacó de la parálisis.

—Ahora tendrá que encargarse de dos —susurró Sebastián.

No le sorprendió el don de que hacía gala doña Sofía para afrontar de manera imperturbable las situaciones más delicadas.

—Ante algunos estamentos y autoridades el apellido de mi marido aún sigue dándome crédito —dijo—. No me será difícil explicar cómo el enfrentamiento entre un defensor de la República y un espía alemán camuflado, ha acabado con el asesinato del primero y la eliminación del segundo. Dos mujeres solas que, temiendo por su vida, se defendieron con lo que tenían más a mano. Usted, Sebastián, marche a dónde tenga que ir y deje que yo resuelva esto a mi manera. Y tú, Avelina, ve a despertar a don Vicente y que se saque los algodones de los oídos.

Sebastián se vistió con prontitud. Metió la linterna en el

zurrón, se puso el chaquetón tres cuartos y salió de la habitación.

Don Vicente ya se había unido al grupo, con la espalda apoyada en la pared y el semblante momificado. Doña Sofía le hizo una indicación con los ojos a Sebastián en dirección de la salida. Él a su vez asintió con la cabeza en señal de gratitud.

En la puerta lo esperaba Avelina con las manos cruzadas sobre el delantal. Bajo un vivo parpadeo el gris de sus ojos brillaba más que nunca.

—No sé qué le espera en ese destino para que tenga que marchar como un fugitivo, pero temo que no sea nada bueno. Tenga cuidado —dijo emocionada.

Sebastián puso una mano sobre las de ella y la besó en la frente.

—Descuida, Avelina. Volveré.

El viaje resultó más largo y pesado de lo imaginado. En la *Estación del Norte* de Valencia reinaba una gran actividad, consecuencia tal vez de que la ciudad se había convertido en la capital teórica del Estado.

El cielo estaba cubierto y el atardecer se echaba encima. Decidió que su primera visita sería a la catedral. Tenía que verificar que el Santo Cáliz seguía custodiado en la Capilla. Era el «actor» imprescindible en la celebración del acto final que, como todos los indicios hacían sospechar, había planeado la sociedad secreta.

Fue hacia la parada de taxis, se subió al primero de la fila y le indicó al conductor:

—Vamos a la catedral, por favor.

A Sebastián se le estaba haciendo largo el trayecto. Pensó si el taxista estaría «tirando» de la picaresca para dar un rodeo e incrementar el importe de la carrera.

—Tenía idea de que la catedral estaba más cerca.

—Usted no me dijo a qué zona quería ir.

—¿Y por aquí, a cual me lleva?

—A la puerta de los Apóstoles en la plaza de la Virgen.

El taxista lo dejó ante la fachada gótica y arrancó.

Sebastián se aproximó a la puerta. Cuando estaba intentando abrirla, alguien le habló a su espalda:

—No, imposible. Esa puerta no se abre desde lo del incendio.

Se dio la vuelta. Una transeúnte de avanzada edad y rostro afable lo observaba. Giró la cabeza hacia la puerta; el hollín que bañaba la parte alta de los arcos evidenciaba que el templo no había escapado de la «quema».

—¿Cómo puedo entrar?

—¿Qué busca?

—La Capilla del Santo Cáliz.

—Pruebe por la puerta de los Hierros, la Capilla está a la derecha —dijo la mujer indicando con la mano—. Por ahí, al final de la calle Micalet.

Sebastián le dio las gracias y se dirigió calle Micalet abajo a paso ligero.

Una reja de hierro circundaba el atrio de la entrada barroca. Agarró los barrotes de la puerta y la sacudió sin resultado. Echó una mirada al contorno de la plaza. La zona parecía solitaria así que, sin pensárselo dos veces, trepó por la reja y saltó al atrio. Con rápidas zancadas se plantó ante la puerta de madera, que cedió bajo un empuje con el hombro.

La escasa claridad en el interior del templo provenía de las destrozadas cristaleras. Sebastián sacó la linterna del zurrón, la encendió y caminó despacio hacia la derecha, como le había indicado la mujer.

No había recorrido una docena de metros cuando oyó una voz que, acompañada del eco de enérgicas pisadas, se aproximaba desde el pasadizo que conducía a la Capilla. Sebastián apagó la linterna y corrió a ocultarse tras una columna de la nave principal. La súbita acción provocó un golpeo de la linterna contra la piedra, con la consiguiente reverberación del chasquido.

El sonido de las pisadas cesó.

—¿Hay alguien ahí?

Al cabo de unos segundos, Sebastián escuchó cómo se reanudaban los pasos, ahora más lentos y apagados. Una figura emergió de las sombras. Sebastián decidió tomar la iniciativa y sorprender al propietario de aquella voz. Salió de detrás de la columna de modo súbito para toparse de bruces con la grotesca faz de Conrado. El arqueo de las cejas de éste eran fiel reflejo de su sorpresa.

A Sebastián ya nada podía sorprenderlo. Aprovechando el desconcierto de Conrado, en una fracción de segundo le descargó un fuerte golpe en la cabeza con la linterna, que le hizo tambalearse y caer de espaldas al suelo. Se abalanzó sobre él sin reparar en que portaba un puñal en la mano derecha; el arma le rozó la cara. Sentado a horcajadas en el pecho de su rival, Sebastián centraba sus fuerzas en sujetar con ambas manos la muñeca de la mano armada, cuando su mirada recaló en la bocamanga del gabán de Conrado. La visión de aquellos botones le evocó otro escenario. A la ira de sus ojos siguió un acceso de furia. Con un grito desgarrador tensó los músculos de los brazos, giró bruscamente la muñeca de Conrado y, descargando el peso de su cuerpo sobre las manos, asestó una puñalada mortal en la garganta de su rival.

La puerta exterior se abrió de golpe y a contraluz apareció la silueta de un hombre.

Sebastián se incorporó jadeando sobre el cuerpo inerte de Conrado. Parpadeó varias veces hasta que su vista se adaptó y pudo reconocer a Felipe, quien, pistola en mano, lo miró fugazmente.

Sebastián quedó perplejo, con la mandíbula caída.

Sin mediar palabra, Felipe levantó raudo la pistola y disparó.

Sebastián oyó un seco gemido de dolor por encima de él. Se volvió a tiempo de ver como un segundo sicario, armado con un cuchillo, caía desplomado de rodillas en el suelo. Mirando el cuerpo de aquel hombre no pudo por menos que decir para sí : «Es la segunda vez que me salvan el cuello hoy».

—¿Cómo has sabido...? —dijo mientras se levantaba.

—No fue difícil; todos los caminos llevaban a Valencia. Y si el final no estaba en las Torres de Serranos, no tuve que elucubrar mucho para saber adónde tenía que ir en segundo lugar.

—¿Pero aquí, en la catedral...?

Felipe tragó saliva antes de hablar.

—Mi padre tiene una cruz idéntica a la de Ezequiel.

Sebastián frunció el entrecejo. «Demasiadas sorpresas en muy poco tiempo», pensó. Tenía el cerebro abotagado.

—¿Has estado en las Torres?

—Sí. Aquello es un hormiguero de policías; hubo un asalto. Han eliminado a dos guardas y herido al bombero que estaba de retén. Éste dice que los asaltantes se llevaron uno de los cuadros.

Los pensamientos de ambos convergieron.

—Ya... —musitó Sebastián en señal de concomitancia.

Holgaba toda especificación al respecto.

—Nos enfrentamos a un grupo bien estructurado y coordinado.

A Sebastián le gustó escuchar la palabra «nos» en boca de su amigo.

Un quejido ronco reclamó la atención de ambos.

—¡Viene de la Capilla! —exclamó Sebastián recogiendo la linterna del suelo.

Avanzaron con cautela por el pasadizo guiados por el parpadeo de una tenue luz. Al llegar a la Capilla se encontraron con una escena atroz.

En el centro de la sala se hallaba un sacerdote, amordazado y atado a un reclinatorio. A su lado, sobre el pavimento, yacía el cuerpo de otro religioso en medio de un charco de sangre; degollado.

En un primer momento no supieron como reaccionar. Sebastián echó un vistazo en derredor. El haz de la linterna se detuvo en el centro del retablo donde supuestamente debería estar el Santo Cáliz; el templete estaba vacío.

Mientras Felipe libraba de la mordaza al sacerdote, Sebastián lo desató del reclinatorio.

—¿Quiénes son ustedes? —preguntó aterrorizado.

—Tranquilícese —dijo Felipe—. Con nosotros no tiene que temer. Los que hicieron esto ya no volverán.

—Soy el canónigo —dijo el hombre con voz trémula. Volvió la cabeza hacia el cuerpo que yacía inerte en el suelo—. El padre Eloy ha sido...

—¿Dónde está el Cáliz? —inquirió ansioso Sebastián.

—¡¿Ustedes también?! —exclamó el canónigo con angustia.

—No. Nuestro interés es bien distinto. Nosotros hemos venido a protegerlo —intervino Felipe.

—El padre Eloy ha soportado la tortura sin decir palabra. Yo no he tenido el valor y les he confesado su paradero.

—¿Qué les ha dicho? —lo apremió Sebastián.

—La verdad. Que el Santo Cáliz está custodiado en casa de la familia Suey, en la calle Avellanas.

—¿Dónde queda esa calle? —insistió Sebastián.

—Temo que sea demasiado tarde —contestó desolado el canónigo.

—Explíquese —exhortó Felipe.

El sacerdote inspiró con fuerza en varios golpes de pecho y exhaló el aire lentamente.

—Eran cuatro hombres. Tras torturar al padre Eloy y sonsacarme donde se hallaba el Santo Cáliz, dos de ellos se marcharon a la calle Avellanas. Los otros me mantendrían como aval de que les decía la verdad. La consigna era que si al cabo de una hora no estaban de vuelta era señal de que tenían el Santo Cáliz en su poder, y estos debían matarme; el tiempo se ha cumplido. Si estoy con vida es gracias a ustedes.

—¡Ahora también tienen el Cáliz! —masculló con rabia Sebastián.

—Y el cuadro —constató Felipe.

Sebastián levantó la cabeza hacia la bóveda al tiempo que descargaba un manotazo sobre el reclinatorio.

—¡Y a Teresa!

—Nos hace falta saber el punto de reunión. El lugar dónde confluirán todos los elementos —consideró Felipe.

—Quizá ... —comenzó a decir el canónigo con aire pensativo.

Sebastián y Felipe lo fulminaron con la mirada.

—Alcancé a oír parte de su conversación; nombraron Puerto de Sagunto.

—¿Sagunto? —repitió Sebastián—. ¿Qué hay en Sagunto?

—Los Hornos Altos del Mediterráneo —respondió Felipe.

Sebastián lo encaró estupefacto.

—¿Pero no es ahí dónde...?

—Sí. Donde está destinado mi padre. Venga, Sebastián, se acabó el tiempo de ver fantasmas.

—Y donde hay hornos hay...

—Fuego —concluyó Felipe la frase.

—¡Vamos! —explotó Sebastián con rabia camino de la puerta—. El tiempo corre en nuestra contra.

Felipe sabía cómo sacar el mayor rendimiento al motor del *Mercedes,* que tragaba con celeridad los poco más de veinte kilómetros que separaban la ciudad de Valencia de Puerto de Sagunto. Circulaban entre el litoral y la sierra occidental, tras la que se desvanecían las últimas luces del día.

Durante los primeros kilómetros se mantuvieron abstraídos, cada uno inmerso en sus especulaciones.

—Nuestro hombre es don Adolfo —espetó Felipe.

Sebastián hizo una mueca y miró de reojo hacia la amplia extensión de marjales que estaban atravesando.

—¿Por qué será que no me sorprende? —se jactó—. ¿Cómo has llegado a esa conclusión?

—Ayer, después de hablar contigo, llamé a mi padre para contarle lo de Castrillejos.

—¿Y?

—Me dijo que Castrillejos era una marioneta en manos de don Adolfo. Estaba en deuda con el director; había conseguido el puesto de comisario gracias a sus influencias. Pero Castrillejos tomó con demasiado empeño la investigación sobre el asesinato del sargento Mendoza y, según percibió mi padre en las últimas conversaciones con él, después de algunas indagaciones y de cotejar datos, el comisario llegó a la conclusión de que don Adolfo no era del todo ajeno al caso. A partir de ahí, su actitud con respecto al director cambió radicalmente; llegaría a ser un elemento molesto. Así que, una vez que ya no le era útil, don Adolfo lo quitó de en medio.

—¿Seguís opinando que esta... historia, como tu la llamas, es una locura? —preguntó Sebastián sin dejar de mirar a través de la ventanilla.

—No creí que la enajenación mental pudiera llegar tan lejos, ni de una manera tan macabra —ponderó Felipe.

—¿Te has dado cuenta de que, a cada paso, son menos las piezas que quedan en el tablero? —dijo Sebastián mascando cada palabra. Y se volvió hacia los campos del este, donde ya se había alojado la noche, tratando de rebajar su ansiedad.

Consciente del estado de Sebastián, Felipe trató de relajar su tensión destilando la información que había ido recibiendo del padre en las últimas semanas:

—Hace un mes, aviones italianos con base en Mallorca bombardearon los muelles de El Puerto. Algunas bombas llegaron a alcanzar viviendas de empleados. La mayoría del personal se trasladó con sus familias a alquerías y pueblos cercanos. Mi padre prefirió hospedarse en la fonda Vizcaya del núcleo urbano. Las noticias que llegan del norte auguran una posible caída de Bilbao en manos de los sublevados. Si esto llegara a suceder, Puerto Sagunto pasaría a ser objetivo preferente de la aviación franquista, al quedar como la única factoría siderúrgica en poder del Gobierno. Su pérdida podría significar el desarme para la República.

Sebastián escuchaba a su amigo con rostro inexpresivo.

Avanzaron por calles solitarias y sombrías. Felipe detuvo el

Mercedes en la entrada de la plaza Luis Cendoya.

—Espera un momento. Entraré a preguntar en este bar —dijo Felipe apeándose.

Salió del bar Brillante al poco rato y se acercó a la ventanilla.

—La fonda está un poco más adelante, en esta misma plaza. Vuelvo enseguida.

Sebastián vio como su amigo se alejaba con paso apresurado. Sentía aumentar su desasosiego en medio del silencio y la oscuridad del lugar.

Al cabo de unos quince minutos Felipe estaba de vuelta acompañado de su padre. Sebastián percibió un cambio de actitud en don Faustino. Felipe lo habría puesto al corriente de lo ocurrido en las Torres de Serranos y en la catedral. Estos sucesos, unidos a la muerte de Castrillejos, hicieron que el padre abandonara la vacuidad con que anteriormente calificara la conjura.

El coche se puso de nuevo en marcha.

—¿A dónde vamos ahora? —preguntó Sebastián impaciente.

—Directamente a la Fábrica —respondió decidido don Faustino.

—¿La Fábrica?

—Es como llamamos familiarmente a la Factoría. Vamos a las oficinas de administración. Si está pasando algo fuera de lo corriente el guarda lo sabrá.

Al llegar a la altura de un largo edificio de dos plantas, don Faustino puso una mano en el hombro de Felipe indicándole que habían llegado al destino.

Las respuestas del guarda al interrogatorio de don Faustino sufrían de una relativa laxitud.

—Hace cuestión de dos horas llegaron ocho coches y una

camioneta —dijo el guarda—. Alrededor de cincuenta personas. Al parecer se celebra una asamblea sindical.

—¿Y los ha dejado entrar así... sin más? —inquirió don Faustino con enojo.

—Mire señor Noguerol, con ellos venía un dirigente de la Confederación Nacional del Trabajo. Tal vez usted no esté al corriente de cómo se ha encrespado la atmósfera después de los últimos despidos. El aumento de la tensión social y la hambruna van de la mano. A este paso, no habrá para mascar nada más que odio. Yo no quiero complicarme la vida.

—¡Patrañas! —explotó don Faustino—. ¿Cuándo ha visto usted que de los más de mil afiliados con que cuenta la CNT en la Factoría asistan solamente cincuenta a una convocatoria de asamblea? Lo han engañado.

El guarda volvió la cabeza con los labios fruncidos hacia la ventana que tenía a su espalda. En su rostro enjuto destacaba la tirantez de las mandíbulas.

—¿Dónde tiene lugar esa asamblea? —preguntó don Faustino con tono seco.

—En la nave del horno número uno.

—Intuyo que algo muy grave se está fraguando. Esperad aquí. Voy al acuartelamiento de la Guardia Civil y Carabineros en busca de ayuda.

—Dudo de que le vayan a prestar atención —dijo el guarda con sarcasmo.

Don Faustino fijó la mirada en su interlocutor. Ambos eran conscientes de la intencionalidad de la advertencia. En los últimos meses una parte de la Guardia Civil había dado muestras de recelo respecto a su fidelidad al gobierno republicano.

—¿Qué va a decirles? —terció Sebastián.

—Cuando les diga que se trata de un grupo fascista dispuesto a sabotear las instalaciones no dudarán en acudir —replicó don Faustino. Y salió con determinación.

Unos segundos después se escuchó el motor del *Mercedes*.

Sebastián se acercó a la ventana buscando un punto de referencia en el extenso velo negro que cubría la Fábrica. La aprensión que lo embargaba estaba resultando insoportable.

Consultó el reloj; los minutos se le estaban haciendo eternos. Sus crispados nervios estallaron.

—¡No podemos esperar más! Tenemos que hacer algo.

—¿Qué sugieres? —preguntó Felipe.

Sebastián se volvió hacia el guarda.

—¡Llévenos hasta esa nave! —le exhortó con vehemencia.

El hombre adoptó una expresión circunspecta, pero el tono imperativo de Sebastián no dejaba lugar a réplica.

Ante posibles ataques aéreos se habían tomado algunas medidas, entre ellas el apagamiento del alumbrado público.

Caminaron en silencio tras el guarda, adentrándose en la oscuridad de las calles. Las siluetas de tuberías, grúas y chimeneas, recortadas sobre el lienzo de una plomiza luz de luna, semejaban gigantescos cuerpos amenazantes que contribuían a acrecentar la inquietud.

El guarda alzó una mano y se detuvieron delante de una nave vinculada a un alto horno por su parte posterior. A pocos metros vislumbraron varios vehículos.

—Es aquí. Yo me quedaré esperando al señor Noguerol. Ustedes hagan lo que estimen conveniente —dijo el guarda.

La planta principal de la nave se elevaba unos tres metros sobre el nivel de la calzada. Sebastián y Felipe comenzaron a subir con sigilo por una escalera exterior.

Pronto llegó a sus oídos una voz ininteligible. Una vez arriba, no dudaron en buscar refugio tras una vagoneta.

Desde aquella posición, la voz, aunque retumbante, se oía con mayor claridad: «...y como hijos suyos, recogiendo el testigo de nuestros antecesores, nos toca ahora a nosotros rememorar el sacrificio de Sémele, culminando con este acto nuestra misión en Occidente».

Sebastián y Felipe intercambiaron una mirada de perplejidad; aquella voz no les era extraña. Con mutuo gesto de asentimiento decidieron asomar la cabeza. La escena los llenó de espanto.

En la cabecera de la nave, sobre una tarima y ante un aparatoso atril, se encontraba don Adolfo, con las palmas de las manos hacia el frente. A pesar de la distancia se podía distinguir el gran blasón láureo que, rodeando el símbolo de Júpiter, pendía de su cuello. De la estructura metálica, a un metro por encima de la cabeza, colgaba el cuadro de *Los borrachos*.

Un grupo de personas, supuestos militantes de la secta, semejaban escucharlo en estado de hipnosis.

Felipe le dio a Sebastián un pequeño toque en el codo, y le señaló con los ojos hacia la derecha de la escena.

Sebastián sintió una punzada en el pecho. A los pies del alto horno, amordazada y atada sobre una cinta transportadora, se hallaba Teresa.

Tuvo que aguzar la vista para reconocer el objeto que descansaba sobre su cuerpo: ¡el Santo Cáliz! Su mirada siguió el recorrido de la cinta hasta el horno.

—Sí —le confirmó Felipe en un susurro—. Termina en el tragante.

Sebastián registró un frío estremecimiento que lo incapacitó para oír a su espalda un sibilante chirrido metálico.

—¡Sebastián, cuidado! —gritó Felipe.

Con un movimiento reflejo Sebastián se dejó caer hacia un lado, justo a tiempo de eludir el golpe de sable del teniente Serafín.

El martillador impacto del arma contra el borde de la vagoneta produjo una aguda resonancia que ahogó las palabras de don Adolfo. Las ojos de los militantes se centraron en Felipe y Sebastián.

Éste retrocedió en el suelo hasta que su mano entró en contacto con una barra metálica. La agarró con fuerza y, poniéndola ante sí, bloqueó la segunda descarga que le asestó el teniente.

—¡Acabad con ellos! —gritó don Adolfo.

Sebastián y Felipe se vieron reculando hacia la cabecera de la nave ante las acometidas del teniente, mientras que los militantes tejían un cerco.

Felipe hizo ademán de sacar la pistola, cuando una enérgica voz lo disuadió.

—¡Guardia Civil! ¡Alto a la Guardia Civil!

La confusión paralizó momentáneamente a los presentes excepto al teniente, que no cejó en su acometida. En pocos segundos se inició un cruce de disparos entre parte de los militantes y la Guardia Civil.

Sebastián decidió pasar al contraataque. En el momento en que el teniente alzó el brazo para efectuar otro golpe de sable, le arrojó la barra de hierro a la cabeza haciéndolo caer contra una vagoneta.

—¡Vamos! —dijo a Felipe—. ¡Hay que soltar a Teresa!

Pero su ímpetu se vio frenado por una bala rebotada en la base del horno. Los dos amigos se giraron. Con caras de incredulidad miraron a don Adolfo encañonándolos, aunque el temblor de su mano con el arma denunciaba nerviosismo e inseguridad.

Felipe reaccionó sacando su *Astra*, lo que provocó que el semblante de don Adolfo se cubriese de pánico y, dando media vuelta, comenzó a subir alocadamente la escalera metálica que circundaba el alto horno.

—¡Toma! —dijo Felipe a Sebastián entregándole la pistola—. Ve tras él. Es la pieza principal y hay que darle jaque. Yo me ocupo de Teresa.

Sebastián se lanzó escalera arriba tras don Adolfo, teniendo que parapetarse varias veces contra la pared del horno ante los disparos que el director, amilanado, efectuaba hacia atrás sin ton ni son.

Felipe había librado a Teresa de sus ataduras, y la estaba ayudando a bajar de la cinta transportadora cuando los ojos de ella se abrieron de espanto.

—¡Felipe, a tu espalda!

Felipe se giró al vuelo. El teniente Serafín, con rostro desencajado, una mano en la brecha de su frente y el sable en alto, avanzaba con pasos torpes hacia ellos. Sus ojos estaban inyectados en sangre.

—Quédate ahí —le indicó Felipe a Teresa con un gesto.

Él comenzó a desplazarse lateralmente, atrayendo al militar en su misma dirección.

En el momento que Felipe se encontraba delante del atril, el teniente se abalanzó sobre él con mirada torva y grito desgarrador. Felipe se lanzó al suelo evitando la descarga del sable que, después de partir en dos el libro de la Gran Celebración, quedó incrustado en la madera del atril

El estupor y la cólera se concentraron en el rostro del teniente mientras desenfundaba la pistola. Detrás de él, Teresa, cáliz en ristre, le asestó un golpe contundente en la cabeza. El teniente, a punto de perder el equilibrio, buscó apoyo en el atril provocando que ambos se precipitaran al suelo. El militar quedó tumbado de espaldas sobre el atril. Su semblante se fue trocando en un cruel espasmo al tiempo que del pecho emergía la punta del sable. En un movimiento convulsivo el dedo índice se contrajo sobre el gatillo de la pistola; sonó un disparo y el arma cayó de su mano.

Felipe se levantó lentamente con una mirada de terror anclada en Teresa, que se tambaleaba a punto de desplomarse; en la pechera del vestido comenzó a brotar una mancha de sangre.

La energía de don Adolfo había llegado al límite tras una loca y apresurada subida. Sebastián ralentizó sus pasos cuando lo tuvo a la vista.

El resuello del director, agarrado con fuerza a la barandilla, era ostensible.

Ambos hombres quedaron estáticos, observándose.

—Se acabó, don Adolfo.

El director hizo un profundo suspiro para recobrar su tono enfático.

—Está equivocado, señor Ríos. La fuerza de nuestra convicción es pura energía. A través de los siglos nadie ha conseguido destruirnos. Nos transformamos. Nos transformaremos para volver, ¡y volveremos!

—No hay nada que transformar, don Adolfo. Sus creencias están confundidas.

—La buena marcha del mundo se basa en el compromiso con

nuestras creencias. ¿Cuáles son las suyas? —increpó el director con altanería—. ¿En qué manantial amamantó su fe?

Sebastián atisbó en aquellas palabras un reproche a su escepticismo, y no estaba dispuesto a entrar de nuevo en ese juego. Apostó por una actitud conciliadora.

—Venga conmigo. Tendrá oportunidad de defender su locura.

—No se hace nada en este mundo que no esté marcado por la locura, que no se haga por los locos y para los locos —respondió don Adolfo. Y añadió con aire desabrido—: Eso lo sabe muy bien su amigo Wenceslao. A quién, ahora sí, envío un penitente saludo, ya que no hay suficiente lluvia en el cielo para lavar sus pecados.

—Don Wenceslao ha muerto —dijo Sebastián con desazón.

La expresión del director evidenció su turbación por la noticia. Raudo, la cambió por una mueca.

—Ese condenado pederasta ya tenía el alma en cenizas mucho antes de morir —resolló con tono despectivo.

Como un chispazo recaló en la mente de Sebastián el comentario de don Wenceslao acerca de su convergencia con don Adolfo en la Academia de Infantería. Ahora, esta dura sentencia le encendió una luz para entender la frustración del director por tener que abandonar de manera prematura la carrera militar.

Sebastián aprovechó el estado de desconcierto de don Adolfo para avanzar un peldaño hacia él. Éste se dio cuenta de la maniobra y levantó la mano de la pistola a la vez que, de reojo, echó una mirada al amenazante vacío que se cernía a su espalda.

—¡No lo haga! —le gritó Sebastián alargando su brazo izquierdo.

Los labios de don Adolfo dibujaron una sonrisa desagradable

—Nadie sale con vida de este mundo. Es sólo cuestión de tiempo —manifestó con petulancia.

Hizo acopio de ira en sus ojos y apuntó a Sebastián. A la presión del dedo sobre el gatillo respondió un vacuo clic.

En un arrebato de rabia arrojó la pistola a Sebastián quién, ladeando ligeramente la cabeza, esquivó el arma, que fue a estrellarse contra la pared del horno.

El director entornó los párpados para advertir:

—¡Necio! Yo no soy más que un mero eslabón en la historia. —Y desafió—: A partir de este momento, tenga siempre presente, señor Ríos, que usted ocupará un lugar preferente en el pensamiento de nuestra Sociedad.

Sebastián apretó con fuerza la empuñadura de la pistola en su mano derecha. Dudó; nunca había utilizado un arma contra una persona. Vio la maldad impotente en los ojos desorbitados de don Adolfo, y las vívidas imagines de Ezequiel y Samuel destellaron en su cabeza. Levantó la pistola y disparó.

Don Adolfo echó la mano a su hombro izquierdo en un brusco ángulo de dolor a la vez que exhalaba un estremecedor gemido. Su boca se contrajo en un rictus cruel.

Sebastián sintió como si la escena se ralentizara en medio de un irreal silencio.

Don Adolfo inclinó el tronco hacia atrás y, desasiéndose del pasamanos, se precipitó al vacío.

Sebastián tardó unos segundos en reaccionar y asomarse a la barandilla. A muchos metros bajo sus pies, unas extremidades se hundían lentamente en la colada de acero incandescente de una cuchara.

El brillo cegador del metal fundido «iluminó» en su cerebro la connotación «fuego» y de nuevo la sentencia: «la mujer ha de ser fulminada como lo fue Sémele»

La celeridad de sus pies en el descenso iba en proporción directa a los latidos del corazón.

Cuando llegó a la nave su pulso se relajó al comprobar que la Guardia Civil se había hecho con la situación. Más, al girar la vista hacia la tarima, la escena que se mostró ante sus ojos le atenazó la respiración.

Teresa se hallaba tendida en el suelo. A su lado, de rodillas, don Faustino y Felipe. Éste le sustentaba la cabeza con una mano tras la nuca.

Sebastián se acercó con pasos vacilantes. Se arrodilló al lado de Felipe y tomó una mano de Teresa entre las suyas.

—Teresa... ¡Dios! —alcanzó a decir en un soplo de aliento.

Ella ancló la mirada en la de él.

—Siento que algo me está quemando por dentro.

—No hables —dijo Sebastián quedamente.

—«Sólo en Dios descansa mi alma» —musitó Teresa con voz débil y quebradiza. La imagen de Sebastián se desvaneció tras sus párpados y, al instante, su rostro sereno se asemejó fundido en cera.

Un espasmo se apoderó de Sebastián impidiéndole manifestar la más mínima expresión de dolor. Sus labios temblaban cuando levantó la cabeza hacia don Faustino, confundido, en busca de una respuesta.

—Es un salmo del *Antiguo Testamento* —dijo éste con pesadumbre.

Sebastián cerró los ojos con fuerza.

Ante el temor de que el llamado Ejército Nacional llegara al Mediterráneo, dividiendo geográficamente en dos la zona republicana, Valencia se había convertido en punto de partida al exilio.

Ajenos al continuo ajetreo de la *Estación del Norte*, Felipe y Sebastián caminaban pausadamente por el andén. A pocos metros, la locomotora no cesaba de despedir humo blanco con ruidoso siseo y olor a hierro candente y carbón quemado.

—¿Tienes claro qué harás en París? —preguntó Felipe.

Sebastián apoyó la maleta en el suelo y sacó su libreta del bolsillo del gabán.

—¿Recuerdas que te hablé de Paco, el ajedrecista? —dijo dando pequeños toques en la libreta con el dedo corazón—. Me dejó sus señas por si algún día viajaba a París y necesitaba ayuda. En principio fijaré mi residencia en el Colegio de España de la Ciudad Universitaria.

—Por... —comenzó a decir Felipe con los labios fruncidos—. Por los trámites de aquí no tienes que preocuparte, mi padre se ha encargado de todo.

El timbre de su voz destilaba aflicción. Durante unos segundos los dos amigos guardaron un emocionado silencio.

Fue Sebastián quién cambió el tono del momento.

—Hay un asunto que todavía no tengo claro —caviló con cautela—. No me has explicado qué ocurrió en realidad con la taza de *Los borrachos*.

Felipe torció el gesto sin poder reprimir una sonrisa sardónica.

—¡Ah... el asunto de la taza de vino! —chanceó acariciándose el bigote—. Pues verás. Nuestro director estaba tan obsesionado con el cuadro que, para protegerlo durante las obras en el Museo, ordenó sustituirlo por una copia.

—Y creo no equivocarme al pensar en «quién» es el autor de esa, digamos, copia imperfecta —ironizó Sebastián.

—Sólo Velázquez es perfecto; yo sólo puedo intentar emularlo. Lo que tú hiciste más tarde fue copiar-mi-copia.

—¡Eres un...! —carcajeó Sebastián descargando una palmada en el pecho de Felipe.

El silbato de la locomotora tensionó sus rostros y los dos amigos se fundieron en un abrazo.

—Que tengas suerte, Sebastián.

—Y vosotros tened cuidado. Como dijo Samuel en cierto momento: «se aproximan tiempos funestos». Y no se equivocó.

«Me quedaré en España, compañero...»
Miguel Hernández

En abril de 1939, el gobierno republicano en el exilio, y por iniciativa del presidente Negrín, creó el *Servicio de Emigración de los Exiliados Españoles* en la *Rue de Tronchet* de París,.

Bajo su tutela Sebastián se trasladó a Séte, en la costa sur francesa, donde embarcó el 24 de mayo en el viejo buque matalón *Sinaia,* junto con algo más de mil seiscientos refugiados, rumbo a México.

A medida que el barco se internaba en el Estrecho de Gibraltar, fue surgiendo nítida la costa española. Sebastián achacó a la brisa marina el lagrimeo que nubló su vista. Permaneció de pie, dando libertad a su mente para evocar las imágenes más queridas, imágenes de lugares y personas que, estaba convencido, no volvería a ver. Se prometió que el paso del tiempo no difuminaría esas imágenes.

Cuando la antigua banda de música del *Quinto Regimiento de Madrid* hizo sonar los primeros acordes de la *Internacional,* todo el que se encontraba en cubierta se puso en pie cara a tierra.

Lo último que sus ojos vieron de España fue el Peñón de Gibraltar.

Tras dieciocho días de navegación y dos únicas escalas, en Madeira y Puerto Rico, el *Sinaia* atracó en el puerto de Veracruz el 13 de junio, ante el recibimiento inolvidable de miles de veracruzanos dispuestos a compartir «la profunda tristeza que había viajado en el corazón de cada refugiado».

LA HERENCIA

Real Academia de Bellas Artes, 24 de enero de 1990

Permanecí absorto durante unos segundos contemplando la última página del manuscrito. Pasé la hoja, y mi mirada recayó en un sobre pegado al interior de la tapa con papel Celo. Fruncí el entrecejo. Con sumo cuidado, despegué la cinta adhesiva hasta que la solapa del sobre quedó libre. Lo abrí y extraje una cuartilla con una nota manuscrita.

Amigo Sebastián:

Como te dije un día, hace tanto tiempo ya, en casa lo hablábamos todo en la mesa. En uno de aquellos días, yo no pude sustraerme de contar tu «encuentro» con la moza de la pensión. Te fallé; traicioné tu secreto. Espero que, en lo que te resta de vida, y en aras de nuestra antigua amistad, puedas perdonarme.

La carta que adjunto me la entregó mi hermana Merceditas poco antes de morir. Ruego para que la perdones a ella también.

Felipe

Con dedos temblorosos saqué otro sobre más pequeño. Contenía un folio doblado, que desplegué lentamente. La letra me era familiar; de repente todo se me presentaba terriblemente familiar.

A medida de que me deslizaba por las líneas de aquella carta, percibí como un ligero lagrimeo asomaba a mis ojos.

La lectura me resultó impactante.

Después de un largo suspiro dejé caer la tapa con un manotazo.

Por entre los dedos atisbé unas palabras escritas con bolígrafo azul. Separé la mano y leí: «Sabrás donde encontrarme».

Con semblante demudado levanté la cabeza hasta que mi vista quedó prendida en parte de un titular del periódico que descansaba en la silla: «la exposición mundial de Velázquez».

Cogí el periódico y lo desplegué: «Hoy se abre al público la exposición mundial de Velázquez en el Museo del Prado».

Los duendecillos de mi cabeza pusieron sonido a las palabras de Teresa: «Mi padre tenía fobia a las inauguraciones en el museo. Decía que eran un mal presagio». Un sonido sobrenatural que también a mi me hizo experimentar el perentorio reclamo del pasado.

Mi reacción no se hizo esperar. Metí el legajo en la cartera y me puse la bufanda y la trenca, abandonando la Academia precipitadamente.

Hacía largo rato que el mediodía había quedado atrás. Un sol que se posicionaba en el oeste iba alargando poco a poco las sombras de los edificios.

Crucé la calle de Alcalá y bajé la Carrera de San Jerónimo con paso apretado. Ya en el paseo del Prado pude distinguir por entre los árboles las coloristas pancartas verticales anunciando el evento.

Bajo ellas, la multitud se repartía en varias filas para acceder al museo.

Aunque la impaciencia me consumía, no tuve más remedio que colocarme en la cola de una de las filas.

Una vez dentro, subí la escalera sorteando a la gente con ágiles zancadas hasta la Galería Central.

Engullido por el bullicio reinante no me percaté de que mis pasos se habían hecho más pesados y lentos en contraposición con las agitadas palpitaciones de mis sienes. Traté de acompasar la respiración.

Al llegar ante la entrada de la sala de Velázquez aguardé unos segundos antes de girarme hacia el interior. Mi intuición no me había engañado; allí estaba, sentado en un banco frente a Los borrachos. Junto a él, una mujer de pelo como la nieve «le tomaba una mano entre las suyas».

Pasé ante ellos con la misma cadencia al caminar. Ninguno de los dos levantó la cabeza. Era evidente que contaban con mi presencia en cualquier momento; continuaron con la vista en el cuadro.

El anciano, a quién ya no tendría que llamar Mex, mostraba un semblante desencajado y pálido. Me senté a su lado con las manos entrelazadas en el regazo. Venciendo la emoción ladeé la cabeza lentamente.

No había que ser muy avispado para reconocer a la propietaria de aquellos ojos de gris profundo y pómulos prominentes.

—¿Por qué habéis esperado hasta hoy para decírmelo? —pregunté con voz ahogada.

Entre ellos y el cuadro se fue interponiendo un grupo de visitantes acompañados de un guía.

—¿Qué va a pasar a partir de ahora? —insistí con dejo de

ansiedad.

Por toda respuesta sentí el leve contacto del puño del anciano en mi mano izquierda, e instintivamente la abrí. Una cruz griega de brazos lobulados cruzada por una muesca pasó a reposar en mi palma.

—A partir de ahora... tendrás que averiguarlo por ti mismo, hijo. —Las palabras sonaban opacas en boca de Sebastián—. Tu seguirás... Yo te dejo mis... —su voz se fue apagando.

De fondo se escuchaba la del guía:

—Se trata de la primera obra mitológica de Velázquez, El triunfo de Baco, popularmente conocida como Los borrachos.

Levanté la vista hacia el anciano quien, con los ojos cerrados, fue inclinando la cabeza sobre el pecho hasta quedar inerte; su mano cayó exánime.

Cuando crucé la mirada con la de Avelina, contemplé como dos húmedas perlas se desprendían de sus ojos.

El murmullo producido por el grupo de visitantes al retirarse atrajo mi atención. La visión sobre Los borrachos quedó diáfana.

En un tic, mi rostro se tornó de alabastro. El cerebro me estaba jugando una mala pasada. En el zócalo de la pared, bajo el cuadro, creí ver un resplandeciente símbolo de Los hijos de Júpiter.

Apreté las mandíbulas, cerré con fuerza el puño sobre la cruz hasta hacerme sangre, y de mi garganta brotó un ronco susurro:

—Claro, Sebastián. «Mientras mi cuerpo de sombra».

EPÍLOGO

La promesa

"No vayas a donde el camino te lleve,
ve a donde no hay camino y deja un rastro"

Ralph Waldo Emerson

Solicité dos semanas de permiso en la Jefatura. Necesitaba concederle tiempo a mi mente para que se adaptara al devenir de mi vida.

En su testamento, doña Sofía había nombrado a Avelina heredera única. A la muerte de la patrona en el año 1960, Avelina tomó el relevo en la gestión de la pensión. Ahora, cuando frisaba los ochenta años, la función le estaba resultando más dificultosa. El tío Felipe, -siempre seguiría siendo «mi tío Felipe»-, había fallecido el año anterior. La convencí de que pusiese la administración de la propiedad en manos de una inmobiliaria y se mudase a vivir conmigo en la casa familiar de la calle Alfonso XII. De la pensión, mi madre no llevó consigo más que sus enseres personales y un baqueteado maletín que custodiaba con celo.

Me reincorporé al despacho un día antes de lo previsto, una vez superado el proceso en que la parte emocional de mi cerebro había asumido el control de la mente racional.

Ante la imposibilidad de cambiar el pasado, tenía que aceptar la realidad actual. A mi biografía había que añadir el término «bebé robado».

Lo primero que hice fue remarcar con un círculo el día de hoy, 7 de febrero, en el almanaque de la pared.

Fui hacia la ventana y la abrí para sentir el aire fresco de la mañana. Mi vista se perdió entre la calima que empezaba a cubrir Madrid.

Habían transcurrido cincuenta y tres años desde que Sebastián desbarató el proyecto de *Los hijos de Júpiter* en España y, después de leer el manuscrito, no me cabía duda de que mi padre, a lo largo de este tiempo, no había cejado en su empeño de desarticular la sociedad secreta allá donde ésta resucitase. El inesperado desenlace le impidió transferir la información recabada.

Durante horas estuve en el archivo central escudriñando estantería por estantería. A última hora de la mañana, recostado en la silla del despacho, dejé vagar la mirada por los lotes de expedientes que fui depositando sobre la mesa para su revisión. Un compendio de actos delictivos cometidos en los últimos años: atentados terroristas, asesinatos, secuestros... Tenía que estar ojo avizor ante cualquier indicio de que la secta pudiera estar involucrada en alguno de ellos. El comienzo de la década de los noventa hacía presagiar tiempos tumultuosos y violentos.

De alguna manera, mi destino quedó sellado con la promesa hecha a mi padre. La tarea será ardua, pero cuento con que el cargo de Jefe Superior de Policía me ayudará en las investigaciones, y paciencia me sobra.

BIBLIOGRAFÍA

Antonio Domínguez Ortiz, Alfonso E. Pérez Sánchez y Julián Gallego, *VELÁZQUEZ*. Ministerio de Cultura, 1990

John Lynch, *Los primeros borbones*. El Pais S.L., 2007

Eugenio Dórs, *Tres horas en el Museo del Prado*. Editorial Aldus, 1940

Rubén Amón, *Los secretos del Prado*. Editorial Temas de Hoy, 1991

Sánchez Cantón F.J., *La reorganización del Museo del Prado*. Arte Español VIII, 1926

Juan Antonio Gaya, *Historia del Museo del Prado*. Editorial Everest S.A., 1969

Alfonso Arteseros, *Salvemos el Prado*. Editorial Borderdreams, 2003

Drop a Star – Euroficción Iberautor, *Las cajas españolas.*

Ministerio de Cultura, *Arte salvado.*Sociedad Estatal de ConmemoracionesCulturales, 2010

Charles S. Esdaile, Anthony Beevor, *El fin de la monarquía. República y guerra civil.* El País, S.L. 2007

Gabriel Cardona, *Franco no estudió en West Point.* Comunicación y Publicaciones S.A., 2003

De general a generalísimo. Historia y Vida 592, 2017

La guerra civil española. Granada Televisión LYD

Gregorio Gallego, *Comienza la defensa de Madrid.* Historia y Vida 55, 1972

Miguel Hervás, *La Gran Vía en guerra.* MADRID HISTÓRICO 29

Mikel Rodríguez Álvarez, *Mujeres en las trincheras.* HISTORIA VIVA S.L. 349

Ramón Gómez de la Serna, *Descubriendo Madrid.* Ediciones Cátedra S,A., 1977

Fernando Díaz –Plaja, *Madrid desde (casi) el cielo.* MAEVA Ediciones S.A., 1987

Manuel Muñón de Lara, *España: la quiebra de 1898*. Sarpe, 1986

Margarita Santos, Sandra Domínguez, Rosario Mascato, Anuario Valle-Inclán V. Anales de la Literatura Española Contemporánea, 2004

Stanley G. Payne, *Falange. Historia del fascismo español*. Sarpe, 1985

Ronald Fraser, *Recuérdalo tú y recuérdalo a otros*. Ed. CRÍTICA S.L., 2007

Fernando Díaz-Plaja, *La guerra de España en sus documentos*. Sarpe, 1986

Paul Preston, *El holocausto español*. Penguin Ramdom House, Grupo Editorial, 2016

Martí Díaz, *13 días de combate. Belchite 1937*. HISTORIA Y VIDA 62, 1973

Unidad Editorial Revistas 2, *Diario de la Guerra Civil*. La aventura de la Historia.

Emiliano Aguado, *Don Manuel Azaña Díaz*. Sarpe, 1986

Niceto Alcalá Zamora, *Memorias*. Editorial Planeta, 1977

Ian Gibson, *El asesinato de Federico García Lorca*. Editorial Bruguera, S.A., 1981

Antonio Orejudo, *Fabulosas narraciones por historias*. Círculo de Lectores S.A. – Tusquets Editores S.A. 2007

Juan Blázquez Miguel, *La Iglesia beligerante*. HISTORIA 362 , HISTORIA VIVA S.L.

Padre José María Bover, *Nuevo Testamento*. Biblioteca de autores cristianos, 1960

Kathleen O´neal, W. Michael Gear, *La Traición del concilio*. Ed. Vía Magna, 2009

Jakob Wasserman, *Faustina*. ESPASA CALPE S.A. - COLECCIÓN AUSTRAL, 1966

Domingo J. Buesa Conde, *Monasterio de San Juan de la Peña*. Editorial Everest S.A. 2002

Juan G. Atienza, *Guía de la España griálica*. Editorial Ariel S.A., 1988

Salvador Antuñano Alea, *El misterio del Santo Grial*. EDICEP C.B. 1999

Juan Ángel Oñate Ojeda, *El Santo Grial. Su historia, su culto, sus destinos*. Santa Iglesia Catedral de Valencia, 1990

Diccionario de la mitología mundial. EDAF, Ediciones, 1971

Gregorio de Andrés, *Catálogo de códices griegos desaparecidos de la Real Biblioteca de El Escorial*. Ediciones Escurialenses, 1968

Francisco Agramunt Lacruz, *Valencia capital cultural de la República*. HISTORIA VIVA S.L., 362

Generalitat Valenciana, *Miradas industriales: Huellas humanas*, 2006

José Luis Abellán García, *El exilio español de 1939*. Ed. Taurus S.A., 1978

¡GRACIAS!

Gracias por el tiempo que le has dedicado a leer «El poder de las conjuras». Si te gustó este libro y lo has encontrado útil te estaría muy agradecido si dejas tu opinión en Amazon. Me ayudará a seguir escribiendo libros. Tu apoyo es muy importante. Leo todas las opiniones e intento dar un *feedback* para hacer este libro mejor.

Si quieres contactar conmigo aquí tienes mi email:

lnrojo@yahoo.es

Printed in Great Britain
by Amazon